林繼富
劉秀美　主編

民俗與民間文學叢書

劉德方故事講述研究

王丹　著

秀威資訊・台北

目次

序言

林繼富

講故事是中國民間傳統的重要組成部分，這種傳統的發展從未中斷，延續這一傳統的正是故事講述人，然而，歷史上這些講述人並沒有作為文化傳承的特殊人物記錄下來，尤其是講述人講故事的情景和活動沒有系統地記載，只是把講述人講的故事作為社會進步的依據和文學創作的資料予以載錄，因此，我們看到的民間故事紀錄就不是原本意義上的了，更談不上民間故事流動的生活狀態，當然，它還是保留了民間故事面貌的基本輪廓，保留了民間故事發展的基本線索。二十世紀以後，伴隨著中國現代民俗學的建立，倡導從科學立場採錄民間故事的呼聲越來越高，採錄方法也漸趨成熟，講述人在民間故事傳承中的特殊作用日漸被人們所重視。

一、百年來中國民間故事的集錄

二十世紀初期，民間故事講述活動在中國鄉村十分盛行，民間故事也逐漸被學人記錄下來。但是，這些僅僅是記錄講述人講故事的語言部分，至於與民間故事講述相關的其他活動則幾乎沒有被關注，而這些活動及情景恰恰是故事意義生成不可或缺的部分，「在某種程度上，所有的意義都是背景界定的，或決定的」[1]。因此，我們在記錄民間故事的時候，就不僅僅是用文字記錄下故事的語言文本，而是需要記錄與故事演述相關的所有資訊。要想獲知民間故事真實的生存狀態，除了它存在的歷史傳統背景以外，更多的就是民間故事講述現場的語境了。

進入二十世紀，中國社會開始發生巨大變化，新思想運動從城市蔓延到農村，進而引發中國農民思想上的變革，這在一定程度上動搖了中國人的神權與族權觀念，人們追求自由、提倡民主的口號越來越響亮，他們期望從本質上改變自己的生活。然而，文化的變遷並非一蹴而就，必須經過長時間的浸染與滲透。因此，二十世紀初期的中國農村，農民的文化生活儘管有了很大改善，思想觀念發生了明顯變化，但是，鄉村社會依然流行傳統的民間故事講述活動。

也是在二十世紀之初，中國學人開始從學理上探討民間故事的價值和意義。一九二三年九月三十日北京大學主辦的《歌謠》週刊第二十六期上刊載了「歌謠研究會」的宗旨。宗旨寫道：

> 本會事業目下雖只以歌謠為限，但因連帶關係覺得民間的傳說故事亦有搜集之必要，不久擬即開始工作。……選錄代表的故事，一方面足以為民間文學之標本，一方面用以考見詩賦小說發達之跡。

很顯然，當時採錄民間故事的目的是為了接續民間文藝的傳統，為了尋找文學的源頭和文學的發展軌跡。這個時期，不少學人十分關心民間故事採錄的真實性。一九二九年劉萬章的〈記述民間故事的幾件事〉闡述了民間故事搜集整理的原則：「我以為我們記述民間故事的，對於故事流傳的空間，一定要明白地寫出來，這不但那個故事的特質可以表

---

[1] [英]E·霍布斯鮑姆、T·蘭格著，顧杭、龐冠群譯，《傳統的發明》（南京：譯林出版社，二〇〇四年），頁一三五。

現出來，並且可以研究各地故事的異同。」「要實在地直寫出來。」「我有一種很主觀的管見，民間故事的敘述總要能夠把故事平直地，完滿地敘述得逼真，不要尚浮耀，像做小說般，描寫一堆風景，心靈的話……然後才是真正的民眾道地東西。」[2]周作人說得更為明白：「歌謠故事之為民間文學須以保有原來的色相為條件，所以記錄故事也當同歌謠一樣，最好是照原樣逐字抄錄……大凡科學的記錄方法，能保存故事的民間文學和民俗學資料價值。」[3]這些表述都強調民間故事流傳地、講述空間以及其中言語的記錄，強調民間故事真實記錄的重要性。在現代科學精神的倡導下，很多學人開始從事民間故事搜集、採錄，並將其編輯成書，諸如張清水的《海龍王的女兒》（一九二九年），劉萬章的《廣州民間故事》（一九二九年），婁子匡、陳德長的《紹興故事》（一九二九年），錢南揚的《祝英臺故事集》（一九二三年），吳藻汀的《泉州民間傳說》（一九二九年），蕭漢的《揚州的傳說》（一九二八年），還有潘漢年等編的《烏龍精》（一九二六年）、孫佳訊採錄的《娃娃石》（一九二九年），等等。林蘭女士編輯了近四十種民間故事叢書，影響了海內外學人對中國民間故事的認識。這個時候，人們漸漸意識到民間故事之於中國文化傳統建構的意義，之於文學發源與流變的特殊價值。

一九四二年，毛澤東發表了〈在延安文藝座談會上的講話〉，號召廣大文藝工作者學習「萌芽狀態」的文藝，鼓勵他們到基層，到老百姓的生活中去學習民間文藝，搜集民間文藝。二十世紀四十年代延安掀起了採錄民間故事的熱潮，在此基礎上創作出為民眾喜聞樂見的文藝作品，這種做法延續了「五四」新文化運動的文學精神，也極力在消除八股文的影響，試圖建立清新、自然的文風。「晉綏文藝工作者深入到農村，在農村工作中，逐漸地接近了民間故事，採集與整理工作才認真地搞起來。在一九四五年以後，就接續地出版了《水推長城》、《天下第一家》、《地主與長工》三個民間故事集子。……它成了區村幹部工作的有力助手，由此幫助提高了群眾的生產熱忱和階級覺悟。在晉綏，凡是具有

2 劉萬章，〈記述民間故事的幾件事〉，載《民俗》一九二九年第五十一期（一九二九年三月十三日）。

3 林培廬採編，《潮州七賢故事集・周序》（上海：上海天馬書店，一九三六年）。

初步閱讀能力的區村幹部、小學教員、中學生幾乎是人手一冊。民間故事成了幹部和群眾的好朋友。」[4]這些「由農民口述，知識份子筆記的篇章，是清新而剛健。我們希望繼續有人把各省的民間故事多多搜集和記錄，越多越好。把沃野的鮮花移植到文苑的土壤的工作，是新文學的一樁重要的值得尊重的工作」[5]。

同時期，我國西南地區的文化建設和研究則是另外一番景象。「盧溝橋事變」爆發後，華北和東南沿海的大批高等學府和一些科研院所紛紛西遷。儘管戰亂不已，生活顛沛流離，仍然有一大批民族學家、社會學家、人類學家、文學家等在極端困難的條件下堅持著「五四」新文化運動開拓的道路。大批知識份子進入西南的彝族、白族、苗族等地區調查，在此過程中採錄了大量的少數民族民間故事。比如，凌純聲、芮逸夫的《湘西苗族調查報告》就收錄了他們採集的神話、傳說、等六十三篇，其中神話二十五篇、傳說十二篇、寓言十五篇、趣事十一篇[6]。還有吳澤霖記錄的〈苗族中祖先來歷的傳說〉[7]，陳國鈞錄載的〈生苗的人祖神話〉[8]，馬學良的《雲南彝族禮俗研究文集》中收錄了〈關於祭祀時用馬桑樹及鐵莖草的傳說〉、〈關於祭場上插青樹枝的傳說〉、〈雞骨卜的傳說〉、〈招魂習俗的傳說〉、〈夷邊的人祖神話〉、〈夷人的三兄弟〉、〈洪水〉等[9]。這些神話、傳說、故事是知識份子們在為了瞭解西南民族生活，有著明確學科意識基礎上調查採集的成果，他們的目標並非採錄口傳敘事，而是在做民族生活、民族歷史和民族文化的調查時將民間故事視為民族文化傳統而納入記錄範圍。

4 李束為，《民間故事的採集與整理》，見中華全國文學藝術工作者代表大會宣傳處編《中華全國文學藝術工作者代表大會紀念文集》（北京：新華書店，一九五〇年）。

5 鍾敬文編《民間文藝新論集》（北京：北京師範大學出版部，一九五一年），頁二二五。

6 凌純聲、芮逸夫，《湘西苗族調查報告》（北京：民族出版社，二〇〇三年），頁一六四至二七五。

7 馬昌儀，《中國神話學文論選萃》（北京：中國廣播電視出版社，一九九五年），頁四四五。

8 吳澤霖、陳國鈞，《貴州苗夷社會研究》（北京：民族出版社，二〇〇四年），頁一一〇。

9 馬學良，《雲南彝族禮俗研究文集》（成都：四川民族出版社，一九八三年），頁一一五至一五五。

一九四九年以後，新中國人民政府重視民間文藝。一九五〇年成立的中國民間文藝研究會（一九八五年改為中國民間文藝家協會）負責組織、協調全國的民間文學工作。採錄民間故事的活動成為當時文化工作的重要內容，特別是自一九五四年開展的全國民族識別，和民族五種叢書的寫作經歷了較為深入的田野調查，在這一過程中，大量的少數民族民間故事被採錄上來，為新中國民間故事的理論建設積累了寶貴的第一手材料。誠如一位學者指出：

據不完全統計，十五年來省市以上出版的民間故事集就有五百多種。全國五十多個民族，都發掘了數量不等，各有特色的民間故事。已經出版的單行本的就有蒙古族、藏族、維吾爾族、苗族、彝族、壯族、朝鮮族、白族、黎族、納西族、高山族、鄂倫春族、土家族等十幾個民族。絕大部分民族都是第一次把他們祖先長期以來精心創造的民間故事，呈現在全國人民的面前。[10]

由政府主導的民族識別儘管不是以採錄民間故事為主，但是，因為民間故事被視為民族傳統和民族身份的重要內容而被記錄下來，這些故事有的粘附在某項實物上，有的為了解釋某種風俗習慣，有的講述人們的某種生活狀況，等等。從這個意義上講，民族識別過程中記載下來的故事就具有身份的屬性和解釋的功能了。一九五六年，我國政府先後對蒙古、藏、維吾爾等三十多個少數民族進行普查，一九六四年調查工作基本結束。這次少數民族社會歷史和語言調查大致摸清了各少數民族的社會歷史狀況，包括民族來源、生產力和生產關係發展、社會政治結構、語言文字、傳統文化、風俗習慣、宗教信仰以及其他各種社會現象。這當中搜集到的許許多多民間故事，成為民族識別的元素之一，成為社會文化的現象之一。這些採錄的民間故事成果集中體現在一九八九年出版的《中國少數民族民間文學叢書・故事大系》中，

[10] 集成，〈絢麗多姿的百花園——建國十五年來民間文學作品巡禮〉，載《民間文學》一九六四年第五期。

它按民族立卷，共出二十九種。一九九五年又在此基礎上調整編輯出版了《中華民族故事大系》，全書共分十六卷，精選了全國五十六個民族的神話、傳說、故事二千五百篇，參與講述、搜集、整理和翻譯的人員已達七千餘人。當然，這個階段搜集的故事集中展示了少數民族民間故事的豐富性和多樣性，儘管嚴重忽視民間故事傳承人及其講述活動。

一九八四年啟動的「中國民間故事集成」的搜集和編纂工作歷經了近二十年，動員人力數以萬計。在這個過程中，對於講述人在民間故事講述活動中的特殊功能有了更加清醒的認識：「事先瞭解清楚採訪地有哪些有才華的表演者、歌手和故事講述家，迅速準確搜集線索和採訪對象。能否迅速找到線索和採訪對象，找得好不好，將關係到整個採錄工作的開展。搜集工作者要尊重被採訪者，愛護被採訪者，不能不顧他們的時間、情緒和體力條件無休止地一味進行纏繞。表演者的年齡、性別、心境、忙閒、健康、愛好等諸種因素，採錄時都必須加以考慮。」[11]「中國民間故事集成」要求「科學性、全面性、代表性三者是互相聯繫不可分割的，科學性是三性的核心」[12]，強調在「講述的同時」「當場記錄」，「根據回憶來記錄作品」被認為「不是搜集工作的科學方法」。要求「講什麼、記什麼，怎樣講就怎樣記」；「逐字逐句地記，全面地記」；「遇到一次搜集一次，同樣認真記錄」[13]。「每篇作品應注意下列問題：講述者、表演者姓名；講述者、表演者的民族；講述者、表演者的年齡和出生年月；講述者、表演者的出生地及移居地；講述者、表演者的文化程度；講述者、表演者的職業；作品記錄的地點；記錄人姓名；記錄日期。」[14]這些細目的規定實質上就是對故事講述情境的再現。這次的民間故事採錄具體篇數至今沒有詳細統計，《中國民間故事集成·四川卷》的「後記」談到，短短幾年中，他們通過普查搜集到的民間文學資料達七十三萬件，其中故事十六萬多篇，編印的故事資料本就達

11 中國民間文學集成總編委會辦公室編，《中國民間文學集成工作手冊》（北京：中國民間文學集成總編委會辦公室，一九八七年），頁五四。
12 中國民間文學集成總編委會辦公室編，《中國民間文學集成工作手冊》（北京：中國民間文學集成總編委會辦公室，一九八七年），頁一五、一七。
13 中國民間文學集成總編委會辦公室編，《中國民間文學集成工作手冊》（北京：中國民間文學集成總編委會辦公室，一九八七年），頁五六。
14 中國民間文學集成總編委會辦公室編，《中國民間文學集成工作手冊》（北京：中國民間文學集成總編委會辦公室，一九八七年），頁五八。

一百零四種。由此可見，這是一次規模空前的民間故事採錄活動。

在中國臺灣，因受大陸民間文學三套集成工作的影響，「在觀念和做法上，臺灣民間文學採錄很大程度上是受到中國民間文學三套集成的啟迪」[15]。一些熱愛民間文學的人士開始著手搜集、採錄和編輯臺灣民間文學的資料集，其中民間故事領域裏要算陳慶浩、王秋桂於一九九三年主編的《中國民間故事全集》最為顯眼。該故事全集達四十冊，以二十世紀近七十年海內外出版發表的民間故事為主要選取對象。由胡萬川擔任總編輯的二十六冊《臺中縣民間文學集》也在一九九二年以後陸續出版。金榮華主持了卑南族、魯凱族以及金門島民間故事的採錄工作，出版了《臺東卑南族口傳文學選》（一九八九年）、《臺東大南村魯凱族口傳文學》（一九九五年）、《金門民間故事集》（一九九七年）等。

中國民間故事集成工作中發現了河北省槁城市的耿村、湖北省丹江口市的伍家溝村、重慶市的走馬鎮等故事村落，發現了許多傑出的故事講述人，並且陸續出版了他們講述的作品。諸如，裴永鎮整理的《朝鮮族民間故事講述家——金德順故事集》[16]，張其卓、董明搜集整理的《滿族三老人故事集》[17]，傅英仁的《滿族神話故事集》[18]，張愛雲整理的《傅英仁滿族故事》[19]，金在權整理的《天生配偶》[20]，金在權、朴昌默整理、朴贊球翻譯《黃龜淵故事集》[21]，楊榮國記錄的《花燈疑案》[22]，王作棟整理的《新笑府——民間故事講述家劉德培故事集》[23]，彭維金、李子碩主編的《魏

15 陳益源，《民間文學採錄》（臺北：里仁書局，一九九九年），頁一。
16 裴永鎮整理，《朝鮮族民間故事講述家——金德順故事集》（上海：上海文藝出版社，一九八三年）。
17 張其卓、董明搜集整理，《滿族三老人故事集》（瀋陽：春風文藝出版社，一九八四年）。
18 傅英仁，《滿族神話故事集》（哈爾濱：北方文藝出版社，一九八五年）。
19 傅英仁口述，張愛雲整理，《傅英仁滿族故事》（上下集）（哈爾濱：黑龍江人民出版社，二〇〇六年）。
20 黃龜淵口述，金在權整理，《天生配偶》（延吉：延邊人民出版社，一九八六年）。
21 金在權、朴昌默記錄整理，朴贊球翻譯，《黃龜淵故事集》（北京：中國民間文藝出版社，一九九〇年）。
22 楊榮國記錄，《花燈疑案》（靳景祥故事集）（北京：中國民間文藝出版社，一九八九年）。
23 王作棟整理，《新笑府——民間故事講述家劉德培故事集》（上海：上海文藝出版社，一九八九年）。

顯德民間故事集》[24]，劉則亭編著的《遼東灣的傳說》[25]，范金榮採錄的《尹澤故事歌謠集》[26]、《真假巡按》[27]，袁學駿主編的《靳正新故事百篇》[28]，蕭國松整理的《孫家香故事集》[29]，余貴福採錄、黃世堂整理的《野山笑林》[30]，江帆記錄整理的《譚振山故事精選》[31]，陳益源、江帆主編的《譚振山及其講述作品》[32]，周正良、陳泳超主編的《陸瑞英民間故事歌謠集》[33]，中國民間文藝研究會山東分會編的《臨沂地區四老人故事集》[34]，瀋陽市于洪區文化館記錄整理的《何鈞佑錫伯族長篇故事》[35]，中國民間文藝家協會、青島市民間文藝家協會編的《民間故事講述家宋宗科故事集》[36]。從這些業已出版的民間故事講述人的故事集中可以看到，二十世紀八十年代以來，學人們開始重視民間故事講述人及其講述活動了，尤其是把講述人和故事村落結合起來，從一個側面說明了故事生成的個性和傳統性之間的緊密聯繫。

24 彭維金、李子碩主編，《魏顯德民間故事集》（重慶：重慶出版社，一九九一年）。
25 劉則亭編著，《遼東灣的傳說》（瀋陽：春風文藝出版社，一九九三年）。
26 范金榮採錄，《尹澤故事歌謠集》（太原：山西省民間文藝家協會、山西省民間文學集成辦公室、朔州市民間文藝家協會，一九九五年）。
27 范金榮採錄，《真假巡按》（太原：山西古籍出版社，一九九八年）。
28 袁學駿主編，《靳正新故事百篇》（蘭州：甘肅人民出版社，一九九五年）。
29 蕭國松整理，《孫家香故事集》（武漢：長江文藝出版社，一九九八年）。
30 余貴福採錄，黃世堂整理，《野山笑林》（劉德方講述）（北京：大眾文藝出版社，一九九九年）。
31 江帆記錄整理，《譚振山故事精選》（瀋陽：遼寧教育出版社，二〇〇七年）。
32 陳益源、江帆主編，《譚振山及其講述作品》（臺北：樂學書局，二〇一〇年）。
33 周正良、陳永超主編，中國俗文學學會、常熟市古裏鎮人民政府編，《陸瑞英民間故事歌謠集》（北京：學苑出版社，二〇〇七年）。
34 中國民間文藝研究會山東分會編，《臨沂地區四老人故事集》（濟南：中國民間文藝研究會山東分會，一九八六年）。
35 瀋陽市于洪區文化館記錄整理，《何鈞佑錫伯族長篇故事》（上下兩冊）（瀋陽：遼寧人民出版社，二〇〇九年）。
36 中國民間文藝家協會、青島市民間文藝家協會編，《民間故事講述家宋宗科故事集》（北京：中國民間文學出版社，一九九〇年）。

像「中國民間故事集成」這類大規模的民間故事採錄工作和成果常被國人引以為自豪，但是，相對於人口眾多、地域廣大、歷史悠久、文化紛呈的中國來說，它仍不夠全面、不夠系統。不僅大量的故事散落民間，也並非如人所說的「地毯式」搜集和採錄，而且記錄的民間故事也存在這樣或那樣的「硬傷」，它們很大程度上只是口頭語言的載錄和轉換，並沒有把故事當作生活的部分或者活著的傳統來看待。更糟的是，有些故事的語言表述分不清哪些是講述人的，哪些是記錄人的，哪些是整理人的。這些均給這次史無前例的民間故事採錄活動帶來了無以彌補的損失。

二十一世紀，現代傳媒的快速發展嚴重衝擊了中國民間故事講述活動。二十世紀前半期的講述人相繼離開人世，年輕的講述人由於種種原因離開故土，鄉村裏只剩下老人和兒童，現代都市文化瀰散開來，影響並占據著中青年人的生活，像民間故事一類的傳統文化的生存與發展面臨著前所未有的危機。在這樣的背景下，二〇〇三年我國政府啟動了「政府主導、社會參與」的非物質文化遺產保護工程。到二〇一一年，全國上下已經建立了國家、省、地市、縣四級非物質文化遺產保護名錄，分級對列入名錄的非物質文化遺產實施保護。國家級非物質文化遺產保護名錄迄今已公佈了三批，進入名錄的專案達一千二百一十九項，其中民間故事類六十一項。故事村落的保護也受到空前重視，先後有耿村民間故事、伍家溝民間故事，走馬鎮民間故事、下堡坪民間故事、都鎮灣民間故事、北票民間故事等得到國家層面的關注和保護。非物質文化遺產專案代表性傳承人一千五百四十八人，其中民間故事代表性傳承人是十一位，他們是靳景祥（槁城耿村民間故事）、靳正新（槁城耿村民間故事）、譚振山（新民縣譚振山民間故事）、劉則亭（大窪縣古漁雁民間故事）、愛新覺羅・慶凱（金慶凱）（本溪滿族民間故事）、劉永芹（喀左東蒙民間故事）、劉德方（宜昌夷陵區下堡坪民間故事）、羅成貴（丹江口市伍家溝民間故事）、孫家香（長陽縣都鎮灣民間故事）、魏顯德（九龍坡區走馬鎮民間故事）、劉遠揚（九龍坡區走馬鎮民間故事）等。

民間故事被納入非物質文化遺產保護專案之後，再一次掀起了民間故事搜集和採錄的高潮，這次活動把民間故事視作民族身份文化、地方文化傳統和民眾生活文化的重要標誌。二〇一一年二月，《中華人民共和國非物質文化遺產法》

頒佈，從法律的高度將包括民間故事、民間故事村落和民間故事傳承人在內的非物質文化遺產保護起來，這也意味著民間故事已然成為國家文化建設和文化多樣性發展的重要內容。這一次的民間故事保護運動是在各級政府和文化主管部門的指導下，選取各個地方最有代表性的故事村落、故事類型和故事傳承人進行重點調查、採集、輯錄和拍攝，嚴格按照國家制定的申報標準和保護措施開展活動，因此，民間故事採錄工作在故事生存的空間上更加深入，更加全面，更加系統。但是，將民間故事講述活動上升到保護層面的可行性和可操作性的實踐研究還沒有深入展開，將民間故事的講述活動上升到研究層面的關注和重視仍顯不足。

二、中國民間故事講述研究的價值

民間故事講述活動的核心是傳承人和聽眾。中國民間故事傳承人有兩類：一類是擁有故事，但講述能力稍差一些，這類傳承人往往沒有傳承故事的積極願望和行為，更多的是接受和吸納，故事存續在他們的心裏。這些人也許不是出色的故事講述人，但是在他們的人生實踐中，常常把自己積蓄的故事傳遞給同輩友人或後輩子孫，因而發揮了保存與傳承故事的作用。另一類是民間故事講述的能手，他們具有故事講演的諸多潛質，熱愛故事，記憶力驚人，善於把從各種渠道得來的故事，如聽取的故事、書本的故事等都儲存在大腦裏，形成故事資源庫；講述富有創造性，善於把不同的故事類型和故事母題融會貫通，能夠將不完整、不完善的故事豐滿起來，把傳統故事與現實生活連接在一起，在講述過程中形成自己的特點；在他們的內心有創作故事、講述故事的強烈欲望和衝動，並付諸實踐。這些傑出的民間故事傳承人是地方傳統的集大成者，在今天通常被認定為非物質文化遺產專案代表性傳承人。

要成為非物質文化遺產項目代表性傳承人應符合以下條件：「熟練掌握其傳承的非物質文化遺產；在特定領域內具有代表性，並在一定區域內具有較大影響；積極開展傳承活動。」[37]這三條標準對於民間故事傳承人來說，具體就表現為儲藏有數量可觀的民間故事，具備講故事的才能和風格，在一個地方有重要影響和良好的社會關係，並且積極主動地展開故事傳承活動。被政府認定為非物質文化遺產專案代表性傳承人，應當履行下列義務：

開展傳承活動，培養後繼人才；妥善保存相關的實物、資料；配合文化主管部門和其他有關部門進行非物質文化遺產調查；參與非物質文化遺產公益性宣傳。非物質文化遺產項目代表性傳承人無正當理由不履行前款規定義務的，文化主管部門可以取消其代表性傳承人資格，重新認定該專案的代表性傳承人；喪失傳承能力的，文化主管部門可以重新認定該專案的代表性傳承人。[38]

民間故事傳承人是民間故事講述的代表，是一個地方敘事傳統的儲存庫，是故事的創作者和傳統的攜帶者，他們在民族文化和社會發展的歷史進程中應該也必須承擔起承傳知識、延續傳統、教育和培養傳承人的責任和義務。

民間故事講述研究的核心——講述人，就是非物質文化遺產保護的對象——傳承人。對民間故事傳承人及其講述的研究側重於現代性背景下的現在狀態，通過故事講述研究，較為科學和系統地展現當下中國民間故事傳承人的獨特風采，揭示中國民間故事的豐富性和複雜性。在此過程中，尋求解決民間故事傳承人生存和技藝傳承的問題，提出民間故事傳承人和故事村落的保護策略和可行方案。

37 《中華人民共和國非物質文化遺產法》，二〇一一年二月二十五日第十一屆全國人民代表大會常務委員會第十九次會議通過。
38 《中華人民共和國非物質文化遺產法》，二〇一一年二月二十五日第十一屆全國人民代表大會常務委員會第十九次會議通過。

民間故事是中國民間社會最基本的文化資源，也是先前社會留存下來的最適用的娛樂資源。這些由傳承人講述的故事是地方社會基本的文化傳統，民間故事傳承人是傳承傳統和創新傳統的中堅力量，他們在傳統的承繼中不斷建構、不斷豐富，引導著民間敘事傳統的發展方向。這些傳承人不僅各自有著鮮明的個性，而且成為地方傳統的代言人。他們一般是地方文化活動的積極份子，也是凝聚城鄉文化、推進社會發展的重要人物，尤其是那些傑出的民間故事傳承人身上依然保留著珍貴的文化傳統，具有著與時俱進的文化精神，他們在繼承地方文化與感應時代需求等方面起到了積極作用。因此，民間故事傳承人的講述研究，有利於保護民間故事傳統的延續性，促進中華文化發展的多樣性，豐富民眾的日常文化生活，構建社會的和諧與進步。

長期以來，民間故事研究主要利用搜集上來的語言文本，缺乏鮮活的生活基礎和深厚的文化傳統。「說唱的文本始終僅僅存在於說唱演出的時間中。作為聲音使空氣發生振動而出現的文本隨著聲音的沉寂而銷聲匿跡。然而我們所搜集記錄下來的文字文本卻一直在桌子上紋絲不動，其存在與時間無關。我們沒有留意到那些由於對文本作搜集記錄而丟失的東西，而一直認為通過文字化的工作即可使文本變為分析的對象。」[39]這種取向難免導致在尋求民間敘事規律的時候出現某些偏差與不足。因此，從講述的層面討論故事傳承人與聽眾、講述現場與敘事傳統構成的共同體，從生活和講演的視角探索民間敘事傳統的內在結構規律，就顯得尤為必要了。

民間故事的生成具有厚重的文化傳統基因，雖然我們無法清晰每個故事的來源，但是，一個地方的敘事資源是有限的，也是可以梳理清楚的，傳承人講的故事及其傳承關係亦是可以明白和具體把握的，這就要求我們要特別重視民間故事傳承人和他的生活軌跡，詳盡訪談和記錄傳承人的生活史，以及他所記憶的人、事、物和他的個人觀點，查找和記錄傳承人生活區域的自然、歷史、文化等內容，採訪和記錄傳承人現今的生活、家系和社會關係、社會活動等，編製故事

---

[39] 〔日〕井口淳子著，林琦譯，《中國北方農村的口傳文化——說唱的書、文本、表演》，（廈門：廈門大學出版社，二〇〇三年），頁一〇至一一。

傳承人和故事流動的網狀結構圖，探索故事傳承與地方文化發展的關係，探討文化關係網絡之於傳承人講述個性、傳承人故事講述之於民間敘事傳統的價值和意義。

民間故事因為講述得以存活和流傳，這些講述都是在特定時空環境中完成，尤其是傳統中國的熟人社會當中。傳承人的講述要維繫傳統的地方屬性，並且以講述傳統強化地方屬性，這在年長的人那裏體現得更加明顯。

> 在原始部落裏，老人是傳統的守衛者，這不僅是因為他們較其他人來說，更早地接受了傳統，而且無疑還是因為他們是唯一一群能夠享有必要的閒適的人，這使得他們可以在與其他老人的交流中，去確定這些傳統的細枝末節，並在一開始的時候就把這些傳統傳授給年輕人。在我們的社會裏，老人也受到尊敬，因為在生活了很長時間之後，老人閱歷豐富，而且擁有許多的記憶。既然如此，老人怎麼能不會熱切地關注過去，關注他們充當護衛者的這一共同財富呢？[40]

年長的故事傳承人之所以贏得人們的認同和尊敬，首先他是一個老者，因為對於不同尋常的知識和經歷來說，年紀大的人不僅接受傳統的過程比別人長得多，知聞傳統的範圍比別人廣泛得多，感受傳統的經歷也比別人豐富得多。老年人對傳統的留戀和守護具有特別的傾向性，「對於過去，老年人要比成年人更感興趣」[41]。這類對過去感興趣的老人存在於每個時代、每個地方，是每個時代、每個地方文化傳統延續的中流砥柱，今天也不例外。

自古及今，地方傳統的每一次創新、豐富均是在既有的傳統基礎上完成的，這些傳統成為地方民眾生活穩定的文化基因；區域內共用的倫理觀念和道德準則成為規約傳承人講述活動的法則，也規約著故事的生成與演進；地方文化生境

40 [法]莫里斯・哈布瓦赫著，畢然、郭金華譯，《論集體記憶》（上海：上海人民出版社，二〇〇二年），頁八五。
41 [法]莫里斯・哈布瓦赫著，畢然、郭金華譯，《論集體記憶》（上海：上海人民出版社，二〇〇二年），頁八四。

和自然環境在一定的時間內相對穩定，構成了民間故事講述的情境，它滲入故事之中，促進了故事的傳講，也促進了民間故事傳統在內聚化基礎上得以形成和延展。但是，傳承人的生活和他所在的區間又不是封閉的，講述空間也不是封閉的，從這個意義上說，民間故事是交流的方式，並且在交流中生長和發展。人們住進來、遷出去，因為生存或其他原因或長期或短時間地流入、流出，不同區間的人交流、往來、熟悉，不同區域的故事和文化隨著人這一主體而帶進帶出，影響和豐富著地方的敘事，人們也在共用、傳承和創新中感受傳統和享受傳統，也體驗著快樂。

民間故事講述的地方屬性和交流屬性，決定了民間故事的傳統性和多樣性。通過不同區域故事講述的研究，我們能夠更為具體而細緻地理解民間故事的地域個性和文化共性，進而發揮和凸顯民間故事之於地方文化的標誌作用和認同功能，以及民間故事之於團結民眾、凝聚民心、凝結傳統的巨大力量，理解民間故事對於民眾性格的模塑和地方精神的形成的重大影響，理解各個區域民間故事生成和發展的外在力量與內在動力彼此交集、融合過程中出現的複雜文化現象。

正因為民間故事講述研究具有特殊的社會意義和學術價值，為此，中央民族大學民俗學學科希望在科學研究思想的指導下，利用田野調查手段記錄中國民間故事傳承人的故事講述，從民間生活的立場對中國民間故事傳承人進行系統審視和總結，進而推進民族文化多樣性建設和非物質文化遺產保護實踐活動。

緒　論

劉德方，一個生活坎坷、技藝超群的中國漢族農民故事家，自一九九四年被發現以來，就一直備受社會各界的廣泛關注和研究。一九九八年九月十四日，湖北省宜昌市文學藝術界聯合會副主席王作棟應邀考察了劉德方，鑑定「劉德方達到並超過了國際公認的民間故事家『百則級』傳承人標準，是一位地道的農民故事家」。半個月後，劉德方當選為宜昌縣民間文藝家協會名譽主席。同年十二月，關於劉德方的電視專題片《說唱人生》在三峽電視臺、湖北電視臺播出，劉德方被《宜昌日報》評選為宜昌市年度十大新聞人物。一九九九年二月，劉德方當選為中國人民政治協商會議宜昌縣第六屆委員會委員。三月二十日，民間故事學專家劉守華教授一行考察認定「劉德方是三峽地區目前最具活力的民間故事家」。就在這一年的九月，劉德方被安排進了宜昌縣文化館，參與文藝表演，講故事，唱山歌，生活有了保障，並於十二月份榮獲宜昌市「三峽文藝明星」特別獎。

劉德方才藝的挖掘和研究成為宜昌縣委、縣政府及文學藝術界人士的普遍共識和願望。二〇〇〇年三月二十二日，「三峽劉德方民間故事研討會」召開，與會專家對劉德方及其故事給予了高度評價。當年十月，反映劉德方人生和故事的專題紀錄片《故事》在山東衛視播出。二〇〇一年三月，宜昌縣委常委會議決定每年補助劉德方一萬元生活醫療費。同年七月十八日，湖北省民間文藝家協會、湖北省群眾藝術館授予劉德方「湖北省民間故事家」稱號。二〇〇二年十一月六日，中國民間文學界泰斗賈芝先生考察了劉德方，確定他是「很地道、很典型的農民故事家」。時隔一年，中國民俗學會會長劉魁立先生率領專家團考察了劉德方，一致認可他是非常難得的民間文化傳承人，不禁讚歎「偉哉天籟」。二〇〇四年十一月八日，中國民間文藝家協會組聯部副主任周燕屏等人就命名劉德方為中國民間故事家進行專題考察；十二月八日，劉德方即被授予「中國民間故事家」稱號。二〇〇五年二月十六日，劉德方獲得「宜昌市民間文化突出貢獻獎」。當年的十二月，以劉德方及其故事為代表的下堡坪民間故事被國家文化部列為首批非物質文化遺產搶救保護項目。二〇〇七年六月四日，作為夷陵區「鄉土拔尖人才」的劉德方走進莊嚴的人民大會堂，接受中國文學藝術界聯合會、中國民間文藝家協會授予的「中國民間文化傑出傳承人」光榮稱號。六月六日，中央電視臺十套節目「人物」欄目，以傳承大師為主題，播出了扣人心弦的電視專題片「中國民間故事家劉德方」。六月九日，國家文化部認定劉德方為第一批國家級非物質文化遺產「下堡坪民間故事」項目代表性傳承人。劉德方的故事人生邁向了頂峰。

二〇〇八年三月，宜昌市文學藝術界聯合會授予劉德方「宜昌市德藝雙馨文藝家」稱號。二〇〇九年起，劉德方的年生活醫療補助增加到兩萬元。也是這年的十月，劉德方名列湖北文藝界十大名人的推選人選，參與《親吻歲月》專題片的拍攝。應當說，劉德方的文藝才華被發掘、考察和認定後，各種榮譽和光環接踵而來，他無論在物質生活上、藝術創作上，還是社會地位等方面，都得到了充分的肯定和提升。

鄂西山區是一個生存條件艱苦，而文藝活動繁盛的地區。劉德方從小就喜歡聽家裏人和周邊的鄉親講故事，說笑話，唱山歌。青年時代，由於家庭成分的原因，劉德方參加過修路、築堤、趕溪、背腳、炸河等各種重體力勞動，長期在外，孤獨寂寞，也結識了來自五湖四海的朋友。勞動之餘，湊在人堆裏聽故事、記故事、琢磨故事成了劉德方的一大樂趣。故事排遣了心情，調節了生活，感悟了人生。在條件允許的情況下，劉德方也抓住時機一顯身手，博得眾人的喝彩與喜愛，不僅表現了自己，而且娛樂了他人。隨著社會環境的逐漸寬鬆，劉德方講故事的機會和場合越來越多，他就更加注意與其他講故事的人交流、競爭、協作，取長補短，互通有無。不管是故事篇目上，還是講述技巧上，劉德方都稱得上是一個有心人。「開始是成分不好，就不敢講，就只能聽。聽了，我就細細記。最後，把『帽子』取了，我就細細想，細細創造。」[1]憑藉自己的悟性、聰慧和記憶力，劉德方不僅累積了大量三峽地區的民間故事，而且形成了獨具特色的敘事風格和價值觀念。

談到與民間故事的情緣，劉德方說：「一是我自己喜愛這一門；二是那個時候我是被整的對象，家庭出身成分不好啊，那個時候一來個什麼運動，就把我弄起去，就整啦，鬥啊，批啊，打啊，我就以這些東西來解勸思想。那你說你要慪（暗自心裏生氣）去，你怎麼慪得抻頭（全部生氣完）呢。以那些子東西解我心中的悶，心中的苦，就自己解勸自己。背腳也好，做活也好，就自己在腦筋裏悶唱一下啊，就把我那些悲痛甩到一邊。再一個呢，我是想活躍這個地方啊，就跟鄉親們唱下呀，講下呀，大家在一起娛樂娛樂呀，與其他人打成一片啦。還有一個呢，可以用故事解勸人家，你比如我們唱戲啊，唱歌啊，你可以教育人家，你可以勸人家奮進啦，可以勸人家浪子回頭啊，它還是有一定的作用。民間文化有它一定的含量，它一定的作用。」[2]

劉德方生性就對各類民間藝術很感興趣、十分愛好，更專心求教學習。經過多年的刻苦鑽研和實踐磨礪，除了講故事以外，劉德方還能演皮影、唱山歌、打鑼鼓，並且行行是高手。遇到鄉親家的紅白喜事，他也常當支客（紅喜事的事務主管）、都管（白喜事的事務主管），待客、接物、處事，樣樣精明。劉德方出眾的民間文藝才華不是先天具備的，而是他後天向長輩同儕、遠朋近友請教習得，更是在人生旅程中不斷體驗、覺悟和創作的結果。正是基於不安於因襲和彰顯自我的性格，劉德方即便在衣不遮體、食不果腹的苦難年代，也從未間斷過對故事、皮影、山歌等浸潤在生活中的民眾文化的吸納、揣摩、思考和創新，而且樂此不疲，孜孜以求。

---

1 訪談對象：劉德方；訪談人：王丹、林繼富；訪談時間：二〇一一年七月十三日上午；訪談地點：湖北省宜昌市夷陵區夷陵樓劉德方民間藝術研究會辦公室。

2 訪談對象：劉德方；訪談人：王丹、林繼富；訪談時間：二〇〇七年八月二十二日晚上；訪談地點：湖北省宜昌市夷陵區下堡坪鄉永順旅社。

劉德方的生活道路雖然不平坦，甚至較之常人更為荊棘，但他永遠保持一顆感恩的心，胸懷開闊，樂觀、豁達、自律。大凡勞作工餘、節慶歲時、走親訪友，他都樂於獻藝傳教，他走到哪裏，就把歡笑帶到哪裏。「我講故事，那人家就是喜歡聽，我也歡喜跟他們講，不管男的、女的，不管老的、少的，不管遠的、近的。有幾回他們來拍我的專題片，那些專家、那些電視臺的到我的老家，我講故事，一圍幾十人，有的把田裏的活路（農活）甩了，看我日白（講故事）。」[3]

劉德方大都講貼近人們日常生活與情感世界的故事、笑話，在幽默中道出為人處世之理，在諷刺中飽含激人奮進之情。劉德方進入城區生活以後，尤為注重故事內涵的深化和趣味的融入，尤為關心聽他故事的對象和聽眾對他故事的評價，並在這個過程中不斷更新故事內容，完善講述技能。眼觀四面、耳聽八方的劉德方會針對不同年齡、性別、職業、文化背景的聽眾，或者儘量兼顧到不同人群的需要，察言觀色，適時造勢，選擇和演繹不同的故事，讓聽故事的人都能各開其懷、各感其義、各有所得。而今，雖已年過七旬，但劉德方的記憶、思維和語言表達能力絲毫沒有減退，他傳承的神話傳說、故事笑話、山歌民謠、皮影小戲依然鮮活、美麗。

劉德方是夷陵山水的兒子。大山的雄渾與俊拔培育了劉德方，溪水的清麗與溫婉滋養了劉德方。劉德方深受三峽地區民間文化傳統的浸染和薰陶，他把這些生命的賜予一攬入懷，細細咀嚼，儲存發揮，隨興展演，並從中汲取養分，獲得力量，成就了自己不同凡響的藝術人生。劉德方講故事時，吐詞清晰，表達準確，內容豐富，結構合理，邏輯性強，情節曲折生動，語言自然貼切，故事味十足。他的故事講述特別注重技巧的運用，鋪墊、深描、對比、誇張、抖包袱，都精確得當，自然天成。劉德方對於各種類型的故事均能把握到位，隨著故事情節的推進，有時沉穩不露聲色，有時一語道破天機，恰到好處地抓住了聽眾的品位和情緒，很有藝術感。故事當中的自然環境、生活習俗、人際關係、語言形

3 訪談對象：劉德方；訪談人：王丹、林繼富；訪談時間：二〇一一年七月十三日下午；訪談地點：湖北省宜昌市夷陵區夷陵樓劉德方民間藝術研究會辦公室。

態等，與當地民眾的審美觀念、是非觀念、道德觀念相映成彰，透露著鮮明的地域色彩，散發著濃烈的泥土芳香，內涵豐富，意蘊悠長，堪稱地方文化知識的寶庫。

劉德方愛講故事，會講故事，能講故事。聽過劉德方講故事的人不計其數，年齡最小的有未經世事的孩童，年長的有耄耋之年的老者。鄉親鄰里聽過他的故事，中央領導聽過他的故事，外國遊客也聽過他的故事。二〇〇〇年，劉德方被邀請到三峽大壩接待中心講故事，當時有許多外國專家在場。一邊劉德方繪聲繪色地講演，一邊翻譯人員耐心細緻地翻譯，外國專家們身臨其境，情不自禁地露出了會心的笑容，紛紛豎起大拇指嘖嘖稱讚。在宜昌，劉德方的名字家喻戶曉，劉德方的故事廣為人知。經歷了人生風雨的劉德方迎來了最美不過的夕陽紅，矗立在時代的潮頭，活躍在藝術的舞臺，他以其獨特的文藝才華和文化價值走向了全國，走向了世界。

第一章　劉德方的生活地

劉德方，一九三八年農曆八月十五出生於湖北省宜昌市夷陵區下堡坪鄉譚家坪村一個富裕之家。這裏的自然孕育了劉德方，這裏的人文培養了劉德方，所以，劉德方的人生、劉德方的故事和劉德方的藝術離不開宜昌的山山水水，離不開夷陵的歷史文化，離不開下堡坪的民間傳統與鄉村知識，離不開譚家坪的父老鄉親與風土人情。

民間故事傳承人不僅組成了村落民俗文化的一部分，而且也被特定的文化背景所塑造；文化村落特殊的歷史、經濟、人文和自然條件等對傳承人講述內容、講述方式及傳承手段和傳播渠道構成了深刻影響[1]。因此，對於民間故事傳承人的研究把握其生活地的自然地理環境和歷史文化傳統很有必要。

第一節　自然地理環境

宜昌市位於湖北省西南部，地處長江上游與中游的結合部，地跨東經110°15′至112°04′、北緯29°56′至31°34′之間。它東鄰荊州市和荊門市，南抵湖南省常德市，西接恩施土家族苗族自治州，北靠神農架林區和襄樊市。

[1] 林繼富，《民間敘事傳統與故事傳承》（北京：中國社會科學出版社，二〇〇七年），頁五一。

「水至此而夷，山至此而陵」，故宜昌古稱「夷陵」，自古便是兵家必爭之地、商賈雲集之所。宜昌市地扼渝鄂咽喉，上控巴夔，下引荊襄，素有「三峽門戶」之稱，屬鄂西山區向江漢平原的過渡地帶。全市共轄五縣（遠安縣、興山縣、秭歸縣、長陽土家族自治縣、五峰土家族自治縣）、三個縣級市（宜都市、當陽市、枝江市）、五區（夷陵區、西陵區、伍家崗區、點軍區、猇亭區），共有二十五個鄉、六十二個鎮、二十個街道辦事處，總人口四百一十五萬，總面積二點一萬平方公里。

宜昌地形複雜，高低相差懸殊，地勢自西北向東南傾斜，兼有山區、丘陵和平原。興山、秭歸、長陽、五峰和夷陵區西部為山區，夷陵區的東部、當陽、遠安、宜都等為丘陵，長江與清江、沮漳河交匯兩側的枝江、當陽、宜都等地部分區域為平原。山區江河穿流，峽谷密佈，有的雄奇險峻，崖壁高聳；有的幽深秀麗，曲折迂迴。長江、清江、香溪河、黃柏河流域均是這般雋美之景，如詩如畫。

夷陵區在宜昌市的西北部，長江西陵峽下端，位於東經110°51'8"至111°39'30"、北緯30°32'33"至31°28'30"之間，東連遠安、當陽，南鄰枝江、西陵、宜都、長陽，西抵秭歸、興山，北與保康接壤。夷陵現轄八鎮、三鄉、一個街道辦事處、一個新區和一個省級開發區，它們是霧渡河鎮、樟村坪鎮、鴉鵲嶺鎮、分鄉鎮、太平溪鎮、三斗坪鎮、樂天溪鎮、龍泉鎮、黃花鄉、鄧村鄉、下堡坪鄉、小溪塔街道辦事處，發展大道新區、夷陵經濟開發區，共一百八十二個行政村、十八個社區居委會，是宜昌市面積最大，人口最多的市轄行政區，也是宜昌市最具經濟文化活力的區縣之一。

區境內山巒起伏，河流縱橫，有群山連綿的西陵峽谷、穿峽東去的萬里長江，橫鎖長江的葛洲壩和舉世聞名的三峽大壩組成了「一峽兩壩」，是一片物華天寶、毓秀鍾靈的人間寶地。夷陵北屬大巴山脈的荊山支脈，呈西南至東北走向；南屬武陵山脈的石門支脈，呈東西走向。地勢西北高，東南低，西、北、東三面群山環抱，東南一面臨向平原，形成了山地、丘陵、河谷等多種地貌。夷陵區屬中亞熱帶季風氣候區，四季分明，氣候溫和，雨量適中。春季氣溫變幅大，冷暖交替頻繁；夏季氣候日變化大，中午炎熱，早晚較涼爽，大旱時晝夜不回涼，雨熱同季；秋季受北方冷空氣影響，冷暖再次交替，降溫快，少雨多晴；冬季氣溫下降快，乾燥少雨雪。受地勢影響，氣候垂直差異較大。

全區由於土壤、氣候的不同，西北山區以種植玉米、土豆（馬鈴薯）、油菜、茶葉等旱作物為主，東南丘陵以水稻、油菜、柑橘為主，城鎮郊區以瓜果、蔬菜為主，總體為「七山半水兩分田，半分道路和莊園」的格局，有「橘鄉茶都」的美譽，還盛產桑蠶、香菌、木耳、天麻等經濟作物。夷陵區內礦產資源、水利資源都很豐富。長江黃金水道橫貫東西，焦柳（河南焦作—廣西柳州）鐵路縱穿南北，三峽機場坐落境內，還有宜黃（鄂西宜昌—鄂東黃石）高速公路經過，形成了水陸空全方位交通網。走在夷陵城區的大街小巷，我能明顯地感受到這個與宜昌市區僅三十分鐘車程的轄區內鄉土與現代的並存與交融。

下堡坪鄉地處夷陵區西北邊陲，位於東經110°至111°14′、北緯30°08′至31°10′之間。它東與霧渡河鎮、黃花鄉相連，南與黃花鄉、樂天溪鎮接壤，西與鄧村鄉、大老嶺林場交界，北與興山縣的高嵐、三陽毗鄰。乾隆二十八年（一七六三年）《東湖縣誌》記載：「下堡坪在深溪鋪，城北一百三十里。」清朝年間，下堡坪鄉現在的轄地屬五個鋪管轄：社林鋪、深溪鋪、霧渡鋪、界嶺鋪、紙坊鋪。從民國時期到中華人民共和國建立之初的十年間，下堡坪鄉就歷經了多次行政體制的變動。二十世紀九十年代以來，根據撤區併鄉的改革要求，下堡坪鄉原來所屬的區級行政建構撤銷，到二〇〇一年，劉德方居住地原屬的栗子坪鄉與下堡坪鄉並為一鄉，最終形成了今天下堡坪鄉的區劃格局。下堡坪鄉共轄下堡坪村、蛟龍寺村、天府廟村、鍋廠村、煙燈埡村、九山坪村、白竹坪村、楊柳池村、泉灣村、馬宗嶺村、青山坡村、關廟河村、趙勉河村、中柳坪村、樓子山村、譚家坪村、秀水坪村、白鶴寺村、磨坪村和十八灣村等二十個行政村，一百零五個村民小組，總人口二點四萬餘人。

下堡坪鄉處在長江西陵峽北岸的崇山峻嶺中，這裏屬於大巴山脈的荊山支脈，境內高山、峽谷、丘陵、盆地錯落相間。地勢西北高，東南低，東西寬約十九公里，南北長約二十三公里，國土總面積三百二十平方公里，耕地面積三點一萬畝，分水田和旱田兩種，還有二十六點七萬畝林地。鄉民種植的農作物主糧有玉米、水稻，雜糧有黃豆、小豆、蔓豆、粟穀、高粱，夏糧有小麥、豌豆、大麥、燕麥、蕎麥，薯類有土豆、紅薯、芋頭等；油料有油菜、芝麻、花生、向日葵等。由於特殊的自然、地理、氣候條件，秀水大米在明朝時就被作為貢米上貢。

下堡坪鄉屬典型的山區鄉鎮，地形地貌複雜，由海拔五百至一千米的低山區和一千至一千五百米的中山區組成。境內山峰林立，河谷遍佈，溪深谷長，平均海拔八百五十米左右，有大小河溪十幾條，趙勉河、橫溪河兩條主幹流橫貫其中。下堡坪鄉景色秀麗，四季分明，雨量適中，氣候溫和，自然資源豐富。趙沙（趙勉河—沙坪）流域的生態植被及老木架千畝人造林基地馳名全區，蔥鬱茂密，林相整齊，動植物種類繁多。鄉內有多種礦藏，金、銀、銅、鉛、鋅、煤、石墨、灰岩、硫鐵礦、花崗岩、石英石等礦產儲量較大。

目前，下堡坪鄉鄉政府的駐地在下堡坪村，它是全鄉政治、經濟、文化、交通的中心。下堡坪鄉有三條公路可達區黨委、區政府所在地小溪塔，每天有下堡坪—霧渡河—小溪塔、下堡坪—蓮沱（樂天溪鎮）—小溪塔和栗子坪—霧渡河—小溪塔的對開班車。鄉內外有下霧路（下堡坪—霧渡河）、下蓮路（下堡坪—蓮沱）、下青路（下堡坪—青山坡）、下煙路（下堡坪—煙燈埡）、下栗路（下堡坪—栗子坪）、下楊路（下堡坪—楊柳池）等多條公路貫穿東西南北，這四通八達的交通網聯通著下堡坪鄉與宜昌市、三峽壩區及周邊鄉鎮，也使全鄉各村相通。二〇〇三年，下堡坪鄉實現了鄉裏通油路、村村通公路的歷史性跨越。現在電話聯繫也十分暢通。近年來，鄉黨委、鄉政府依託資源優勢，確立了「穩麻攻茶、生態興鄉」的發展戰略，初步形成了以茶葉、天麻為主的農業產業化經營格局，努力建設「湖北省高山名優茶之鄉」、「宜昌市生態環境特色之鄉」。

譚家坪村就在下堡坪鄉的西北部，海拔相對較高，它西北與秀水坪村接壤，東南與中柳坪村、趙勉河村相連，由原賈家坪村和譚家坪村合併而成。村委會駐磴子石，距離鄉政府所在地約三十三公里。村域面積十二點九平方公里，轄六個村民小組，四百二十五戶，一千三百餘人。耕地面積有九百三十畝，其中水田八百畝。二〇〇六年，全村糧食總產量五百九十三噸，人均收入二千七百元。二〇〇七年，譚家坪村已發展茶葉一千多畝，種植總面積達二千三百五十七畝。

譚家坪村這個典型的山地農耕村落，如今靠種天麻、採茶葉以及林業生產等非常有效地增加了農民收入，村容村貌有了很大改觀，百姓生活有了很大改善，恆久不變的只有那依舊鮮亮秀美的青山與綠水。

第二節　歷史文化環境

宜昌市距今已有二千多年的歷史。在一二十萬年前，清江流域就有「長陽人」的活動。境內數十處新石器時代遺址的發現，證明七八千年前中華民族的祖先就在這塊土地上繁衍生息。宜昌遠古屬西陵部落，夏、商、周三代為古荊州地，春秋戰國時為楚國的西塞要地，建有城邑，以後為歷代郡、縣、州、府的治所。據《史記・楚世家》載，楚頃襄王「二十一年（西元前二七八年），秦將白起遂拔我郢，燒先王墓夷陵」。夷陵之名始於此。關於夷陵名字的由來，《漢書・地理志》說：「夷陵城西北十五里有夷山，即西陵山而得名。」另有舊志說，夷陵因山川形勢而命名。《宜昌府志》記載：秦始皇二十六年（西元前二二一年）改夷陵置巫縣。漢承秦制，西漢時夷陵屬荊州南郡，東漢建安十三年（西元二〇八年）改夷陵為臨江郡。建安十五年（西元二一〇年）又改臨江郡為宜都郡。三國時，吳皇武元年（西元二二二年），改夷陵為西陵郡，也稱宜都郡。晉太康年間（西元二八〇年至二八九年），改置為夷陵縣。南北朝時宋、齊皆與晉同。梁改宜都郡為宜州，西魏改為拓州，後周改名陝州。隋大業三年（西元六〇七年）改陝州為夷陵郡，轄夷陵、夷道、長楊、遠安四縣，夷陵縣為郡治，隸屬荊州都督府。唐乾元二年（西元七六一年）復將夷陵郡改為陝州，仍領上述四縣，屬山南東道。天寶初又改為夷陵郡，乾元元年（西元七五八年）復改陝州。五代時，陝州與荊州、歸州為南平國。北宋復稱陝州，屬荊湖北路，仍轄原夷陵四縣。到元豐年間（西元一〇七八年至一〇八五年）改「陝」為「峽」。元代置峽州路，明初始改名峽州府，領夷陵、秭歸、巴東、宜都、長陽、遠安六縣。洪武九年（西元一三七六年），改峽州為夷陵州，僅領宜都、長陽、遠安三縣，治所夷陵，隸屬湖廣布政使司荊州府上荊南道。清初仍為夷陵州，清順治五年（西元一六四八年），改「夷陵」為「彝陵」。雍正十三年（西元一七三五年），升彝陵州為宜昌府，改彝陵縣為東湖縣，並為宜昌府治所，「宜昌」一名使用至今。

民國初年廢府、州建制，實行省、道、縣三級制。第二次國內革命戰爭時期，宜昌是湘鄂西蘇區湘鄂邊根據地、歸（秭歸）興（興山）巴（巴東）根據地、荊（荊門）當（當陽）遠（遠安）根據地的重要組成部分。一九四九年六月十一日，中國共產黨宜昌市委員會、宜昌市人民政府在當陽蘆家灣正式成立。七月十六日，宜昌城區解放。宜昌專署機關和宜昌市黨政機關隨即從當陽遷駐宜昌城。

中華人民共和國成立後，宜昌行政區專員公署轄宜昌、宜都、枝江、當陽、遠安、興山、秭歸、長陽、五峰九個縣。同時劃出原宜昌縣城區和近郊農村置宜昌市，直屬湖北省人民政府管轄。此後，行政建制上多有調整，但總體格局未變。一九七〇年七月，因興建葛洲壩水利樞紐工程，宜昌縣直機關從市內北遷至小溪塔。一九九二年三月，為適應改革和發展的需要，經中央批准，宜昌地市合併，實行市領導縣的體制。二〇〇一年三月二十二日，國務院批准撤銷宜昌縣，設立夷陵區。至此，宜昌市轄五區五縣三市。

夷陵區的歷史淵源與宜昌市一脈相承。西陵峽高山闊水的雄峻與浩淼，鄂西南青山綠水的清幽與明麗，留下了白居易、白行簡和元稹等人的足跡，王維、李白、杜甫、歐陽修、蘇軾、陸游等也一一題賦佳句名篇。這一片靈秀的土地孕育了愛國詩人屈原，絕代佳人王昭君，明代文官趙勉，近代文人楊守敬、文安之、全敬存等聲名顯赫的歷史名人。因此，當人們眼光向下，挖掘文化瑰寶，發現鄉土精神的時候，就不再驚歎於這裏有劉德培、孫家香、劉德方等一大批民間故事講述大家了。

宜昌自古乃巴楚文化的交匯之地。楚俗遺韻、巴土古風至今留存於此，尤其是楚文化和巴文化交融整合之後，形成了獨具魅力的地域文化特色和個性鮮明的民間文化現象。一九七九年後，宜昌縣文藝工作者採集的民間故事、歌謠、舞蹈、諺語和器樂分別以「宜昌縣卷」、「宜昌縣部分」載入湖北省「民間故事」、「民間歌謠」、「民間舞蹈」、「民間諺語」、「民間器樂」等集成中。一九九三年，宜昌縣被文化部授予「中國民間藝術之鄉」稱號；一九九五年，宜昌縣先後被評為全省、全國文化工作先進縣。廣播電視全面實現「村村通」，廣播綜合人口覆蓋率達百分之九十八，電視綜合人口覆蓋率達百分之九十五，被評為全省「村村通」廣播電視先進單位。二〇〇三年，宜昌市成為三個首批國家民族民間文化保護工程綜合試點單位之一，成立了「宜昌市民族民間文化保護中心」，二〇〇六年更名為「宜昌市非物質文化遺產保護中心」。二〇〇七年，宜昌市文化局獲得「文化部非物質文化遺產保護工作先進集體」。二〇〇九年三月，宜昌市人民政府第三十四次常務委員會會議討論通過《宜昌市非物質文化遺產保護辦法》，始終走在民族民間文化保護的前列。

宜昌市現已獲得國家級非物質文化遺產項目十六個，分別是下堡坪民間故事、都鎮灣民間故事、夷陵絲竹樂、王昭君傳說、屈原傳說、青林寺謎語、興山民歌、枝江吹打樂、長江峽江號子、宜昌堂調、薅草鑼鼓、遠安嗚音、土家族打溜子、南曲、撒葉兒呵、屈原故里端午習俗等。還擁有霧渡河民歌、夷陵版畫、長陽山歌、吹打樂、地花鼓、興山圍鼓、當陽打鼓說書、關陵廟會、遠安嫘祖廟會、秭歸楊林堂鼓、五峰土家告祖禮儀等多項省級和市級非物質文化遺產項目。

下堡坪鄉雖在大山之中，但生活安定，較為富庶，文化教育歷來受到人們的高度關注和重視。明朝趙勉甲科進士入翰林，官居戶部尚書之要職。清朝時，秀水坪村出過兩名舉人、多名秀才。二十世紀三十年代初，秀水人鄒松柏漂洋過海赴日本留學，回國任湖北省教育參贊兼興山縣代縣長之職。這些印證了「萬般皆下品，唯有讀書高」的人物事蹟均被老百姓傳為佳話。至今，下堡坪鄉繼續保持著「雙百（適齡人口入學率百分之一百，掃盲工作合格率百分之一百）鄉鎮」、「零輟學鄉鎮」的稱號。

下堡坪鄉民的社會生活在新中國建立，特別是改革開放後，發生了巨大變化。衣不遮體的現象一去不復返了，人們的衣著五顏六色，布料多種多樣。草鞋已經絕跡，農民勞作時主要穿解放鞋，甚而穿皮鞋下田。野菜糊糊（稀粥），洋芋果（土豆）只是改改口味才偶爾吃一頓，大米、麵食成了主要飯食，肉、魚、禽、蛋、豆腐是家常菜肴，鄉民們無不感歎地說：現在的生活是天天在過年！住草棚、岩屋、板壁屋已成為歷史。二十世紀八十年代，下堡坪農村掀起了建房高潮，百分之八十以上的「土改房」（土改時分的地主的房子）被三間正屋、一間偏屋或「明三暗五」的新瓦房所代替。進入九十年代後期，農民建預製板結構新樓房的如雨後春筍，而且外觀越來越漂亮，設施越來越齊全。昔日人們追求的「三轉一響」（手錶、縫紉機、自行車、收音機）逐漸被「一冰兩轉三響」（冰箱、摩托車、洗衣機、電視機、音響、手機）所代替。通過一系列建設，下堡坪鄉的學校、醫院、郵電、廣電、銀行網點等一應俱全，極大地方便了鄉民的生活。

在下堡坪鄉，傳說農曆臘月二十四「老鼠嫁姑娘」，忌動刀剪，臘月二十七炸跳蚤，正月初一「忌嘴」（不說不吉利的話），正月十五趕毛狗子（狐狸），保平安。清明時節，鄉民悼念故人，掃墓插青，感應春意。逢端午節，人們要喝雄黃酒，插艾葉，據說可以驅蟲蛇，辟鬼邪。七月過「月半」，接出嫁的女兒回娘家，享受天倫之樂。中秋節有「摸秋」的習慣，在這一天，農家不見了蔬菜瓜果，不嗔還喜，認為它預示著來年豐收。老百姓最看重的是春節，春節闔家團圓，除舊佈新，祭祖安神。外出工作的、求學的、務工的，哪怕遠在千里，節前都要不辭辛苦趕回家過年，全家人聚齊，吃一頓團年飯。正月初二以後，已婚婦女不論老少都要回娘家給父母拜年。熱熱鬧鬧的年節活動一直持續到元宵節結束。下堡坪人給老人做生（祝壽），生孩子「打喜」（祝賀新生兒誕生），嬰兒滿一歲時「抓周」，人死後的「五七」祭、「周年」祭、「出靈」（滿三年）祭等習俗從過去傳遞到今天，依然遵循、沿襲、興盛。

下堡坪鄉人文薈萃，尤以民間歌謠、民間戲劇、農民樂隊、民間故事、民間美術最為出名，民間文化資源的儲量在全區名列前茅。人們以舞獅、划彩蓮船恭賀新春，用皮影戲、人大戲（扭鼓子）表達喜慶，以扭秧歌、打蓮響來慶祝勝利。熱衷民間文藝的鄉民還自發組建文藝團體，如歌舞團、藝術團等，經常走村進戶，搭臺表演，他們形式多樣、內容豐富的節目極大地活躍了人們的文化生活。

第二章　劉德方的故事人生

劉德方一生經歷了許多苦難，生活上的困難、婚姻上的磨難和政治上的災難是劉德方前半生的真實寫照。童年時，體弱多病，卻生命頑強。年輕時，他進百戶門，吃百家飯，幹百樣活，受百種苦，承受著生活的種種磨礪與不幸。為了展現自我，排解憂愁，劉德方在謀生的重壓下，對民間文藝產生了濃厚的興趣，他吸納了大量民間故事，學會了很多民歌民謠，也精通了皮影戲。在「文化大革命」的特殊年代，因階級成分問題，劉德方被當作牛鬼蛇神，遭批鬥，打鑼遊鄉。身強體健、一表人才的劉德方渴望美滿的家庭生活，然而，愛情婚姻的波折更使他身心疲憊。劉德方感慨地說：「我那該遭了好多孽。就是要講我的人生經歷，也可以寫個什麼幾十萬字的人生曲折。」[1]人到晚年，劉德方迎來了生命的春天。國家的重視、政府的支持、社會的幫助，使在困境中掙扎了大半輩子的劉德方更加珍惜生活的幸福和甜蜜，更加懂得用自己的知識、才華和智慧回報社會、回報家鄉、回報人民。

劉德方坎坷的人生經歷不僅對他的故事講述有著重要意義，而且為他日後的成功奠定了堅實的基礎。民間故事傳承人在繈褓之中就開始受到民間故事的薰陶，故事伴隨他們成長，與其他生活經驗一道構成故

[1] 訪談對象：劉德方；訪談人：王丹、林繼富；訪談時間：二〇〇七年五月二十六日下午；訪談地點：湖北省宜昌市夷陵區文化館招待所。

事傳承人豐富的人生，直到他們一天天老去。在民間故事傳承人的生命歷程中，一些與他們有關能夠引起他們記憶的家庭、社會和生活中的重大事情，逐漸沉澱在傳承人的生活世界裏，組成了他們生活傳統的重要內容，也成為社區傳統的儲存庫和擴散源。[2]

第一節　苦難的前半生

劉德方祖籍江西。曾祖父劉其林，清朝晚期為躲避戰亂逃到了鄂西山區，在今湖北省宜昌市夷陵區下堡坪鄉栗子坪村落戶安家。劉其林育有三子，第二個兒子劉仁山因聰敏能幹，分家後遷到距栗子坪村三公里外譚家坪村的胡家店子單獨買房立戶。劉仁山會勞作，善經營，「成了譚家坪第一個有餘糧、住磚房、穿洋布衣裳的富戶」[3]。劉仁山娶妻馮清秀，生下一男三女，兒子劉遠香就是劉德方的父親。一九三八年中秋節，劉德方就降生在這個頗為富庶的家中。

我爺爺本身自己會勞動，會做生意。在我們太爺爺手裏呢就有了幾個，耗轉（花光）了。我太爺爺有三個兒子，大爺爺，我是二爺爺的，幺爺爺。樹大分椏，人大分家，那時候把我們就分出來。分出來，我們在劉家河裏有一份田，就在那裏準備起三個大天井的屋，起高樓大廈。最後呢，把那個大坎子砌起了，屋鏟平。好，又到譚家坪去了，賈家人有一棟屋就是賣，我爺爺就在那兒沒起屋了。就扯過來，把賈家人這個屋場，連這個田，這個屋就哈（都）買了。買了，那麼就重新把這個屋又一整。整了，我們就是臨時

2　林繼富，《民間敘事傳統與故事傳承》（北京：中國社會科學出版社，二〇〇七年），頁七〇。
3　楊建章，《奇遇人生》（北京：大眾文藝出版社，二〇〇四年），頁六。

捂飯（做飯）吃。兩邊兩個岩頭，兩頭兩個門都在外頭，一個院牆，院牆外頭下面掉鉤子，餵牛，餵馬，餵羊，頭上就是一個連屋。我那個老屋場，生我這個屋場就一邊，一個屋角後面一邊一個水井。我們在這頭弄飯，就吃這個水井的水；在那頭弄飯，就吃那個水井的水，有水吃。就是我們那個場子它是好。我們那個場子一望還可以。[4]

幼年的劉德方身輕體弱，五歲入學那年患上了一種寒病，幾乎丟了性命。一次偶然的機緣，一位土郎中路過他家門口，開了一劑藥方，治好了他的病。兩年後，劉德方又患上了嚴重的痢疾，一病又是一兩年。生病的日子，故事陪伴著他。劉德方最早接收到的故事資訊來自於爺爺劉仁山的姨太太——劉德方稱呼為二婆婆[5]的賈氏夫人。二婆婆沒有生育，很喜歡劉德方。她一邊照料病中的孫子，一邊講故事給他聽，如〈野人嘎嘎〉、〈用膳〉以及才女村姑的故事都是劉德方小時候時常聽到的。劉家有一位姓楊的幫工，有一肚子的故事。他常常揹著劉德方玩耍，給他講生動有趣的故事。故事講得好，劉德方聽得入迷，忘記了病痛。從那個時候起，劉德方就喜歡上了民間故事，他嚮往故事裏無憂無慮的世界。

我是怎麼沒讀過書呢？曉得生下來，長到四五歲了，大人把我送到學裏去讀書去。沒讀兩天呢，忽然就得了一個寒病。這個寒病就搞了一兩年，是死了的，完全，這個嘴裏這個水就不能喝。大人就把我餵水喝，哈駭（怕）了，人家說這個伢子（孩子）不行了的。大人就把我架（放）在外頭，那麼鼻孔還有一點氣，所以說這個人不該死。那打這兒過，這個土醫生一看，這個土醫生的名字就叫譚家生。他就跑屋裏，

4 訪談對象：劉德方；訪談人：王丹、林繼富；訪談時間：二〇〇七年五月二十六日下午；訪談地點：湖北省宜昌市夷陵區文化館招待所。

5 婆婆：宜昌一帶，稱奶奶為婆婆。

他喊我們婆婆喊的二婆婆。他說：「二婆婆，你這個孫伢子，我跟你弄點藥診下看啦，診好了，是你的福分啦，死了，你就莫找我。」我的婆婆就說：「那這只要麻煩你搞，那診不好，哪個來找你呀？」她說：「已經就不行了。」他要我們把這個藥抓了以後，這個藥喝不過去了。就架（用）這個爐子，高頭架（放）個鍋子，把這個藥架（放）裏頭那麼炒，把我弄到撲那兒，呑這個藥煙子。就這麼把我搬過來的。後來，這個寒病把我搬過來，把我診好了，這個命不逢時，我又得個痢症，屙痢。我整兩年半沒穿過褲子，大人就跟我弄一塊片子，跟我一下抹起，跟現在女同志穿裙子一樣的，就那麼一下抹起。要屙，就往下一拽。最後，這個大腸頭子屙得就挑起那麼一截。主要是大腸頭子一撲，不得進去，那就挨著屁股那一截，跟刀子割的一樣疼。最後，再搞了一兩年多，把這個痢症看好了，就把我送到學裏讀書。[6]

八九歲時，劉德方復學了。雖然時間不長，但劉德方學會了讀書識字的本領。劉德方的外公鄒永階是清末秀才，舅舅鄒虎才讀了滿肚子的詩書，沒做成官，在鄉裏當了個教書先生。劉德方一有空，就到他那裏借書看。舅舅見劉德方記性好，口才也好，就給他講了許多帶四言八句或詩文對聯的雅故事，比如〈我也不吃蘿蔔菜〉、〈三個秀才說三國〉等，劉德方都很喜愛。

書讀了一年半，劉德方因父親病故，被迫退學。那時，家裏有婆婆、二婆婆、媽媽、姐姐和他。在這個老弱婦孺的五口之家，劉德方是唯一的男丁，支撐家庭的重任自然落到了只有十來歲的劉德方身上。耕田趕秒、插秧割穀、揹送公糧、伐木放排，他樣樣學，全都幹。吃不飽肚子，劉德方看到當背腳的不僅自由，而且一天還補助半斤糧食，便報名當了背腳。三年的背腳經歷，劉德方揹垮了六個嶄新的篾背簍，拄斷了十二根木打杵（揹東西時手用的形似拐杖的木

6 訪談對象：劉德方；訪談人：王丹、林繼富；訪談時間：二〇〇七年五月二十六日下午；訪談地點：湖北省宜昌市夷陵區文化館招待所。

棍），穿破了四百多雙草鞋，留下了三個永久性痕跡：一雙腳板皮長有四個鐵板一樣的硬塊，左膝蓋留下雞蛋大的一個烏疤，屁巴骨上磨出巴掌形的一塊老繭[7]。劉德方經常參加村裏的集體勞動。休息的間歇，人們就聚在一起，講奇聞逸事，談人生百態，說世間冷暖。各種各樣的故事在這裏交織、碰撞、彙聚，劉德方開始有意識地學習故事，尤其是詩詞對聯、打油詩類的故事。不論他走到哪裏，每逢有人講故事，劉德方就會認真地聽，仔細地記。隨著婆婆和二婆婆的相繼去世，姐姐也遠嫁到興山縣，家裏就剩下劉德方和母親相依為命了。

「解放了，我就成地主，我就下去了，我十一歲就開始背腳，就從事勞動。你說我遭不遭孽（受罪）？講起我的經歷，這個人就講不下去了。這就是命呀，命苦。」[8]劉德方被打成地主後，就過著居無定所、食無定餐的動盪生活。母親因為承受不了生活的重壓和命運的折磨，改嫁了一位貧農，他們沒有子女，劉德方便跟著他們一起過日子。

> 我搬了十幾次家。要說我這個人沒得用，也就沒得用；說有點用呢，我們也還是趕不上別個，我們那要按照自己搞的事呢，還是算可以。我一個人匹馬單槍，埋五個老的，當地主那麼遭孽，還要養活他們，嫁一個姐姐，這就是六樁事。[9]
>
> 我也沒想別的，就想啊這是一種樂趣，講故事可以解愁。我那個時候啊今天整，明天整，整得人死去活來，我又不能死，家裏有一群人靠我啊，我就只能靠這些啊，化悲痛為力量。我只要被搞到臺上那鬥得啊，只要說劉德方下去。只要下去了，我就拋得九霄雲外了。[10]

7 楊建章，《奇遇人生》（北京：大眾文藝出版社，二〇〇四年），頁一九。
8 訪談對象：劉德方；訪談人：王丹、林繼富；訪談時間：二〇〇七年五月二十六日下午；訪談地點：湖北省宜昌市夷陵區文化館招待所。
9 訪談對象：劉德方；訪談人：王丹、林繼富；訪談時間：二〇〇七年五月二十六日下午；訪談地點：湖北省宜昌市夷陵區文化館招待所。
10 訪談對象：劉德方；訪談人：王丹、林繼富；訪談時間：二〇〇七年五月二十四日下午；訪談地點：湖北省宜昌市夷陵區小溪塔神仙灣劉德方家。

一九五八年，二十歲的劉德方經人介紹，與興山縣亮馬椏村的何大英相識相戀了，不久兩人就結了婚。這個時期正值國家大搞建設，從農村抽調了大批勞力。劉德方服從組織安排，一處的任務剛完成，又馬不停蹄地趕往下一處，回家的機會很少，陪伴妻子的時間就更少。長期在外勞動，讓劉德方接觸到南來北往的各色人等，從他們那裏聽來了許多故事，比如〈稱岳母〉、〈人親水也甜〉等幽默感很強的故事。

我修公路、修鐵路、築河堤、修堰、背腳、趕溪、炸河，五湖四海的人都聚在一堆啊，但是我家庭不好，我成分不好，我地主子弟就只能埋頭下力啊，人家講啊，我就在旁邊聽。我不能講了，講了就不知道人家怎麼搞一下。就像你們在講，我就在聽，我看你們講得好還是不好，講得好我就記著。不好就過去了，或者我覺得你的故事有點好，但是不大有邏輯啊，我聽回來就通過自己的大腦把它整理下。[11]

就是聽故事，劉德方也沒閒著，他很善於學習。後來，由於個別村幹部的私心，主要是劉德方的地主成分，何大英不得不選擇離開，隻身一人回到了興山老家。這一走，就再也沒有回來。劉德方心裏縱是有萬分的不捨，可現實很殘酷，生活還是要過下去。

劉德方學故事、講故事的第一個黃金時期是在二十世紀六十年代。當時宜昌各地的建設工程接連上馬。勞動之餘，生活單調，沒有什麼娛樂活動，大家就圍攏過來日白[12]、講經[13]。這種場合自然少不了熱愛故事的劉德方，只要條件允許，他還是其中的活躍份子。劉德方說：

11 訪談對象：劉德方；訪談人：王丹、林繼富；訪談時間：二〇〇七年五月二十四日下午；訪談地點：湖北省宜昌市夷陵區神仙灣劉德方家。
12 日白：也叫粉白，即講故事，但多指吹牛、說大話和扯謊、作弄人、譏諷人為主的故事。日白的人稱為日白佬。
13 講經：又稱粉經，是指講現實性強和有歷史感的故事。

> 講故事就是那麼聊天，熱鬧。修公路就是爭把椅子坐。你看，搞大型建設一般都是冬天。冬天，個咋呢，修公路的人又多。你像這一點兒屋要睡他媽二三十人，又沒得火箱。那住人家老闆呢，一個房裏那麼多人，誰個烤火呢，一住百把人，有時候個咋子，七八十人，幾百人。那誰個烤火呢？黑了，放了工了，晚飯一吃，會講故事的那些子人就搞把椅子在火壟旁邊，講故事的就烤火，不講故事的就不烤火。我就爭把椅子坐，個狗日的，就是這麼個好處。再一個也消磨下時間，解愁散悶，人搞悶兒（鬱悶）了，大家幾個哈哈一打呀，就一抹了之了。[14]

在特定的時代，講故事、聽故事對於劉德方來說是一個確認自我、表現自我和排遣自我的有效方式，也是他與群眾打成一片的有效途徑。他們從事相同的生計，有著共同的愛好。此時，劉德方也謙虛好學，處處留意，凡是好的故事、好的講法、好的內容，他都虛心學習，並牢記於心。

一九六六年「文化大革命」爆發，劉德方的生活徹底改變了。他被無情地橫掃和炮轟，接著又被打成「反革命」，子虛烏有地被戴上了各種「高帽子」。劉德方不斷受批鬥，經常遊街示眾，甚至被捆在柱子上審訊，受酷刑逼供。此間，劉德方不僅幹著最苦最累的活兒，就連說話的權利都被剝奪了。劉德方說：

> 以前，你說是做活路，跟貧下中農兩個挨著，只有他們講的，沒得我們說的，那你就一天到晚埋頭苦幹，不能打騰（空歇）。你想想，我們力大膀粗的，一天他只給我們七分，那學生放假了，他一天搞十分。你說，他們整我們整的。[15]

---

14 訪談對象：劉德方；訪談人：王丹、林繼富；訪談時間：二〇〇七年五月二十六日下午；訪談地點：湖北省宜昌市夷陵區文化館招待所。

15 訪談對象：劉德方；訪談人：王丹、林繼富；訪談時間：二〇〇七年五月二十六日下午；訪談地點：湖北省宜昌市夷陵區文化館招待所。

儘管生活困頓，身心受到了極大摧殘，但是，劉德方仍然以積極的心態去學習故事、吸納故事，也排憂解悶，發抒心情。在外闖蕩的日子為豐富劉德方的故事儲備創造了絕佳的機會和良好的條件。

> 別人講的時候，我就聽啦。他如果講的比我的好些，我就把他的記下來；他的語氣比我講得好些，我就學得來；他的東西比我好的，我就記到，裝到我的肚子裏。[16]
>
> 我們就是說以這個東西消除我們的苦悶。那個時候，我們成分不好哇，把你弄起去整一頓，鬥一頓，日白佬把你嘅（罵）一頓，你死也不得死，你還有受的。只有以這些東西來化解我們的悲痛。我就是這麼度過來的。不然，我怎麼記得這麼些東西，我也對這個事蠻愛好，我用這個東西解除煩惱，我還用故事活躍這一方。我們這一方有幾個日白佬，我們消愁解悶。[17]

一九七一年，經熱心人的幫助，劉德方認識了離了婚、帶著兩個孩子的同村婦女鄧大英，兩人走到了一起。兩年後，他們有了一個女兒。怎奈天意弄人，在劉德方外出修築水庫的時候，才十個月大的孩子突然得了怪病，不幸夭折。由於種種原因，劉德方沒能「合法」地結束自己的第一次婚姻，在惡人的威脅下，他只得離開鄧大英，再次過上單身漢的生活。

生性樂觀的劉德方從來沒有被苦難壓倒，生活再困難，精神再苦悶，他都直於面對，他喜歡在民間文藝活動中釋放自己，表達自己，以此化解不快與寂寞。

---

16 訪談對象：劉德方；訪談人：王丹、林繼富；訪談時間：二〇〇七年五月二十六日上午；訪談地點：湖北省宜昌市夷陵區下堡坪鄉永順旅社。

17 訪談對象：劉德方；訪談人：王丹、林繼富；訪談時間：二〇〇七年五月二十五日晚上；訪談地點：湖北省宜昌市夷陵區下堡坪鄉永順旅社。

二〇〇七年五月二十五日晚上，與我們一起來到下堡坪的劉德方在談到自己前半生的痛苦經歷時，禁不住穿插了一個〈有肉了，連臉都不要啦〉的幽默故事。

就說呢，兩個人出門啦，砍（割）了點肉，在這個老闆的弄到吃。弄了，哈弄好了，坐到桌子上去吃，個狗日的，沒拿筷子。三個人你要我去拿去，我不搞；我要你去拿去，你也不搞。你們曉得我去拿筷子去了，你們就要架（用）手抓這坨肉吃。那你們吃了，我就沒得了。

就說個狗日的，你橫直（總是，不管怎樣）又哈吃不成啦，你也不去，他也不去，這個怎麼搞？「你們要我去拿筷子去，我也搞，那我們定個條約。」他說：「怎麼搞呢？」「你們兩個要在這兒拍巴掌，我去拿筷子。」他就想，巴掌在拍呢，你就沒手抓肉吃去了。他就到廚房裏頭去拿筷子去了，他們兩個狗日的在那兒拍巴掌就使拐（使壞），他就快點拍臉巴子啊，這隻手就抓肉吃。這個拿筷子的聽到巴掌在響啊，他也就沒有要求，慢慢地著勁來呀，他就慢慢把這個筷子拿來。狗日的，來了看到這個碗裏的肉咋吃得沒得了，就問：「你們怎麼把這個肉搞得吃了？那個巴掌你們又拍得沒住線，沒斷線，這個肉又沒得了，你們是怎麼吃到這個肉的？」最後問到呢，這個夥計扺（堅持）不住了，就說：「那你啊是蠻老實，那搞不贏我們。我們架一隻手拍臉巴子，這隻手就抓肉，扯肉吃。」他說：「個狗日的，怪不得，你們有肉了，連臉就不要了。」[18]

[18] 〈有肉了，連臉都不要啦〉，劉德方講述，王丹、林繼富採錄；採錄時間：二〇〇七年五月二十五日晚上；採錄地點：湖北省宜昌市夷陵區下堡坪鄉永順旅社。

話音剛落，我們已經笑得直不起腰了，剛剛有些悲戚的氣氛馬上消退無蹤了。我說：「跟劉老在一起，人變得年輕多了。」劉德方隨即感慨地說道：「我們以前做活路的時候，就歡喜講這些子，過得蠻快活啊，也不覺得疲勞。假若這麼講，他也不覺得餓嘞。粉白粉上勁了，他也不記得餓了。」[19]劉德方邊講邊扮演故事中的人物角色，雖不顯山露水，卻將作為聽眾的我們緊緊抓住。這個故事儘管簡短，但結構緊湊，邏輯嚴密，形象突出，劉德方講得行雲流水。跟隨故事的推進，我們越來越明瞭故事的笑料，不時發出竊竊的笑聲。包袱一抖落，大家都笑噴了。此時，劉德方也會心地笑了，方才他那心酸的人生故事也就這麼翻過去一頁了。

傾聽別人的故事，可以盡享歡樂；習得別人的故事，能夠收穫財富。關於故事，劉德方不是一味地被動接受，照搬照抄。他認為，學習故事最重要的是留心別人講故事的長處，比如故事的情節邏輯、講述的聲音語氣、表演的神情動作等等，關鍵還要依據自身的特點進行加工、改造和演繹，這樣才能學到位，才能講得好，才能不斷豐富自己的故事儲存庫。

記別人講述故事的情節、內容，還可以添油加醋啊。聽完以後，別人的故事我會多少變幾句話，他的東西我記到了，多少變幾句話。從我口裏出來，就是我的。你說是他的，我又多了兩句。你怎麼說得清呢？你或者說，他講什麼子，這個構思啊，我們這就是說個比方啊，還不妥協（妥帖），我就在那兒加兩句。那確實個咋（指代囉嗦），我跟他少兩句。好，那你說來分析我是記的他的，你叫他講一遍，我講一遍，我的話就多兩句，那或者是前頭多兩句，後頭少兩句，它就變成我的了。我和他兩個就是大同小異，不是雷同的。就是說我們兩個講一個故事，你講我就聽，看你哪裏還需要添枝加葉。你在講，我就在默

[19] 訪談對象：劉德方；訪談人：王丹、林繼富；訪談時間：二〇〇七年五月二十五日晚上；訪談地點：湖北省宜昌市夷陵區下堡坪鄉永順旅社。

（尋思，心裏想）。你哪兒能夠去掉，那麼我就把你這個，跟殺豬子一樣，找到這個殺口，要把這個東西搞來。那麼你講了，或者說我再把你這個東西再添一點兒，還更美。或者多的，我再跟你把這個囉嗦話去一點，更簡潔一下。[20]

可見，劉德方學故事不是機械地學，而是在尋覓講故事的技巧，抓住故事的要領，很順利、很巧妙、很得意地將來自四面八方的故事變成了屬於他自己的故事。這不但充實了他的精神文化生活，而且逐漸養成了他特有的講述風貌，還進一步繼承和豐富了村落民間敘事傳統。

劉德方不僅僅喜歡講故事，並且對其他的民間文藝形式也很愛好，癡迷地找尋各種機會觀摩、練習和實踐，逐漸成長為享譽一方的薅草鑼鼓能手、打喪鼓師傅和皮影戲師傅。在交流與較量中，劉德方還特別注意積累和借鑑。

一九七九年，劉德方在霧渡河公社雙龍山村唱皮影戲，經當地村民介紹，他結識了秦鳳英。半年之後，他們正式辦理了結婚登記手續。農忙時，兩人共同勞動；農閒時，劉德方四處唱皮影戲，補貼家用。他的皮影戲唱到了宜都、興山、保康、遠安等鄰近各縣。可是秦鳳英經不起誘惑，被人拐賣了。劉德方的三次婚姻，一個妻子被狠人逼走，一個妻子被惡人拆散，一個妻子被壞人拐騙，年近半百，落得形單影隻。

三次失敗的婚姻加上他「文化大革命」受的磨難，他得了一場怪病。那天他唱皮影戲，下午四五點鐘回啊，他就迷迷糊糊地倒在床上睡了，他就迷迷糊糊的看到兩個小孩從窗戶裏進來，按他的說法就是鬼來綁他的魂。就把他五花大綁，捆去走，遇河過河啊，遇山飛山。反正就是恍惚啊，一走就走到一個地方，

20 訪談對象：劉德方；訪談人：王丹、林繼富；訪談時間：二〇〇七年五月二十六日上午；訪談地點：湖北省宜昌市夷陵區下堡坪鄉永順旅社。

兩個人帶著大簷帽，像現在公安的那樣，翻一個冊子，說你叫什麼啊？他說我叫什麼。他們就說搞錯了，不是他。他就問：「我能活多少歲啊？」那個人說：「你還沒有，你能活九十歲。」趕快把他送回來。結果就換了兩個人，把他帶到一個河邊，一下子把他推下去。他死了多長時間呢？頭天下午死了，到第二天下午，他的棺木都給他辦好了，搬到堂屋了。他與山的姐姐也來了，親戚也來了，說他死了，都在哭。結果他活過來了，死了一天一夜啊又活過來了，後來真就得了一場大病啊。一腦袋頭髮都掉光了，滿口牙也掉光了，過去英俊瀟灑的形象也不存在了。他這一病就不起，直到九幾年，當地政府救濟啊，他屋裏慢慢好了，他又在外頭唱皮影戲。[21]

我說他是一個快活人，儘管他受到蠻多挫折啊，他並沒有因為這些挫折崩潰了，倒下了。而在挫折面前，他還是過得那麼樂觀，他不僅他自己樂觀，而且其他人也樂觀，有了他，其他人一起都樂觀。他和大家講一些故事，在一起日白。[22]

劉德方一方面勤勤懇懇地生產勞動，一方面不知疲倦地與鄉民們講說逗唱，儘管這個階段條件不太寬鬆，受到諸多限制，但他依然特別虛心地吸取民間文藝的養料，或有意或無心之間累積了諸多藝術技能和地方知識，不只是講故事，打鑼鼓、打喪鼓、唱山歌、唱皮影戲，這些滲透到骨子裏的生命之愛支撐著劉德方一步步走過艱難的歲月，也正是在人生的困境中，劉德方堅持著自己的喜好，造就了非凡的才華。

---

21 訪談對象：楊建章；訪談人：王丹、林繼富；訪談時間：二〇〇七年五月二十四日上午；訪談地點：湖北省宜昌市夷陵區長江市場管委會大樓劉德方民間藝術研究會辦公室。

22 訪談對象：李國海；訪談人：王丹、林繼富；訪談時間：二〇〇七年八月二十三日上午；訪談地點：湖北省宜昌市夷陵區下堡坪鄉譚家坪村周厚定家。

第二節　幸福的後半生

黨的十一屆三中全會以後，劉德方真正翻了身。「只是一九八一年以後，才把我們頭上的『帽子』摘了，才敢跟貧下中農大膽說話，才敢跟人民群眾站在一起，那你才有說話的權利。」[23]一身技藝的劉德方迎來了藝術生命的第二個黃金時期。

> 我們下堡坪講故事的人蠻多，但是會講很多故事的人還是比較少。我那個時候呢，會唱影子戲，我就唱到興山縣、秭歸縣、保山縣、宜昌縣，聽到人家講啊，我就記些啊，再就是我自己創造些啊，就有了啊。我原來我的媽說我愛聽別人唱啊，愛聽別人講。我媽說你記些子就當到飯了啊，我媽就這樣說我。那個時候怎麼知道這個東西在現在還真能當得到飯。[24]

一九八七年，原宜昌縣栗子坪鄉民辦教師余貴福喜得千金。依當地風俗，主人家通常要請戲班子進村唱戲以示慶賀。余貴福得知譚家坪村的劉德方皮影戲唱得好，就請他來唱了一夜皮影戲。劉德方唱的戲字正腔圓，邏輯嚴密，情節圓滿，很是出彩，不過更讓余貴福敬佩的是劉德方的為人。

---

23 訪談對象：劉德方；訪談人：王丹、林繼富；訪談時間：二〇〇七年五月二十六日下午；訪談地點：湖北省宜昌市夷陵區文化館招待所。

24 訪談對象：劉德方；訪談人：王丹、林繼富；訪談時間：二〇〇七年五月二十四日下午；訪談地點：湖北省宜昌市夷陵區神仙灣劉德方家。

那個時候不知道他會講故事，他影子戲唱完以後，吃完飯，走了，沒要一分錢。沒要錢啊，這個我就覺得奇怪啊，白講了一晚上。後來到文化站以後，我就想到他，這個人有感情啊，講的是個情字，沒收我的錢啊，我就記得他。[25]

一九九三年，已上任栗子坪鄉文化站站長的余貴福組織了一場皮影戲比賽，劉德方當之無愧地當了冠軍。對於這件往事，劉德方仍記憶猶新。

余貴福當站長呢，他那年就想搞個皮影戲擂臺賽。我們那年唱影子戲的有四五班，他就把我找起去商量。他說：「你那天你不唱，你跟我們當總指揮，他們來唱，他們來比。」他說：「如果你一上場，肯定哈比不過你。」在縣裏還是請了專家，鄉黨委領導哈在那裏。搞了一天了，黑了，領導都沒發言，外頭去的專家也沒發言。我說：「余站長，你申請一下領導，今兒晚上我們唱兩個小時。」他跟領導一說，領導就同意了。晚上我就來唱。我大概唱了有十幾分鐘了，這個效果就出來了。外頭的專家就說，這才是個唱戲的。後來，就這麼就把我一搡（推），唱皮影戲擂臺賽我就搞了個第一名。[26]

在余貴福的詢問下，劉德方還講了不少故事，他的故事儲量令余貴福激動不已。隨後，余貴福就開始有意識、有目

25　訪談對象：余貴福；訪談人：王丹、林繼富；訪談時間：二〇〇七年五月二十五日下午；訪談地點：湖北省宜昌市夷陵區下堡坪鄉文化體育服務中心辦公室。

26　訪談對象：劉德方；訪談人：王丹、林繼富；訪談時間：二〇一一年七月十三日上午；訪談地點：湖北省宜昌市夷陵區夷陵樓劉德方民間藝術研究會辦公室。

的、有計畫地採訪劉德方，搜集他的故事。余貴福的報導〈劉德培的「弟弟」出山了〉、〈深山有個故事王〉分別發表在《宜昌文化報》、《宜昌日報》上，引起了人們對「故事簍子」劉德方的關注。

一九九四年春，時任宜昌縣委副書記的彭明吉在栗子坪鄉蹲點扶貧。他聽鄉幹部反映劉德方是個故事大王，便把劉德方請了來。談到發現劉德方的過程，彭明吉興奮地說：

> 我一九九五年是宜昌縣的縣委書記，分佈（分配）我在栗子坪鄉扶貧。我第一次進山，說那裏有個能講四百多個故事的農民故事家。我那個時候分管文化，對這個比較感興趣，我說我看一下。第二天把他請到鄉文化站裏，他一口氣給我們講了十幾個故事。故事講得相當好，我就隱約地感覺這個人肯定能夠成氣候。因為那個時候我對劉德方有些瞭解，他多才多藝，他會講故事，會唱皮影戲，會唱山歌，會說諺語，會打喪鼓。他這個人記憶驚人，記憶力相當地好，只要聽過、看過就記得。他的人生經歷啊，我就覺得這個人不簡單，必成大器。[27]

斷定劉德方是個文藝人才，彭明吉便在縣裏積極推動挖掘劉德方才藝的工作。一九九八年九月，宜昌縣召開第二屆文學藝術工作者代表大會，彭明吉明確提出推出劉德方的思路。這一年國慶日期間，他撰寫了長篇報告文學〈劉德方傳奇〉，十月十五日在《宜昌日報》上發表，並被國內多家報刊雜誌轉載，包括《人民日報．海外版》，進而引起了國內外故事學專家的重視。一九九九年五月，宜昌縣文化局安排縣文學藝術界聯合會副主席黃世堂下鄉系統考察和整理劉德方的故事。在余貴福和黃世堂的共同努力下，當年十月，《野山笑林》正式由大眾文藝出版社出版。

[27] 訪談對象：彭明吉；訪談人：王丹、林繼富；訪談時間：二〇〇七年五月二十四日上午；訪談地點：湖北省宜昌市夷陵區長江市場管委會大樓劉德方民間藝術研究會辦公室。

劉守華教授決定要來考察劉德方，必須把這本書提到議事日程。文化局的領導專門把黃世堂送來，就是以我這個為藍本，又現場把劉德方考察一遍，然後對劉德方的故事進行了好多加工。當時鄉裏沒得錢，縣裏搞了幾萬塊錢，當時出二千冊。[28]

一九九九年六月，時任宜昌縣委常委、宣傳部長的曹軒寧帶領縣文化局、文化館的負責同志前往栗子坪鄉探望劉德方。六月十六日，在徵求本人意願的前提下，劉德方被安置在了縣文化館，在文藝演出中為觀眾講故事、唱山歌。二〇〇一年春節剛過，在縣委常委辦公會議上，當時縣委書記的趙舉海、縣長王國斌聽取各方意見，決定將劉德方的生活費和醫療費納入縣財政預算，每年撥款一萬元。

鑑於劉德方的個人生活情況，有關人士積極、熱心地幫他組建起了新的家庭。二〇〇三年臘月，劉德方與杜遠菊喜結良緣，政府為他們租住了一套兩室一廳的住房。二〇〇五年，在彭明吉等人的促進下，在商界人士黃林森的捐助下，劉德方的住房問題得到了徹底解決。辛勞了大半輩子的劉德方在小溪塔扎下了根，真正過上了「安居樂業」的生活。劉德方潛心從事民間文化創作和傳承工作的勁頭更足了。他的民歌集《郎啊姐》和故事精選光碟——《劉德方笑話館》等先後面世。

劉德方的才能得到了肯定，劉德方的技藝得到了認可，越來越多的人在關心他、重視他、研究他，劉德方獲得的榮譽和榮耀無比燦爛，這與他前半生的境遇形成了鮮明的反差。劉德方說：「人一生一世總有些波折，有三起三跌。人是三迭草哇，不知哪節好，三起三跌才得得到老。你說是不是？反正只要是瞧得起我的人，我儘量地瞧得起人家。本身我

---

[28] 訪談對象：余貴福；訪談人：王丹、林繼富；訪談時間：二〇〇七年五月二十六日上午；訪談地點：湖北省宜昌市夷陵區下堡坪鄉文化體育服務中心辦公室。

沒得什麼別的東西，感謝人家，答謝人家，從我自己的內心，要把人家放在心裏，要尊重人家。你說你萬一瞧不起我啊，那這叫我沒得辦法。我要是喊你，你不答應，這就怪不著我，這就是說我為人之道。」[29]

在二十一世紀全國非物質文化遺產的保護聲浪中，劉德方有了他故事講述的第三個黃金時期，這一時期講故事與前兩個時期既有相同的地方，更有不同之處。

我現在就是講啊，我好比說是兩派，我講故事一派，聽眾是一派。以前就是大家在一起，你也講，我也講，都是一派。現在他們不得講，就是你講得他們聽，但是我這一派要把故事講得使得人家越聽越高興，越聽越有味。就跟館子裏吃飯一樣，今兒館子裏的菜做的這個味還蠻好，要有這種口碑。這個廣告趕不上老百姓的口碑，大家說這個東西好，那你才說好，你自己說的沒有用。[30]

情形一：接受各級領導和專家學者的考察與檢驗是劉德方成名後的重要職責。「到文化局以後，我先後接待組織了八次專家的考察，新聞記者的採訪至少是幾十次。每次專家來考察，從我們區裏面的專家黃世堂，市以上的就從王作棟開始，然後到國家的，包括劉魁立先生、賈芝先生……專家考察、研討會一共八次。」[31]二〇〇〇年，宜昌縣召開一千多人的四級幹部會，會後，劉德方上臺為領導幹部們講故事。二〇〇七年，下堡坪鄉趙勉河村召開選舉大會，還請劉德方回村子講故事以提高參會率。

[29] 訪談對象：劉德方；訪談人：王丹、林繼富；訪談時間：二〇〇七年五月二六日下午；訪談地點：湖北省宜昌市夷陵區文化館招待所。

[30] 訪談對象：劉德方；訪談人：王丹、林繼富；訪談時間：二〇一一年七月十三日下午；訪談地點：湖北省宜昌市夷陵區夷陵樓劉德方民間藝術研究會辦公室。

[31] 訪談對象：楊建章；訪談人：王丹、林繼富；訪談時間：二〇〇七年八月二十一日下午；訪談地點：湖北省宜昌市夷陵區長江市場管委會大樓劉德方民間藝術研究會辦公室。

情形二：參加各種形式的文藝表演以傳揚故事是劉德方進城後的重要工作。進入縣文化館以來，劉德方就參與了各類文藝演出，從而將民間故事搬上了藝術表演的舞臺。一九九九年十月，宜昌市舉辦三峽國際旅遊節，在著名旅遊景點車溪的「燈火夜」上，劉德方受邀講故事。二〇〇〇年農曆八月，中國三峽總公司邀請劉德方在接待中心歌舞廳為員工們講故事，並作為中秋文藝晚會的重頭戲推出。二〇〇一年，劉德方任小溪塔民間藝術團（後改名為「劉德方民間藝術團」）名譽團長，隨團深入城鄉各地的機關、學校、社區、村寨等開展民間藝術活動，負責故事的講演和宣傳。

情形三：在旅遊景區面對遊客，適應需求傳講故事是劉德方播撒故事的重要渠道。二〇〇〇年秋天，車溪風景區的樂老闆專程到縣文化館邀請劉德方到車溪講故事。在那裏工作的四個多月裏，劉德方天天為來自全國各地的遊客講故事、演皮影、唱山歌。二〇〇一年夏天，曉峰馬鈴岩風景區的李老闆接劉德方到景點講故事，當特殊身份的導遊。二〇〇二年春天，三峽古兵寨的張老闆邀請劉德方去講故事，藉以提高旅遊景點的文化品味[32]。

以上三種情形是劉德方遷居城市後講述故事的基本環境，它顯然區別於先前鄉村生活中講故事的自在狀態，帶有鮮明的「舞臺表演性」。

在講演的歷練中，劉德方對於講故事、聽故事形成了自己獨到的見解和理解。

講這些東西呢，要幾個人都會講。它呢你一個，我一個，它可以提高這個記憶。你在講，我心裏就在想，那你這個故事一落款（結束），我要講個什麼玩兒陪你。那麼你一個人講呢，它有些單一。日白還是要有個群體。但是，你不會講呢，也還要像你們這樣會捧場的。那是的呀。對這個捧場，它你只聽，不笑，他也覺得沒意思，沒得這種氣氛。這個捧場人你一聽到這個講到，一落款了，你一笑，他這個講的人也有與

[32] 參見楊建章，《奇遇人生》（北京：大眾文藝出版社，二〇〇四年），頁一六〇至一六九。

趣，那麼你也開心，你也有興趣。那這一組合呢，那麼我願意講呢，你就願意聽。你說是不是？它這也有個組合問題。[33]

在劉德方看來，講故事要有一個好的環境，講的人要看對象，要能隨機應變，聽的人也應該尊重講的人，這樣故事才能講得好，才能雙方滿意，才能達到預期效果。二〇〇七年五月二十五日那一晚，見我們都很捧場，也都是湖北人，劉德方講起了〈張之洞和四川佬〉[34]。

我們湖北有個才子張之洞和四川人講狠氣。他說：「你四川人有什麼狠氣，我們湖北人撿狗屎的都是才子，你們算什麼才子。」就把四川這個人氣得實在沒得法。

不久，四川來了一個真正的頭號才子到湖北訪問。一走走到寶塔河裏了，碰到個撿狗屎的。「唉，夥計，夥計，你過來。」這個撿狗屎的也找不到麼子情況，就問：「我來做麼子呀？」四川才子說：「我出個對子你對。」他也莫名其妙，就丈二和尚摸不著頭腦，也試著呀。四川才子就出了一副對子：「我遠望寶塔尖尖啦，五方四角八棱。」個撿狗屎的他怎麼對得著這個對子呢，他也對不著，把手幾搖就走了。

這個咋，他找到這個張之洞了，說：「你是個死日白佬。」張之洞說：「你怎麼這麼說？」「你說你們湖北人撿狗屎的都是才子。我前兒（前兩天）在寶塔河裏碰到個撿狗屎的，我出個對子他對，他沒對到哇。」「你怎麼出的？」「我說：『遠望寶塔尖尖啦，五方四角八棱』，他沒對到，他就走了。」「那他做

33 訪談對象：劉德方；訪談人：王丹、林繼富；訪談時間：二〇〇七年五月二十五日晚上；訪談地點：湖北省宜昌市夷陵區下堡坪鄉永順旅社。

34 〈張之洞和四川佬〉，劉德方講述，王丹、林繼富採錄；採錄時間：二〇〇七年五月二十五日晚上；採錄地點：湖北省宜昌市夷陵區下堡坪鄉永順旅社。

了什麼動作呢？」「他媽的，手幾擺就走了，他哪對到我的對子。」「你四川人是個死腦筋，他跟你把對子對到了，你還找不到哇，你還說我湖北人不是才子。」「那是怎麼對的呀？」「他說啊，『近看手板團團啦，五指三長兩短』，你說他跟你對到沒得？一個是『遠望寶塔尖尖，五方四角八棱』，一個對的是『近看手板團團，五指三長兩短』。你說對到沒得？」

這個故事是在劉德方說起一個人講故事不過癮的情況下，蕭國松老師講了〈刷帚精〉的故事，林繼富老師講了〈十兄弟〉的故事後，劉德方受到啟發講起來的。他評點一番，說：「都有點意思，各有各的狠氣，都有點厲害。像那個日白佬樣，湖北人和四川人。那個四川的說：『我四川有個峨眉山，離天只隔三丈三。』湖北佬怎麼說呢：『你這算什麼名堂。我湖北有個黃鶴樓，半頭持（伸）在天裏頭。』湖北人那說蠻狡猾呀。」劉德方的機警與文采果然非同凡響。在現場，我總有一種強烈的感受，那就是劉德方講故事的泰然與淡定，頗有大將風度。

二〇〇六年一月十四日，劉德方民間藝術研究會在夷陵區長江市場掛牌成立。鑑於劉德方的故事多，非一本《野山笑林》所能含括，因此研究會決定再推出一本劉德方故事續集，這樣派給劉德方的首要任務就是寫故事。

寫故事在劉德方走出來的過程中起到了很大的作用。作為一個普通農民，劉德方在被發現之前很少使用文字，基本是在與鄉親們共同勞動或休閒之時講談故事。但從他被發現的那一天起，文字就成了劉德方表現自我的重要方式。對自己寫故事的情況，劉德方也談了他的做法和看法。

> 余貴福後來就到我家去請我講故事，但是從趙勉河到我家總是跑來跑去，不方便，他就把了一些紙我，讓我寫了故事送過來，他幫我改。我就是晚上寫下，中午寫下，把心中記到的故事寫出來，寫了三百多。後來就安排黃世堂來整理故事，考察我。在鄉政府招待所，兩個半天我又跟他寫了五十個。一共四百多個故

事，五百個故事差不了好多。現在寫的故事有幾個新創作的故事。有的人說，你就照到書上寫。我說，書上有的寫什麼子呢，我要寫書上沒得的。[35]

如果說劉德方在下堡坪鄉寫故事是將長期積澱在心中的故事一股腦兒地傾倒出來，那麼，到了小溪塔，劉德方寫故事就更注重從各種因素出發結合傳統故事，創作新故事了。

二〇〇七年五月二十四日一早，我們便應約來到小溪塔湖光路長江市場管理委員會辦公樓三樓——劉德方民間藝術研究會所在地，就劉德方的發現、推出和保護等問題與彭明吉會長、劉德方等人展開訪談，以下是其中的一小段。

【王：指王丹；彭：指彭明吉；劉：指劉德方。】

王：那劉老每天在這邊（劉德方民間藝術研究會）是怎麼工作的？

彭：他每天在這裏介紹情況啊，沒有事情，他就在這裏寫故事啊。

王：你說他現在寫故事的話，就有一個創作的性質，是吧？自己創作、想、編新的故事。

彭：嗯。他創作，還有就是這本書上沒有印出來的。

王：劉老，給我們講一個你最新創作的故事吧。

劉：講一個現代的故事。說現在的一些人喜歡打麻將，打牌。有一個老的呢打牌上癮，每天就想打下麻將。他平時打麻將都有一班人，那天他想打麻將，他的牌友有的不在，有的不在家，他又確實想打，怎麼辦呢？他家裏有三個媳婦，他說：「我回去叫三個媳婦陪我打兩盤。」他回去吩咐三個媳婦說：「別人都不陪我打，你們手

---

35 訪談對象：劉德方；訪談人：王丹、林繼富；訪談時間：二〇〇七年八月二十二日晚上；訪談地點：湖北省宜昌市夷陵區下堡坪鄉永順旅社。

裏的活兒放下，桌子支起來，陪我打兩盤。」三個媳婦想啊，爹打牌啊叫我們陪啊，我們不得說不陪啊。把活兒放下啊，把桌子支起來啊，把麻將往桌子上一倒啊，把色子一甩啊。大媳婦要出了，一摸就摸個二筒，她說跟爹打牌打個二筒很不雅觀，就說給個媽媽（乳房），說打個媽媽。媽媽打出去後，爹說要吃，又不好意思要吃了，就一下子悖起（發愣）。二媳婦、三媳婦等著急了，就說：「爹，你要吃就吃，不吃，我們好摸。」他呢，不作聲、不作氣呀，還是吃了一個。一轉呢，她的爹伸手一摸，摸了個么雞，他看大媳婦改了名字，他說我也改一個。他就把么雞改個雀牌。他一拿，說：「我打個雀牌。」後來這個雀牌打出去以後呢，大媳婦要吃，二媳婦要對，三媳婦要滿。她們三個就一爭，爭得就不可開交了。孫伢子（孫子）就跑過來了，他說：「爺啊，爺啊，你的雀兒俏得很啊。」

那我就是一邊講一邊編，用腦殼和心，別的沒有，寫不行。你像我有的時候寫不到的時候就留個空。

彭：他現在在寫故事，他呢，出版只出版了二百多個故事，有很多故事還在寫，一天寫一個，他讀書讀得不多，寫字寫得比較慢。他出來以後啊，還有很多新故事，新的發現、新的故事。[36]

劉德方寫故事這種方式的出現和存在有它各層面的原因，也迎合了特定的需求。單從民間故事的搜集和整理來看，這種做法不值得提倡。但作為一種新的民間故事存在方式、傳承方式或搶救方式，或許有它的價值和理由。作為劉德方寫故事的重要成果，《野山笑林續集》於二〇〇九年由劉德方民間藝術研究會編印面世。此後，劉德方就封筆不寫了。

[36] 訪談對象：彭明吉、劉德方等；訪談人：王丹；訪談時間：二〇〇七年五月二十四日上午；訪談地點：湖北省宜昌市夷陵區長江市場管委會大樓劉德方民間藝術研究會辦公室。

現在不寫了，我一是寫不到字，二是現在眼睛馬虎了。[37]

劉德方被確定為「下堡坪民間故事」項目代表性傳承人後，每年獲得國務院經費補貼八千元。而且，從二〇〇九年起，夷陵區政府發放給劉德方的生活醫療補助也增長到兩萬元。二〇一一年七月十三日，我們再次來到劉德方民間藝術研究會探訪劉德方。這時，研究會剛剛喜遷新址——夷陵樓內的一處裝裱精美的兩層小樓上，環境宜人，設施齊備。談及現在的生活待遇和工作條件，劉德方相當滿意。

【王：指王丹；劉：指劉德方；林：指林繼富。】

王：你搬家的變化很大。

劉：那大得很。像他們說你搬家是芝麻開花——節節高。你第一次出來就一個單間，第二次搬家兩室一廳，你搬第三次就是三室兩廳，那你就搬到頂點了。

林：從搬家可以看出來，你受到政府重視越來越突出了。

劉：那是。所以說，這些領導到年底了，到臘月二十幾了，他們都還來看下我，到屋裏坐下，講下。把他們破費了，還拿錢盡我們過年，也還發禮品。

林：我覺得真的不錯，作為一個民間藝人來說，你後半生生活在一個非常好的時代。

劉：他們就笑哇，就說別人是先甜後苦，你是先苦後甜。樹怕翻根倒，人怕老來窮。你年輕窮下，身體好，支持得住；你老了一窮，那就垮了，就衣食無來。我就是說苦了四十年也還是值得。什麼值得呢？練了一副好身體。

37 訪談對象：劉德方；訪談人：王丹、林繼富；訪談時間：二〇一一年七月十三日下午；訪談地點：湖北省宜昌市夷陵區夷陵樓劉德方民間藝術研究會辦公室。

我今年七十三四了，我就是腿子有點風濕，別的毛病一點沒得。吃飯吃得，睡瞌睡睡得，走路也還是走得，沒得別的什麼。[38]

我們到訪之時，劉德方正在忙著家裏的裝修。他說，要不然的話，一定請我們到家裏坐坐，這也算是他們家的一件喜事。

晚年的劉德方已經逐漸適應了城市的生活。每天他都按時到劉德方民間藝術研究會上班，處理日常事務，接待來訪者，穿梭於宜昌的機關單位、社區學校、旅遊景點講故事、唱山歌、演皮影，有時還下鄉與昔日朝夕相處的鄉親們說說唱唱，切磋技藝，交流情感。宜昌市、區的重大文化活動，他也常常應邀參加。正是這樣全新的生活，促使劉德方繼續發揮他的創造性，通過對現實社會和民眾生活的觀察、描摹和思考，創作了不少新故事。劉德方的藝術人生因此煥發出新的光彩和魅力，民間故事的生命也因此有了新的活力和激情。

38　訪談對象：劉德方；訪談人：王丹、林繼富；訪談時間：二〇一一年七月十三日上午；訪談地點：湖北省宜昌市夷陵區夷陵樓劉德方民間藝術研究會辦公室。

第三章　劉德方的故事特色

劉德方雖命運多舛，但性格開朗，精力充沛，具有一個民間故事家所應具備的所有潛質和才華。他的人生故事與故事人生成就了其獨具個人風采的故事特色和講述特點。

第一節　文詩詞歌賦曲

作為一位傑出的男性故事講述家，劉德方的故事內容豐富，形式多樣，既呈現了多姿多彩的生活情境，又蘊含著鞭辟入裏的為人之道。劉德方勤懇、正直、善良，立場堅定，是非分明。他用故事歌頌勞動人民的智慧和勤勇，批判遊手好閒者的不思進取，教導不學無術者奮發圖強，規勸品行惡劣者多做好事，讚揚知書達理、尊老愛幼的操守，鼓勵積德行善、誠信守約的作為。在他的故事中既有尋常人家的喜怒哀樂，又有才子佳人的愛恨情仇，還有專供人消愁解乏的開懷一笑。只要劉德方的故事匣子一打開，一個個活生生的人物就會躍然眼前，一段段激蕩人心的情節就會跌宕起伏，一場場懸念迭起的較量就會扣人心弦。

劉德方的故事開頭鋪墊不急不躁，故事中間發展合情合理，故事結局點破主題，讓人拍案叫絕，忍俊不禁。諸如〈公佬與媳婦〉、〈女婿與岳母〉、〈先生與學生〉、〈小姐與相公〉、〈縣官與百姓〉、〈財迷吝嗇鬼〉、〈愚蠢呆板的人〉、〈滑稽聰明的人〉等等，這些構成了民間社會最常見、最普通，也最尖銳的社會關係和社會矛盾。劉德方在描述和揭示諸如此類的社會現象時，不是從官方的立場上來認識，而是站在一個普通老百姓的角度，以形象化的文學樣式和輕鬆幽默的語言，讓聽眾在思索和笑聲中體味生活的萬千姿態。即便是帶有幻想色彩的神奇故事，也飽含著人生的真知和處事的道理，不愧是「生活的文化、文化的藝術」。

二〇〇七年五月二十五日吃完晚飯，夜幕降臨，萬籟寂靜。在下堡坪鄉的小旅社裏，我們與劉德方圍坐在一起，暢談他的生活和故事，氣氛很融洽。當時，神鬼精怪故事是我關心的重點之一，見劉德方興致很高，我便提議讓他講一個精怪故事，這類故事在《野山笑林》中幾乎沒有被載錄，我也想瞭解一下劉德方在這方面的積累和把握。劉德方一聽到這個話題，就不假思索地講起了〈毛狗子精兄弟〉[1]的故事。這是一個心地好的小夥子和毛狗子精相互協助、共同成就的故事，它在現實的情節和奇幻的想像中彰顯了人與自然、社會和諧相處的美好情感和關係。劉德方簡直是一氣呵成地完成了講述，他非常注意演述節奏的控制，在故事的起承轉合之處處理得貼切而自然。我們不僅被優美的故事情節所吸引，而且被劉德方精湛的講演技能所折服。這個故事較為複雜，但劉德方在演述過程中沒有絲毫的差錯和停頓。人物的塑造、關係的協調、信仰的表達，既在情理之中，又有驚喜之處，我們連連叫好。到了末尾，劉德方補充道：「這就講這個人要心好，專門行善，孝敬父母，做好人。」美好的故事的思想和內涵也是劉德方講故事每每要著重強調的。

劉德方講述的故事文學氣息濃郁，以吟詩作對見長的故事不少。特別是在情景描繪、人物刻畫、細節渲染等方面，劉德方的故事看似平實卻頗見功底的段子比比皆是，如「窗外竹葉飄，山中樹木搖，平地起灰塵，大海翻波濤」、「半

---

[1] 「毛狗子精兄弟」，劉德方講述；王丹、林繼富採錄；採錄時間：二〇〇七年五月二十五日晚上；採錄地點：湖北省宜昌市夷陵區下堡坪鄉永順旅社。

夜裏北風颼，開門一籠統，黑狗子身上白，白狗子身上腫，咣當一泡尿，沖個大窟窿」、「頭戴鳳，鳳站頭，頭動鳳點頭；身穿龍，龍蟠身，身動龍翻身」等等，對仗工整，極有意蘊。劉德方講述的愛情故事大都曲折生動，形象有趣。如〈王俊與錢青〉講的是才子王俊來到洞庭湖高員外家，為其表弟錢青替身娶親的故事。王俊因湖中天氣惡變，不能如期回府，又不能誤了吉日良辰，決定將錯就錯，在新娘家中「抹桌子」成親。王俊入得洞房三日，夜夜燈下看書，不與小姐同床。小姐有話又不好直講，詠詩打探「新郎」：「紅粉佳人少年郎，為何夜夜不同床？鴛鴦枕頭為誰繡，紅羅帳中為誰忙？牡丹芍藥歸羅帳，梔子怎不插海棠？」王俊詠對道：「月裏嫦娥狀元郎，紫袍金帶象牙床。雖知鞭弓隨身挎，萬卷詩書腹中藏。有得一日天開眼，定到朝中伴君王。」小姐方知王俊的遠大抱負，量他必成大器……類似的愛情故事，劉德方講起來如數家珍、精彩紛呈。對於這種故事講述傾向，余貴福認為：

因為本身劉德方故事的一個最大特點，它就好在有文學性。那沒得辦法，那和一般故事不同。他一講得出來，就有一種文學味。他文采的故事特多。你看，他不是吟詩作對呢，就是四句子；不是四句子，就是測字，它本身就極有文學性。[2]

劉德方的故事傳講講求雅致、精當、細膩，尤其體現在題材的選擇和語言的表達上，詩詞幛聯常常忝列其中。

劉德方的故事吟詩作對的，好像讀下書的，和個秀才樣的，這與這個地方的文化有很大關係。因為劉德方住在秀水坪村，秀水坪是一個人才的搖籃。秀水坪在清朝末期，就出了狀元，還有兩個秀才。再就是三十

[2] 訪談對象：余貴福；訪談人：王丹、林繼富；訪談時間：二〇〇七年五月二十六日上午；訪談地點：湖北省宜昌市夷陵區下堡坪鄉文化體育服務中心辦公室。

年代初，出了趙松柏，學名叫路才，他就漂洋過海到日本留學。回國以後，在黃埔軍校又學習三年，和董必武是同學。那個村附近，在明朝的時候出了個戶部尚書趙勉。這等等就說明這個地方是人傑地靈。[3]

劉德方故事的雅氣是與民間生活的情趣相得益彰的。〈好吃佬婆婆〉[4]的故事以鄉村節慶活動為背景，機智地展現了老百姓的人情交往和生活智慧。

這個農村啊，每年再窮，到臘月三十，家家要請個先生寫對子，貼著過年。那麼，你餵個年豬，大小要請屠夫師傅把牠殺了。一個老闆想：「我這先寫對子，我要招待先生；後殺豬嘛，要招待客人和屠夫子。不然啦，我把寫對子啊，殺豬啊就搞到一天，那麼是一個勞摸（辦一次酒席）啊。」

當地有個婆婆呢，個咋，煩勞務實的，她也沒得事，她就天天跟著這個殺豬佬和這個先生，你在哪兒殺豬呢，我也就跟著去吃飯。這個老闆呢只說是這個先生和屠夫師傅帶的那麼一個人啦，還是一樣地招待。

但是，這個先生和屠夫師傅時間搞長了，他們兩個過不得意啊。先生就說：「這個老婆婆，你天天跟著我們吃呀，人家找不到我們三個是個什麼關係。我們走東啊，你連東；我們走西啊，你連西。今天我要搞起個規矩。」她說：「那想個什麼主意呢？」先生說：「今天我們要一個人說個四句子，你說得好，你跟著我們吃；你說得不好，就今天吃，那你明天就不能跟著我們吃了。」她說：「那你怎麼說的？」「我們要不離尖又尖，要不離不見天，要不離千千萬啦，要不離萬萬千，後頭要帶個沒有。」

3　訪談對象：余貴福；訪談人：王丹、林繼富；訪談時間：二〇〇七年五月二十六日上午；訪談地點：湖北省宜昌市夷陵區下堡坪鄉文化體育服務中心辦公室。

4　〈好吃佬婆婆〉，劉德方講述，王丹、林繼富採錄；採錄時間：二〇〇七年五月二十五日晚上；採錄地點：湖北省宜昌市夷陵區下堡坪鄉永順旅社。

把這個題一下出了，她想了想就說：「這個題還蠻難。先生出的個題啊，那你就先說啦。」先生說：「我寫字的一支毛筆尖又尖，我插在這個筆筒子裏未見天，我大字寫了千千萬，我小字寫了萬萬千。」他說到這兒了，後頭不得結果了嗎？他跟殺豬佬兩個是商量的，說到這兒，殺豬佬就問一句：「先生，你這麼好寫字，你寫錯過字沒得？」他說：「那我沒有。」後頭這個「沒有」，他就帶上去了。

先生說完呢，該這個屠夫師傅說了，屠行師傅說：「我一個扁刀磨得尖又尖，插在刀籃子裏未見天，我大豬子殺的千千萬，小豬子殺的萬萬千。」這個先生一扯過來一問：「屠夫師傅，你這麼會殺豬，你走過作（一刀未殺死）沒得呢？」他說：「那我沒有。」他這個「沒有」又搞上去了。

它落了（後來）就該這個好吃佬婆婆說。她想了半天，說：「我一個舌條尖又尖，藏在嘴裏未見天，我大戶人家的飯吃了千千萬，小戶人家的飯吃了萬萬千。」這個先生和殺豬佬哈不問她，這個「沒有」她帶不上去了。這個吃飯的老闆娘一跑轉來說：「大媽，你吃了那麼多的飯，你還過情沒有？」她說：「那我沒有。」她這個「沒有」還是搞上去了。

在場的蕭國松老師稱讚故事情節安排得很巧妙，尤其是老闆娘的最後一問最絕妙。劉德方欣然贊同，說：「老闆娘恰如其分地出來插一句，它才把這個東西搞得圓款（圓滿）。」「我最喜歡還是文化色彩深一點的故事。」「四言八句呢，它要說得好，說得押韻，雖說是打油詩，要說得掛帖（妥帖），因為我的故事，專家給我評論，它就是詩詞對聯的多，就有題材了，所以說，我就往這個方面發展，就搞些詩詞對聯。哪怕不正規，打油詩你要說得押韻。」[5] 劉德方講得很直白，做得也很用心。他運用自己文詩詞歌賦曲各方

[5] 訪談對象：劉德方；訪談人：王丹、林繼富；訪談時間：二〇一一年七月十三日下午；訪談地點：湖北省宜昌市夷陵區夷陵樓劉德方民間藝術研究會辦公室。

面的儲備，結合時政要聞和地方情況，花三個晚上的時間編了一個新段子〈我愛家鄉新夷陵〉。

說日白，誇大話，自小成人跑天下，全國各地跑夠噠，想到外國耍一耍。走英國到美國，走日本到德國，俄羅斯到法國，我一下跑到聯合國。我就心想往前跑，一看沒得我中國好，鷂子翻身（形容速度快）往轉跑。轉來我打臺灣過，新加坡打早夥（吃早飯），從香港到澳門，鷂子翻身到北京。那個場子好得很，車連車，人擠人，我們的首都在北京。神奇壯麗的天安門，五星紅旗升在半天雲。走湖南到湖北，我黑噠（天黑了）就在武漢歇。說武漢，講武漢，武漢三鎮真好玩，我們的省會在武漢。我吃了晚飯準備上街去，我已準備街上逛，耳聽客人把話講，他說最好的場子在宜昌。我退了票就動身，翻身來到宜昌城，站在東山打一望，果然是個好地方。大三峽小三峽，水旱碼頭都不差，江中還有個葛洲壩，城鎮建設多繁華。走到此處餓得急，我想找個館子把飯吃，正在館子裏把飯吃，耳聽客人把話提，他說還有好場子就在夷陵區。我就聽了這一句，放下碗來飯不吃，翻身來到夷陵區。我站在城裏觀仔細，好個美麗的夷陵區。城鎮建成國家級，條條街道都整齊。樓房起得一般齊，拆了舊的換新的。夷陵區的領導下大力，搞開發抓經濟，引進專案考第一，一心要建好夷陵區。您們是毛澤東的思想牢牢記，小平理論旗幟高高舉，江總書記的報告記心裏，三個代表您們天天在學習。三個代表下基層，分工下鄉去扶貧，送溫暖獻愛心，真正與群眾做到心連心。這些話且不提，您們聽我來說夷陵區。原來是縣，改革劃成區。江南三鎮劃出去，江北四鎮並了舉，還剩十二個鄉鎮不差一（沒有差別，一樣好），你們來聽我從頭說幾句。鴉鵲嶺是糧倉，那也是個好地方，一條鐵路通心臟，旁邊還有個飛機場。龍泉又出稻花香，精品名牌上市場，五湖四海把名揚，萬畝柑橘有保障。分鄉鄉鎮聽我講，大量開發百年荒，又種蔬菜和黃薑，煤炭收入來源廣。黃花鄉鎮不用提，到處都是風景區，全國的遊客到此地，觀光遊覽買水泥。霧渡河也不錯，宜興公路從此過，邊遠礦區也很多，金礦出在坦蕩河。樟村坪是礦區，各家各戶都富裕，家家都把樓房起，鈔票存在銀行裏。下堡坪也不差，又種茶葉和天麻，農產作物一起抓，板倉河裏金礦含量大。鄧村又出好名茶，人人都把錢來抓，現在改種有機茶，一世聞名傳天下。太平溪生得低，又產柑又產橘，結些柚子倒挑起，遍山遍嶺出板栗。三斗坪不過問，那個場子好得很，黃牛岩和石牌，黃陵廟的古蹟都還在，世界上的客人天天來。樂天溪是福地，那是三峽一壩區，國家電站此建成，旁邊還有個鏝子嶺，中央首長都到此存，它在世界上都文明。十一個鄉鎮說完噠，這回就來說小溪塔。小溪塔的街道辦事處真正大，各行各業都不差，又產柑又產橘，蔬菜水果是全的。又養雞又養鴨，又養奶牛又養魚，娃娃哈牛奶廠，匯源果汁收入廣。澳柯瑪太陽能，格力空調好得很，群眾的享受說不盡。黨的十七大召開了，胡總書記上臺當領導。胡主席上臺來執政，他就帶領一班人，頒佈的政策好得很，科學發展抓得緊，和諧社會暖人心，小康建設新農村。發展民族民間文化不得停，抗震救災下指令，親臨現場去一問，這個領導好得很，他才真正愛人民。胡主席有奇才，奧運會就在我們中國開，外國的領導都喝彩，它在世界上辦出特色來。神州七號上天庭，中國人民在太空行，宇宙科學創奇蹟，世界人民都震驚。我在說，你在聽，全國上下一條心，緊跟胡主席向前進。[6]

劉德方是極其嫻熟而順暢地演講完了這篇以「先言他物以引起所詠之詞」的方式詳盡介紹和詠歎夷陵區的新段子，他的速度之快、言語之精、技法之穩，令我們無比欽佩。「我是夷陵區的人，我還是愛我家鄉夷陵區。我是先放出去，後收進來，把夷陵十二鄉鎮特色哈跟它說出來了。哪個鄉鎮是什麼特產，哪個鄉鎮是什麼特產，我都哈弄了，一個鄉鎮

6 〈我愛家鄉新夷陵〉，劉德方講述，王丹、林繼富採錄；採錄時間：二〇一一年七月十三日上午；採錄地點：湖北省宜昌市夷陵區夷陵樓劉德方民間藝術研究會辦公室。

四句，我又說得押韻，又把它的特色說了。」[7]

劉德方學的東西多，記的東西多，講的東西也多，熟能生巧，靈活掌控，這就使得他的故事文采飛揚，邏輯緊湊，銜接自然。劉德方善於將事理的解釋和嚴肅的敘事寄於詼諧幽默的講述之中，賦予生活常識和人生道理以輕鬆的形式和深刻的意義。例如，〈狗腿子〉[8]包含了人們對狗翹後腿屙尿現象的認識以及鬼谷子的信仰，這原本可以通過正面的敘事和平實的話語表達和說明，但劉德方沒有這樣做，而是寓現象於諷喻，既表明了人們對生活現象的觀察和理解，也批判了社會不公和阿諛奉承的歪風邪氣，還彰顯了民眾的是非觀念和價值判斷。儘管這種解釋不一定科學，但它反映了民眾的真實情感和道德理念，在笑聲過後留給人們更多的思考。

第二節　融通鄉村文藝

劉德方獨特故事味的形成得益於他成長的文化環境，得益於他歷經的人生道路，得益於他對各項民間文化活動的熱愛。劉德方很多歷史人物故事、道德教育故事、神話幻想故事與他熟稔的民間文藝息息相關，如皮影戲、山民歌、打鑼鼓等，其文采飛揚的語言、性格鮮明的人物、精闢入微的情節均體現了劉德方融通多種文藝樣式的能力和才學。用劉德方自己的話說，民間藝術相容相通，它們彼此磨合，相互借鑑。如〈賣酒的與賒酒的〉講：

7 訪談對象：劉德方；訪談人：王丹、林繼富；訪談時間：二〇一一年七月十三日上午；訪談地點：湖北省宜昌市夷陵區夷陵樓劉德方民間藝術研究會辦公室。

8 〈狗腿子〉，劉德方講述，余貴福採錄，黃世堂整理，《野山笑林》（北京：大眾文藝出版社，一九九九年），頁一二八至一二九。

一個痞子打人家酒喝，喝了，他死也不把錢。後來那個賣酒的呢找他要錢，他又沒得。他打酒呢，你不賒給他呢，他又不行。這搞得沒得辦法了，時間一長，賒了蠻多賬。那這天，這個賣酒的老闆就打個主意。他弄了個烏龜，這個雜種，一下子吊在他這個鋪臺子面前，要人家一去就看到吵。高頭寫了幾句話：「你打酒不把錢啦，我吊你七八年。」賒酒的，個狗日的，不把酒錢啦，就是說他的吵。這個咋的，時間一過了，打酒不把錢的夥計又跑去賒酒。把酒賒了，這麼抬頭一看了，這個咋，今兒這兒怎麼吊個烏龜啊？再一看啦，高頭有兩句話，狗日的，「打酒不把錢啦，吊他七八年」，這明明是說我的。他說：「先生，我還跟你再借個筆。」他說：「你借個筆做麼事（什麼）呢？」他說：「你這個高頭，這個鋪高頭這幾句話你寫錯了，不是這麼寫的。」他說：「那你寫給我看啦，是怎麼寫的。」他把這幾句話一撕了，他在那裏寫。他說：「你酒撇吊子小（酒不好，又不夠斤兩）哇，這才吊得好。」你說都有狠氣啦。[9]

劉德方精通的各類民間文藝為他的故事講述提供了大量素材，增添了無數亮點。特別是說唱類曲藝使得劉德方能夠胸有成竹地把握題材多樣的情節內容，得心應手地表現個性突出的人物形象，遊刃有餘地處置曲折多變的矛盾衝突。在劉德方那裏，他所掌握的民間文藝已經互相融通，無論在傳講內容上，還是在說唱技巧中。林繼富教授認為：「劉德方的故事具有把民間各種藝術的表現方式綜合起來的特點。你比如說，他的故事題材、故事內容信手拈來，也就是他熟悉的皮影戲裏的歷史人物、打喪鼓裏的孝道故事等等，他可以串聯成故事。也就是把農村民間藝術的各種題材、表現技巧融通在民間故事之中。」[10]

9　訪談對象：劉德方；訪談人：王丹、林繼富；訪談時間：二〇〇七年五月二十五日晚上；訪談地點：湖北省宜昌市夷陵區下堡坪鄉永順旅社。

10　訪談對象：林繼富；訪談人：王丹；訪談時間：二〇〇七年八月二十一日下午；訪談地點：湖北省宜昌市夷陵區長江市場管委會大樓劉德方民間藝術研究會辦公室。

二〇〇七年五月二十五日夜晚，劉德方在講故事的間歇告訴我們：「以前在屋裏，像人家紅白的事（婚喪嫁娶）要熬長夜啊，那麼，這些場合就講些長故事，混夜把它混到天亮。」我隨即回應道：「我們今天就混到天亮吧。」大家都樂了。這不僅是意圖創造一個輕鬆而和諧的講述環境，而且的確是因為劉德方的故事講得太漂亮了，我們一點睡意都沒有。

劉德方主動講起了〈蟒蛇精〉的故事。「那個蟒蛇精呢，是個什麼原因呢？牠也還是有個本頭：山外青山路外路……男人梳了女人頭，親生兒子難養老，恩愛夫妻不到頭。」他先是唱了一段開場白，然後開始了講述。

一戶人家非常遭孽，住在大路邊上。去的來的呢，在他那裏喝水，在他那裏坐，他也並不厭煩。只不過有時候呢，在他那裏吃點東西呀，遭孽的人啊，他也還是要施捨。這個年長月久呢，就是這麼兩老啊，到這個半輩膝下無子，沒得辦法啦。

有一天，他們上山去做活路。做活路就碰到這個蟒蛇精。這個蟒蛇精本身是蠻大的東西，成精以後呢，可以變大，可以變小。牠考察那個兩老確實蠻好，兩老無子，牠就變了一條小蛇，跟著他溜進屋裏去了。溜進屋裏去了呢，二老沒把牠當蛇打。你要在那兒蹾（蜷縮）啊，你就蹾，你不咬我，我也不侵犯你。牠呢就來試探他們，牠看二老確實沒得傷害牠的意思，就又過了幾天，變了一個小伢子，就在他那個屋旁邊哭啊喊。二老呢想這是哪來的伢子在喊？跑起去看，是這個小伢子在那兒喊，周圍看也沒得人，喊也沒得人，就把這個伢子撿回來。

他這種人就是跟這個栽菜樣啊，只要一喝水，勁就來了，又長得快。沒得幾年啦就長成了人了，就服侍二老，一家人很和睦啊。不久，這個老婆婆病噠。先生跟她看了，要一種蛇膽做藥引子。這去哪裏弄得到這種東西？最後，這個兒子呢就跟兩個老的說：「我去抓這個藥去。」這個藥引子別處弄不到，只有自己有。

他這個蟒蛇走到路上了，背著他的雙親，背著人家，自己就把胸前割了，就把他蛇膽割了一塊出來，就跟他媽呢做了藥引子。做這個藥引子，他的媽把這個藥吃了呢，病就很快好噠。

媽的病好了，他呢還是有個傷啊。他的媽呢就蠻心疼兒子，她來跟他換衣裳，看到兒子呢有一個傷痕，就問：「兒子，你這是怎麼傷的？你這是幾時傷的？是做什麼事傷的？」他一直沒有說。時間一長，二老要死的時候，他才跟他們說：「二老啊，我雖然不是你們倆親生的兒子，你們對我很好，你們現在都是高壽，也都要百年了，我把你們送上山。百年，你們還找不到我是誰個，我不是人。」二老說：「那你究竟是什麼東西？」「我第一次來試探你們，在你屋裏變的那條小蛇就是我。我想到你們善良，就轉去重新變的個伢子，在你門前哭，你把我撿回來，撫養我長大。你們對我好，我對你們要報恩。你得了病，先生跟你看的個藥，要蛇膽做引子。你問我這個傷勢哪裏來的，我就是割的我的蛇膽跟你做的藥引子。我跟你們把這個話說了，二老不要怕。我不得走，我候（等候）到你們百年了，服侍完了，我再修我的仙，修我的道。」

後來，二老百年，他把二老送上山了才走。因為他做了這麼一件好事，被仙家發覺了，就把他渡得呢成了仙。[11]

看來，這個故事是劉德方皮影戲表演的素材之一。也就是說，類似的故事既可以當故事來講，也可以當曲本來唱，只是表達方式有所不同罷了。劉德方講得很動情，很投入，也很輕鬆和流暢。故事中，劉德方著重刻畫了與人為善的精怪形象，既凸顯了蛇精的神奇，又表現牠富有的人性，更以民眾生活為基礎，所以達到了傳播民間知識，教育子孫後人的目的。

11 〈蟒蛇精〉，劉德方講述，王丹、林繼富採錄；採錄時間：二〇〇七年五月二十五日晚上；採錄地點：湖北省宜昌市夷陵區下堡坪鄉永順旅社。

唱皮影戲本質上是在講故事，但它又不同於講故事，因為它需要說，需要唱，需要演。「唱影子戲就是我唱得好些。他們也發覺了呢，影子提的一樣的，唱的我們大致情況一樣的，但是動作他們都沒搞到位。就說我這個人，我是個官，我出來像不像個官；我是個跑堂子，我出來這麼像個官，你說那行不行？這些東西就要腦殼靈活，靈活應變。唱影子戲，老中青，男女，小姐、丫鬟、跑堂子、將軍、元帥、皇帝，這些人的層次要分開，各說話都不是說的一樣的。皇帝說日牯子話[12]，他不得說吵，日牯子的東西哈是跑堂子的。」[13]所以，劉德方講故事，不同身份、地位、職業、性格的人物形象都有符合生活邏輯和藝術邏輯的話語、行為、心理的描畫和表現，而且活靈活現地通過講述者劉德方自己的表演展示出來，他跳進跳出、轉來轉去，很快就能將聽眾帶進故事，讓他們追隨情節的發展而沉浸其中。

打個比方說，從我這兒走到你那兒，這當中有好多溝、坎、彎、坡，這個本頭都是一樣的，我走到彎，彎是個什麼情況，我走到坡，坡是個什麼情況，我走到坎，坎是個什麼情況，我走到溝，溝是個什麼情況，把這些細節都要表達出來。而且都要通過語音，高呀低，強啊弱，把那個場景描繪出來。[14]

經過多年的琢磨和歷練，劉德方精通了皮影戲的各類章法和套路，他既遵循傳統，又有創新和發展，達到了純熟自如的程度。劉德方從中博通古今，說唱雅俗共賞，他演繹的人物形象栩栩如生，情節內容豐富多彩，飽蘸歷史文化氣息，富含生活理念色彩。

12 日牯子話：這裏指不合時宜的、不恰當的言詞話語。
13 訪談對象：劉德方；訪談人：王丹、林繼富；訪談時間：二〇一一年七月十三日上午；訪談地點：湖北省宜昌市夷陵區夷陵樓劉德方民間藝術研究會辦公室。
14 訪談對象：劉德方；訪談人：王丹、林繼富；訪談時間：二〇一一年七月十三日上午；訪談地點：湖北省宜昌市夷陵區夷陵樓劉德方民間藝術研究會辦公室。

講故事後頭要有個包袱，唱戲後頭要有個結局。你跟人家在屋裏唱戲，你光打殺不行了，你光殺人不行，你後頭要跟人家選個段子，好歹跟人家唱個大團圓，一個結局。或者孫兒打喜，或者做生上壽，我就按照你這個題材。我們唱戲，還有一種是什麼呢，大家喜歡的。唱到早晨天亮了，影子戲一團圓，給人家送恭賀。支客先生，他哪些親戚，姑舅姨親，什麼叔子伯爺，堂公伯母啊，老表，他開個單子來，給我就照這個單子給你說些吉利話。你是當官的，你是種田的，你是做生意的，你是教書的，你是讀書的，你是什麼人，我就說什麼話。[15]

劉德方說，皮影戲裏唱的「都是大人物，上起天子，下至黎民百姓。特別是跟人家唱願戲，那他都是神，都是權」[16]。皮影戲表現的是民眾對社會、歷史和生活的理解和評判。劉德方傾向表演歷史小說類的作品，比如《薛仁貴征東》、《薛丁山征西》、《薛剛反唐》、《西遊記》、《三國志》、《封神榜》、《水滸傳》等大本頭，《八寶山》、《百花記》、《烏金記》、《蟒蛇記》、《守京記》等小本頭。可以說，這些戲文的記憶和表演直接為他的故事講述積累了材料和經驗。

他（劉德方）讀書不多，但是他看懂不少書，而且歷史書他都看懂啦。聽故事，聽別人講一遍他就記到啦。我們就沒得那個狠氣。他不僅會講故事，他會唱歌，會打鑼鼓，會打喪鼓，會唱皮影子戲，他都奈得何

15 訪談對象：劉德方；訪談人：王丹、林繼富；訪談時間：二〇一一年七月十三日上午；訪談地點：湖北省宜昌市夷陵區夷陵樓劉德方民間藝術研究會辦公室。
16 訪談對象：劉德方；訪談人：王丹、林繼富；訪談時間：二〇〇七年五月二十六日下午；訪談地點：湖北省宜昌市夷陵區文化館招待所。

（他都能幹），這些都是別人不行的。不僅奈得何，而且還精通。[17]

唱皮影戲對劉德方講故事的影響主要體現在三個方面：第一，在講故事技巧方面，開頭結尾言簡意賅，起承轉合自然得當。第二，語言的使用方面，有時引用一些恰當的唱詞，多數時候不是直接搬用，而是借用語言表達的習慣，比方說，對仗比較工整，文詞比較濃郁。第三，題材的選擇方面，一是把長篇正本的一段截取編製成一個故事，二是把一個戲本的精華部分壓縮作為一個故事。當然，劉德方的故事有很多種類，戲曲故事只是來源之一。皮影戲藝術對故事講演更深刻的作用在於對形象塑造、結構邏輯、言語表述等層面的綜合把握。

像原來我在鄉下，在老家講故事，沒得人他不喜歡聽的，不管男的、女的，老的、小的，大人、伢子，在我們那個場子。因為我在那個場子唱影子戲。所以說，我以前年輕我的口才蠻好。像早上唱戲團圓了，我跟人家送恭賀，一串一串的，又沒得稿子，又沒得詞，沒得事，我就坐著，我一路想一路唱，我可以唱半天，大家都曉得我的本事。[18]

為逝者打喪鼓是鄂西一帶特有的喪葬習俗。劉德方便是下堡坪一帶有名的喪鼓師傅。凡有喪事，孝家必請他打喪鼓。喪鼓歌的內容涉及天文地理、歷史傳說、祖先功德、風習信仰和行善敬孝的種種事蹟等，尤以抒情性的敘事歌和

17　訪談對象：李國海；訪談人：王丹、林繼富；訪談時間：二〇〇七年八月二十三日上午；訪談地點：湖北省宜昌市夷陵區下堡坪鄉譚家坪村周厚定家。

18　訪談對象：劉德方；訪談人：王丹、林繼富；訪談時間：二〇一一年七月十三日下午；訪談地點：湖北省宜昌市夷陵區夷陵樓劉德方民間藝術研究會辦公室。

紀實性的傳說歌為主。一般而言，喪鼓師傅都有良好的口才、嫺熟的技法和較強的記憶力。劉德方演唱的喪鼓歌內容廣博，思想豐富，而且不少歌即興發揮，現場編唱。他不僅能夠唱古論今，還能把熟悉的歌謠、故事融入到表演當中，這種能力和技巧使他無論身處何時何地，從事何種民間文藝均能如魚得水、遊刃有餘。

劉德方介紹說：「打喪鼓是唱腔。有的民間故事裏頭也還夾有唱腔，有的唱道士腔，有的唱喪鼓腔，有的唱端公腔。所以，這些東西你都要把它配合好。」[19]

講到有一家有四個人，老倆口跟小倆口，都會打喪鼓。他們平常在屋裏說話都以喪鼓腔說的話。那天要過年了，這個老頭子就把他們喊到一起，他說：「今天我們定個規矩，這要過年了，我們要圖點吉利，再不能唱喪鼓腔了，光要說話，再不唱喪鼓腔了。」這都安排了，都聽了。

把這個團年飯一下弄了，端到這個桌子上，哈來吃飯呢，他四個人只有三雙筷子，搞掉一雙。搞掉一雙呢，兒子就說（唱起來）：「桌子裏（呀）還差（呀）一（呀）雙筷（呀）。」這不是唱喪鼓腔。這個媳婦子就唱：「我在那個後頭（嗆）帶（呀）起來。」那個婆婆子她就唱：「就是你個老娘還記到在。」實際上三個人都把喪鼓腔唱出來了。他那個老子他唱：「老子（哩）哪兒（啦）說的話（呀）。」[20]

連講帶唱的故事只有在講的過程中才能傳達出它特有的神韻，也只有在聽的過程中才能感受到它獨有的魅力。

19 訪談對象：劉德方；訪談人：王丹、林繼富；訪談時間：二〇一一年七月十三日上午；訪談地點：湖北省宜昌市夷陵區夷陵樓劉德方民間藝術研究會辦公室。

20 〈過年唱著喪鼓調〉，劉德方講述，王丹、林繼富採錄；採錄時間：二〇一一年七月十三日上午，採錄地點：湖北省宜昌市夷陵區夷陵樓劉德方民間藝術研究會辦公室。

劉德方還能唱山歌、打鑼鼓、說諺語，不同形式民間藝術的兼收並蓄讓他在交替表演、綜合把握中無意間強化了記憶能力，豐富了講唱技巧，創造了個性化的風格。劉德方說：「我又是一個樂觀主義精神蠻強的人，也喜歡熱鬧。看到人家來打鑼鼓，我就願意去聽，就細細記，就細細瞄學（自己通過觀察、模仿、揣摩來學習）。我也就在家裏學打鑼鼓。」「一九五八年，大辦鋼鐵，在黑山的燒炭，紅山的挖廣子（一種礦物質），高頭上扯路（修路）。扯路都是南來北往的人，三個人一班，扯了換。扯這個路的人哪麼唱到那麼多山歌呢？扯路，它說有個規矩，扯路的人就要會唱這些子歌。手裏跟推磨一樣，一路推，嘴裏一路唱。所以說，人家唱，我的記性好，我就在旁邊記，就記了不少的東西，自己也唱。」[21]

唱影子戲過去一唱就是一夜。夜深了有人栽瞌睡（打瞌睡）的，那就再喜歡看的，他要栽下瞌睡。那麼，你要採取一種什麼方法呢？趁人家在栽瞌睡的時候，把正本丟下，我又來說下古，或者喊幾段山歌，或者日幾個白，那人家一聽，幾個哈哈一打，個狗日的，這個瞌睡又走了，那麼我就車轉來又唱。那就人家再不喜歡看也喜歡。[22]

應該說，聽劉德方講故事就是一種享受。他神態十足，儀表自然，故事的味道濃厚。劉德方很注重掌控情節節奏，該緊湊的地方不拖遝，該舒展的環節不乾癟，輕重緩急處理得恰到好處，人物角色描摹得唯妙唯肖。所有這些都與他擅長多種民間文藝樣式密切相關，他所積澱和融通的知識和技能必然成就這位能說會唱的民間故事家。

---

21 訪談對象：劉德方；訪談人：王丹、林繼富；訪談時間：二〇一一年七月十三日上午；訪談地點：湖北省宜昌市夷陵區夷陵樓劉德方民間藝術研究會辦公室。

22 訪談對象：劉德方；訪談人：王丹、林繼富；訪談時間：二〇〇七年八月二十一日上午；訪談地點：湖北省宜昌市夷陵區長江市場管委會大樓劉德方民間藝術研究會辦公室。

第三節　創作能力驚人

劉德方講故事的即興創作能力特別強，靈活應變能力也特別強。在聽別人的言語時，在同他人的對話中，他就開始了故事編創。

我到土城去，我坐羅正龍的車子，羅正龍說：「劉老，你會講故事，你講個故事給我聽。」我說：「你是個開車的，那我講個故事把你掰（戲弄，取笑，貶損）下。」他說：「你怎麼掰得到我呢？」我說：「那我掰得到。」車上還坐了個土城的書記，村的書記是個女的。羅正龍說：「那你把這個女書記掰一下。」我說：「人家又是個女的，我們哪麼能掰下呢！」後來，這個女書記說：「那你幫忙把這個師傅掰一下。」我說：「女士優先，我在這兒聽你的話。我在家聽婦人的，出門還是聽女人的話，把這個師傅掰一下。」其實嘴裏在日白，我心裏就在想，狗日的，怎麼把他掰一下。我就編了一個日白的故事。

講一個夥計呀，他喜歡打牌。怎麼搞呢，一打呢火氣不好，今兒打也輸了，明兒打也輸了，輸了媽的個駝子不伸腰（輸得厲害）。有一天，和人打，那個夥計他的耳朵有點背氣。你說他聽得到他又聽不到，你說他聽不到他又聽得到。好，一打打了，狗日的，他又輸了，人家就要找他要錢。他確實沒得錢，那沒得錢哪麼搞呢？沒得錢呢就脫衣服了。脫得做不到呢，就又脫褲子，褲子脫了就只剩個赤膊了。輸錢的個夥計說：「那對不起，我確實沒得錢。我的衣服哈脫得把給你了，我就只剩底下一個雞雞了。」「啊，你屋裏還有個司機呀，司機把給我開車。」[23]

劉德方很會審時度勢，這不能不說是一種能力。在繼承傳統故事的同時，他善於結合時代發展和現場情境創作新故事，鄉民評價他是「舊瓶裝新酒」。也有人認為這種創作脫離了鄉土，沒有故事味，沒有民間色彩。實質則不然，因為民間故事本來就是老百姓現實生活的反映和思想情感的抒發，劉德方適應社會生活變遷，遵循故事發展規律進行新的創作，這正是民間故事生命力的體現。劉德方認為，他是在創新，是在前進，他要將民間故事與現代生活緊密結合，而不僅僅是過去時代的東西。

【林：指林繼富；劉：指劉德方；王：指王丹。】

林：有沒有你喜歡講的，或者別人採訪你，你經常講的是哪些故事？

劉：人家來採訪我，來的時候，我就看來的對象想聽哪一方面的故事，我就選擇講哪一方面的故事。上回武漢社科院的院長他來考察民間故事，我陪他到下堡坪走了一圈。他文化層次高，他喜歡聽下文化色彩的故事，也還喜歡聽下風趣故事，也還喜歡聽下帶葷的故事。那我們下堡坪很請了幾個會講故事的，請了十幾個，你講兩個，我講兩個，他來評價。感謝他對我的抬舉。你講故事當快要快點，當慢就慢點，要把這個東西說清楚。

王：你能不能跟我們講幾個？講你幾個喜歡的，擅長的。

劉：擅長的，我講兩個新故事你聽。現在趕公交車，我編了三個故事，講給你聽一下。

〈坐雙層公交車〉：現在科學發達，公交車都是雙層次的，底下一層，高頭一層。那一天呢，山上的一個人就

[23] 訪談對象：劉德方；訪談人：王丹、林繼富；訪談時間：二〇〇七年五月二十五日晚上；訪談地點：湖北省宜昌市夷陵區下堡坪鄉永順旅社。

想到城裏來玩。到城裏來玩呢，走到公路上，就想趕下公交車。他在公路上站著，就來一個公交車，是個雙層的。他把手一招，這個車就停了，他就上車。上車呢，底下一層坐滿了，這個司機他就說：「先生，你到高頭去坐，底下坐不下了。」他就跟梯子蹦蹦地，一下爬上去。爬上去，高頭沒坐一個人，就是幾排椅子。他跟梯子一梭地下來，他又下來了。司機就說：「先生，你怎麼不在高頭坐，你怎麼又下來了？」他說：「你媽的屄，你欺負我沒進過城，高頭連司機都沒得，你讓我坐高頭。」

王：你是不是碰到這樣的人了，還是自己想的？

劉：自己想的。

林：你肯定是坐過雙層車。是不是你自己的故事？不會是你吧？

劉：不是的。（笑）再呢，現在坐車都實行打卡啊，我們老年人搞個年老卡，有的搞學生卡，姑娘們先交錢打個卡，打卡方便些。

〈公交車打卡〉：有一天呢，一個老大媽也想趕下公交車。走著走著，前頭有個小姐，挽了一個包包。兩個人都在車站裏這個停車的場子等這個車。後來，車一來呢，這個小姐就走在前頭。她一上車呢，卡放在這個包包裏。一上車，那麼屁股一歪呢，在那兒一靠，嘣咚一下，沒要錢，個咋子，她就坐著了。後來這個老大媽看到她那麼搞一下，沒要錢就這麼坐著，她也上去，把屁股一歪，個咋子，搞了就一下子坐著了。師傅就說：「老大媽，您要把錢啦。」「啊，你要我把錢啦，那我前頭那個小姐她也是那麼一甩，你沒找她要錢，你怎麼找我要錢，你曉得，她年輕些，生得漂亮些，老子老了，我年輕的時候我比她還甩得好些。」

王：呵呵……這個故事也是你創作的。這個故事的創作是不是你平時看到坐公交車這種現象？

劉：就是連貫性地想，把生活串起來，要有笑料。再講一個城市女的趕公交車。

〈你擦了都不說，還要吹一下〉：那天也是在街上趕公交車，公交車往那裏一停，一上車呢，底下的一層就坐滿了。坐滿了，這個車上有一個賣票的。沒得凳子，那個賣票的一站地起來。她說：「你這個女士，那你到我這裏來坐。」這個賣票的就站著，讓給客人坐。她就走到這個凳子那兒，在這個包包裏把紙巾一拿出來，把這個凳子擦了又擦，擦了又擦，她怕不乾淨。後來擦了一遍，恰恰往這兒一坐了下去，一個屁一放。這個司機呢，把腦殼一車（轉）了過來，他說：「這位女士你太愛乾淨很了，你擦了都不說，還要吹一下。」

林：這就是你進城後生活發生了很大的變化，加了這樣一些城市性的故事，這說明你善於觀察，還善於創作。[24]

談到創作新故事，劉德方的話匣子一下子就打開了，他一連串地講了三個與公交車相關的新故事。對於熱愛民間故事的劉德方來說，他的生命已經與故事交融為一體。即使是十分細微、非常常見的生活情景，都能觸發他的故事神經。他及時地捕捉到，並在心中醞釀、充實，使之源於生活，又高於生活。〈坐雙層公交車〉、〈公交車打卡〉、〈你擦了都不說，還要吹一下〉等這些直觀地折射時代生活的新故事雖然篇幅短小，但已具備了故事的元素，它的人物形象鮮明，情節結構完整，特別是結尾包袱響亮，生動地展現了發展中的城市市井景象。毫無疑問，這是劉德方漸趨融入都市生活，觀察、總結、創作的新成果。

我三不之（時不時）搞些子新的，像這種新的故事，不到縣裏來，它沒得這個條件，沒得這個環境，就不會創作。……看到一些現象，我們就在屋裏想，就編一個，還要不斷創新。[25]

---

24 訪談對象：劉德方；訪談人：王丹、林繼富；訪談時間：二〇一一年七月十三日下午；訪談地點：湖北省宜昌市夷陵區夷陵樓劉德方民間藝術研究會辦公室。

25 訪談對象：劉德方；訪談人：王丹、林繼富；訪談時間：二〇〇七年五月二十五日晚上；訪談地點：湖北省宜昌市夷陵區下堡坪鄉永順旅社。

鄉村、城市，城市、鄉村，劉德方整個人生命運的變化，尤其是與故事的關聯，讓他對於民間故事的講述環境和條件深有體會，且感觸良多。劉德方就這樣以自己的感悟和方式創新著故事，贏得了更多人的喜愛和認同，這是民間故事在新的時代煥發新生機的自在表現，當然他的講述也應做出相應的調整，包括語言的運用和情感的表達。劉德方的故事創作一方面承繼了民間故事的基本規則，另一方面也是他的一種自覺迎合行為。劉德方從下堡坪鄉下進入夷陵城區後，出於各個方面的需要，他出入不同場合，面對不同聽眾，身兼不同角色和使命，他必須根據具體情狀靈活應變，恰當處理。在劉德方生活的地方，不少幹部都建議他發揮特長創作新故事。在他們看來，新故事即是反映當前形勢和生活需求的故事，諸如為新農村建設、新文化發展等時代主題來服務。

現在就要實行計畫生育嘞。它就講這個三佬姨（連襟），個咋，他成親了以後，老大也實行了計畫生育，老二也只一個孩子。唯獨這個老幺，個咋，一下結了婚了呢，夫妻感情好，他也不相信這個政策，他糊裏糊塗就生了三個孩子。

生了三個孩子以後呢，成家以後呢，他為了撫養這三個孩子呀，他的能力有限啦，家裏就搞窮了。有一天，老大和老二呢就打一個主意。他說：「我們今兒去吃老幺的飯去。」好，雜種的，吃老幺的飯去啦，跟老幺說了：「我們明兒到你的吃中飯啊。」跟老幺一說。這個佬姨嘛他要吃飯呢，不得說不答應。答應，到回去，家裏沒得啦。回去，就商量。他就回去，他說：「明兒兩個哥哥要到我們這裏吃中飯啦，我們這兒什麼子都沒得，又怎麼搞呢？」他這個媳婦子還是蠻懂道理，就說：「那我們在街上找一點兒館子，你們三弟兄吃，我們什麼東西就哈不吃。」

後來，找了個館子，三弟兄在這個館子裏坐著。這個老大和老二呢，他們一想呀，我們不打個主意，要他呢結賬呢，他說良心過不去，他一個人遭孽些吵。他說是：「老幺，我們今兒多謝你吃飯啦。我們出個題，定個條約。」他說：「那你出個什麼題，定個什麼條約？」他說：「我們一個人說個四句子，你說得好哇，我們就出錢；你說得不好，那就你該出錢。你就沒得爭議了。」這就是個主意，要有個理由啊。他說：「那好，哥哥你說怎麼說呢？」他說：「我們要不離四個腳，要不離四個角，」他說，「我們後頭要帶個故意地說。」

好，把這個題出了，「那你們出的題，那你們說啊。」這個老大呢，他呢還認得幾個字，也不是那麼狠。他說：「我一個抽屜四個腳，」他說，「我這個硯臺四個角，」他說，「我大字寫得千千萬啦。就是這個小字，我就沒寫過。」嘿，老二就一問，他要問一下：「哥哥，你這麼會寫字，你一個小字沒寫過，我也不相信。」他說：「你找不到，我是故意地說。」他就把這個字搞上了。

後來，就該這個老二說。老二是個種田的，他一接了過來。他說：「我一條耕牛有四隻腳，」他說，「我一塊田有四個角。我大坪大堂我沒耕過，我專門架起牛耕上坡。」老大說：「你種田的人，你怎麼不耕田耕上坡啊？」「哥哥，你曉得個屁，我是故意地說。」

老么呢，個咋的，叫他說呀，他又說不到啦。他說，這個狗日的怎麼去說呢，嘴一下雄起。他這個夥計（這裏指妻子）背心裏揹個伢兒（孩子），一隻手拉個伢兒，這就四母子啊，在這個旁邊搞著急了，把他一推啦，「你好歹要說一個呀。」欸，本身還沒得題材，扯過來，把她們這四兩母子一試呢，他就有題材了。他說：「我一個床啊有四隻腳，一個鋪蓋有四個角，」他說，「雖說我的伢兒一大路，這個床上我沒去過。」他這麼一說，這個媳婦子呢就還沒懂到他的個意思。他只說不到，才這麼說的。她就一吵，她說：「你倒說得還好，我跟起你就生了三個伢子，你既然說你這個床上你沒去過。你當著兩個哥哥，你說了，你不是痞我的面子，那這個伢子在哪裏來的呢？」他說：「哎呀，夥計，你莫吵，」他說，「我也是故意地說的呀。」[26]

26〈我是故意說的〉，劉德方講述，王丹、林繼富採錄；採錄時間：二〇〇七年五月二十六日上午；採錄地點：湖北省宜昌市夷陵區下堡坪鄉永順旅社。

這個故事很精妙地將社會生活的主題和傳統的「三佬姨」故事融合在一起，不僅使之具有廣泛的群眾基礎，而且令人耳目一新。講這個故事的時候，既有普通村民在場，也有文化研究者在場，還有領導幹部在場。面對這種情形，劉德方精心從自己的敘事資源庫裏挑選了這麼一個故事，並即興改編。誠如在現場聽故事的下堡坪鄉趙書記所說：「劉老舊壺裝新酒。他搞些子東西，把政策都說了，深得領導歡喜。」劉德方故事中出現「舊瓶裝新酒」的現象，我以為並非講述人故事素材枯竭，講述能力有限，恰恰反映了劉德方對於傳統的繼承和延續，恰恰體現了劉德方故事與時俱進的鮮明特性，恰恰反映了劉德方對民間敘事傳統把握的嫻熟和創作能力的高超。劉德方的故事講述「總是扎根於其所屬社會階層的經驗圈和生活圈，以此傳承民間敘事傳統，建構立足現實的故事社會，從而使民間故事文本的文化層次更加多樣化，更加絢麗奪目」[27]。

> 自己總是想新東西出來，一是感恩，二是我進城來了，這些年來多多少少有些變化。人家說，你這個人是死的。有變化，你要創作，人家就說你還在前進，不辜負我們培養他。你說是不是？新故事一是跟形勢，二是跟地段。人過留名，雁過留聲。[28]

劉德方編創新故事，既有自己對民間故事本真的理解，也有他感恩國家、回饋社會的心願，還有來自現實生活境遇和彰顯自我價值的一種壓力。

---

27 林繼富，《民間敘事傳統與故事傳承》（北京：中國社會科學出版社，二〇〇七年），頁二九四。

28 訪談對象：劉德方；訪談人：王丹、林繼富；訪談時間：二〇一一年七月十三日上午；訪談地點：湖北省宜昌市夷陵區夷陵樓劉德方民間藝術研究會辦公室。

【林：指林繼富；劉：指劉德方；王：指王丹。】

王：現在主要講什麼故事呢？

劉：編的新故事，講下新故事，摻個把舊故事。

王：哦，舊故事講兩個，再編些新的講。舊的現在講哪些？

劉：不等，想講這樣的就講這樣的，想講那樣的就講那樣的。故事要換著來講。為什麼呢？你這個場合講多了，他有的在一個場合聽到你講這個故事，他到那兒，你還是講這個故事，他就覺得沒得味了。你要講重複的故事，要時間隔得長，或者隔一年、兩年，再來重複，人家都忘記了。你一講起來，嗨，那你這個故事我也聽過，我還有點印象，就是搞不到那麼全款（全面）了。這就是技巧。

林：有點技巧。也就是說，你重複的故事一年之間不能重複，然後隔一年，他有點記憶，然後再講，突然之間，咦，在哪裏聽到？因為有些人參加很多場合，今天在這裏吃飯，明天在那裏吃飯，剛好都請你去講。

劉：嗯，有時候我天天講，還是那班人。

林：所以，你在創作新故事的時候其實有一個壓力，就是覺得還是應該要讓別人聽到，沒有把你白養起來，國家給你這麼多把你養起來的時候，你自己還是想回報。

劉：那是的。[29]

劉德方特殊的人生經驗和故事經歷造就了他獨特的故事講述個性。在多種因素的促成下，他講的現實性強的故事洋溢著鄉民的生活情結，飽含著豐富的民間知識；幻想性強的故事則展示了民眾的浪漫情懷，有的美妙如畫，有的險象叢

---

[29] 訪談對象：劉德方；訪談人：王丹、林繼富；訪談時間：二〇一一年七月十三日下午；訪談地點：湖北省宜昌市夷陵區夷陵樓劉德方民間藝術研究會辦公室。

生。劉德方的故事描繪了多姿多彩的社會群象，描畫了一方人民生活世界的人生百態，他將人們的生活、思想和情感通過民間故事的方式呈現出來、表達出來。

第四章　劉德方講述的典型故事

劉德方的故事很多，他也善於加工和創作，以他的話說就是「腦殼（頭腦）靈活」，「會編、會改、會掐」。劉德方主要講的是生活故事和笑話，現已出版的兩本故事集《野山笑林》和《野山笑林續集》基本以故事關涉的人物身份關係為標準進行了分類規整，有縣衙官員的故事、教書先生的故事、落第秀才的故事、佬姨親家的故事、雜藝工匠的故事、公媳間的故事、夫妻間的故事等；也有以體現人物性格特徵的故事種類，如戳白佬的故事、憨頭包的故事、滑稽人的故事、吝嗇鬼的故事、好吃佬的故事等，這些故事充分顯現了劉德方的情感取向和敘事個性。從與劉德方的交流中，我也深刻感受到了他故事的特殊風格和豐富儲藏，在此結合已經刊出的故事文本和田野採錄的故事資料，選取具有代表性的故事類別，以展示劉德方講述故事的種種情態與構造。

第一節　三佬姨故事

三佬姨故事是中國民間廣泛流傳的有關「女婿」的故事的一種，屬於「三女婿」類故事，但它又獨具品格與風貌。在湖北宜昌地區，三佬姨故事備受人們的青睞，每次採訪劉德方，他都會很自然地講到三佬姨故事。在他看來，三佬姨故事不僅跟生活很貼近，而且有思想、有包袱、有笑料，大家都喜歡聽，自己也善於講。

「佬姨」或「姨佬」是鄂西一帶一個家庭中出嫁的姐妹對彼此丈夫的稱呼，連襟之間相互的稱呼，丈人、丈母往往也以晚輩的口吻這樣稱呼自己的女婿。劉德方講述的三佬姨故事基本含括了湖北西部傳講的三佬姨故事的類型。在三佬姨故事中，第三個佬姨是關鍵人物，他推動著整個故事的發展，直至達到高潮。依據這個人物形象，可以將三佬姨故事大致區分為三類：第一類三佬姨是呆傻的，且做事情結果是壞的；第二類三佬姨呆傻，但誤打誤撞辦成了好事情；第三類三佬姨是智慧的，並且做事情的結果是好的。

第一類故事中，三佬姨本性愚笨，但娶了一個精明的媳婦，並得到丈母的偏愛。丈人、丈母分配家產，大佬姨和二佬姨沒有回答正確，而三佬姨即便得到了媳婦和丈母的幫助也未能成功，以〈這是厚臉皮〉[1]為代表。這類故事敘述沒有尖銳的人物矛盾，沒有激烈的競爭場面，平鋪直敘，側重表現三佬姨的蠢、傻、呆，看他的笑話。

第二類故事中，三佬姨老實巴交，才疏學淺，因為某種原因，比如丈人壽誕、建房、節日送禮，抑或是偶遇，三個佬姨一起說四句子比試高下，大佬姨、二佬姨正常發揮，三佬姨自己或在媳婦、丈母等人的協助下歪打正著，巧妙取勝，或者令想讓他出醜的人尷尬。這裏表現出三佬姨的另一種機警和聰明。如〈我是故意說〉[2]、〈身睡板凳腳登牆〉[3]、〈壓得鼓起個眼睛〉[4]等。

---

1 〈這是厚臉皮〉，劉德方講述，彭明吉主編，楊建章採錄整理，《野山笑林續集》（湖北省宜昌市夷陵區劉德方民間藝術研究會編印，二〇〇九年），頁一三〇。

2 〈我是故意說〉，劉德方講述，余貴福採錄，黃世堂整理，《野山笑林》（北京：大眾文藝出版社，一九九九年），頁一〇三。

3 〈身睡板凳腳登牆〉，劉德方講述，彭明吉主編，楊建章採錄整理，《野山笑林續集》（湖北省宜昌市夷陵區劉德方民間藝術研究會編印，二〇〇九年），頁一三二。

4 〈壓得鼓起個眼睛〉，劉德方講述，彭明吉主編，楊建章採錄整理，《野山笑林續集》（湖北省宜昌市夷陵區劉德方民間藝術研究會編印，二〇〇九年），頁一三五。

第三類故事中，三佬姨一般家庭貧寒，地位低下，但生活知識豐富，由於某種機緣或場域，三個佬姨聚在一起，比賽說四句子，三佬姨以他的智謀成功地戰勝大佬姨和二佬姨，比如〈你倆是我養的〉[5]、〈天上飛的是標槍〉[6]等。故事裏，以三佬姨為代表的社會下層民眾用他們的聰慧給了社會上層人物以狠狠的一擊，從而捍衛了自己的利益和尊嚴。

在劉德方的講述裏面，第二類、第三類的三佬姨故事數量尤多，也最具風采。劉德方如是評價這些故事：

> 它（三佬姨故事）還有點文化品味，它這個四句子，你沒得文化品味，它就要對不住了你。這個三佬姨也有他的狠氣。你說四句子，他也說，你也狠不到他。你在前面說，他在後頭跟著，他說得還對題，又還有個包袱，有個笑料。[7]

這或許是他喜歡三佬姨故事，特別是到夷陵城區生活後經常在各種場合講演這類故事的重要原因。

三佬姨故事現實性強，且有笑意，後漢邯鄲淳著錄的《笑林》、隋侯白撰寫的《啟顏錄》、明馮夢龍編寫的《笑府》等均把這類故事歸為笑話系列。二十世紀三十年代，林蘭編輯的《呆女婿故事》引起了學術界對此類故事的關注和研究。一九二八年，鍾敬文先生寫作的〈呆女婿故事試論〉一文將中國的呆女婿故事分為拙於禮俗的應付、對於性行為的外行和其他種種愚蠢行為[8]。在一九三一年〈中國民間故事型式〉一文中，鍾先生做了「三女婿型」、「呆女婿型」和「說大話的女婿型」的類別劃分。從類型學的角度，艾伯華先生歸納的「滑稽故事」中有六個「傻女婿」類型[9]；丁

5 〈你倆是我養的〉，劉德方講述，余貴福採錄，黃世堂整理，《野山笑林》（北京：大眾文藝出版社，一九九九年），頁九七。
6 〈天上飛的是標槍〉，劉德方講述，余貴福採錄，黃世堂整理，《野山笑林》（北京：大眾文藝出版社，一九九九年），頁九八至九九。
7 訪談對象：劉德方；訪談人：王丹、林繼富；訪談時間：二〇〇七年五月二十六日上午，訪談地點：湖北省宜昌市夷陵區下堡坪鄉永順旅社。
8 鍾敬文，〈呆女婿故事試論〉，見《鍾敬文民間文學論集》（下）（上海：上海文藝出版社，一九八五年），頁二三七。
9 [德]艾伯華著，王燕生等譯，《中國民間故事類型》（北京：商務印書館，一九九九年），頁三二四至三四三。

乃通先生在《中國民間故事類型索引》中將「女婿」故事歸為一般的民間故事和笑話兩類；金榮華教授利用《中國民間故事集成》資料，也將「女婿」故事歸為一般民間故事和笑話、趣事兩類。這些關於「女婿」故事、「呆女婿」故事或「傻女婿」故事的諸多研究成果包含了三佬姨故事的許多特質，但也一定程度上忽視了其特有的品格。

> 那都是在農村的，或者搞什麼建設。大家往一起一坐，說你日個白，我就講幾個故事，大家一聽，幾個哈哈一打，就你講一個，我講一個，有個氣氛。三佬姨故事那多得很。[10]

三佬姨故事以局外人的身份和角度來審視和把握故事中的人物角色，以非主位的方式講述三個佬姨之間本平等又不平衡的關係糾葛，這就決定了故事從平穩入高潮的邏輯走向和調侃、輕鬆的敘事風格。同時，這類故事很適合成年人講述和欣賞，特別是休閒娛樂和勞動間歇，因而有深廣的群眾基礎，這也為劉德方對三佬姨故事的積存和掌控創造了條件。

從整體上看，三佬姨故事都是一些結構簡單、表述簡潔的故事。這種表達不是刻意編纂的結果，而是與其講述者和受眾——普通老百姓有關，而且反映出它源於生活、展現生活的特性。正是由於三佬姨故事的簡練，才使得它不受既定程式或者傳統文本的約束，創作和流傳才能夠達到最大程度的多樣和普及。

首先，在敘事結構上，三佬姨故事開頭便交代三個佬姨，有的一句話帶過，如「有個財主過生日，三個女婿都來祝壽」[11]、「一戶人家，三個女兒都出嫁了」[12]；有的詳細描述，如：「講有個老人，他有三個女婿，大女婿是當官的，很

---

10 訪談對象：劉德方；訪談人：王丹、林繼富；訪談時間：二〇一一年七月十三日下午；訪談地點：湖北省宜昌市夷陵區夷陵樓劉德方民間藝術研究會辦公室。

11 〈我想去摸就有點怕〉，劉德方講述，余貴福採錄，黃世堂整理，《野山笑林》（北京：大眾文藝出版社，一九九九年），頁一〇四。

12 〈壓得鼓起個眼睛〉，劉德方講述，彭明吉主編，楊建章採錄整理，《野山笑林續集》（湖北省宜昌市夷陵區劉德方民間藝術研究會編印，二〇〇九年），頁一三五。

有面子；二女婿是做生意的，特別有錢；三女婿給別人幫工，家裏很窮。」[13]視主旨和情節的需要，劉德方一開始就借助不一樣的表述，確立三佬姨故事的結構佈局，為故事主體部分的步步推進，層層展開，製造引人入勝的效果奠定基礎。

三佬姨故事運用三段式的結構手法，不是將情節或事件做雷同的簡單重複，而是既以時間推移為先後順序，又以情節發展來組織材料，使故事情節同中存異，故事內容跌宕起伏，既有整體性，又有變化感，創造出了一種錯綜變換的結構形式美，進而有效地增強了敘事藝術的吸引力。

【王：指王丹；劉：指劉德方。】

王：故事裏面經常有掰三佬姨的，為什麼老掰三佬姨呢，為什麼不掰大佬姨、二佬姨？

劉：因為流傳這個故事，它這個笑話，它都是從大到小，它把甩包袱哈說在三佬姨身上。它也沒說大佬姨，也沒說二佬姨，它把這個包袱哈留在小的身上。

講一個老闆他做生。三個佬姨哈去了，跟他做生。他的爹就說：「你們今兒跟我做生啦，我們還是說個四句子，喝酒啊。」他們說：「爹，請您幫忙出個題呀。」他說：「我們要不離又高又大，要不離二面挎，又要不離還好哇，後頭要帶個怕。」那個題出了，個大佬姨想了想，叫他先說呀。他把岳父大人這個房子一試呀，他說：「岳父大人，您這棟房子又高又大，格木檁條二面掛，您住著倒還好哇，我想來住就有點怕。」老二一想，你把丈人家的屋說起去了，我有什麼說呢。他一看這個門上拴了一匹馬子，他說：「岳父大人，你這匹馬子又高又大，一副鞍子二面掛，您騎起倒還好哇，我想來騎就有點怕。」後來個咋的，老大和老二說了，這個老幺呢，這個笑話又搞到他腦殼上去了。老幺又說不到了。他這個丈母呢打這兒過，這個丈母個子也蠻大。

13 〈身睡板凳腳登牆〉，劉德方講述，彭明吉主編，楊建章採錄整理，《野山笑林續集》（湖北省宜昌市夷陵區劉德方民間藝術研究會編印，二〇〇九年），頁一三二。

欸，沒得題材了，把這個岳母一試，有題材了。他說：「我這個岳母大人又高又大，一對媽媽（乳房）二面掛，您上去倒還好哇，我想上去就有點怕呀。」（大家笑。）那哈是說到這個小的頭上。

王：那是不是三佬姨是最笨的？

劉：嗯，它把這個笨哈搞到三佬姨身上，不得搞到別人身上。

王：它一般都說三個？

劉：三個才撿得下來水（講得下來），兩個撿不下來水。

王：這個也好記，是吧？

劉：也好記，它又還蠻短。這樣的故事主要是要把這個四句子記住。

王：四句子記住，然後就根據自己的特點添油加醋。

劉：講故事千萬不能說哽哽咽咽，搞些裹子話，裹子話搞到裹頭，那不起作用。

王：裹子話是什麼意思呢？

劉：裹子話就是囉囉嗦嗦的，不耿直，要簡潔。

王：那是不是故事裏面像這樣三個三個出現的比較多？

劉：嗯，蠻多。[14]

故事中的三個佬姨言語活動依次展開，單線發展，形成了清晰的敘事線索，劉德方講故事的思路也十分明瞭，大佬姨、二佬姨的出場都是在為三佬姨的表現做鋪墊，三佬姨則是推動故事走向高潮，爆發笑料的中心人物，亦是講故事和

14 訪談對象：劉德方；訪談人：王丹；訪談時間：二〇〇七年五月二十六日下午；訪談地點：湖北省宜昌市夷陵區文化館招待所。

聽故事的人的共同心理期待。

三佬姨故事在三段式結構中又恰當運用對比，使對立雙方的區別更加突出和鮮明，結尾的震撼也就越發強烈了。這種敘事手法的配合使用，不僅有助於簡化故事結構，使故事情節更明確、更有條理性，也有助於故事情節的開展和故事元素的多元化，還易於講述，易於記憶，易於傳播。

其次，從審美取向上看，三佬姨故事語言精煉，充滿文采，突出體現在詩化的四言八句、巧妙的格律押韻和幽默的鄉音土語上。

故事中，三個佬姨一般都圍繞既定的主題，按照固定的語言形式完成要求，最常見的就是說四句子。說四句子既是一種優雅文氣的語言表達，又可靈活運用，從身邊的人事物取材，這就為不同身份地位的三個姨佬的自我表達提供了前提和條件。這種通俗易懂、雅俗皆宜的語言形式給故事的發生設置了很好的氛圍，也對於人物形象的塑造和情節邏輯的出彩起到了重要的作用。

大姨佬先吟：「天上飛的是鳳凰，地下走的是羚羊，桌上放的是文章，兩旁站的是梅香。」

二姨佬接著吟：「天上飛的是鷹鷲，地下走的是犀牛，桌上放的是《春秋》，兩旁站的是丫頭。」

三姨佬一時吟不上來，大姨佬和二姨佬就說：「該三姨佬作東！」三姨佬說：「聽我的。天上飛的是標槍，地下走的是虎狼，桌上放的是火鍋，兩旁站的是兒郎。」

……

「是的，你們輸了。」三姨佬不慌不忙地說，「我的標槍能刺中你們的鷹鷲和鳳凰，虎狼能吃掉你們的犀牛和羚羊，桌上的火鍋能燒掉你們的《春秋》和文章，小夥子能娶走你們的丫頭和梅香。你們說，你們還沒有輸嗎？」

大姨佬和二姨佬討了個無趣，只好現各現地掏酒錢。[15]

三佬姨故事的語言帶有濃厚的地方色彩。如「遭孽」、「要得」、「胯子（腿）」、「告醒（告訴）」、「日嘬（罵）」等方言土語使故事打上了地域文化的烙印。「噠」、「吵」、「欸」等語氣詞生動、自然，給人以親切感。劉德方在講故事的時候非常注意人物的語言與身份的契合。每個佬姨有他的出身，有他的文化，有他的經驗，所以在人物語言的用詞、取材、語氣、語調等方面都要有所區分。

> 講三姨佬故事，三姨佬要分開。我講那個故事〈吃你們的容容易易〉，大佬姨說：「天上要下雪是漆裏麻黑，雪下下來是明明白白，要雪變水容容易易，要水變雪他說那是難得難得。」二佬姨他說：「墨在硯池裏是漆裏麻黑，我一下寫在紙上是明明白白，要墨變字是容容易易，要字變墨是難得難得。」輪到三佬姨了呢，他說：「我在那個箱子裏那是漆裏麻黑，你們把我一放了出來，我就是明明白白。哈哈，我吃你們的是容容易易，你們想吃我的那是難得難得。」就把各人各人的語氣、各人各人的想法、各人各人的心態表達出來。所以說，三個人不能一樣的，各人是各人的想法，各是各的文化層次，要表現各個人的形態。[16]

每每講到三個佬姨說的話時，劉德方就會根據前面交代的身份、地位來變換不同的語氣和口吻，用符合人物角色的言語方式來表達。講大佬姨和二佬姨，他會連貫地一氣呵成，講到三佬姨，他才會不動聲色地輕笑一聲，或特意停頓一

15 〈天上飛的是標槍〉，劉德方講述，余貴福採錄，黃世堂整理，《野山笑林》（北京：大眾文藝出版社，一九九九年），頁九八至九九。

16 訪談對象：劉德方；訪談人：王丹、林繼富；訪談時間：二〇一一年七月一十三日下午；訪談地點：湖北省宜昌市夷陵區夷陵樓劉德方民間藝術研究會辦公室。

下，或提示一句「輪到三佬姨了」，再把他的話前半部分較為平實地講出來，然後「哈哈」一聲落腳到故事的笑料上，一下子抖開包袱，激起笑聲。這些生活化的語言看似樸實，卻不乏文采，避免了故事的平板無趣，促成了故事的迴旋起伏、張弛有度而又主題鮮明，切合了口頭敘事的習慣和審美的傾向。

再次，著眼於文化根基，三佬姨故事是民間知識譜系的一個鏈環，是湖北西部民眾生活和文化傳統的體現和表露。無論角色關係，還是演述內容，三佬姨故事均以現實生活為基礎，以地方風習為背景展開敘事。掰人是鄂西一帶重要的生活傳統。以「掰」為主旨的傳統精神支撐著三佬姨故事的生成和發展，構成了敘事傳統的核心元素。

【劉：指劉德方；王：指王丹；林：指林繼富。】

劉：幺女婿他是能大能小，你說按輩份、排輩來看，他是最小的；按過去的家教傳統來說，老幺是最大的。過去家裏人多，大哥、二哥、三哥，老大下面最得力的幫手就是老幺。不管在哪裏出醜，在哪裏打場面，都是老幺。

王：三佬姨故事你比較喜歡，是嗎？

劉：喜歡。主要是三姨佬，貶低他的文化層次，這個笑話，日牯子話都是他的說的，笑的。你說你架（放在）老大也不行，你架老二也不行，它是走高頭往下來的，隨便哪個故事都該他接，你把他貶得，他要說些日牯子話。

林：但是他說些日牯子話，最後他還是贏了。

劉：還是贏了，別人還說不出來了。[17]

不管是從生活的邏輯來看，還是從故事的邏輯來看，三佬姨都成為被掰的對象，也是最具喜感的人物。一般情況

[17] 訪談對象：劉德方；訪談人：王丹、林繼富；訪談時間：二〇一一年七月十三日下午；訪談地點：湖北省宜昌市夷陵區夷陵樓劉德方民間藝術研究會辦公室。

下，三佬姨沒讀過書，家庭貧困，有的還有點不良品德，代表處在社會底層的弱勢群體；大佬姨、二佬姨則學問好，家境好，或品性好，兩相對照，丈人多偏向大佬姨、二佬姨。慶幸的是，三姨妹機靈狡黠，有時丈母有意無意地幫忙，三佬姨便變被動為主動，轉守為攻，用鄉土的知識、率真的機智和犀利的語言給社會上層人物或嫌貧愛富者以有力抨擊。三佬姨的勝利是底層人民對社會上層的勝利，是弱勢群體對強勢權威的勝利，是鄉土文化對精英文化的勝利。劉德方作為一個男性故事講述者，三佬姨故事必然成為他偏好和拿手的故事。

三佬姨按從大到小的順序。老大先說：「岳父的屋是四四方方，屋上蓋的金釵玉麟，老鼠子在屋樑上梭去梭來，貓子見了鼓起個眼睛。」老二接著說：「岳父的桌子四四方方，桌上的菜是金釵玉麟，筷子在嘴裏梭去梭來，狗子在桌下鼓起個眼睛。」老三忠厚些，一時說不出來。正在這時，岳母來上菜，他突然有了靈感，說道：「岳父的床是四四方方，床上的鋪蓋是金釵玉麟，岳父在岳母身上梭去梭來，把岳母壓得鼓起個眼睛。」[18]

有一些三佬姨故事當中涉及葷的內容，但只是點到為止。三個佬姨說的四句子表現了他們的能力和涵養，是當地社會生活和民間知識的紀錄，三佬姨的直白與真率抖露出鄉村隱祕的性生活知識，引來笑聲四起。劉德方講到這樣的地方，自己也會笑起來，還不時搖搖頭。他說：「個咋，三佬姨聰明。轉彎抹角，他來得還是蠻快。你想難倒他，你難不倒，你說是不難倒，只有你上當的，你討他的好，那是搞不成。」[19]劉德方既為故事中三佬姨的取材和言詞感覺不妥，

18 〈壓得鼓起個眼睛〉，劉德方講述，彭明吉主編，楊建章採錄整理，《野山笑林續集》（湖北省宜昌市夷陵區劉德方民間藝術研究會編印，二〇〇九年），頁一三五。

19 訪談對象：劉德方；訪談人：王丹、林繼富；訪談時間：二〇一一年七月十三日下午；訪談地點：湖北省宜昌市夷陵區夷陵樓劉德方民間藝術研

又為他的這種靈機一動和詼諧幽默而佩服不已。這也正是老百姓喜愛這類故事的審美需要和心理訴求。三佬姨故事就成為了在較量中彰顯智慧，在競爭中明辨事理，在嬉笑中撒播知識的重要敘事載體。

最後，三佬姨故事掰的是三佬姨，以男性生活為主，所以鑑於它特殊的敘事情節、內容和趣味，它一般多在成年人，尤其是成年男性中間傳講，有未成年人在場，以及不同輩份的人在一起時是不被講述的。而且，掰的對象、掰的對象的特質決定了掰的方式和掰的表現。劉德方的三佬姨故事多借助語言的諧音、雙關、對比，甚至押韻、象徵等手法來實現敘事範圍的廣闊、內容的豐富和技法的多樣。通過講述三佬姨故事來表達對智巧、幽默、幸福的崇尚和嚮往，也依憑三佬姨故事把嚴肅的事情輕鬆化、複雜的問題簡單化、日常的生活詩性化，達到現實與心理的平衡和滿足。

劉德方講述的〈皮匠駙馬〉與三佬姨故事有很強的關聯性，不論人物形象的塑造，還是結構組織的安排，全篇形似多個單一三佬姨故事的連綴，敘事風格和思想情感都與三佬姨故事十分近似。

劉德方曾於二〇〇七年五月二十四日下午在他位於小溪塔神仙灣的家中、二〇〇七年八月二十二日晚上在下堡坪鄉的永順旅社房間裏和二〇一一年七月十三日上午在夷陵樓劉德方民間藝術研究會的辦公室給我們講過〈皮匠駙馬〉的故事。每一次劉德方的講述都很流暢，也很完整，講到某個有感觸的地方都會加入自己的解釋或說明，說到某一人物的行為表現也會隨之附上自己的神情動作。這個故事的篇幅較長，一般都要講上二十分鐘左右，但劉德方總是不慌不忙、不緊不慢地推進著故事，情節邏輯合理，言語氣息恰當，顯示出他對整個故事的了然於胸和把握到位。

劉德方的〈皮匠駙馬〉故事情節單元的構成是這樣的：

究會辦公室。

1. 一個老闆生了一個兒子，非常高興。
2. 兒子長大，老闆想讓他學門手藝，有一碗飯吃。
3. 左思右想，老闆把兒子送給做皮鞋的師傅當徒弟。
4. 這個兒子不太聰明，學不來皮匠，回了家。
5. 這個老闆給兒子說了一門親事，娶了一戶人家的三姑娘，在家種地。
6. 丈人家做房上樑，請三個佬姨來送恭賀，並分家產。
7. 丈母打聽到送恭賀要說的話，前往三姑娘家告之，並教給三佬姨。
8. 丈母送來烏雞給三佬姨吃，幫助他記住要說的話。
9. 三個佬姨前來送恭賀，大佬姨、二佬姨沒有說對，三佬姨也沒說出來。
10. 三姑娘生氣離去，這個老闆把學皮匠的兒子送給官員出門挑擔子。
11. 這個皮匠邊走路邊學說話，如地母拱經、天干地坼、風吹撩葉十八偏等。
12. 皇帝張榜考驗，招三駙馬。
13. 皮匠路過，一句「一字不識」誤打誤撞進宮成親，當了三駙馬。
14. 新婚之夜，皮匠將實情告訴三公主，三公主幫助他。
15. 皮匠按三公主告訴他的做，還用路上學來的知識打敗了大駙馬和二駙馬。
16. 大駙馬和二駙馬向父皇講明情況，給他出謀劃策。
17. 皮匠與父皇指手畫腳，父皇自認不如，敗下陣來。
18. 父皇退朝，按自己的理解表明皮匠的厲害。
19. 三公主詢問，皮匠說明自己手勢的意思。兩者大相逕庭。

從故事情節的表述和整體走向來看，一至四情節單元是交代故事主人公的秉性和身份；五至九情節單元組成一個第一類三佬姨故事，也進一步渲染主人公的老實和笨拙；十至十一情節單元是主人公累積知識，學習本領的部分，既是故事的發展，又為後面高潮的到來奠定基調；十二至十五情節單元實質上又是一個三佬姨故事，主人公的本性沒有改變，但他卻很精明地利用自己剛剛學到的東西擊敗了滿腹經綸的權威代表，這不僅是皮匠駙馬故事中的考驗母題，而且構成了一個第二類的三佬姨故事；十六至十九情節單元是兩大「權威」的比試，由於是以打手勢的特殊方式，主人公又一次取勝，這裏也使用三段式的佈局，把故事推向高潮，抖出笑料。

劉德方口中的〈皮匠駙馬〉故事既具備通常的同類型故事的特徵和元素，又表現出他獨到的處理和解讀。尤其是五至九情節單元的嵌入，對於故事情節的豐富和人物形象的定位起到了至關重要的作用。

這個孩子長大了，這個搖窠子開親（繈褓婚），他的大人跟他說了一門親事。這個丈人家裏也蠻好，妻子也蠻漂亮，就在家裏。

一而三，三而九，過了幾年，他的丈人家裏呢三個姑娘，他的媳婦子是小的。那年，丈人想起一幢房子。過去起房子蠻講究，八月十五就窖（安裝）堂屋的中樑。這個屋打到半圈了它要窖一個大中樑，中樑搞得蠻漂亮的。那個老頭就跟婆婆兩個說：「我們這操心、勞碌啊，起了一棟房子，八月十五窖中樑，我們還是請這三個女婿來給我們送恭賀，接他們來玩啦。」婆婆子說：「那好吵，那我們就接他們來玩，我們也操一份心啦。」老頭就說：「我們兩個佬兒（老人）也都有那麼大歲數了，我們也還有點遺產，究竟把給誰個呢？三個姑娘，把給老大，老二傷心，把給老二，老幺傷心，怎麼分法呢？」這個老頭就想，他說：「他們八月十五來跟我窖中樑，哪個跟我說得好一個四句子，我就這點遺產，有個烏金貢品，這是個寶貝啊，這個遺產就把給哪個姑娘，我們今後就靠她，把我們安葬一下。」婆婆說這對。他的婆婆子就歡喜幺姑娘，老頭就歡喜大姑娘和二姑娘。因為大女婿有點才華，二女婿也還有點才華，就是幺女婿是個日牯子（呆傻），學皮匠的這個。婆婆子說：「這個四句子要怎麼說呢？」他說：「要說到烏木柱頭烏木樑，恭賀泰山泰水起造高房，雕龍畫鳳，金碧輝煌。」要說到這麼幾句話。這個婆婆子就把這幾句話一下記到啦。記到啦，那天，她說：「老頭子，這一段我出了汗，我也想出去休息下，在屋裏弄飯，麻煩，我搞吃了虧。」老頭子說：「那這有三個女娃子，隨你到誰個去。」她說：「我到幺姑娘家去。」她就到幺姑娘家去了。她實際上就在打主意。

到幺姑娘那裏去了呢，就跟幺姑娘說：「你爹說了的，明天八月十五窖中樑，誰個跟著說得到個四句子，那我們那塊烏金貢品就把給你們誰個。」她說：「媽，那哪麼說呢？」她說啊，「要說到烏木柱頭烏木樑，恭賀泰山泰水起造高房，雕龍畫鳳，金碧輝煌。」這個姑娘非常聰明，說了一遍就記住了。告醒她的男的，那天說四句子，女的不能說，要男的說。她媽就叫她，那你這呢就像跟先生教學生一樣，就教他這幾句話。在屋裏搞了上十天啦，他好歹別的都哈記到了，要貶低這個人，他就不記得這個「烏」。

到了八月十四那一天，這個老婆婆子呢她又擔心，說他不記得這個「烏」，她餵了多大一個烏雞子，她又跛呀跛地跟這個幺姑娘一下送了來。她說：「你明天早晨把這個雞子殺了煮到他吃，跟他把這個雞胯子揣在懷裏，手上再糊點雞屎巴巴，他就記得這個『烏』啊。」

搞好了，八月十五跑起去呢，他的爹把烏金供品拿到朝這個桌子上一架，這都哈坐在那兒，他說：「我們操心啦，起了一棟房子，今兒窖這個中樑，你們三佬姨哪個跟我說得好一個四句子，這塊烏金供品當場你們就拿去走。」那你們三個就不肖爭得了，看誰個才學好。

好了，那還是你推我，我推你，推到最後呢，他爹說：「從大到小。」他的爹歡喜老大和老二，他說從大到小，盡他們先說。婆婆子心裏是有底的，我告醒幺姑娘了，聽聽他們怎麼說。她說：「那行。」老大就說：「松木柱頭松木樑啊，恭賀泰山泰水起造高房，雕龍畫鳳啊，金碧輝煌。」他的爹把手一搖，沒說到。老二他說，松樹撇些，杉樹好些。他一接了過來，他說：「杉木柱頭杉木樑啊，恭賀泰山泰水起造高房，雕龍畫鳳啊，金碧輝煌。」他的爹又把手一搖，那沒說到。後來他的爹說：「那你說不到呢，你們兩個都說不到，這個老幺更說不到了。」嗨，這個婆婆子就跑去說：「你倒說得好，你曉得他說不到哇。那還是要盡老幺在這兒說下看。」老幺說呀，說個屁呀，他弄這兒站著，腫著，說不到，他這個夥計在旁邊就急得沒得法，就說：「你早晨吃的？」他說：「我早晨吃的嘎嘎（臘肉）。」她說：「你懷裏揣的？」他說：「我懷裏揣的爪爪。」她說：「你手上糊的？」他說：「我手上糊的巴巴。」這不都說的是烏雞呢，他純粹沒有搞到。[20]

這一部分可以獨立成一個完整的三佬姨故事，而嵌在〈皮匠駙馬〉當中既是對這個故事主角背景的鋪排，也為隨後情節的波瀾起伏埋下了伏筆。緊接著，劉德方順暢地轉入皮匠學話、一字不識當駙馬和考驗駙馬的講述中，不難想見，他對三佬姨故事、皮匠駙馬故事的爛熟於心，記憶得非常熟練，加之他處置和創作故事的能力，具有劉德方特色的〈皮匠駙馬〉故事渾然天成也就不足為奇了。

[20] 〈皮匠駙馬〉，劉德方講述，王丹、林繼富採錄；採錄時間：二〇一一年七月十三日上午；採錄地點：湖北省宜昌市夷陵區夷陵樓劉德方民間藝術研究會辦公室。

〈皮匠駙馬〉到處的版本都不一樣。我就把幾個故事揉合到一起來啦，雖然是長，但是內容豐富，有個頭，有個尾。因為把它揉到一起了，它有個前因後果，它有個來龍去脈，開始是個什麼樣人，最後結局是個什麼樣人，在路上遇到什麼挫折。那不然，皮匠究竟從哪裏來的呢？他就沒得個根。[21]

「考驗駙馬」母題分為兩個部分，在人員安排上有個遞進關係，故事的笑料也一個比一個精彩。首先是大駙馬和二駙馬出馬，與皮匠駙馬一比高下。

請到皇宮裏呀，大佬姨和二佬姨還是把他請到上席上，想到他那麼好的才學，尊重他。他說：「三姨郎君啊，我們父王出了一塊榜啊，我們搞不清楚，說你只有一個字不認得，我們今天要向你求教的呀。這是幾句什麼話，幾個什麼字呀？」那人家問來啦，他就要答呢。他就持手到懷裏一摸，這個膠盤子一捫（窩了），捫個癟傢伙。他說：「癟古開砍分天地，三皇五帝治乾坤。」他把這個「盤」字認不到，他摸這個盤子，一個癟傢伙，他就搞個癟古。大佬姨跟二佬姨說：「欸，夥計，你讀了這麼多書，你讀到過癟古沒有？」他說：「我唯讀到過盤古，我沒讀到過癟古，你呢？」他說：「我也唯讀起盤古，我也找不到這個癟古。」他就聽到他們在說盤古。車過來一問，他說：「三佬姨，你說這個癟古的來歷是哪兒呢？」他說：「癟古是你們盤古的爹嘛，你們找不到啊。」結果，大佬姨和二佬姨搞恍昏（糊塗）了，他說：「我們讀了這麼多的書，找不到盤古的爹叫癟古。」這書上哪有呢。搞垮了，還是心裏不涼快。他說：「三佬姨，你說這個書在哪一經高頭呢？」他說：「那你們又找不到。」他說：「找不到。」他說：「那這在地母拱經高

21 訪談對象：劉德方；訪談人：王丹、林繼富；訪談時間：二〇一一年七月十三日上午；訪談地點：湖北省宜；昌市夷陵區夷陵樓劉德方民間藝術研究會辦公室。

頭」。大佬姨問二佬姨說：「你讀到過地母拱經沒有？」他說：「我沒有。我讀了那麼多書，我沒讀到過什麼地母拱經。」他說的豬子拱這個地，哪有那個書呢。二佬姨還是問：「老三，書在哪一冊高頭呢？」他說：「你們又找不到。」他說：「那找不到。」他說：「這在天干地坼（冊）高頭。」又把他們搞到了。又問，他說：「這個書在哪一篇呢？」他說：「風吹撩葉十八偏（篇）。」他說的那個竹子。就把大佬姨和二佬姨搞得啞口無言。他們說：「我們滿腹經綸，盡這個老幺搞得我們啞口無言。」沒得什麼子，就走了。他一想起來，說：「你一對白面書生，面而無言，咋打道回府？」他站起來，屁股一拍走噠。[22]

面對考驗，皮匠駙馬沉著應對，在獲得了三公主的信任、支持和幫助後，他似乎茅塞頓開，一下開了竅，即便一時失誤，即便沒有事先準備，也能從容應答，用智巧的言語將學富五車的大駙馬和二駙馬挫敗。這裏的這個三佬姨故事也很完整和精妙。劉德方對〈皮匠駙馬〉故事結構邏輯的安置和情節發展的處理都十分得當和熟練，尤其是在故事發展的不同階段適時安插風趣的三佬姨故事，既順理成章，又巧妙得體。

第二個考驗來自皇帝，也就是三個駙馬的丈人。在大駙馬和二駙馬的建議下，他們運用手勢語言來比試。

那去了，往那兒一站，他就說：「父皇啊，萬歲啊，你叫我來對題，那就請大人出題啊。」他的爹把天上一指，他就把地下一指；他的爹就伸一個指頭，他就跟到伸兩個指頭；他的爹把胸前一拍，他就把屁股一拍。他的爹把手幾擺，吩咐退朝，他說：「這不是他的對手，趕快退朝，我一出，他就對著了。」[23]

22 〈皮匠駙馬〉，劉德方講述，王丹、林繼富採錄；採錄時間：二〇一一年七月十三日上午；採錄地點：湖北省宜昌市夷陵區夷陵樓劉德方民間藝術研究會辦公室。

23 〈皮匠駙馬〉，劉德方講述，王丹、林繼富採錄；採錄時間：二〇一一年七月十三日上午；採錄地點：湖北省宜昌市夷陵區夷陵樓劉德方民間藝講到這裏，劉德方一邊模仿兩個人不同的聲音言語，一邊按講述的做著動作。對於這些手勢，丈人和皮匠駙馬的理解截然不同，劉德方解說道：

他的爹是什麼意思呢？他說：「我把天上一指，說上有三十三天界，他把地下一指，地下有十八地獄層，他這不對著了。」他說，「我伸一個指頭，我說我一品當朝。」他是皇帝嘛，他是一品當朝。他說：「他就跟著伸兩個指頭，他說兩朝元老，他這也對著了。」他說，「我把胸前一拍，我是滿腹的文章，他把屁股一拍，他說他穩坐江山。」他這不對著完好無損。[24]

皮匠駙馬則有他的一套知識體系和話語分析，也合情合理。

回去了，這媳婦子說：「你今兒跟爹兩個指手畫腳的搞什麼？」他說：「哎呀，你莫說你的爹。」他說，「他把天上一指，叫我給他做個帽子，我就把地下一指，我說我只奈得何做鞋子。他伸一個指頭，叫我做一隻，我就伸兩個指頭，我說，爹又不是個跛子，要做就是一雙。」他說，「他把胸前一拍，叫我給他架（用）肚囊皮。我把屁股一拍，我說屁股上的皮扎實些。」[25]

---

24 〈皮匠駙馬〉，劉德方講述，王丹、林繼富採錄；採錄時間：二〇一一年七月十三日上午；採錄地點：湖北省宜昌市夷陵區夷陵樓劉德方民間藝術研究會辦公室。

25 〈皮匠駙馬〉，劉德方講述，王丹、林繼富採錄；採錄時間：二〇一一年七月十三日上午；採錄地點：湖北省宜昌市夷陵區夷陵樓劉德方民間藝術研究會辦公室。

兩相對照，包袱自然抖開，笑意順勢而出。手勢語言的多義性在不同的身份背景和理解系統中展示得淋漓盡致。

對於〈皮匠駙馬〉故事情節結構的佈局和他的講演，劉德方認為是自己在多年故事儲備的基礎上，仔細思量、精心考慮的結果，而且是一個成功的創作。

【林：指林繼富；劉：指劉德方；王：王丹。】

林：評價一下〈皮匠駙馬〉。它好在哪裏？

劉：這個故事好就是這個人先苦後甜，還是要踏實、忠誠。沒得文化的人和有文化的人還是能融洽。像醫生看病一樣，他有土辦法，學人家的東西，變成自己的東西，還把別人對付了。所以說，故事還是有文化氛圍的。

王：你最早講這個故事是什麼時候？

劉：那沒記，開始我就只聽前半部分。

王：就是以前修路的時候？

劉：欸，修路的時候，南來北往的人，聽到他們在粉（講故事）。我說，這個故事講好，還把後半部分嫁接一下，有個結果，我就在屋裏細細想，細細鬥（拼接）。那天，我講給王主席（王作棟）一聽，他說你嫁接得很好。

王：這個嫁接在什麼時間？

劉：一九九三年，還沒出來，還在栗子坪。

王：這個故事不是來自書上的吧？

劉：那不是。

王：你聽到別人講的？

劉：前半頭是聽到別人講的，後半頭是我自己加工的。

王：說戲裏面有沒有？

劉：說戲裏頭沒得。這個故事嫁接了，講完了，你們兩個評論一下是半頭好些，還是我綜合了，嫁接的好些？

林：那當然嫁接的好些。第一，很豐富，使這個人物很豐富；第二，使這個很圓滿，有頭有尾，並且還是一個很好的結局。因為中國人講故事喜歡追求團圓。

劉：這個故事還有一種好處是什麼呢？一種好處，大人對孩子是個什麼心情，生這個孩子，望這個孩子長大，是個什麼願望，就想他能吃一碗飯啦，大人再遭孽，他想要把子女撫養成人，這是其一。其二，他這個兒子實質上也沒得這麼憨，它是為了貶他這麼憨的樣範（樣子），他才有這個結局，他才有這個結果。那你為什麼道理？他恰恰不記得這個盤，搞成一個癟，他要真正一說這個盤，不加這個癟，就沒得這個笑料了，他就不能對付他的兩個大佬姨了。你說是不是的？他問在哪一經呢，他就借豬子拱芋頭，他是借人家的題材，所以說就把別人打轉去了。你說他憨，他怎麼曉得借人家的題材來對付人家呢。實質上他不憨。他就把這個人貶到這個樣範了，他要用這種方式把人家打敗。（笑）

林：我們中間講到一半的時候，袁館長（袁維華）喊我們吃飯，是不是後面講得比較快？

劉：也不是蠻快。

林：但是速度比前面推進得快些？

劉：稍許要快點。這個故事快很了不行，慢很了，它就脫節，快很了人家聽不清楚。語言當重的你輕了也不行，當輕的你重了也不行。假若是夫妻兩個人，感情很好，你跟他兩個說話惡言惡語，這就不像，這就安不上。這個大人對這個孩子，他是一帆風順一個孩子，不是先講你這個伢子沒得用，只有跟人家下力，他是氣得沒得法，他搞這麼好的事，你搞不成了，這就是說，大人對孩子發火，他才說一句重言語的話。那個媳婦子問，你今兒跟爹兩個搞什麼子？他那要調個方式。「哎呀，那你莫說起你這個爹。」他不加這一句話，她就接不下水呀。

她說：「我爹怎麼搞呢？」他說：「你爹把天上一指，叫我跟他做個帽子。」你要把這個戲加了，要撿得下來水，要加得恰如其分。你不加這一句在裏頭，它就一大個坎。

林：就是說起承轉合要非常自然，非常緊湊。

劉：這就是講故事的技巧。[26]

二〇一一年十月十五日，「中國民間敘事與民間故事講述人學術研討會」在中央民族大學召開。劉德方作為故事家代表，作為民間文化傳承的主角，被請上臺來講故事，他首選了〈皮匠駙馬〉故事。這一次，他在故事的開端處是這麼處理的：

> 有一家的老闆生了個孩子，看得跟珍寶一樣，想讓這個孩子學一個手藝。又要學個輕鬆的，又要弄得到錢，又還要吃好的，最後結果學了個皮匠。過去做皮鞋都是皮匠師傅把架子揹起上門給人家做，就是那麼一個人。但是這個人和我兩個一樣，有點兒憨厚，搞去搞來手藝不高，請的人很少，他想回去呢沒掙到錢，想往前走呢沒得人引起。
>
> 正在這個緊要關頭，恰恰這個皇上就派了兩個大臣下鄉私訪。下鄉私訪呢要改換容裝，就裝作一個賣金貨的，挑著個擔擔兒走啊走。這個當大官的人挑著一個擔子，過去這個交通不方便，都要拿腳走，那哪麼抵得住呢？就一直想請一個人，恰恰碰到這個皮匠噠。他說：「夥計，你給我們挑擔子，我給你把幾個錢，你

[26] 訪談對象：劉德方；訪談人：王丹、林繼富；訪談時間：二〇一一年七月十三日下午；訪談地點：湖北省宜昌市夷陵區夷陵樓劉德方民間藝術研究會辦公室。

看行不行？」他說：「那行，那比我做皮鞋掙不到錢那還是好些吵。」[27]

與先前劉德方在夷陵給我們講述的文本相比，此次開頭的情節推進得尤其的快。父母親送孩子學皮匠的心理和經過在這裏只用了幾句話來表現，而關於皮匠駙馬娶三姑娘，因不靈光未得到家產而遭妻離棄的情節已經全部省略掉了。也就是說，原本劉德方很細心考量的用以塑造和描畫皮匠駙馬品性德行的一個相對獨立的三佬姨故事在這次的講述中完全沒有了，直接銜接到為官員挑擔子的情節單元，更加迅速地轉入到故事的發展和關鍵處。這一方面體現出劉德方參加研討會，面對學者和高校師生講故事的緊張心情。剛進入故事時，可能還未適應過來，所以劉德方不能全神貫注於故事的演述，或許是一時間的慌亂，或許是沒有準備妥當，因此非常簡省地交代了故事主人公的家境和身份，情節簡潔到不能再縮減了。但這也從很大程度上顯示出劉德方駕馭故事的才能，在不同的場合、不同的心境下，他依然能夠鎮定地把握住整個故事，即便是自己不熟悉、不適應的情境中，還特有風範。另一方面，身處當時當地情境中的劉德方應該是特別希望可以儘快把故事最精美的部分展示給在場的他視為「專家」、「領導」的聽眾，藉此表現他故事家的風貌。

站在講臺上，看著報告廳裏一雙雙注視的眼睛，講了這麼兩小段之後，劉德方的心情顯然平穩了一些，神情鬆弛了一些，故事的展開也越來越有序、越來越豐滿。事後，劉德方回答提問時真實地道出了自己的內心變化。

> 像我這個踏踏實實的農民見到您們這些專家噠，肯定心裏還是有點兒緊張，我就察言觀色，一看大家對我很有興趣，我這個緊張情緒就放下噠，後來我就暢所欲言，這些專家沒有把我當這個農民看待，還是蠻喜歡我的。我來觀大家的顏色，都望到我有的在笑，有的還在抿起嘴笑，我想這肯定是大家都喜歡我啦，要是

---

[27] 〈皮匠駙馬〉，劉德方講述；採錄時間：二〇一一年十月十五日上午；採錄地點：北京市中央民族大學「中國民間故事與民間故事講述人學術研討會」會場。

不喜歡我這個農民，那肯定都是趴起頭噠，那我就要緊張。所以大家對到我笑，我就曉得大家還是沒有把我當農民看待，還是大家喜歡我，所以說我這個心態的包袱就放下噠，那我就暢所欲言。[28]

正如他所說，隨後故事裏——皮匠挑擔，跟著官員學說話；看榜，一字不識當駙馬；三個駙馬比學問；父皇考驗三駙馬——這些情節劉德方都講得十分自如和精彩，角色的刻畫很細緻，細節的描寫很入微，語言的表達很貼切，連接的轉換也很自然。因為故事是用方言來講述的，所以說到某些很地方性的知識或言語時，劉德方會稍作解釋，再接著往下講。講到起興時，故事中的人物有什麼神情，有什麼動作，有什麼聲響，劉德方都會邊講邊表現出來，與故事的演進完美統一。比如講「那個芋頭長得那麼好、那麼深」，「天干噠嘛，炸那麼寬的口」，「這個風一吹呢，它往那邊一歪，往這邊一吹呢，就往這邊一歪」，他說著，比畫著，肢體語言配合著講述。大駙馬、二駙馬考察三駙馬，卻被他弄得丈二和尚摸不著頭腦的表情和惱羞成怒的心情，劉德方都表述和展演得十分鮮明與切合，既符合常規的邏輯，又具有戲劇效果，是一個獨具風采的三佬姨故事，也構成了〈皮匠駙馬〉故事的高潮部分。皮匠駙馬越戰越勇，越戰越有自信，面對父皇的考驗，毫不唯唯諾諾，表現出前所未有的智慧和勇敢，憑他掌握的知識取得了勝利，儘管兩人的意義和理解存在差異，這也正是故事的漂亮和幽默之處。劉德方就是這樣從情緒的緊繃到逐步緩和，再到漸入佳境的狀態中完成了〈皮匠駙馬〉故事的講演。

萬建中教授在聽完劉德方講故事後，做了一段相當精當的評點。其中說道：

我們剛才聽故事的時候，他這個方言，他為了讓大家聽懂可能還做了一些改動，但是不管怎麼說，他講的故事是最接近於生活的故事，不管他對故事的選擇，為了我們這個現場的需要，做了一些調整。還有一

[28] 二〇一一年十月十五日上午劉德方在「中國民間故事與民間故事講述人學術研討會」上的發言。

個，他講述的時候，他為了更吸引人，所以他總是要把自己的才華展示出來，所以我覺得這是我們所說的表演理論的最大的特點，就是他的技巧的展示，如果沒有這種技巧的展示，他就不是表演。再一個就是故事是一種生活方式，我總認為故事不是文學，它實際上就是生活，當然他在我們這裏講跟他生活狀態的講肯定是有差異的，至少我們不是方言區的，所以他面對他的熟人，因為故事都是講給熟人聽的，所以他的這種感覺，剛才林繼富先生也說了他可能是有一些緊張，因為他講述的環境不一樣，因為都是陌生的人，因為故事都是講給熟人聽的，是熟人社會的一種生活方式，是有這樣一些差異。我覺得這種差異也給我們的這種學術研究提供了一個課題，或者是一個視角，就是故事講述家在環境改變的情況下他的講述的差異性問題。另外一個，他的講述的過程中，他的形體動作、他的表情、他的手勢，他整個的身體都是在活動的，那就為民間敘事學或故事敘事學提供了一個很新的課題，除了他的聲音以外，他在什麼情況下他的講述的語速會加快，什麼時候會停頓，什麼時候會伴隨一個手勢或者一個表情會發生變化，故事是方言的，這才是真正的敘事學所應該解決的。[29]

我以為，劉德方的故事講述真正為我們展現了故事的情態，呈現了他故事家的風範，也給予學術研究很多的啟發和思考。單就故事而言，雖然從全局上看〈皮匠駙馬〉故事與三佬姨故事是兩種不同類型的故事，但是二者在敘事結構、藝術旨趣和思想內容等方面還是有很大的共同之處，只不過〈皮匠駙馬〉故事複雜一些，三佬姨故事單純一些。正是因為這樣，劉德方講述的短小精悍的三佬姨故事為長篇精彩的〈皮匠駙馬〉故事予以了情節和情感的支撐與支持，非常貼合，也妙趣橫生。

[29] 二〇一一年十月十五日上午「中國民間故事與民間故事講述人學術研討會」上萬建中教授對劉德方故事講述的評點。

第二節　先生的故事

這裏所說的先生的故事是指圍繞教書先生而展開情節演述的一系列故事，既有先生與學生之間發生糾葛的故事，也有先生與學生家人之間產生矛盾的故事，還有先生與自己家人之間出現問題的故事。從《野山笑林》和《野山笑林續集》以及我所採錄的先生的故事來看，這類故事絕大多數是譏諷教書先生的迂腐、怯懦、故作文采，有的刻意挑戰他的文謅謅，有的直接揭露他的名不副實，有的無情批判他好吃、好色的不端品行，因而先生幾乎都是被掰的對象，正面歌頌先生的故事比較少。

依據教書先生與他人發生關係的事件來看，因教學與學習而爆出笑話的故事尤多，而且這些故事都講究文詞和機巧，在你來我往、互聯互動中，先生上當、尷尬或被取笑。比如〈「老」字變「考」字〉[30]，原本學生認識先生讓他識的字，為了不占先生的便宜，學生開始不肯說，但先生執意要他認，學生只得故意認錯，可先生還不放過，令學生左右為難，兩人居然在梯子上撕扯起來，最後學生還是不得已占了先生的便宜。這個故事利用「字」與「子」的音近，「老」與「考」的形似，把學生的機智與先生的「執著」表現得可愛又可笑，想來也非常欽佩唯讀過兩年多書的劉德方的聰慧。〈狗子捉蚊子〉[31]、〈啟發學生認「被」字〉[32]、〈見到先生就作揖〉[33]等，均以先生教書為前提，因學生的

---

30 〈「老字變「考」字〉，劉德方講述，彭明吉主編，楊建章採錄整理，《野山笑林續集》（湖北省宜昌市夷陵區劉德方民間藝術研究會編印，二〇〇九年），頁三八。

31 〈狗子捉蚊子〉，劉德方講述，余貴福採錄，黃世堂整理，《野山笑林》（北京：大眾文藝出版社，一九九九年），頁五六。

32 〈啟發學生認「被」字〉，劉德方講述，彭明吉主編，楊建章採錄整理，《野山笑林續集》（湖北省宜昌市夷陵區劉德方民間藝術研究會編印，二〇〇九年），頁三七。

33 〈見到先生就作揖〉，劉德方講述，彭明吉主編，楊建章採錄整理，《野山笑林續集》（湖北省宜昌市夷陵區劉德方民間藝術研究會編印，二〇〇

頑皮、不解或道出實情而使先生陷入進退兩難的境地。

二〇〇七年五月二十四日下午，我們一行人在劉德方的新家和他一起聊天。中間說到趣事，蕭國松老師與劉德方便很有共同語言，兩個人你說一段、我補一句地給我們講起了關於先生的笑話故事。

【蕭：指蕭國松；劉：指劉德方。】

蕭：有個先生就出了一副對子，叫學生對。出的是大魚吃小魚，小魚吃蝦，蝦蹦。」學生們都對不出來。後來有個寄讀生，他住在先生隔壁，他說：「我來對。」先生說：「這麼多的狠學生都對不到，你還對得到？」他說：「您的上聯是大魚吃小魚，小魚吃蝦，蝦蹦；我的下聯是先生壓師媽，師媽壓床，床散。」

劉：我們是這麼講的。大魚吃小魚，小魚吃蝦，蝦吃泥，泥乾水淨；對的是先生壓師母，師母壓床，床壓地，地動山搖。

蕭：先生出了一副對子，月落先生河山去；學生的下聯就是呢，日出師母白水來。

劉：我們是這樣講的啊。先生教了一個學生，這個學生口才蠻好。有一天早上，先生起來就上山逛風景涼快下，學生就在後面跟著。先生一下子爬到山上去了，就說山高，學生在後面就對日出。先生往前走，看到一個女的在河裏洗衣服，就說誰家的女子，學生就說先生的娘子。後來那個河裏來了一隻船，先生就說船行下，那個學生就跟著一對，水直流。那個先生就想著這個孩子非常有口才。回去就跟他的夫人說：「你看這個孩子非常有口才，我一連出了三個對子，他沒打頓（沒停頓）就對著了。我說山高啊，他對的日出；我說誰家的女子啊，他說先生娘子；我說船行下，他說水直流。」師母說：「這麼好的口才啊，你把他請來，我來跟他對。」就把他

九年），頁三四。

請來了，他說：「師母啊，您出題。」過去的女子哪會出對子呢，她就把這三個對子一弄，她說：「山高誰家的女子船行下。」師母一出，那個學生就說：「日出先生的娘子水直流。」學生想，哈哈，她合攏了出，我就合攏了對。

很明顯，這類故事的中心和趣味就在於吟詩作對。故事不止針對先生，在涉及到兩性問題的內容時，劉德方就會很自然地佈局，將先生的妻子這個角色放置進來，使故事更有笑意，更合乎邏輯。劉德方自己說這類故事的結構大致相同，只是所吟對的詞句不一樣罷了，這正是他掌握此類故事的訣竅。

劉德方講的先生的故事除了常見的和學生交往的情形以外，還有先生與學生家人之間的比試和較量，例如〈媽子用來餵先生〉。

一個先生他到一個學生家裏去，這個學生他家裏也有一個姐姐在家裏。那個學生就接這個先生到他那裏去玩。到他那裏去玩呢，他那個牆上就畫的有一個魚，就是畫的個畫。這個先生走到外頭，就看到這個牆上有個魚，他自己說，自己唸，他說：「這個魚兒有半斤。」這個伢子的姐姐就在屋裏對著，她說：「自從畫起就未稱。」她這不是說的個實話啊。這個先生呢，他說：「為何男子說話女子應？」他說我在說話嘛，你怎麼答應了呢。狗日的，這個姑娘她說：「男子還是女子生。」她就把這個先生搞懵了，男子還是姑娘們生的。先生搞不徹（搞不贏）了，沒得什麼子說了。他說：「我男子的媽子重四兩。」後來這個女的又跟他一對，她說：「我女子的媽子有半斤。」搞得先生沒得什麼子說，他說：「那你這個有半斤，你將來有何用呢？」她說：「我架這兒又好餵先生吵。」你說這樣的女子就是有才華吵。

故事裏，教書先生與學生姐姐的一來一去，始終是學生姐姐占上風。開始先生就流露出他的附庸風雅，怎料被聰明的姐姐聽到，予以詰問。先生被打敗，轉換話題，顯現大男子主義，誰知又被姐姐一語擊破。先生逼得沒有辦法，和姐姐比試起來，想出姐姐的醜，卻終究落得個被人戲弄的結局。

【王：指王丹；劉：指劉德方。】

王：掰先生的還是比較多。一般都是掰狠人，社會地位低的人掰社會地位高的人。

劉：這就是些幽默的東西，又是兩個人對峙，又有文化品位，又說得押韻。恰恰這個先生又被她掰了下，又上當。[34]

正是這樣的原因，劉德方特別鍾情於先生的故事。劉德方說他最愛有文化色彩的故事，有文化人在的時候，他就非得要講這一類的故事，或許這就是劉德方多次給我們講起先生故事的考慮吧。

吟詩作對、說四句子的文采奕奕在劉德方的很多故事裏均有集中或零散的表現，如三佬姨故事、秀才的故事、村姑的故事、聰明人的故事、夫妻間的故事等等，但用在先生的故事中似乎更加貼切、更加醒目、更加有意思，因為這不僅與人物形象的身份相符，而且先生是教授知識和學問的人，所以如果讚頌的話，會很得體；一旦鞭撻的話，就更深刻，這一特點也成為先生故事的最大亮點。

〈嗚呼詩〉中講到：一個教書先生，學識不深，卻滿嘴「嗚呼」。他教書講的是「嗚呼」，要學生寫的文章也是「嗚呼」，自己批閱文章用的也是「嗚呼」。當地老百姓聽不懂，學生們更是莫名其妙，他自己越發覺得「嗚呼」得

---

[34] 訪談對象：劉德方；訪談人：王丹；訪談時間：二〇一一年七月一三日下午；訪談地點：湖北省宜昌市夷陵區夷陵樓劉德方民間藝術研究會辦公室。

了不起，直到開口落筆盡「嗚呼」了。一天，縣府來了一個真有學識的督學官，聽了他講的「嗚呼」課，看了他批改的「嗚呼」文章，便寫了一首《嗚呼詩》，臨走時贈給了「嗚呼」先生：起嗚呼，終嗚呼，中間無字不嗚呼。長嗚呼，短嗚呼，說來說去盡嗚呼。嗚呼復嗚呼，嗚呼連嗚呼，恐怕先生不久亦嗚呼！[35]

故事裏的「嗚呼」用得好，用得巧，《嗚呼詩》更是寫得絕妙。先生本是傳道授業解惑者也，這個先生卻不學無術，「半吊子」還自我標榜。劉德方便選了這個頗有意味的「嗚呼」詞，借助真有學問的督學官做了這首《嗚呼詩》，淋漓盡致地描繪了先生的德性，給他以慘痛的教訓。〈趙錢生你〉[36]則用「糊塗」學生的答話給不懂裝懂的先生以最尖刻的批評，哪有什麼比自己搧自己耳光，或是搬起石頭砸自己的腳來得更痛快的呢。

在劉德方的理解中，教書先生也是有血有肉的人，因此在故事的講述中，先生的性格特徵各異。〈出題〉[37]裏的先生喜歡刁難學生，上廁所也要對對子。先生以自己吸煙搧扇為題，說道：「先生吸煙搧扇，頭上風雲變幻。」學生對道：「學生屙尿打屁，胯下雷雨交加。」這真是先生有才，學生也不遜色，可謂「名師出高徒」。〈不如天天就吃屎〉[38]、〈越摳越癢〉[39]、〈倒掉半根玉竹〉[40]等都有類似的情節和情趣。即先有先生張揚才華出題考學生，學生或是急中生智，或是胸有成竹，儘管有些不雅，但確實對上了，還讓洋洋得意的先生難堪，下不來臺。

35 〈嗚呼詩〉，劉德方講述，余貴福採錄，黃世堂整理，《野山笑林》（北京：大眾文藝出版社，一九九九年），頁六一。
36 〈趙錢生你〉，劉德方講述，余貴福採錄，黃世堂整理，《野山笑林》（北京：大眾文藝出版社，一九九九年），頁六六。
37 〈出題〉，劉德方講述，余貴福採錄，黃世堂整理，《野山笑林》（北京：大眾文藝出版社，一九九九年），頁六〇。
38 〈不如天天就吃屎〉，劉德方講述，余貴福採錄，黃世堂整理，《野山笑林》（北京：大眾文藝出版社，一九九九年），頁五四。
39 〈越摳越癢〉，劉德方講述，彭明吉主編，楊建章採錄整理，《野山笑林續集》（湖北省宜昌市夷陵區劉德方民間藝術研究會編印，二〇〇九年），頁三六。
40 〈倒掉半根玉竹〉，劉德方講述，彭明吉主編，楊建章採錄整理，《野山笑林續集》（湖北省宜昌市夷陵區劉德方民間藝術研究會編印，二〇〇九年），頁三五。

劉德方說：「教書先生是有層次規範的。我講教書先生，過去是私塾先生，現在哪有私塾先生呢，現在你是稱為教師，我是講的私塾先生，那你說起我來了，我們兩個還有個辯白。你講官員的故事，你就沒得託詞，你就沒得辯白，過去也是官員，現在也是官員，只不過改了個名。」[41]這又道出了劉德方一直喜歡講、選擇講先生故事的另一個層面的原因。在一定意義上，教書先生在民間社會是受人尊敬的，其才學令人敬仰，但他又不屬於社會上層，不掌握話語權，所以他是處在底層社會與上層社會之間的位置，這就造成了先生傲氣與不屑的品性和氣質，但他又要為生計而忙碌、焦灼，過普通人的生活，所有這些就為先生故事的大量出現奠定了基礎，創造了條件。

教書先生飽讀詩書，卻窮困潦倒、死愛面子，劉德方的〈會說話的學生〉[42]就是從這樣一種人們的共識出發編講的故事。故事裏講一個教書先生家境很窮，但在別人面前他總是說住的不差、吃的還好、用的不愁來遮掩。由於他家偏遠，沒人去過，所以也為他的清高提供了庇護。可是這一年過年放假時，他教書的這家老闆硬是要讓兒子送先生回家，以示尊重。先生有苦難言，不能推辭，只好答應。盤山轉嶺，師生兩個終於到了家，學生這才知道先生是窮到了底。破茅草屋、跛腳桌子、洋芋糊口，師母養鴨生蛋換鹽，先生的父母年事已高，還要辛苦幹活，維持生活。連夜晚吃飯點的油亮子燈都放不穩，先生只得叫兩個女兒一邊站一個扶著。歇了一夜，學生就返回家去。當父親問起先生家中的情況時，學生將自己的所見所聞用極為文雅而體面的言詞描述出來，為先生留足了面子。等到第二年春上，先生又來教書，他擔心洩露了家底，被人看不起，便轉彎抹角地試探。學生的父親便把兒子的話一五一十地告訴了先生：「他說啊，你住的地方是路繞十里青山，門泊兩支鹽船。屋裏大天井幾十，小天井無數；風掃地，月點燈，滾軲轆子自開門吶。屋裏有七十三個砍柴的，八十四個挑水的呀。有兩支划子下漢口，轉來遲了一天，屋裏還斷了一天鹽哩！我還問了他的，說

41 訪談對象：劉德方，訪談人：王丹、林繼富，訪談時間：二〇一一年七月十三日下午；訪談地點：湖北省宜昌市夷陵區夷陵樓劉德方民間藝術研究會辦公室。

42 〈會說話的學生〉，劉德方講述，余貴福採錄，黃世堂整理，《野山笑林》（北京：大眾文藝出版社，一九九九年），頁五八至五九。

先生屋裏既是這麼好，你最喜歡的是哪一樣？他說，光一對蠟座子，就要值幾百吊噢！」聽罷，先生十分欣慰，就把一個女兒許配給了學生。到此，故事首尾呼應，分寸適度。劉德方描畫先生的心虛猥瑣與學生的精明體貼形成鮮明比照，而學生的聰穎機智也從一個側面印證了先生教學上的才華和生活上的困窘。「兩耳不聞窗外事，一心唯讀聖賢書」的教書先生形象生動真實，呼之欲出。

〈吃蘿蔔教蘿蔔〉[43]中的先生來到一個吝嗇的人家教書，教得學生是句句不離蘿蔔。原來在這個家裏，先生「每頓上桌，眼睛一看是蘿蔔，筷子一挑是蘿蔔，嘴裏吃的是蘿蔔，肚子裏裝的是蘿蔔，每堂課想的都是蘿蔔。我成了蘿蔔先生，當然只能教出蘿蔔學生呀！」先生以他婉轉而直白的方式控訴主人家給他的不公待遇，也給吝嗇之人上了一課。

〈先生出聯招女婿〉[44]講一個教書先生有個漂亮女兒，來提親的人他都看不中，他就想通過對對聯、考才學的方式選個女婿。先生出的上聯是：「青草橋，青草橋下青草魚，青草魚口銜青草。」很多人來對，都沒對上。一個學生看到先生女兒坐在樓上繡花，便說道：「紅花樓，紅花樓上紅花女，紅花女手繡紅花。」一聽，先生和夫人都滿意，就把女兒嫁給了這個學生。其實，這個故事同樣是一個「出題」類的故事，但它不在於譏諷先生，不在於製造笑料，而是平鋪直敘地講先生愛人才，重教化，招個女婿也要考對聯的事件，因此故事中的上下聯對仗工整，言詞雅致。這也反映出先生不與粗人為伍、不與俗人同流的高傲，難怪老百姓對他是又敬又鄙、又愛又氣。

劉德方正是準確把握了這種微妙的情感和社會現實，才形成了善於用反襯的手法、諷喻的形式結構和演繹先生故事的本領，從而達到玩笑娛樂、警醒世人的效果。比如仍然以先生貧窮為話題的〈屁眼流黃水〉[45]的故事，先生不但窮

43 〈吃蘿蔔教蘿蔔〉，劉德方講述，余貴福採錄，黃世堂整理《野山笑林》（北京：大眾文藝出版社，一九九九年），頁五七。

44 〈先生出聯招女婿〉，劉德方講述，彭明吉主編，楊建章採錄整理，《野山笑林續集》（湖北省宜昌市夷陵區劉德方民間藝術研究會編印，二〇〇九年），頁四一。

45 〈屁眼流黃水〉，劉德方講述，彭明吉主編，楊建章採錄整理，《野山笑林續集》（湖北省宜昌市夷陵區劉德方民間藝術研究會編印，二〇〇九年），頁四三。

酸，而且好吃，學生不請他吃飯，就要挨打。一天，一個學生請先生到家中吃肉，先生見到灰麵（麵粉）炸肉好吃，狼吞虎嚥，吃到肚子壞。蹲在廁所裏，先生有感而發，寫了一首詩：「一日為了嘴，肚腹受大罪，跪在廁所裏，屁眼流黃水。」這首打油詩把先生的狼狽展露無遺，也讓人在笑聲中得到啟示，明白為人之道、處事之理。

先生的家庭生活亦是人們關注的焦點之一。劉德方塑造的先生有懼內的，如〈壯牛亦懼老婆也〉[46]講一個私塾先生教書不行，只有回家種田，可他還是幹不來；老婆幫他套好軛菀，趕牛耕田，他不會，卻對著牛說：「立足不行為何也？」這不是對牛彈琴嗎？他老婆奪過鞭子，抽了一鞭，牛豎起尾巴跑，先生說道：「哎，豈止我恐內人呼？壯牛亦懼老婆也！」一個活脫脫的「四體不勤、五穀不分」的書呆子形象躍然而出。有愛家的先生，如〈一百的一半是五十〉[47]中講下大雪，路難走，主人家挽留教書先生在家過年；這個先生想念家中的妻兒老小，便寫信託人送去，信中寫道：「天下大雪路程封，老闆留我過寒冬，要得夫妻重相會，明年三月桃花紅。」他的妻子見了信不高興，狠心回了一封信：「天上下雪一點黑，你不回來我招客，看我一天招一十，十天就要招一百。」先生接到信，決心不管怎樣也要回家；主人家好言相勸：「夫人她這是說氣話，怎麼可能招一百呢？女人的話，信一半就不錯了。」先生說：「你們倒說得好，只信一半也不行，一百的一半，那也是五十個呀！」幾句詩、兩番話把先生的天真與迂拙表現得唯妙唯肖。還有無奈的先生，如〈宰相肚裏能划船〉[48]講的是一位老先生娶了一個年輕貌美的妻子，得知妻子與男學生好上了，老先生雖心有怒火，但還保持風度，沒有撕破臉，抓現行，而是以一首詩委婉地告知他們。「昨夜喜鵲被人驚，錯把三更當五

46 〈壯牛亦懼老婆也〉，劉德方講述，彭明吉主編，楊建章採錄整理，《野山笑林續集》（湖北省宜昌市夷陵區劉德方民間藝術研究會編印，二〇〇九年），頁三九。

47 〈一百的一半是五十〉，劉德方講述，彭明吉主編，楊建章採錄整理《野山笑林續集》（湖北省宜昌市夷陵區劉德方民間藝術研究會編印，二〇〇九年），頁四二。

48 〈宰相肚裏能划船〉，劉德方講述，彭明吉主編，楊建章採錄整理，《野山笑林續集》（湖北省宜昌市夷陵區劉德方民間藝術研究會編印，二〇〇九年），頁四五。

更，花團抱住粉團滾，一根枯柴門外聽。」學生知道自己犯了錯，吟詩道歉：「八月十五月正圓，哪個青年不貪玩，大人不計小人過，宰相肚裏能划船。」老先生聽了，怒氣頓消。可見，教了一輩子書的老先生對才學是何等的崇尚。以上幾個故事都抓住教學先生的典型特徵——嗜書如命、迂腐傲氣，通過不同的生活事件和生活情景來體現教書先生的情性，到什麼地方，到什麼時候，都不忘溫文爾雅，吟詩作賦，有的篇章描畫的場景甚至有點殘酷，不近人情，然而就在這種被人取笑的情形中先生的書卷氣瀰散開來，這或許也是一種批判中的頌揚。

二〇〇七年五月二十六日上午在下堡坪鄉永順旅社的房間裏，劉德方給我們講了這樣一個先生的故事。

就講一個先生教了一堂學，這個學生呢，家長呢，這個媽呢非常漂亮。他這個先生就想這個學生的母親，想打她的主意。這個姑娘呢就非常拐（壞），她屋裏開了個琴行。琴行就是扯掛麵啦。過去，扯掛麵的腰磨（一種石磨）就是架驢子推的，不是現在的機械化。她買個驢子，抱著那麼推，推這個灰麵。

個雜種，他呢，這個先生去呢，跟這個女同志一說，這個女同志就假言自本（假裝），就答應了。答應呢，就和她丈夫兩個一下商量。她說：「你今天早點吃了晚飯，在陽溝（屋後的一條排水溝）後頭躲著。」她說，「某某先生要到我們這兒來歇。」這個丈夫呢，個咋子，就按照媳婦子的吩咐，就在陽溝後頭一下躲著。後來躲著，這個先生晚上就來了，這個姑娘假言自本地陪他睡。正往房屋裏走呢，這個丈夫回來了，在外頭開門。就把這個先生搞嚇到了，這個姑娘就說：「那這怎麼搞呢？」她說，「我丈夫說不回來的，他又回來了。」她就是掰他的。他說：「那這個咋的，出去又不得出去，那是要幫忙打個主意呀。」先生又怕丟面子。她說：「那不要緊，」她說，「我來添點，這個驢子跟牠打一頓，推腰磨。」她說，「我挖斗把麥子，你去跟我推腰磨，他指望是驢子推的呀。個咋，你就把門開開走。」後來，個雜種，這個先生就照她的吩咐，這個咋子，這個腰磨重，教書的人那個推腰磨又推得到幾轉呢，推到這個人累倒在，想站著歇下呀。

這個姑娘又在屋裏嘸：「你這個畜生，你躲懶啦，你不著勁推，你還站著哇！」他又哼地哼地推推。他媽的，他聽到他們洗衣服，狗日的，他也不推了，他把門開開，跑了。

欸，過了幾天呢，這個學生到學裏去，他的媽呢又跟他帶信，她說：「你今兒叫先生又到我們這裏來玩。」他又跑起去，這個學生就說：「先生，先生，我媽說的，叫你又去我們那裏去玩去。」個咋的，個先生心裏煩啦，他說：「狗日的，你回去跟你媽說，狗日的，你們灰麵又吃完了，又叫老子推磨去的呀，我還去呀。」[49]

劉德方話音一落，我們都爆笑起來。這是我第一次從劉德方口中聽到這樣一個掰先生的故事。故事中，先生是一個好色之徒，歪心邪念，被機靈的學生母親狠狠整治了一頓，再也不敢胡來。劉德方在講這個〈先生推磨〉故事的時候，話語間夾雜了不少語氣詞和感歎語，如個雜種、個咋子、他媽的，雖然不太中聽，但卻很真實地適時傳達出講述者劉德方當時的思想情感，是表述之中的一種自然流露。講到故事女主角說的話時，劉德方描摹得尤為出神入化，她的那種狡黠、潑辣、靈動從劉德方的話語、口氣、神情中奔湧而出，暢快淋漓。《野山笑林》中的〈當椿〉[50]就是類似的故事。這裏面的好色先生更慘，做的活更多，受的苦更烈，最後先生說：「我怕你的豬子沒有糠，怕你的大糞漲破缸。接我去玩還沒脫光，就被打了一身傷。我再也不進你媽的筐，把著個先生不當去當椿。」的確，教書先生的才氣就應當用在教書育人上，可他偏偏邪門歪道。好在這個遍體鱗傷的先生終於醒悟了，要當先生，不能當椿。瞧他受了累，挨了打，一氣的牢騷還不忘押韻，說成順口溜，怎不可笑？如此的故事發生在「為人師表」的先生身上，更令人憤慨，也更教育人。

49 〈先生推磨〉，劉德方講述，王丹、林繼富採錄；採錄時間：二〇〇七年五月二十六日上午；採錄地點：湖北省宜昌市夷陵區下堡坪鄉永順旅社。

50 〈當椿〉，劉德方講述，余貴福採錄，黃世堂整理，《野山笑林》（北京：大眾文藝出版社，一九九九年），頁六四至六五。

二〇一一年七月十三日下午，劉德方再次為我們講了一個好色先生的故事。

有個先生教學，就講先生呢，他是有什麼原因呢？過去有幾多好玩的人學習，好奇的人學藝。私塾先生在過去來說他是神聖的，是最尊貴的人，是高尚的。我講一個教學先生呢，他就是說，那個學生在他手下讀書。這個學生家中有個姐姐非常賢慧。過去私塾先生就要供給他。她每天架這個盤子炒一點菜，叫他的弟弟給先生帶起去。帶去給先生吃，這是尊重他，這個女的並沒得別的什麼想法。但是這個先生他就產生了一種懷疑。「哎，」他說，「這個姑娘天天叫她兄弟給我帶菜，她不會對我有別的什麼想法啊？」他那天把菜一下吃了，把碟子架（用）水洗乾淨了呢，他就跟她在碟子反面就寫了一句話。他說：「學生的先生拜上學生的姐姐，」他說，「今天這個碟兒你不肖洗得。」他就是說，等於我把菜吃了，我把這個碟子洗乾淨了，叫你兄弟帶回去。他說：「學生的先生拜上學生的姐姐，今天這個碟兒你不肖洗得。」寫了那麼兩句話，這個伢子他也找不到，就帶去回了。這個姐姐一看呢，有這麼兩句話。這就講女中有豪傑。她也跟他寫了兩句話，在反面。她說：「學生的姐姐拜上學生的先生，狗子舔的沒得那麼乾淨。」第二天跟他把菜帶去給先生吃，狗日的，翻過來一看，這麼兩句話，先生就把這個碟子甩了。[51]

在這個故事開頭，劉德方用了較長一段的言語交代了私塾先生在民眾心目中的特殊身份和崇高地位，作為第一個情節單元。這種明示在其他的先生故事裏面是沒有出現過的。不管是諷刺先生一知半解的故事，還是譏笑先生好吃懶做的故事，先生應有的博學穩重、謙虛謹慎均是作為一種共同的認知成為故事建構的背景，〈先生吃菜〉的故事卻一反往

[51] 〈先生吃菜〉，劉德方講述，王丹、林繼富採錄；採錄時間：二〇一一年七月十三日下午；採錄地點：湖北省宜昌市夷陵區夷陵樓劉德方民間藝術研究會辦公室。

常，做了大段的說明。吃菜的先生雖不如推磨的先生大膽，略帶含蓄，但「學生的先生拜上學生的姐姐，今天這個碟兒你不肖洗得」在心正眼明的姐姐看來依然是一種挑逗；於是她從容應對，遵照規矩，還是讓弟弟帶菜，供給先生，卻也明瞭地回了一句「學生的姐姐拜上學生的先生，狗子舔的沒得那麼乾淨」，給動歪心思的先生當頭一棒，氣得他甩了碟子。故事中，講到適當的地方，劉德方有分寸地做出交代或解釋，比如先生有情，姐姐無意；先生的儒雅，姐姐的狠氣，等等。先生體貼的一句話，反覆解說；姐姐回絕的一句話，擲地有聲。

劉德方的先生故事之所以講得好，之所以吸引人，關鍵是它源於生活，又高於生活，反映了現實的狀況，又有一點巧合和誇大，因而得到群眾的認可和喜愛。先生既是學富五車、傳道授業之人，又有普通人的生活和性情，劉德方正是抓住先生的這些特質和特徵，展開各種主題的演述和評判，或怒其不正，或諷其風雅，或笑其呆愚，從反面映襯出人們對知識的渴望和理想的追求。包括劉德方在內的廣大老百姓一方面羨慕先生能識文斷字、弄詩作對，另一方面也嫉妒先生的才學和怨恨社會的不公，所以借助對先生各種習氣和品行的解讀和揭露，表達民間社會的智慧和力量。如〈三個學生改姓王〉中，既顯示了先生的知識水平，又揭示了先生的平庸俗氣，這分明就是民間知識的勝利。「『姓毛的要姓王，就把尾巴不要。姓田的要姓王，就把兩邊的臉不要。』姓金的是個女學生，她問：『那我呢？』先生說：『你姓金，更好改。人皮一垮，一對媽子不要，不就姓王了嗎！』」[52]

劉德方的故事有個特點，文學味非常濃。有很多成語、諺語、歇後語，這些都是民間語言的精華。特別多說四句子的，吟詩作對，好像讀下書的，和個秀才樣的。本身他的故事就夠文學，夠藝術了。[53]

---

52 〈三個學生改姓王〉，劉德方講述，彭明吉主編，楊建章採錄整理，《野山笑林續集》（湖北省宜昌市夷陵區劉德方民間藝術研究會編印，二〇〇九年），頁四七。

53 訪談對象：余貴福；訪談人：王丹、林繼富；訪談時間：二〇〇七年五月二十五日下午；訪談地點：湖北省宜昌市夷陵區下堡坪鄉文化體育服務余貴福對劉德方的故事特點認識得很到位，概括得很精準，他說這也是下堡坪故事的一大特色，劉德方就是其中一位「傑出」的代表。

【王：指王丹；余：指余貴福；林：指林繼富。】

王：吟詩作對的故事比較多，你覺得這種現象是怎麼造成的呢？

余：這個我也不太清楚。

王：在這個附近，生活故事多，吟詩作對的故事多。你自己感覺呢？

余：這與這個地方的文化有很大關係。因為劉德方住在譚家坪村，旁邊就是秀水坪村。秀水坪是一個人才的搖籃。我就很簡單地說一個，秀水坪在過去的話，清朝末期，就出了狀元，還有兩個秀才。再就是二十世紀三十年代初，出了趙松柏，學名叫路才，他就漂洋過海到日本留學，回國以後，在黃埔軍校又學習三年，和董必武是同學，那算名人吧。這是秀水坪村，那個村就一大批的。也是在那個附近，在明朝的時候出了個戶部尚書趙勉。這等等就說明這個地方是人傑地靈。

林：很重視文化。

余：那個時候，秀水坪蠻早哇，在一九零幾年，教育就有了成果。

（余貴福邊說邊拿出了他多年來搜集的大量民間書畫，展示給我們看。）

余：這是下堡坪的，這有的都是清朝、唐朝的詩文，地方文人專門寫的，我留的不少。（滿臉驕傲）

中心辦公室。

林：這都是在哪裏摘回來的呢？
余：那這都是在民間。
林：民間有，是吧？
余：民間流傳的。
林：哦，民間流傳的？
余：這都是本地的，這些詩寫得相當好哇。那可以說，你們帶起去，很有研究價值。大部分人都不在了，有一部分還在。
王：我有一個問題，就是你們現在這一批很會講故事的人，他們有沒有讀過書呀？
余：有一部分沒讀過，但是後頭的，年輕一點的讀過。
（余貴福嘴裏回答著，手上翻動著，見到一幅詩文，趕緊介紹起來。）
余：你比如說，這個大概是一九一幾年的。那個時候，秀水坪第一個舉人王吉生先生留下的詩文。這寫得好。
林：所以，看到這個地方的文人就是追求文化的品位。
余：你提出這個故事為什麼有這麼高文采，因為它這個地方釀造的。古時候，這個學者比較多。儘管有的不出大名，大名也有，不是蠻多，但是小有名氣的多。
王：鄉土文人特多。
余：特多。我那有個檔案袋，你需不需要看啦，我協會會員有三十幾個。
林：是不是還跟這個有關，我不知道我分析得對不對？還跟你們這裏所有的人都非常幽默，非常開朗，生活樂觀，這樣一種生活態度有關。比如，大家在一起哈哈大笑，再苦再累，也很樂觀。

余：對。[54]

因此，基於生活、基於傳統、基於文化的先生故事洋溢著詩性氣息和生活情調，不管是對仗工整的詩詞，還是押韻巧妙的打油詩，抑或是不太雅觀的順口溜，都能與敘述的事件和場景完美契合，無論是戲謔調侃，還是警人醒世，均能在獨特的意蘊中供人談笑，發人深省。

我是講一個先生教了一堂學。這個學校門口有一道橋。一道橋呢，這個先生早上起來，忽然詩興大發，想吟一首詩，沒得個題。正在構思呢，忽然橋那頭來了個美貌女子，十七八歲，穿得蠻好。他就有了題材，把這個姑娘一望。恰恰這個學校門口呢，咋又睡了個告化子。告化子他討米，但是他有滿腹的文章。後來，個咋麼呢，先生就說，他說：「十八女子多美貌，特到此處看木橋，三寸金蓮足下小，羅裙前後飄過橋。」這不是先生說的。狗日的，個告化子一講得起來，「嘿，你這詩搞錯了，這不是你這麼說的。」先生說：「你說是哪麼說的？」他說：「你說十八女子多美貌，這句話寫得對。」他說，「你特到此處看木橋，你這個橋這麼好看啦，她到你這裏來看木橋。」告化子說：「應該是路過此處看木橋。」他就跟先生把這句改對了啊。他說：「三寸金蓮分大小。你這個金蓮，你沒來架尺子印，她這硬是只有三寸啦，你或是長一點，或是短一點，那麼，三寸金蓮分大小。你長點也可以，短點也可以。」他說，「羅裙順風飄過橋。」風一吹，這個羅裙它是可以東也飄，西也飄，前也飄，後也飄，先生說的是前後飄，告化子就說這句不對。還這個先生又說：「那你這麼好的才學，你怎麼不教書呢，你這討米呀？」他說：「我像你這樣的才學，老子幾時就

54　訪談對象：余貴福；訪談人：王丹、林繼富；訪談時間：二〇〇七年五月二十五日下午；訪談地點：湖北省宜昌市夷陵區下堡坪鄉文化體育服務中心辦公室。

去討米去了。」[55]

〈先生和告化子吟詩〉堪稱劉德方先生故事的經典之作。故事首先描畫了先生、姑娘、告化子三人共處的情景，我們眼前馬上呈現了一幅水墨山水畫——青山環繞，綠水潺潺，先生站在學校門口，旁邊睡著告化子，迎面而建的橋上走來一位豆蔻年華的標致姑娘。至此，故事簡練而清晰地定位了各個人物角色，他們的形象、他們的身份、他們的特徵等等，為情節的後續發展做了良好的鋪墊。詩興大發的先生見姑娘徐徐走過橋來，吟道：「十八女子多美貌，特到此處看木橋，三寸金蓮足下小，羅裙前後飄過橋。」初一聽，先生果然是才情不凡，風流倜儻，不失風範。哪知這告化子滿腹文章，更勝一籌。他糾正道：「十八女子多美貌，路過此處看木橋，三寸金蓮分大小，羅裙順風飄過橋。」為什麼這麼改，他辯解得頭頭是道，令人不得不佩服，儘管其中也不乏故意抬槓之嫌，但細細分辨，他還是挺有道理的。這樣一來，二人身份與才華的差異使得故事對比的落差感更強。結尾再一推進，更具戲劇性。先生本想諷刺告化子一番，以彰顯自己的地位，怎料卻被告化子奚落了一頓，無顏而無趣。這個故事的情境性很強，人物個性突出，語言優美且犀利，讓人感慨珍寶藏在泥土裏。

與我們一起聽故事的陳維剛總結到：「這個故事的價值，我談幾點體會，第一個來源於生活實踐的呢，有一種樂趣，生活的樂趣，反映了人的生活樂趣。第二個是反映了社會不同階層的對立關係，這個也蠻有意義。還有一種就反映了中國古文化的那種深奧的東西，詩意就通過故事反映出來了。」[56]

---

55 〈先生和告化子吟詩〉，劉德方講述，王丹、林繼富採錄；採錄時間：二〇〇七年五月二十六日上午；採錄地點：湖北省宜昌市夷陵區下堡坪鄉永順旅社。

56 訪談對象：陳維剛；訪談人：王丹、林繼富；訪談時間：二〇〇七年五月二十六日上午；訪談地點：湖北省宜昌市夷陵區下堡坪鄉永順旅社。

作為退休教師的陳維剛與作為農民故事家的劉德方用他們不同的視角、不同的方式、不同的表達演繹著故事，演繹著生活，演繹著藝術。熱愛文化、推崇文化是劉德方先生故事的核心，也是陳維剛話語之中的隱含之義，還是全體下堡坪故事講述者的共識與追求。當然，這裏的「文化」是一個廣義的所指，是包括雅文化和俗文化在內的知識的總和。雅文化固然高貴、典雅，俗文化則更貼近人心，實用、實在，二者能夠互通有無，和諧交融，展現美好生活。

第三節　精怪故事

在劉德方公開出版的故事以及多種場合講的故事中很少有神奇鬼怪一類的故事，但這並不意味著劉德方沒有儲存這類的故事，不會講這類的故事。在與他漸入佳境的訪談中，在與他如朋友般的閒聊中，他會應要求或是主動地講起美麗動人的精怪故事，這時他總會收起講現實感強的生活故事時那種輕鬆、幽默的表情和語氣，變得「一本正經」起來。令我訝異的是劉德方的精怪故事不僅數量不在少數，而且講得非常精到。

記得二〇〇七年五月二十五日晚上，在下堡坪永順旅社的客房裏，劉德方幾乎是一連順地給我們講了毛狗子精、蛇精、水獺精、烏龜精等七八個有關精怪的故事。窗外飄起雨滴，淅淅瀝瀝作響，夜越來越深了，劉德方講得入神，我們也聽得陶醉，情境與心境相呼應，格外「入戲」。這些故事講述之流暢、情節之豐滿、語言之貼切，令在場的所有人不禁都向劉德方豎起了大拇指，嘖嘖讚歎，久久回味。

其實，細細回想一下，小時候劉德方聽二奶奶給他講〈野人嘎嘎〉；長大成人，背腳、修路、趕溪、炸河，劉德方又從南來北往的人那裏聽來了許多奇幻故事；劉德方喜好說唱，皮影戲裏充滿著歷史與現實的交織、幻想與真實的碰撞，所有這些無不增長了他關於神奇鬼怪故事的儲備。那能講這麼多，又講得這麼好，為什麼劉德方卻少有講述呢？

【王：指王丹；劉：指劉德方；林：指林繼富。】

王：你的故事講得很有特點。傳統的比較長的神奇鬼怪的故事在《野山笑林》中少些。

劉：神奇鬼怪的故事，我也講得到些子。他們就說，神話、鬼話儘量地少講，不講。我這方面的故事就少多了。沒上書。

王：現在就不怎麼講這些故事了？

劉：很少。他有的人不懂得這個內情。哪怕我沒讀到書，他的個知識淺薄，他對這個東西他聽到化解不清，他就覺得沒得意思。那麼，你聽這樣的故事，要有一種文化水平，你才能搞，才能懂得到這個情節，把你這個內容一分析，他一聽，他才覺得你這個東西有意思。你但是不懂得，沒得文化層次的人，他說，你這是日白，他也沒得，也看不到什麼情節。

王：以前在家裏這些神奇鬼怪故事也講嗎？

劉：那講得很少。因為我是階級成分論把我貶了的，他一搞我是牛鬼蛇神。捆、綁、吊、打。對這個東西我都……（搖頭），原來講到，我就不講這些。道士，我也搞得到；端公，我也搞得到；原來看相、算命，我都學了的。

林：這些都是跟精打交道的。

劉：所以說，我都不搞了。我們那裏一個婦聯主任，她的男的也姓劉，她生了一個兒子，她喊我叔子。她說：「叔子，叔子，你跟我這個兒子查個八字，取個名字。」我說：「那你把生辰時候說出來，我就跟他查八字看啦。」最後，我說：「你要好好引（帶，養）啦，你這個兒子在十二歲有個災難。」我說：「你千萬別說我跟他查八字，名字是我取的。」那一說，我成分不好，那又脫不了。她也還是一直記得，沒說。這個伢子引到十二歲，一場大病，沒救過來。沒救過來，這個伢子跑了，她就一場大哭。她無形中就哭出來了。她說：「生你的那個時候，我就請某人跟你查八字，說你十二歲有個心害，你逃不出來了。」他們說誰跟他查了八字的，就把我弄起去鬥了三天。在那以後，這些歪門邪氣，我就一概不搞，奈得何，我也不搞了。

王：但是，這些在說書裏面也會有一些吧？

劉：有，你像《宣講》高頭，這些東西都有。《宣講》是過去七月間，接姑娘們回來過月半，老的，來的老人家，在屋搭個臺，就講聖明，總稱叫講聖，書名叫《宣講》。他就請先生坐在臺上，講一講，唱一唱，哈是唱這些案證，這些神奇鬼怪，這些男女老少，有的不孝順爹媽後頭是什麼結果，有的親戚朋友不義是個什麼結果。那都是勸化人，勸化人不做壞事。總體的道理就在這裏。[57]

看來，劉德方在他一生的故事講述中鮮少講精怪故事的原因有很多：在特殊的年代，神奇鬼怪故事被視為封建迷信的殘餘，地主出身的劉德方只有勞動之餘聽別人講故事的份兒，自己都不敢開口，但他卻就此記下了各式各樣的故事；摘了「帽子」後，他才有了平等說話的權利，才敢跟大傢伙兒一起講故事，但仍很少觸及神奇鬼怪的故事；成了故事家，進了城，外在的環境條件都寬鬆了不少，可如果經常講這些神奇鬼怪故事又好像不太符合他現在所處的位置和身份，幫助他、提攜他的人也提醒他不要講這些子虛烏有的事情。而且，領導來探望，學者來考察，記者來採訪，在各種因素影響下的劉德方自己也感覺講神奇鬼怪故事不合適。到了文藝演出、旅遊景區，抑或城鎮社區，時間短，接觸少，劉德方也不會選擇神奇鬼怪的故事作為表現自我的內容和方式。同時，劉德方認為，欣賞這類故事還需要一定的民間知識根底和思想文化水平。所以，綜合社會政治、講述場合、文化層次等多方面的因素，劉德方就少有講精怪故事了，他把它們都裝在肚子裏。只有在我們主動的要求下，或者是因為與我們交往久了，交情深了，他才會把他這一類的故事一

---

[57] 訪談對象：劉德方；訪談人：王丹、林繼富；訪談時間：二〇一一年七月十三日下午；訪談地點：湖北省宜昌市夷陵區夷陵樓劉德方民間藝術研究會辦公室。

咕咾地傾倒出來，頗有遇見知音，不吐不快之勢。

精怪故事講述的是依附於一定的物質實體，具有神力異能的精怪與人類之間的恩怨糾葛。這類故事自古以來就在中國民間廣為傳講。自六朝士人始撰《列異傳》、《搜神記》之類志怪以來，文人記錄和創造大量精怪故事已成為傳統，如南宋洪邁編《夷堅志》、金元時期元好問《續夷堅志》、無名氏《湖海新聞夷堅續志》，直至清人袁枚編《子不語》等筆記小說中，都記載了不少精怪故事。現代中國民間故事的分類中，精怪故事一般作為「變形故事」，被歸為民間童話或幻想故事中。鍾敬文先生的〈中國民間故事型式〉裏歸納了蛇郎型、熊妻型、老虎精型、螺女型和猴娃娘型等精怪故事[58]。艾伯華先生在《中國民間故事類型》[59]一書談到的「動物與人」、「動物或精靈幫助好人，懲罰壞人」、「動物或精靈跟男人或女人結婚」、「妖精和死鬼與人」等主題中均有精怪故事的類型，他還特別提出了「一一二·與精怪的關係」一類故事。丁乃通先生的《中國民間故事類型索引》[60]中能找到大量具有精怪故事情節和母題的故事類型，特別是在「動物故事」及「一般的民間故事」下的「神奇故事」和「宗教故事」當中。於二十世紀八十年代編纂的中國民間故事的分類編碼試行方案則將神怪故事區別為幻想故事（童話）與鬼狐精怪故事兩大類[61]。從現已出版的《中國民間故事集成》各卷本來看，鬼狐精怪故事都被單獨列為一類予以呈現。

從二〇〇七年至二〇一一年間，在與我們的數次交談中，劉德方聲情並茂地講述了一二十個精怪故事，也敘說著他對精怪的認識和理解。從敘事主題而言，劉德方的精怪故事可以分為婚姻類故事、親情類故事和鬥爭類故事三種。婚姻

58 鍾敬文，《鍾敬文民間文學論集》（下）（上海：上海文藝出版社，一九八五年），頁三四二至三五六。

59 [德]艾伯華著，王燕生等譯，《中國民間故事類型》（北京：商務印書館，一九九九年）。

60 [美]丁乃通著，鄭建成等譯，《中國民間故事類型索引》（北京：中國民間文藝出版社，一九八六年）。

61 參見《中國民間文學集成》總編委會辦公室編印《中國民間文學集成手冊》（一九八七年），頁一五七。幻想故事中含天女下凡、神仙助人、精靈助人、異類婚姻、神奇兒女、奇異助手、魔法、降妖、變形等其他類；鬼狐精怪故事中含鬼報恩、鬼復仇、鬼成親、鬼交友、鬼還魂、鬼轉世、冥界、不怕鬼、狐成親、狐友、狐醫、狐精與人鬥智、狐精助人、以及其他精怪故事等類。

類故事中，精怪因受人恩惠或不能回復原形而與人結為夫妻，滿足了人類的願望，帶來了子嗣、財富和健康等等。如〈烏龜精〉、〈水獺精〉、〈毛狗子精媳婦〉等就屬於這一類故事。〈烏龜精〉[62]中講到一個老闆細心養育一隻烏龜，烏龜修煉成精；這個老闆有三個兒子，小兒子生病無人照看，老闆年事已高，十分擔心；烏龜精便化身一個落難的姑娘，又為這個老闆所收留；烏龜精變成的姑娘與他的小兒子成親，並治好了丈夫的病，生兒育女；她的丈夫善良而聰明，接管了家業；在孩子長大後，賢慧的烏龜精姑娘不得不離去。〈毛狗子精媳婦〉[63]裏則說一個種地的單身漢心地好，但生活貧困；毛狗子精見了，就變成眉清目秀的姑娘，在他不在家時為他做飯、洗衣、收撿；時間長了，單身漢百思不得其解，便躲起來偷看，發現了真相；他把毛狗子精的皮藏起來，她就不能回去了，便與單身漢成了家，生下了兩個孩子；一次夫妻發生爭執，這個丈夫無意中透露了妻子的身份，傷了妻子的心，被索要她的皮；皮拿出來後，毛狗子精就帶了一個孩子離去，留下另一個孩子給丈夫。劉德方講的婚姻類精怪故事很有生活氣息，雖然篇幅不長，但情節完滿，形象鮮明，給人以淒美之感。「留下來了呢，她跟他的么兒子兩個成親。成了親了呢，這個姑娘衣服一換，一收拾打扮出來，比大嫂子、二嫂子都漂亮百倍，又賢慧。對她的大人也好，對她這個病傢伙丈夫也好。她這個烏龜精啦，她就在山上滿到處採藥啦，就把她的丈夫的病跟他治好了。……她能夠料理屋裏，支人待客啊，支進納出啊，搞得蠻好。……孩兒們長大了，她這個精啦不能在陽間永久，到時候了牠就要走了。」

親情類的故事是指精怪與人類親密交往、和睦相處、締結親情的故事，它凸顯了精怪親近人情、知恩必報、通達義氣、機智聰慧的品性，〈蟒蛇精〉[64]就是這樣一個動人的故事。一對老夫妻家貧行善，一條小蟒蛇寄居在他們家裏，他

62 〈烏龜精〉，劉德方講述，王丹、林繼富採錄；採錄時間：二〇〇七年五月二十五日晚上；採錄地點：湖北省宜昌市夷陵區下堡坪鄉永順旅社。

63 〈毛狗子精媳婦〉，劉德方講述，王丹、林繼富採錄；採錄時間：二〇〇七年五月二十五日下午晚上；採錄地點：湖北省宜昌市夷陵區下堡坪鄉文化體育服務中心前往菌種廠的路上。

64 〈蟒蛇精〉，劉德方講述，王丹、林繼富採錄；採錄時間：二〇〇七年五月二十五日晚上；採錄地點：湖北省宜昌市夷陵區下堡坪鄉永順旅社。

們從不驅趕、傷害；看到這對老夫妻沒有孩子，蟒蛇精就變成小孩，無家可歸，被老夫妻收養；在老夫妻的細心呵護下，蟒蛇精長大成人；老媽媽生病了，要蛇膽做藥引子，蟒蛇精割膽救母；老媽媽病癒，發現兒子的傷口，十分心疼；蟒蛇精把事情的原委一五一十地告訴了這對老夫妻，他們仍然共同生活，直至老人百年後，蟒蛇精方才離去。劉德方描述道：「他的媽病噠，先生跟她看了，就要一種蛇膽做藥引子。做藥引子呢，這去哪裏弄得到呢，這種東西？最後，她這個兒子呢就背著這兩個老的，他說：『我去抓這個藥去。』他就自己做了一個決定。這個藥引子別處弄不到，只有自己有。他這個蟒蛇走到路上了，背著他的雙親，背著人家，自己就把胸前割了，就把他這個蛇膽割了一塊出來，就跟他媽做了藥引子。他的媽把這個藥吃了呢，這個病就好噠。但是他呢還是有個傷啊。他的媽來跟他換衣裳，她的這個兒子有一個傷痕。他的媽就問：『兒子，你這是怎麼傷的？你這是幾時傷的？是做什麼事傷的？』還是有一種心疼啊，就哪怕不是親生的，賽過親生的，也有這種感情了。他開始沒說，他就留下了永遠一個傷疤，這個疤疤不得好呀。」這個故事非常優美，非常感人，蟒蛇精極具人情味。劉德方用十分平實無華的口頭語言娓娓訴說著這對老夫妻傾心撫育蟒蛇精，蟒蛇精為之養老送終的珍貴情緣。

鬥爭類故事是人們針對那些給生產和生活帶來危害的精怪而進行抗爭和較量的故事。這類故事少不了描述精怪怎麼樣害人，但它的著眼點側重於什麼樣的人物如何制服了這些精怪，關心的是其方法的奇特和做法的驚人，以及他們與精怪之間鬥爭的過程，比如〈灰天汗〉、〈蛇精化生子〉等。灰天汗是夷陵當地生長的一種生命力強旺的植物。「割草的也沒割到，就扯草的沒扯到，它那個霜沒打死，太陽沒曬死，就年長月久，它這個東西到年代了，它就自己受日月之光，來把人氣和汗水、日月精華集中一起，它就有這種靈氣了，它就成精。」[65]成精之後，灰天汗變成一個小夥子把一戶人家的姑娘精到了，日子一長，姑娘就精神恍惚，病得不輕，醫生都治不了；有一天，一個遊走四方的端公來到這戶

[65] 〈灰天汗〉，劉德方講述，王丹、林繼富採錄；採錄時間：二〇〇七年五月二十五日晚上；採錄地點：湖北省宜昌市夷陵區下堡坪鄉永順旅社。

人家，經過幾天的觀察，發現了蹊蹺；他先是怕打草驚蛇，便按兵不動，謀劃好引蛇出洞、全力一擊的計策；主人家幫忙找了身強體壯的助手，備辦了白炭燒火，還有鐵鍋、鐵鏈子，所有人齊心協力，一舉抓獲了灰天汗精，將之制服，姑娘的病也好了。劉德方說：「它那個灰天汗精，這個火是辟邪的。它那個鍋燒紅了，往腦殼上一筐，你燙了，怎麼抵得住？鐵鏈子燒紅了，往你身上一款，你抵得住啊？都是收這些東西，他沒得這些，沒得辦法，他收服不住。」[66]精怪故事是含括地方性知識特別豐富的一種民間故事，它折射出一個地方民眾的生活、思想和情感，這在鬥爭類故事中有明確的體現。譬如，端公就是鄂西一帶專職降精伏妖之事的巫師，他既如常人一般生活，又具有神祕的功力，能夠為老百姓探察、明辨和俘獲為非作歹的精怪妖魅。

在劉德方講述的精怪故事中，〈毛狗子精兄弟〉的故事最為經典。它的基本情節結構是：

1. 母子倆靠打柴為生，兒子仁義對母親十分孝道。
2. 仁義上山打柴，救助了一個毛狗子精。
3. 毛狗子精變成一個小夥子，執意要做仁義母親的義子。
4. 毛狗子精與仁義結為兄弟後，一起打柴贍養母親。
5. 毛狗子精提議為仁義找媳婦成家。
6. 毛狗子精帶著仁義外出，瞭解到一個招女婿的富人家。
7. 在毛狗子精的幫助、撮合下，仁義當了上門女婿。
8. 毛狗子精回家照顧母親，交代仁義一段時間後再回家。

[66] 訪談對象：劉德方；訪談人：王丹、林繼富；訪談時間：二〇〇七年五月二十五日晚上；訪談地點：湖北省宜昌市夷陵區下堡坪鄉永順旅社。

9. 毛狗子精在家做房造屋，把母親照顧得很好。
10. 仁義與媳婦生了孩子，與岳父母也相處融洽。
11. 約定的時間到了，仁義告之岳父母，他們要求一同到仁義的家。
12. 仁義有些擔心，中途獨自回家打探，驚奇地發現了家裏的變化。
13. 毛狗子精出門迎接仁義，告訴他家裏的生活狀況。
14. 仁義放下心來，折回與妻兒老小一起回到家中。
15. 岳父母非常滿意，先行返回，仁義和妻兒留下與母親生活。
16. 仁義將大兒子過繼給毛狗子精以示感謝，他卻故意把大兒子丟不見了。
17. 仁義不敢怒，不敢言，又生了二兒子。
18. 數年後，毛狗子精為仁義賀生，召回了已是武藝高強的大兒子，並道出原委。
19. 毛狗子精的限期到了，仁義按照他說的辦法做，救了毛狗子精的命，毛狗子精離去。

這個故事較之其他的精怪故事來說情節豐富了許多，邏輯嚴密，環環相扣，步步推進，人物形象也各具特點，活靈活現。在二〇一一年七月十三日上午，劉德方給我們講這個故事時足足講了十五分十八秒之久，他很能掌控這種篇幅較長的故事，情節發展的每一步都水到渠成，每每講到某個人物的時候，又會依據這個人物的角色身份來說話行事，也能自然地轉到敘事者的角度來把握和講述，這樣的跳進跳出十分貼合，也特別的生動。我觀察到，劉德方在講的時候，整個人都沉浸在其中，他的這種神情和演繹也讓我們聽眾有足夠的時間、心情和感覺投入進去，如癡如醉，跟著故事裏面的人物命運而悲喜，隨著情節進展的起承轉合而起伏。一個「情」字貫穿〈毛狗子精兄弟〉故事的始末，母子情、兄弟情、夫妻情，還有人與精怪互報恩德的異類之情，均伴著劉德方深情的演述而如潺潺流水般流淌而出，很是感染人。劉德方講得很用情，我們聽得也很用心。

> 有一天仁義他到山上去打柴去，就有一個毛狗子，底下一班人在趕仗（打獵）。他看到這個毛狗子，他說：「畜生，你不快些跑哇，底下有一班人在打獵，照著打到（小心被打到）。」這就是實質上他是救牠的命，叫牠著勁跑。但是這個毛狗子，他沒認到牠是個毛狗子精。
>
> 過一段時間，這個毛狗子精他說：「這個仁義心這麼好，我也想報下他的恩，他叫我著勁跑，雖說是打獵的沒打到我，他的一番心意在這兒。」他就搖身一變，變成一個人，他就跑到仁義那兒，他要拜繼他的媽，他說我要跟你兩個成弟兄。他的媽說：「我這麼遭孽，我一個兒子，你這麼精強力壯，我要收你為乾兒子，那就情理上不符合啊。」她說，「你在哪裏討不到吃，你這麼好的人才，那麼年輕。」他說：「你答應了，我就起來，你不答應，我就不起來。」老大媽逼得沒得法，她說：「好，那你起來，我收你為義子。」[67]

忠厚孝順的仁義看見一隻毛狗子，恰好有一班打獵的人，他便友善地提醒牠躲避起來；這份恩情，毛狗子精銘記在心；瞭解到仁義的生活情況，牠化身為人，要與仁義結拜為兄弟。這個故事一開頭就情意融融。劉德方明白，以「情」為中心的故事就要用「情」感人。對於這一段情緣，劉德方敘述得很詳細，描寫特別的細膩。比如，毛狗子精感念仁義的好說的幾句話，然後搖身一變成了一個人，拜繼仁義的媽。這種言語、行為、心理的揣摩和敘說，一下子讓人記住了

[67] 〈毛狗子精兄弟〉，劉德方講述，王丹、林繼富採錄；採錄時間：二〇一一年七月十三日下午；採錄地點：湖北省宜昌市夷陵區夷陵樓劉德方民間藝術研究會辦公室。

這個極通人性的毛狗子精的形象，全然沒有對精怪異樣的恐懼，反而心頭湧起一股暖流，受到觸動。仁義媽媽一番苦口婆心的勸導既是人之常情，與生活的邏輯吻合，同時也從一個側面烘托了毛狗子精報恩的堅定與真摯。

他就跑到山上，看到哥哥在山上撿柴，他就幫忙撿啦，捆啦，搞哇，兩弟兄就天天有個伴，仁義就感覺人心情很舒暢了。天天打柴一個人幾多（多麼）苦悶，說話的人都沒得，這有了一個弟兄，兩弟兄而且又合得來，關係又蠻好。兩弟兄就天天打柴，天天打柴，打柴就挑到街上賣。在生活這個方面賣的錢就吃不完了，而且還有餘的。那天，這個毛狗子精就跟他的哥哥說：「哥哥，你這麼大歲數，還想不想成個家呀？」他說：「弟弟，我們在這個老山溪裏，這麼窮，想成家，誰個得來跟著我呢。」「那沒得人跟著過，我跟你打個主意，」他說，「我們兩個人把柴米油鹽跟媽辦齊，叫媽在屋裏只弄得吃，我們兩個出門去找媳婦子。」仁義他說：「那這哪裏找去呢？」他說：「不要緊。」後來他們這個柴米油鹽都跟他的媽辦齊了，跟他媽說清楚了，他說：「媽，你在屋裏只弄得吃，我把哥哥弄起，我就去跟他看找不找到一個辦法，差個伴（找個伴）。」[68]

劉德方時而從故事角色的角度訴說他們的內心感觸，時而從故事講述者的視角評判和分析，跳轉得自然流暢，渾然一體。他善於通過語氣、語調、口吻的變化來表現敘事視角的變換。在這樣的表述中，我們同樣可以窺見劉德方本人對於外在世界的認知和態度以及自己的人生觀。在情節的推進中，劉德方會詳略得當地予以處理，不重要的、可以一兩句話帶過的地方絕不囉嗦，但要交代清楚；重要的情節，能夠突出人物形象的細節，劉德方也絕不吝嗇口舌。比方說，

[68] 〈毛狗子精兄弟〉，劉德方講述，王丹、林繼富採錄；採錄時間：二〇一一年七月十三日下午；採錄地點：湖北省宜昌市夷陵區夷陵樓劉德方民間藝術研究會辦公室。

毛狗子精與仁義商議找媳婦的一段對話就非常的人性化，劉德方來來回回地轉換角色，模擬他們的聲音語氣，把其中的詢問、矛盾、建議描摹得相當細緻和準確。而兩弟兄打柴過生活和出行前為母親準備物資的情節則都很凝練，過渡得很好。

毛狗子精弟領著哥哥四處打聽，走到一處，得知一個員外家招女婿，便及時地顯示出他神奇的一面，使用法術跟員外家的小姐託夢定終身。這一招果然厲害，在小姐的相信和堅持下，員外夫婦接受了不知根底，但一表人才的仁義。毛狗子精弟再次給仁義辦了一件最大的好事。故事中，毛狗子精說服小姐，仁義上門提親，員外夫婦商量、定奪、接納，這個過程的輕重緩急、張弛有度，劉德方處理得非常有分寸，把人物各自的心情、想法、心理全都表現了出來。

那天黑了，等他的哥哥睡著了。他這個毛狗子精嘛，他就會變啦，就跑到這個小姐房屋裏，就跟這個小姐託夢。他說：「明天有個人來向你求婚，你答應也得答應，你不答應也得答應。你如果答應了，將來有什麼好處；你如果不答應，將來你就有什麼壞處。」這個就是在鬥籠子（設計）。

第二天，這個仁義就跑起去了，他就搖身一變，就變了一個介紹人。跟那個老闆一說呢，兩弟兄就把這個事情一說。老闆就說：「我是有個姑娘，到現在還沒成家，想招個女婿。」他說：「我也想跟你牽個紅線。我有個朋友也是一個人，也沒有成家，那不然就叫他在這兒照顧你們，你看行不行？」開始這個大人還是不願意，想到呢，山南海北，他又什麼子都沒得。就這一個人，你曉得他是好人是壞人呢。後來這個小姐在後房的樓上就一下聽見了，就把她媽喊到後頭一說，她說：「媽，這個事情你要答應。我昨天夜裏有個神仙跟我報了夢的。他說，今天有人跟我求親的，叫我答應也要答應，不答應也要答應，答應了後頭有什麼好處，不答應後頭有什麼壞處。」後來她的媽就把她的爹喊到房裏一商量，兩老就答應了。[69]

69 〈毛狗子精兄弟〉，劉德方講述，王丹、林繼富採錄；採錄時間：二〇一一年七月十三日下午；採錄地點：湖北省宜昌市夷陵區夷陵樓劉德方民間藝術研究會辦公室。

促成了好事，毛狗子精弟弟為了讓仁義安心做上門女婿，便自個兒回到家中，義無反顧地承擔起照顧老母親的責任，不讓哥哥擔心，也約定好三年後兄弟相見。

時間一晃呢，三年就快要到了，仁義就在那裏上門，他的妻子就生了第一個兒子。生了第一個兒子呢，他說：「那這弟弟說叫我三年了要回去，服侍媽去。」他就跟丈人、丈母商量，他說：「父母親啦，我在你們這兒三年了，我家中還有一個老母親，要回去服侍下。」他爹說：「那好，這是應該的，那我們哈（都）去。」這就妻子，他的兒子，他的丈人、丈母，哈去。

親家過門，他也不好說家裏窮，是個什麼樣範。就把他們哈一下引起，就先往屋裏奔。奔到呢，要挨到他的屋了，他說：「我這引起到那個茅草屋裏，怎麼好見人呢。」他說：「我們在這裏找個場子借歇（借宿），你們在這兒休息，我這裏還有個朋友，我去試下看。」他就是日白（撒謊），他就說有個朋友，他就回去試下看，他的媽和弟弟還在不在這個場子，這個茅草屋還在不在。

跑到他原來那個茅草屋一看，我的天，幾大（多大）華麗一項房子，他也不敢進去，他就在這兒轉轉地試。他的弟弟算到他的哥哥回來了，他一出來迎，他說：「欸，哥哥，你回來了，怎麼不進屋哇，在這裏轉轉地在試？」他說：「弟弟，這是誰個在這個場子起了這麼大一項房子？」他說：「別人在這裏起的房子，我得在這兒呀？這肯定是我起的吵。你到屋裏吵。」他說：「那媽呢？」他說：「媽在屋裏。」他回去一見呀，媽也長發了（長得好），穿得好，吃得好，屋裏搞得蠻華羅天地的，他們兩娘子確實蠻好。[70]

70 〈毛狗子精兄弟〉，劉德方講述，王丹、林繼富採錄；採錄時間：二〇一一年七月十三日下午；採錄地點：湖北省宜昌市夷陵區夷陵樓劉德方民間藝術研究會辦公室。

這個故事裏的人物基本都是正面形象，通情達理，角色之間的矛盾衝突較少，情節發展既在情理之中，又總有驚險或驚喜的小插曲，這也正是劉德方演述故事，抓住聽眾的技巧所在。劉德方始終把握故事的主線，分清主要人物與次要人物，該描寫的地方描寫，該渲染的地方渲染，進展速度平緩，卻也不乏吸引人的環節，因而使人很有耐心、很感興趣地聽他娓娓道來，追著他，順著他，想要搞清楚後面會發生什麼事，毛狗子精他們會怎麼樣，因為精怪故事終究是異類與人之間關係的故事。

與毛狗子精弟約定的時間就要到了，仁義請示岳父母，不料他們要一同前往。家裏一貧如洗的仁義一路上焦灼萬分，甚至撒謊試探，企圖找個辦法避免不好的情形出現，此乃人之常情。連忠誠老實的仁義都「日白」，足見他的擔心與焦慮。當劉德方講到仁義看到原來的茅草屋變成了華麗的大房子時，那言語中的驚歎、心裏的疑問、行動上的畏縮，把處在又渴望又害怕情緒當中的仁義刻畫得入木三分。毛狗子精弟能掐會算，知道哥哥回來了，便出門迎接。他與哥哥相互詢問的一段對話非常的生活化，非常有真實感。毛狗子精又為仁義辦了一件好事，為哥哥解了燃眉之急。不過，毛狗子精做這些事情，包括贍養母親、蓋房起屋、日子過得紅火，都不是一時或臨時的安排，而是真心實意有規劃的報恩之舉，劉德方前鋪後墊的講述更凸顯了毛狗子精的人性與靈性。

那一年，仁義三十六歲，他就準備給他哥哥做生。他說：「哥哥，你今年三十六，我還是跟你熱鬧下，做個生。」哥哥說不搞。他說：「我們也不接客，就是我們自己跟你做個生，整一張酒席來陪一下。」在那兒喝酒呢，那個人怎麼不傷心呢，第一個兒子成了人了吵。第二兒子就叫他跟他的爸爸敬酒。這個仁義就流了兩滴眼淚，想到哈（語氣詞），慊（想念）第一個兒子。這個毛狗子精幾（多麼）聰明呢，他說：「哥哥，你今兒流兩滴眼淚水，我曉得你是什麼意思。」他說：「那你說我是什麼意思呢？」「肯定啦，第一個兒子我不跟你甩到岩頭下頭去，今天你過生，跟你敬酒，一對兒子，該幾多快樂呢。今天你只一個，你肯定還是思念你前頭的兒子。」他說，「哥哥，你是不是想前頭的兒子？」他說：「那我還是有點慊。」他還不是大膽說，我慊啦，如何如何。他說：「那你想前頭的兒子，你慊，你早點說吵，你說了，我跟你喊回來。」他說他慊，他站到門上，找不到怎麼幾搞，幾聲呼啊，這個兒子回來了，長得成了一個大小夥子。

仁義他們兩娘子也究竟找不到這個人是怎麼去，哪裏來的，在哪裏搞什麼。他就問他，他說這個兒子到哪裏去了。他說：「哥哥，你要想，我們兩個雖說是兄弟，我不得跟起你一輩子，到時候我還要走的。」他說，「你這個兒子我把他送到五重山上在學藝，他現在學到一身本事，七八上十個幾十個人都不是他的對手。我走了以後，你這個屋裏沒得這麼個人，保守不住你的家產，照顧不了你們的人。」你說他的心情該幾多好。他兒子學了武術，回來一身本事。[71]

毛狗子精弟弟為哥哥仁義做生祝壽。借助觸景生情的手法，劉德方承接起前面毛狗子精將哥哥過繼給他的大兒子有意甩掉，導致多年不得相見的情節，因此賀生情節不僅是故事合情合理的發展，又是解開前一情節單元留下的問題，還是為下一個情節單元的展開做鋪陳。無論是故事裏的人也好，還是聽故事的人也罷，都會為毛狗子精甩掉年幼兒子的舉動而揪心，難道一向做好事的毛狗子精開始幹壞事了嗎？一個疑團一直困擾著大家。仁義思念兒子落淚，毛狗子精直面追問，劉德方的一連串「他說」只要跟隨他的敘述就能明確他的所指。講述的轉來跳去傳達出仁義兄弟倆為此事的各自糾結和心胸的逐漸坦開，這也意味著謎底即將揭曉。劉德方講到，毛狗子精當著仁義他們的面，喚回了已經長大成人、習得一身武藝的大兒子，他用行動和事實道出了他的全盤考慮和良苦用心。也正是用這樣的方式，劉德方讓毛狗子精不

71 〈毛狗子精兄弟〉，劉德方講述，王丹、林繼富採錄；採錄時間：二〇一一年七月十三日下午；採錄地點：湖北省宜昌市夷陵區夷陵樓劉德方民間藝術研究會辦公室。

同於人的一面展現在故事主人公的面前，同時暗示聽眾故事就要結束了。如此的情節安排步步深化，完善了毛狗子精的形象，也是故事的發展所需。一開始聽眾還捏著一把汗，這包袱一抖出來，才恍然大悟，猜想與結果的反差更突出了這個精怪與人類交往的故事的精神和情感，效果更佳。

到那天呢，仁義他說：「兄弟，你對我這麼好，我究竟怎麼報答你呢？」毛狗子精算到他的贖期躲不過了，天上發覺他了。他說：「哥哥，你要報我的恩就在這幾天。」他說：「那怎麼報呢？」他說：「我們要買些豬子殺了，整起酒席，把周圍團轉，這個五里以內的人，不管男的好，女的好，都接來，又不要人家半分錢，都接來吃飯。」他們一接，家裏搞得那麼好，接吃飯，哪個不來呢。哈跑了來，把飯一下吃了，就說：「哥哥，你要報我的恩，這回我們就走了。」他說：「怎麼走呢？」他說：「這個後頭一大塊石板，我走到那塊石板那兒，我往石板上一睡，你們不管男的、女的、老的、少的，就前一層，後一層就把我一下遮著。」就哈送到那個石頭那兒，那些人就裏一層、外一層，男的、女的把他一下遮著，就忽然天變了，那個雷公老爺那個雷喲一雷打來，一堆人，二一雷打來，又是一堆人。打幾雷，好歹是一堆人。雷公老爺也有善良之心，他是打那個毛狗子，他不是打這一坨人的。最後，天好了，雨住了，不打雷了，他說：「哥哥，這回好了，你把他們送回去了，你算已經報我的恩了。我搭救你，你搭救我，你救我一命，我多謝你。」就走了，搖身一變，變成個毛狗子就走了。[72]

[72] 〈毛狗子精兄弟〉，劉德方講述，王丹、林繼富採錄；採錄時間：二〇一一年七月十三日下午；採錄地點：湖北省宜昌市夷陵區夷陵樓劉德方民間藝術研究會辦公室。

劉德方不緊不慢推進這個故事，講了一刻鐘，故事裏的時間跨度也很大。在這十幾年的共同生活當中，毛狗子精給仁義解決了人生的諸多重要問題，包括婚姻、子孫、財富，與仁義一家結下了無比親密而友善的情誼。然而，毛狗子精變的人畢竟不是常人，他最終逃不過自己的宿命，要回到另外一個世界，屬於他的世界裏去。但他是做了好事的，所以故事這樣講，這回輪到仁義報毛狗子精弟弟的恩情了。毛狗子精弟弟告訴仁義救他的辦法，並引導他一步步實施。講到男女老少遮蔽，雷公老爺打雷這一段時，我感覺，劉德方分明加快了語速，顯得這件事情非常緊急，這些動作非常急促，似乎稍不留意，稍一遲緩，就會鑄成大錯一般，也足以見識劉德方對細節的獨到處理。隨後，語氣緩和下來，劉德方作為故事講述者對雷公老爺性情的一句評述和解釋，既平復了前面人、精怪和神的對峙，又把故事順勢帶入了尾聲。

【王：指王丹；劉：指劉德方；林：指林繼富。】

王：還是變成毛狗子了？

劉：他是個毛狗子精唦。

王：那他這麼好，那怎麼天上知道了，還要打他？

劉：他是千年修的毛狗子精，他不光是好，他在別處還是犯的有法，他要是在天宮跑下來，或是在別處造了什麼不好的事。天上來看呢，他就是那麼好，他怕他時間一長，他越老越精，他細細變，細細變，他也許變壞。到了一定的時間，就把他收回去。

林：其實這個故事應該有戲的吧？

劉：這個故事可以唱戲。唱戲就還要加，還要加些人，加些詞。

林：這個戲你唱過嗎？

劉：沒唱過。

林：仁義這個人應該很熟，這個到處都有唱的。

劉：他是仁義禮智信吵。

王：剛才講的鬥籠子是什麼意思？

劉：鬥籠子就是我們兩個人鬥個籠子，把人家掰一下。打個比喻說，我曉得你要在那一截來，我這個地方挖一個坑，高頭弄個鍋子，撒兩塊土，你不曉得底下有個坑，你腳一踩就掉了，這就叫鬥籠子整人。

王：就是我們兩個設個計，把別人掰一下。

林：這個故事還是講的兄弟之間的感情。

劉：欸，講兄弟之間的感情，主要講你報我的虧（恩），我報你的虧，他不光是說我們兩個好，我只敬奉你，你不敬奉我，還是不行，這還是個患難與共的事。

王：毛狗子為什麼會成精？

劉：這個毛狗子時間一長，他有的修仙、學道的成精。他搞正規的，他就修仙了，搞不正規，他就成精了。藏在深山裏修煉。寺廟裏的和尚唸經、拜壇，他就是在修煉。

王：那這些動物怎麼修煉？

劉：那他也修煉，動物多年不死，時間一長，集天地日月的精華。蛤蟆子成精，螃蟹成精，灰天汗成精，草也成精，石頭也成精，多得很。我們凡人就是這個東西找不到來源，從哪裏來，我們搞不清楚，但是它有這些子傳說，有的有這些子事實。

王：毛狗子精是不是就是狐狸精？

劉：欸，毛狗子就是狐狸。《封神》高頭（裏面）千年狐狸精、琵琶精、九頭蜘蛛精。

王：好像狐狸精都變的是女的呢？

劉：狐狸精有變女的，有變男的。千年狐狸精、琵琶精、九頭蜘蛛精，牠都是變的女的，敗紂王的江山，紂王是個昏君。

王：這個故事你平時很少講。

劉：很少講。這個故事在大眾場合來講它後頭沒一個包袱，沒一個笑料。文化人潤（享受、欣賞）這個味，想到這個人就要做好事，你報我的恩，我報你的恩，不要害人，要多做好事，這個道理就在這裏，可以教育人。為人，不管男的、女的、老的、少的，一要公正、公平，二要忠心、忠誠。

林：其實這個故事就是沒有笑料，不能引起別人的笑聲，再一個可能比較長，怕別人聽了不過癮。

劉：這個故事長了，沒得一些味的東西，他就不過癮了。

林：所以你在講故事的時候其實你在選擇，就是你上午說的，看人，看場合。

劉：那是的。你要選擇，留得住人。你會講，沒得人會聽，那就沒得意思。過去唱影子戲，有的師傅唱到下半夜，就是幾個唱戲的了。你跟人家唱戲，要唱到第二天早上，不說是原班人馬不動，那是不可能的，你還要有幾十個人，百把個人。

林：那才算成功，這是判斷你講好壞的一個很重要的標準，是吧？一看你講故事，人多，大家哈哈大笑，說明你成功了。這是不是對你有特別大的影響？

劉：那當然啦。你像我們唱戲的人，看戲的人越多，你的戲越唱得好；看戲的人越有水平，你的戲也唱得好；看戲的人穩得住，你的戲也唱得好。他就坐在這兒不走，你才有興趣唱。那這他肯定對這個事蠻喜愛，這就是唱戲的人想的；二個是我這個戲唱得還不怎麼樣，他才不走，在這兒看。你這個唱戲唱得下頭炸（喧鬧）得像鴉雀子窩，肯定這個唱戲的不行，那他就懶聽得，他就粉（講）他的。你要唱得外頭的人，坐在那裏跟開會樣，整整齊齊的，不交頭接耳，神乎其神地看，這個戲才唱到家。

王：所以我們喜歡聽你的故事，你跟我們講也講得特別好。

劉：（笑）特別好，這是你們褒獎了。[73]

劉德方的〈毛狗子精兄弟〉故事真的講得特別精彩，儘管故事比較長，但我們一直被扣人心弦的情節演進牽引著，一心追隨，一探究竟。故事結束了，還久久地歎惜這段美好而略帶遺憾的人與精怪的情緣。人與精怪始終不能共處，不管這精怪是好是壞，牠還是要回到牠應該在的地方，這是老百姓的認識，也是他們的願望。〈毛狗子精兄弟〉的故事之所以美，就在於劉德方將生活世界和奇幻世界交融在一起，好像離我們很近，但這樣的事又不可能出現在每個人的生活中，若即若離，美輪美奐。劉德方整個故事的講述都是十分生活化的場景，不僅有柴米油鹽醬醋茶的日常生活，又有託夢、提親、過生日的民俗背景，還有砌起大房子、深山學武藝的神奇事件，將人們的現實與憧憬通過塑造可愛、可親、可敬的毛狗子精形象很好地揉合起來，怎不引人入勝？

正是一個地方的自然環境和文化心理，形成了民眾自覺遵循的口頭傳統；反過來，這些傳統又作用於民眾的社會活動和精神世界。因此，精怪故事在老百姓那裏既非單純的文學，也非單一的信仰，它是一種重要的文化傳統，這種傳統不僅具有悠荒鴻古的源頭，而且至今具有強旺的生命力，為民眾所信仰和傳講。

[73] 訪談對象：劉德方；訪談人：王丹、林繼富；訪談時間：二〇一一年七月十三日下午；訪談地點：湖北省宜昌市夷陵區夷陵樓劉德方民間藝術研究會辦公室。

第五章　劉德方與下堡坪故事鄉

劉德方及其文藝才華的造就與生成離不開生他、養他的這片土地，離不開文化底蘊深厚的下堡坪故事鄉，離不開與他一起日出而作、日落而息的父老鄉親。

那裏民間文化底蘊以及官方文化底蘊都相當豐厚。我那一個村，一個村解放後的縣級幹部就有十個，縣長級的。那個地方原來文化底蘊是很高的，就講民間故事的話，那個地方能講五十個以上的，一百個以上的就有很多人。能講一百個以上的就大幾十個人，能講二百個故事以上的也有十幾個。而且那個地方能夠出詩，後來我們就拍ＤＶ、攝像，成為全國的民間文化保護遺產目錄。那裏有民間文化這個大背景，又有民間故事這個大背景，所以在這個裏面成長這個人就不是故意的，因為大家都在講，他就聽得多，所以他的東西就多了。如果大家都對這個東西不感興趣，或是都講不到，跟這個東西都無關，那麼它也不會出現這麼個人。正是因為會講故事的多，愛聽故事的多，這個已經成為了一種風俗習慣。民間文化嚴格來說它是一種風俗文化，它是風俗的一種組成部分，它是一種生活方式，它是一種世代相傳的生活形態。所以這個人能夠在裏面成長起來。[1]

1 訪談對象：黃世堂；訪談人：王丹、林繼富；訪談時間：二〇〇七年五月二十四日上午；訪談地點：湖北省宜昌市夷陵區劉德方民間藝術研究會辦公室。

劉德方生於斯，長於斯，他的故事是下堡坪民間故事的代表，也是三峽地區民間文學的縮影。下堡坪民間故事具有較高的學術價值和審美價值。

第一節　下堡坪故事傳統

下堡坪境內景色旖旎，人才輩出。特殊的自然生態、經濟生活、文化傳統和歷史條件構成了當地民間文化生長、傳承和創新的良好環境。這裏的鄉土知識和民眾文藝積澱豐厚，尤以民間故事最具特色。下堡坪流傳著二千多則故事，多姿多彩的民間故事陪伴鄉民走過了春夏秋冬，度過了寒來暑往。在下堡坪鄉，幾乎人人都能講故事。據不完全統計，鄉裏能講五十個故事以上的有一百多人，能講一百個故事以上的有二十多人，能講二百個故事以上的有四人。劉德方以能講四五百個故事，且能傳唱一百多萬字的山歌、薅草鑼鼓歌、喪鼓歌、花鼓戲和皮影戲，在鄉裏享有盛譽。

> 我們以前都聽過他（劉德方）講故事，聽得多，他講得好。他在這裏幾十年都很聞名，現在就更聞名了，原來還沒出去的時候就很聞名。[2]

最早採錄劉德方故事的余貴福說：

[2] 訪談對象：鄭芬；訪談人：王丹、林繼富；訪談時間：二〇〇七年八月二十三日上午；訪談地點：湖北省宜昌市夷陵區下堡坪鄉譚家坪村周厚定家。

下堡坪鄉傳講最多的是生活故事和傳奇故事。傳奇故事分為地名傳奇，再就是一種歷史傳奇，再就是呢，就是普通的傳奇故事，男人喉結的來歷呀，分那麼三個類型。這故事也是比較多的。最多的還是生活故事，我說，特色產品，劉德方系列的。按我們理解，在生活中發生的故事，與勞動有關的故事歸納為生活故事。劉德方就是生活故事的傑出代表。[3]

下堡坪民間故事具有鮮明的地域特色，故事文化品位較高，可分為神話傳說、歷史故事、生活故事、機智人物故事、民間笑話等種類，在形式上帶有詩文對聯的故事多，傳講手法上說唱結合，謎語間夾，演示助講。這裏的故事大都具備道德教育、生活娛樂、記憶歷史和傳播知識等多種功能和價值。因此，劉德方故事風格的形成絕非偶然，而是有著深厚的歷史傳統和地方文化根基。

下堡坪與三峽毗鄰，同時也是三國古戰場之一，這裏流傳著相當豐富的三國故事和傳說。鄉裏的馬宗嶺村、青山坡村、關廟河村一帶曾是巴國與楚國的國界，傳說關雲長兵敗麥城之後便來到馬宗嶺村戍營駐軍。下堡坪鄉大部分區域在古代楚國的國界內，所以楚文化氛圍較為濃重。傳講的近千則風俗故事反映了鄉裏及周邊地區千百年來的風土人情，表現了山區百姓祖祖輩輩的生存狀態和精神風貌。不同時期通過不同渠道，比如走鄉串村的戲班子、新中國建立後大型工程建設、改革開放以來各種傳媒的普及等，全國各地的生活方式和故事文化經過山裏山外的交流進入了這個熱愛故事的山鄉，並生根、發芽、開花、結果，共同構建起了獨具特色的鄉村生活文化。

二〇〇六年下堡坪民間故事被納入全國第一批非物質文化遺產保護名錄。同年，下堡坪鄉被湖北省民間藝術家協會命名為「湖北省民間故事之鄉」，二〇〇八年被國家文化部命名為「中國民間文化藝術之鄉」，現在正朝著建設「中國

[3] 訪談對象：余貴福；訪談人：王丹、林繼富；訪談時間：二〇〇七年五月二十六日上午；訪談地點：湖北省宜昌市夷陵區下堡坪鄉文化體育服務中心辦公室。

民間故事之鄉」的目標邁進。下堡坪鄉還被表彰為宜昌市非物質文化遺產搶救保護先進單位。下堡坪鄉現已成立民間故事協會，劉德方任榮譽會長，民間故事傳承人被請上學校講堂，為孩子們講故事。二〇一〇年七月二日以來，下堡坪鄉文化體育服務中心的工作人員進村入戶開始為民間故事傳承人錄製電子檔案，分傳承人簡介、傳講、傳唱、訪談四部分，對其存蓄的民間故事和山歌資源進行系統搜集、整理和保存。此前，已組織人員對各村的故事講述情況進行了瞭解和普查，為一千多名民間故事傳承人建立了文字檔案。

往年交通不便，資訊閉塞，條件艱苦，山大路遠人口稀，使得講故事成為當地鄉民主要的文化娛樂方式和聯繫交流的手段，下堡坪逐漸累積和形成了故事講述的傳統。這種傳統伴隨老百姓的生活一代代傳衍，一輩輩積澱，特別是到了今天重視民族民間文化的時代，故事的講述被尊重，被珍視，被提倡，大量的故事被傳講，被演繹，被採錄，人們更積極、更主動、更自覺地去認識和理解自己所創造的生活文化。

現在達到劉德方這種故事檔次的，我這兒已經發展至少五百人是有的，可以說。他只是有的不會唱戲，有的不會唱歌罷了。但是，專程從故事這個角度研究，大有人在。[4]

在劉德方效應的作用下，下堡坪鄉講故事的風氣越加濃厚，鄉文化工作者鼓勵、號召老百姓多講故事，講好故事，並將自己講述的故事用文字寫定下來，集中送到鄉文化體育服務中心備案。目前已經整理有《下堡坪民間故事集萃》四大本，並以講述人、故事內容等為標準進行了分類歸整，還為當地小學刊印了故事集，充分顯示了下堡坪民間故事的儲量和魅力。

[4] 訪談對象：余貴福；訪談人：王丹、林繼富；訪談時間：二〇〇七年五月二十六日上午；訪談地點：湖北省宜昌市夷陵區下堡坪鄉文化體育服務中心辦公室。

二〇〇七年五月二十五日上午十點左右，在劉德方的帶領下，我們坐上了去下堡坪鄉的客貨兩用車。雖說有點擁擠，但也能坐得下。車子走的是從小溪塔經霧渡河鎮、黃花鄉至下堡坪鄉的公路。先是沿溪流在峽谷中穿行，兩邊是高聳的山峰，過了霧渡河鎮，車子便開始往山路上爬坡，接著就行駛在迂迴的山間道路上。路還算平整，不寬，兩車道，但轉得讓人有些頭暈。幸好一路上有劉德方，他義務當起了導遊，給我們講解沿路的風光，也穿插故事，一定程度上轉移了我的注意力。經過兩個多小時的車程，下午一點多，我們到達了下堡坪鄉政府機關所在地。

下堡坪村集鎮在一條狹長的山坳中，主幹道是一條全長一千一百米的水泥路，鄉政府就在集鎮的中心位置。鄉黨委宣傳委員秦愛民和鄉文化體育服務中心主任余貴福已經在辦公樓裏等著我們了。見我們一路風塵，便把我們安排在鄉政府招待所——永順旅社，吃住都在那裏。午飯早已準備好了，都是地方特色菜肴，看著很誘人，吃著很可口。席間，我們直入主題——下堡坪民間故事，一邊吃，一邊聊。劉德方也講了幾個小故事。鄉宣傳委員建議劉德方要多創作新故事，創作符合時代、適應時代的故事，劉德方連連稱是。余貴福則主張劉德方應該離鄉不離土，應該經常回到家鄉，接地氣，接人氣，這樣才能藝術生命常青。

飯後休息了一會兒，我們就前往鄉文化體育服務中心。走在馬路上，我發現，街道兩旁多是三五層的樓房，一層基本都是店面，餐飲、住宿、日用百貨店、藥店、茶葉店、理髮店、汽車摩托維修店等等。門前，路燈和香樟交錯相間。路向前延伸，在末端才見少量的土磚平房。天氣有些熱，街上行人不多，大概都躲在家裏涼快吧。

走進鄉文化體育服務中心辦公室，余貴福正在整理故事之鄉的材料。在愉快的交談中，他向我們詳細地介紹了《野山笑林》出版前前後後的經過，並且展示了他採錄的母本——厚厚的三大本列印稿。接著，他將下堡坪故事鄉目前的傳承人和講述情況一一向我們道來。

【余：指余貴福；林：指林繼富；王：指王丹。】

余：一九九三年到二〇〇〇年之前，這是搜集劉德方的。好，他出去以後呢，我們就把關於他的東西集著，我們就有一個大膽的計畫，想呢，爭創中國民間故事之鄉。這個想法，你覺得我這個可以，就樹立劉德方的傳人，打著劉德方的牌子，這就是每位故事家的手稿，我跟他複印的，這是他自己寫來的，這一卷是一個人，這基本上是能講二百個故事的人吧。這是他的手稿啊，這是我在他的基礎上整理，把它搞通，把它搞成書。在這個基礎上，把相同的故事一刪，就形成下堡坪鄉民間故事，這是上下卷。這其中還有內容提示啊，還畫了一個圖。這上下集，這就沒有劉德方的了。最後，為了迎接專家檢查，我們就出了一本書——《下堡坪民間故事選》，就在那裏面《野山笑林》選了一部分進去了，形成了這本故事集。最後呢，根據專家的提示，我們編了一本小冊子進校園。

林：這小冊子你還有嗎？跟我找一本吧。因為你這是小學生的讀物，現在國家正在提倡鄉土教材，這個就謝謝你了。

余：這是後期又主動送來的，我沒有時間跟他準備。這是分類裝的，這都是沒有整理出來。這是綜合性的，這是陳華新的一部分，這是和孫家香老人的故事比較相似的這一系列，這都是他們親自寫來的，我都沒時間整理。這裏面有些故事很經典啊，都是些傳說故事，這都是一個人搞的，這是前天送來的。

王：像你介紹的這些傳承人裏面都包括這些人嗎？

余：都包括。後頭，我們還有個大動作。沒有採訪車，我們準備搞個專車，專門去轉他幾天的，那還要發掘一大批。

林：你這個工作做得非常細緻和系統，這一點非常令我敬佩。你做了很多工作。

余：你比方說現在每個村我都搞了個基本情況。下堡坪的、趙勉河的，就是我考察的比較好的村，我都有它的基本情況。我們還申報了二十名故事家，準備被命名為市級故事家，已經報上去了。

林：那目前總的來說，你統計了多少人呢？

余：目前來說，五十五個人啊。這後面都有啊。

林：這個書如果你還有，我想要一本，或者我去複印下。

余：這個書是在這個基礎上形成的，綜合了二百多個故事，我這本書是四百六十多個故事。我有一個計畫呢是，我們下堡坪啊準備搞個三部，第一部就是民間的生活故事吧，按我們的話說這是生活故事啊，這個內容提要說了的。第一部四百六十五個生活故事。再一個是傳奇故事，我準備搞第二個傳奇故事，上卷、下卷。但是，第二個傳奇故事又包括地名傳奇、歷史傳奇、民間傳說，也整理個上下卷，等於下堡坪故事形成個長卷。第三個就是紅色經典的故事這一方面也不少，還有賀龍的故事，整理在一起了。我現在已經形成了下堡坪鄉旅遊見廣錄，和旅遊結合起來了。再加上呢，我們為了整理這個，我們就創辦了一種刊物，我們還有一個分會，叫做文聯下堡坪分會，入會的有三十多個人，已經有幾篇長篇小說出來了，我們經費有限，有的管兩年出一本啊，一年出一本，這就是我們出的雜誌。這是最開始的創刊號《趙勉河》，這裏面有不少的民間傳奇，這大部分是我搜集的。我們這個《趙勉河》主要是弘揚民間的傳統文化。

林：這個好啊，這是最受大家歡迎的基層文化。[5]

我們正聊在興頭上，一個六十歲左右的老人走了進來。見狀，我們趕緊跟他打招呼。余貴福介紹說，這是村裏的名人，能講二百多個故事，名叫陳維剛。陳維剛很主動談起了他對民間故事的看法，比如講故事的環境、內容、作用等等，也講了幾個有文采的故事。

[5] 訪談對象：余貴福；訪談人：王丹、林繼富；訪談時間：二〇〇七年五月二十五日下午；訪談地點：湖北省宜昌市夷陵區下堡坪鄉永順旅社。

講一個欠債的人。這個故事在我們這裏還是蠻流傳的。

這個欠債的人欠蠻多債，每年到了臘月就蠻多人找他去啊。「今年我打定主意寫一副對聯。」他就寫了一副對聯，他一邊就寫了一二三四五，這邊呢就寫了六七八九十，到高頭橫的寫了一個字。

果然，到了這個臘月二十幾了，那個要債的人來了啊。他說：「今年有辦法，欠我債的老闆今年有了錢吵，寫對子肯定是發了財啊。」一看呢，這對子寫得蠻古怪，橫的只一個字啊，下面寫一二三四五六七八九十。

他進門了，說：「今年發了財啊？」欠債的說：「馬虎像。」他說：「你這個對聯貼起來，我怎麼不懂啊，你解釋給我聽下。」他說，「你的對子都寫對了，怎麼寫錯了一個字啊？怎麼錯了呢？你這個橫的是個什麼字呢？『老』啊是上彎勾才是個『老』吵，你這個『老』字就沒得一點。」他說：「我就是窮得『老』字（老子）沒得一點。這是說這個字嘛。」他說：「你這一二三四五是怎麼搞的吵？」他說，「這個一是怎麼回事呢？」欠債的人說：「一是一無所有吵。」他說：「這二呢？」「二話不說。」他說：「三呢？」「三天沒吃。」「四呢？」「四處作賊。」「五呢？」「五花八門。」說的呢是沒什麼大聽啊。他說：「你這邊這個六是怎麼呢？」「六親不認。」他說：「七呢？」「七竅生煙。」他搞煩了啊。要債的搞煩了，他說：「那八呢？」「我八輩子不得發財。」「那九呢？」「九九歸一。」他說：「十呢？」「實在是沒得。」哈哈，他就把欠賬該說的話全說了齊。[6]

[6] 訪談對象：陳維剛；訪談人：王丹、林繼富；訪談時間：二〇〇七年五月二十五日下午；訪談地點：湖北省宜昌市夷陵區下堡坪鄉文化體育服務中心辦公室。

陳維剛這個故事講得還是很有智慧，不過基本上是主幹情節，而且跳躍得比較快。在解釋對聯的時候，陳維剛明顯有些主次不明、前後顛倒的混亂，但總體上不礙於故事的理解。他說，自己心裏有點怕，要是與我們混了幾天，就不一樣了，說話光溜些，不像劉德方接觸的人多，不過他還是特別樂於表現。

夕陽西下，我們一道走出辦公室，來到馬路上。這時有不少村民搬椅子坐在了門前的路邊，相互閒聊著。余貴福把我們帶到了路的另一端的一家菌種廠內。大門進去，裏面平場很大，很開闊，已經坐了一二十個鄉親，有男有女，有老有少，個個笑容滿面。聽我們說明來意後，大家就你一言我一語地講起了他們的故事之鄉。他們說，下堡坪除了有很多很多故事以外，還有各種各樣的民間文藝，在座的就有鄉民自己投資創辦的十八灣民間藝術團的團長黃成方和他的團員。提到講故事，大家都提議讓劉德方先講，把局面打開。見此情狀，劉德方毫不推辭，講了一個醫生看病的故事，逗得在場的人哈哈大笑。他的故事剛完，一位五六十歲年紀的婦女接了上來，她講了一個巧媳婦的故事，比較長，但很有特點，掌控得也不錯。原來她是下堡坪出了名的女故事家陳孝慈。接著，坐在另一側的一個村民說他是個木匠師傅，在外走一陣，就講下故事，一起日下白。他講了一個篾匠師傅的故事。藝術團的黃團長是個三十來歲的年輕人，他把講給兒子聽的勵志故事講了兩個，有寓意，又有鄉土氣息。劉德方評價說，他的故事跟其他人的不一樣，專門啟發小孩子。菌種廠裏住著馮世平一家，他八十多歲的哥哥得知我們來，也特意趕來了。雖然上了年紀，但他的激情不減，吐詞也清晰，講了一個三佬姨故事。他說：「我喜歡日白，打鑼鼓、唱歌都可以。」就這樣，大家坐在一起，互相啟發，故事一個接一個地從他們的口中跳躍出來，流淌出來。不知不覺已是晚上八點多，鄉親們還意猶未盡。在返回旅社的路上，我們還沉浸在故事的世界裏。劉德方高興地說，他們的興致還是蠻高，叫之能來，來之能戰。這話概括得很有水平，也很到位。

走出去了的劉德方回到下堡坪，既能跟鄉親們談得來，卻也有些不一樣了。不過，他一直表示：「我只要老家有什麼事，跟我打電話，我千方百計都要回去，因為我還是那個場子的人。就是說感謝政府把我弄出來，就還是不能跟他們脫離關係，還是不能忘記我是在那裏長大的。」[7]鄉情、鄉音、鄉土牽繫著劉德方。然而，隨著他年齡的增長，劉德方回鄉的次數也越來越少了。一是劉德方民間藝術研究會考慮到他的身體狀況，減少了他下鄉外出的時間；二是到了城區的劉德方的生活圈子的確發生了很大的變化；三是劉德方在城裏安了家，有了穩定的工作和經濟來源，也適應了城裏的生活。但是，我們仍然希望劉德方能如他所說的那樣，人不能忘了本，不能忘了根，要盡可能「常回家看看」。

第二節　譚家坪故事陪客

劉德方長期生活的譚家坪村於二〇〇四年被夷陵區文化局授予「民間故事保護村」稱號。據初步調查，該村能講二十個故事以上的有三十多人，能講一兩個故事以上的大概有六七十人，年齡最大的七八十歲，最小的只有幾歲，不少年輕人都會講故事。

我們被區文化局命名為「民間故事保護村」以後，我們原來農村講民間故事就是在農民做活路的時候，用休息時間，按農村的習慣就是做不下去了，解悶，分散人的精力，所以我們這個地方為什麼人都願意講故事，愛好講故事。農民覺得做不下去了，往那兒一坐，沒得事，就講個故事，大家取下樂。我們村講故事的風氣與劉德方分不開。他本身原來會唱影子戲，會打喪鼓，會唱民歌。他出名以後，出現了一批年輕一點的就學。劉老成為國家民間故事家以後，我們村裏平時呢，就是採取一個季度把會講的人召集起來，利用開會

[7] 訪談對象：劉德方；訪談人：王丹、林繼富；訪談時間：二〇一一年七月十三日上午；訪談地點：湖北省宜昌市夷陵區夷陵樓劉德方民間藝術研究會辦公室。

的形式互相交流，這我們就成了一種習慣。[8]

譚家坪人崇尚智慧，崇尚文化，崇尚知識。對此，劉德方無不自豪地說：

原來譚家坪的地段鑾好。從解放以前的話來說，地主、富農不少。鄭漢文也是我們譚家坪的人，鄭方強的爺爺，鄭方強就是他的孫伢子。過去，興山、秭歸、宜昌三縣剿匪大隊長，國家還發了槍支彈藥的。挨著譚家坪叫秀水坪，周松柏，周松柏是我們國家有名氣的人。但是他為人民，他不是反人民，不是坑老百姓。搞階級成分論，老百姓都說他的好話，這些領導看鬥不成他，就不鬥了。所以說，我們這兒歷史文化豐富，都與他們這些人有關，他們都是文人。像我的祖先他們，大爺爺、二爺爺、幺爺爺都是文人，都是大地主、大文人，才子之家。我們這裏的文人就不得了。民間故事就跟他們有關係。我唱影子戲，第一套影子黃正高他請的人雕的，那影子雕得非常漂亮，一概的驢子皮，三百六十個頭子，一百四十套影子，那都是全的。我初次唱就是買他的影子。跟他雕影子的人是個什麼人呢？他不會說話，是個啞巴，一年半雕了一套影子。[9]

譚家坪村民間文化資源豐富，民間敘事文學種類多，作品好，內容精，這一帶的各類地方名稱，如跑馬崗、三岔口、亂石倉、嵊龍寨、氈帽石磴等均有相關傳說在流傳。村民自發組織了吹打樂隊四支，皮影戲演出隊一支。尤其是

---

8 訪談對象：鄭志柏（譚家坪村村長）；訪談人：王丹、林繼富；訪談時間：二〇〇七年八月二十三日上午；訪談地點：湖北省宜昌市夷陵區下堡坪鄉趙勉河村陽光酒樓。

9 訪談對象：劉德方；訪談人：王丹、林繼富；訪談時間：二〇〇七年八月二十三日上午；訪談地點：湖北省宜昌市夷陵區下堡坪鄉趙勉河村陽光酒樓。

民間故事的講述蔚然成風，村民以生產、生活為依託，相互之間結成了一個又一個的講述群體。講得好，大家鼓掌，沒發揮好，也沒人笑話。他們講著祖祖輩輩傳下來的故事，也根據這些故事情節結合現實情況再創作。就算農忙時節，村民們在勞動間隙也不忘講講故事，消遣消遣。比如採茶時，累了，大家就說說笑笑，用故事來消解疲乏。在小小的村落裏，人人都在實踐民間文化，人人都在傳承民間文化，構成了地方生活的典型風貌。

二〇〇七年八月二十二日，我們和劉德方再次從夷陵區回到了下堡坪鄉。暢聊了一晚上，第二天一早，我們吃過早飯，又驅車趕往譚家坪村。在彎彎拐拐、時上時下的山路上顛簸了一個多小時後，我們在村長的引導和介紹下進了村。天空下起了濛濛細雨，我們順路走進了一戶人家。

這是村民周厚定的家，老兩口正忙著收拾剛從地裏收回來的土豆。他們見我們進來，並不是誠惶誠恐、陌生冷淡，而是很親切、很自然、很熱情地與我們拉起了家常，我們也如同回了家一樣。大家圍坐在火壟屋裏，這裏有周厚定、鄭芬夫婦，村長鄒志柏，下堡坪鄉文化體育服務中心的張發玉，還有劉德方，不久又來了一位鄉村教師李國海和幾位村民。在山鄉就是這樣，天氣不好，不能勞作，或者農閒沒事做，大家就湊在一塊聊天、說笑，不管是在誰的家裏。鄉親們共同回憶起了他們往日與劉德方一起勞動、一起娛樂的情景，特別的開心，特別的懷念，特別的享受。他們說，劉德方是個善良人、快活人、聰明人。

下面是當時一段訪談的紀錄。

【王：指王丹；鄭：指鄭芬；李：指李國海；林：指林繼富；劉：指劉德方。】

王：你覺得他的故事好在哪裏？

鄭：他的故事幽默，也結合實際，使人聽了確實感到又好笑，又有些事。

李：開心啦。

林：他自己很苦，把快樂帶給你，是不是這樣？

鄭：是的。他自己苦，他從來不覺得自己苦，他非常和藹。

李：我印象最深的是，我們以前在大老林搞副業，那個時候蠻困難，我們當民辦老師。大老林離這兒大概三十里路，深山的林場啊，白天的拿起刀砍樹，砍得手打泡，身上劃的大口子。黑了，睡的什麼呢？就是把棍子，搞幾個叉子那麼一橫，高頭架棍子那麼一擱，就擱茅草哇，就往上面一鋪，再就弄板子在高頭，我們就睡起來。黑了，他還怎麼搞？黑了，還在唱歌、講故事，搞到十二點。第二天早上起來，我們又幹活。你想那個時候怎麼那麼樂觀啦？

劉：欸，是的，那麼遭孽，人的樂觀精神還是蠻好。我們那都是自發的。

鄭：以前天陰，下雨，沒得事，做不成事的時候，他就在我們周圍這家、那家講故事。一講故事，我們都圍一大坨，一大屋人都聽他講故事。

李：在我們這裏紅事、白事他是必到的一個人。

鄭：唱主角的。

王：他一到就熱鬧了。

鄭：欸。

李：欸，他一到，氣氛都不同了。

林：現在他在這裏，他離開了你們這個地方，住到小溪塔去了，你們還是不是希望他經常回來，回來跟你們講故事？

鄭：那是的，我們希望他經常回來，講下故事，一起講下。

李：我們這裏一般的情況，老了人了，有白事一般通知他回來。

林：為什麼白事一定要讓他回來呢？

李：大家都信得過他嘛，他一到，情況就好，氣氛就不一樣。他這個人蠻好的，我們的關係也很好。我覺得他是一個善良的人，也是一個快活人，也是一個好人，（鄭芬插話：「是一個助人為樂的人。」）他還是一個聰明的人。比如，在這裏大家鬧不和的事情，他總是幫忙。我們這裏總是跟他叫德方，哪怕小孩，儘管有些看來不尊稱，但是說明大家很喜歡他。什麼紅事、白事幫忙的話，他是缺一不可的。起屋啊，做房子啊，或者你什麼有幫忙的事情總是有他。他不僅到，而且是那麼熱心。

王：現在他走了，講故事的人是不是少了？

鄭：也還是多。

劉：就是我們譚家坪村就有好幾十呢。你看在座的就是三個講故事的師傅。

林：好，一人講一個，講得聽一聽？講你們最拿手的。

鄭：講那個喝酒的。

有一個家裏呢，自古以來都是文人，到兒子手裏呢，他聰明還是蠻聰明，但是喝酒呢就是迷住了。他的大人啦，和親戚都為他感到著急，就說你不務正業啊，不讀書啊，天天只喝你的個酒啊，這不行，要搞正事，要讀書。有一天呢，家裏來了蠻多客人，在吃飯呢，親戚朋友都勸他，要學文習武。剛要上席呢，他的兒子又開始拿著酒杯準備喝。他的親戚說：「今日不忙，你要喝酒可以呀，我們要喝酒行令。你要行得到令，那你以後可以喝點，你要行不到令，那你以後就不能喝了，就把這個酒要戒了它。」他說：「可以，那你跟我出題。」那親友們就說：「是男兒苦讀詩書千百萬。」酒秀才就對：「我酒秀才喝酒行令頭一回。」這就對到了。後來親戚又說：「要讀五經四書長百論。」他對呢，「我喝頭曲三花二鍋頭。」他又對到了。他的親戚又說呢：「要學文習武。」他說：「能換盞推杯。」親戚就說：「朽木不可雕也。」酒秀才說：「酒醉豈能聞乎？」他的爹在邊上氣到了，說：「跟我打。」酒秀才說：「再打三斤足矣。」

鄭芬這個故事講得不錯，就是有些緊張，中間停停頓頓，不太流利，感覺是想儘快把故事完成，所以有點趕。我問她這個故事是哪裏來的，是不是她自己創作的，她回答說是在坡裏（耕種的山地）聽到的。

鄭芬的積極性特別高，接連講了好幾個類似的生活故事。經不住誘惑和鼓動，李國海也講了一個背腳子對對子的故事。剛講完，他就催著另一個老者講，看來他們十分熟悉，也十分隨便。

這時，我們都將目光轉向了劉德方，示意他來講一個，因為這麼長時間，他都默默在聽，頗少言語。

林：（對著劉德方說）你講個故事，把他們的故事再引出來，你不能老聽他們的故事。

劉：我講的故事他們哈曉得。

林：你講個新故事，你在小溪塔住著，學的新故事跟他們講講，算是見面禮吧。

劉：好，那我就講個新故事啊。

有兩個姑娘長得非常漂亮，就想找一個對象，找一個狠點的。大姑娘成人以後呢，她找了一個村裏的窮秀才，但是他有文化呢，家裏又蠻窮。大姑娘就許配給了窮秀才，就結婚啦。

結婚以後呢，那過去考什麼舉人啦，考科啊。那一回呢，窮秀才去考科去。考科去呢，第二天走呢，頭天就做了一個夢。他的丈母呢，就非常不歡喜這個窮秀才。這個秀才太窮了，女兒跟著他那太遭孽。他的姨妹子會圓夢，他起來呢，他就想，個狗日的，我請我的姨妹子幫忙圓我的一個夢啊。好，這個姨妹子呢上街去了，不在屋的，就是個丈母在屋的。

把門一推呀，丈母也不歡喜他，她說：「今日你不是考科去，你到這兒來搞什麼呢？」他說：「那岳母大人，我昨晚上做了三個夢，來請姨妹子幫忙圓一下。」她說：「那你姨妹子不在屋的。」他說：「既然姨妹子不在屋的，那我就轉去啊。」她說：「既然她不在屋的，我不也會圓夢，你說啦，我跟你圓。」他說：「我夢見屋樑上在栽白菜。」他的丈母就說：「那是瞎栽，那幾天就死了，那這不行。」她說：「那你的第二個呢？」他說：「第二個我夢見下雨啊，戴了一個斗笠啊，又打了個傘。」她說：「那你這是個什麼好夢啊，你是多餘其事。」個狗日的，那說不好啦，那我走啊。丈母說：「那你的第三個呢？」他說：「那第三個，那不好說。」她說：「那第三個是什麼子呢？」他說：「我夢見跟我姨妹子兩個睡瞌睡脫得精溜的啊，背靠背。」他的丈母呢，就火來了，就給了他一嘴巴，她說：「我大姑娘給你啦，你還想小姨妹。」他就怏條條（非常沮喪）地回去了。

搞得在路上啊，姨妹子回來了。他一隻手就把臉蒙到，就讓到一邊去了。他姨妹子看到了，她說：「這是哥哥嘛，你去中舉人啦，你怎麼還不去？」他說：「那這哪麼說起呢。」她說：「那什麼事啦，心情不舒暢？」他說：「我昨日夜裏做了三個夢，今日我請你幫忙圓夢啊，你不在屋的，媽說她幫我圓啊，三個夢圓啦，還把我打一頓。」姨妹子說：「哪個夢，你說下，我幫你圓。」他說：「媽說的，那哈不成啦。」她說：「那你說，你說了我跟你圓。」他說：「我夢見屋樑上種白菜。」她說：「那哥哥，你高中了。那第二個呢？」他說：「第二個呢，我夢見了下雨啊，戴了一個斗笠啊，又打了個傘。你說那好呀不好？」她說：「那你冠上加冠，那你還不好啊！」那兩個夢哈圓到啦，那第三個他就不好說得啦，他說：「那算啦。」她說：「你說三個夢，只說了兩個呢，那還有一個呢？」他說：「那不好說。」她說：「那你做夢啦，你只管說。」就逼到他說。他說：「我夢見我和你兩個睡瞌睡啊，打起赤膊的，背起睡。」她說：「那這是個好事，那你要翻身啦，你還不好！」[10]

[10] 訪談對象：劉德方、李國海、鄭芬等；訪談人：王丹、林繼富，訪談時間：二〇〇七年八月二十三日上午；訪談地點：湖北省宜昌市夷陵區下堡坪鄉譚家坪村周厚定家。

在熟悉的鄉親鄰里面前，劉德方的這個〈圓夢〉故事甚是顯示了他作為故事家的風範，關鍵的是他把握故事相當精當和全面，很從容、很自信、很連貫，配合著人物語調的轉換和相應的形體動作。故事前後兩大部分正反對照，每一部分都是三段式結構，對此，劉德方是駕輕就熟，胸有成竹，所以，故事講得十分精彩。大家笑過之後，是嘖嘖稱道，還議論哪裏講得好呢。「話有千說，理有百論，老百姓還是聰明。」劉德方說，「他不見得這個農村的人啊，他是在大山裏，沒有見過世啊，其實聰明人多得很。過去重男輕女，其實女子都有才華，儘管她們沒有讀書。」

故事是越講越有勁，越講越撩人。村長說，故事村就是要用故事來陪客。於是，大家都起鬨，要故事村的一村之長來一個，以盡地主之誼，村長自然不能推辭，便以身作則講了一個小故事。隨後，大家又講起了周邊一帶廣為流傳的長工董國天和陳瓦匠的故事，他們都為自己家鄉的故事多、故事美、故事好而驕傲。

在譚家坪，遇到婚喪嫁娶、打喜做壽、農閒玩樂或是農忙間隙，村民們在一起都少不了講故事、說段子，民間故事成了他們家庭團聚、村落社交和精神生活的重要內容。劉德方就有一大批往常一同日白粉經的老朋友。如今見到他，這些朋友常常會問他：「你出了名，有了現在的身份，有了現在的職位，那你還瞧得起我們不？」「我說你們把這話一說，這就不夠朋友，我還是個農民。不過是感謝黨的恩情，大家抬我，我現在有那麼個名聲，但是我還是那麼對待所有人。」回到譚家坪，「我願意在哪裏吃就在哪裏吃，願意哪個喊我玩，我就在哪裏玩。我們這都是一樣的。為人要誠實，要低調，要淡定。」[11]

---

[11] 訪談對象：劉德方；訪談人：王丹、林繼富；訪談時間：二〇一一年七月十三日下午；訪談地點：湖北省宜昌市夷陵區夷陵樓劉德方民間藝術研究會辦公室。

第六章　劉德方的文化身份[1]

年過六旬的劉德方在晚年被政府接到夷陵區生活。這個靠近宜昌市的縣級城市是下堡坪鄉民羨慕的城市生活樂園，是宜昌市民的後花園，劉德方從此在這裏定居，在這裏工作，在這裏組建新的家庭。一個曾靠賣苦力糊口度日的人，一個長期孤苦無依的人，如今得到了政府的幫助和資助，得到了世人的關注和讚許，劉德方無比興奮，無比歡喜，無比感激。然而，城市生活與鄉村生活的差異和衝突又讓這個在鄉下生活了六十餘年的老人一時無法適應，無所適從。劉德方苦惱過，徬徨過，焦慮過，掙扎過。他珍惜現在，又恐怕失去；他渴望未來，卻不敢奢望。對於劉德方而言，晚年的身份轉變較之任何時期都來得更加劇烈，更加明顯。在我看來，這主要體現在從農民到城市人、從鄉村故事講述者到政府命名的故事家兩個方面。這種變化不只是外在的，而是深深地影響了劉德方的生活。劉德方在心裏一遍又一遍地拷問自己：「我是誰？」鄉親們也在問：「德方子還是原來的德方子嗎？」我們也在思考：「劉德方的故事還是原來劉德方的故事嗎？」所有問題匯聚起來形成一張無形的網纏結在劉德方身上，劉德方的文化身份自然就成為一個十分重要且敏感的問題。

1 本章節與林繼富教授討論、寫作。

第一節　夷陵區的文化品牌

自劉德方從皮影戲大賽中脫穎而出，自劉德方的故事才能被發現以來，夷陵區政府及相關部門一直把劉德方作為文化品牌來打造，以此樹立區域文化形象，部署文化發展戰略。一直在為推介劉德方四處奔走、多方工作的彭明吉說：「一九九五年全國的農村文化工作先進縣的現場會在夷陵區召開，那時我在分管。當時文化部常務副部長高占祥來了。他對我說，你文化名縣要出文化名人，要出文化精品。我當時瞭解，高占祥說文化名縣要出文化名人，我們要推出個文化名人。我在一九九四年考察劉德方的時候，我斷定這個人要走出去。他不僅像劉德培一樣會講故事，而且還可以唱皮影戲、打喪鼓、唱山民歌，還熟悉農村彎多諺語，他是一個全方位的文化藝人。其實，我在推劉德方的過程中受到劉德培的啟發。」[2]在彭明吉的直接領導和推動下，夷陵區文化工作緊緊抓住劉德方，採取各種方式塑造劉德方，經過多年的努力和策劃，劉德方的價值被發掘，意義被體現，效應被發揮。

《野山笑林》的整理者黃世堂參與了考察劉德方的全過程，他清楚地記得：

有一部分可信呢，就是反映風俗風情的，是全部都能講的。這個故事有三種情況，這一種是比較可信，比較口語，也比較鄉土化，這一部分比較可信，這一部分大概五六十個，這五六十個是比較可信。再一個有大量的詩詞對聯的故事，這些故事要求記憶力好，有一定的文化修養，要不然你詩詞對聯你記不到，要

2 訪談對象：彭明吉；訪談人：王丹、林繼富；訪談時間：二〇〇七年八月二十一日上午；訪談地點：湖北省宜昌市夷陵區長江市場管委會大樓劉德方民間藝術研究會辦公室。

不然你記了也懂不了那個意思，講了也懂不了那個情感啊。劉德方這個唯讀了一二年級的人，講不講得出來，（對）這個我就表示一種懷疑啊，這一部分是半信半疑……我就直接考察。考察後發現，我點一個講一個，都講得到，很了不起，我就感到受到很大的震動了，那帶詩詞對聯的，四五十個都講得到，大部分都講得到，而且那個裏面沒有的，很多新的東西，都帶詩詞的。就是說那個地方群眾的文化水平比較高，那個地方受到戰爭的干擾比較少，那些城市裏避難的，就躲在他們那裏，就像我們小學一年級都是大學生教我們，讀大學反而就是中學生教我們，都搞轉去了。他那個地方老百姓文化素質比較高，那個詩詞對聯他記得很不少，帶詩詞對聯的可以搞七八十。這一部分很雅氣。有反映社會主題、政治主題，有反映情感主題，有反映人與人的關係。他那個裏面愛情啊，那個喜怒的東西都可以用正常的標準考察它，很有價值，這就增加了我的信念。

好了，我回來後跟我們彭書記詳細地彙報情況，跟我們文化局長詳細地彙報情況，領導表示要把這個故事家堅決地抓到底，第一個是積累民間的優秀文化，第二是當時我們縣委的口號啊，是要建成文化大縣。這個文化大縣推出，必須要文化名人，要有文化成果，要有文化影響，要有文化地位，要不然還是蠻夷之地。[3]

夷陵區，三峽的關口要隘，具有著久遠的歷史；夷陵區，鄂西的沃土寶地，積澱了豐富的文化。在這片巴楚文化的融匯地、南北文化的聚集地上，民間藝術門類齊全，民間文化底蘊深厚。古老的夷陵雖然與臨近的興山、秭歸等地在經濟、文化和社會生活各個方面無法完全割裂開來，但是，宜昌市區域內的各縣市特色分明卻是有目共睹的。為推進地方

3 訪談對象：黃世堂；訪談人：王丹、林繼富；訪談時間：二〇〇七年五月二十四日上午；訪談地點：湖北省宜昌市夷陵區長江市場管委會大樓劉德方民間藝術研究會辦公室。

社會建設，各地區在努力探索自己的經濟發展之路，不斷尋找自己的文化品牌。秭歸找到了，他們有偉大的愛國詩人屈原；興山找到了，他們有出使塞外的和平使者王昭君，這些人物的千秋功績使他們從歷史舞臺走向了現代社會。他們作為地方文化身份的象徵在二十世紀末期直至今日的經濟文化建設浪潮中起到了重要的作用。物華天寶的夷陵區雖留下過無數文人墨客的足跡，但這些人畢竟與夷陵沒有根深柢固的血肉聯繫，將其作為地方文化的標誌就難免顯得有些牽強。為此，當代夷陵人在構建地方文化認同的過程中，從歷史的過去走了出來，在審視當下民間文化，參照周邊成功經驗的思路下，他們賞識五峰土家族自治縣文化品牌的尋覓、確定與打造。民間故事家劉德培因講故事而聞名天下，進而成為五峰土家族文化的招牌和代表。極力推出劉德方的彭明吉不無感慨地寫道：「提起劉德方，人們很自然聯想到我國當今十大民間故事家之首——湖北省五峰縣八十六歲高齡的劉德培老先生……德方和德培卻有相似之處，他倆同屬社會傳承型，都能熟練講出數百個民間故事。不僅如此，還都是出色的演唱『皮影戲』的民間藝人，天生有個好記性。他們腦子裏的本頭可一連唱個把月，不唱重詞兒，聲音不啞。他們還會唱多種類型、多種腔調的山民歌。故事、皮影、山民歌等民間文藝領域，他們都能馳騁自如，卻又各具風采。」[4]由此可見，劉德方的推介是受到了劉德培事例的啟發。於是，無論是地方政府，還是文化工作者，他們眼光向下，從民族民間文化的土壤中汲取養料，找尋文化的亮點和精英，他們從劉德培的身上看到了劉德方的價值。也正是在這個時候，在中國從中央到地方各級黨委政府和文化宣傳部門對民族民間文化的重視程度遠遠超過了以往任何時代，創建地方文化身份的呼聲越來越強烈，越來越響亮，劉德方的發現和推出正好契合了這股社會文化大潮。

誠如夷陵區文學藝術界聯合會主席楊建章所說：「彭主任（彭明吉）的觀念我們非常接受，就是在縣以下文化工作搞洋的沒有優勢，那麼搞土的，搞民族的，抓住這樣的典型，這是我們的優勢。當時就是基於這麼一種認識，我們覺得

[4] 彭明吉，〈劉德方傳奇〉，見劉德方講述，余貴福採錄，黃世堂整理，《野山笑林》（北京：大眾文藝出版社，一九九九年），頁二六三。

劉德方身上傳承的民間的東西很多，我們就抓住這麼一個典型，來推出我們整個夷陵、整個宜昌、整個三峽一帶的民間文化。」[5]經過多方努力，下堡坪鄉的劉德方成為夷陵區文化精品發展戰略和地方文化身份塑造的中心人物。

二十世紀九十年代，對劉德方的發掘和推介，余貴福功不可沒。他說：

> 這本書（《野山笑林》）首先是在一九九三年唱皮影子戲的時候發現劉德方，發現以後，我們就跟他著手整理。我們就搞新聞，在報紙上一登，引起了社會的關注。專家們，王作棟、劉守華、林繼富第一次來考察，考察以後就認定劉德方是「三峽地區最具活力的民間故事傳人」。著重整理是在一九九四年、一九九五年、一九九六年三年，我抽業餘時間大部分在整理。當時是推介階段，不是現在這種狀況，我們把它當作業餘工作來抓。業餘有時候星期天有時間，就去訪談下，沒得時間，就又放下了。我當時推個自行車，步行到他家，鄉政府到他家有十幾多里路，我每次步行去。提前叫人帶信，叫他在家裏等著。最開始都是用手記。記不過來，就叫他重說。他的故事蠻好記錄，已形成規範化。開始不習慣，後來我把它搞習慣了。[6]

條件的限制使得當時的故事採錄工作進展緩慢，收效甚微。沒有時間，沒有經費，路途偏遠，余貴福就想出了讓劉德方自己用文字記錄故事的辦法。劉德方總共為余貴福提供了三百八十多個民間故事，此次他寫錄的故事主要是生活故事，幽默、詼諧、諷喻色彩濃重，其中還有不少葷故事。余貴福隨即向鄉黨委宣傳委員彙報，並挑選了三百個故事列印

[5] 訪談對象：楊建章；訪談人：王丹、林繼富；訪談時間：二〇〇七年八月二十一日下午；訪談地點：湖北省宜昌市夷陵區長江市場管委會大樓劉德方民間藝術研究會辦公室。

[6] 訪談對象：劉德方；訪談人：王丹、林繼富；訪談時間：二〇〇七年五月二十六日上午；訪談地點：湖北省宜昌市夷陵區下堡坪鄉永順旅社。

成冊，呈給縣文化局和相關領導審閱。談到這一次的故事文本，專注於故事採錄和研究的王作棟先生說：「這份列印資料名為《劉德方故事集（初稿）》，十六開本，分三冊裝訂，每冊輯入故事笑話一百則，均按排列先後編有序號。《初稿》未按故事類型分類，對方言俗語無注釋，亦未注明採錄的具體時間、地點。然而，正是這份有欠規範，文學粗疏，卻從故事結構、人物、情節諸方面基本保存了原貌的列印稿，為民間文藝學者對劉德方及其故事進行科學鑑定提供了基礎和前提。」[7]

一九九八年十一月，宜昌縣政府召開宣傳推介劉德方專題辦公會議，提出了無論以後領導怎麼變動，宣傳推介劉德方的工作不能放鬆的指導思想。

一九九九年，華中師範大學民間故事學專家劉守華教授決定前來考察，促使縣文化局委派黃世堂來到下堡坪，並在余貴福故事材料的基礎上整理出版了《野山笑林》。《野山笑林》一共收錄二百一十二則故事，分為「縣衙官員的故事」、「富翁貴人的故事」、「教書先生的故事」、「落第秀才的故事」、「姨佬親家的故事」、「才女村姑的故事」、「雜藝工匠的故事」、「愚蠢呆板人的故事」、「滑稽聰明人的故事」、「財迷吝嗇鬼的故事」、「酒鬼好吃佬的故事」、「家庭鄰里的故事」等十二輯。這本故事集的出版為見證劉德方的故事才藝，建樹其文化形象提供了最好的力證，也充分體現了縣委政府、領導和文化工作者高度的文化自覺。

劉德方因為會講故事受到政府的保護和人們的尊重，但是，他的歌唱才華絲毫不遜色於故事講述。在彭明吉的策劃下，劉德方演唱的情歌選集《郎啊姐》面世了。

[7] 王作棟，〈野山笑林・序二〉，見劉德方講述，余貴福採錄，黃世堂整理，《野山笑林》（北京：大眾文藝出版社，一九九九年），頁一〇。

他不只是故事家，他是一個多才多藝的文藝家。就是他會講故事，會唱山歌，會打喪鼓，會唱皮影戲，他很全面，是個文藝天才。我覺得光出一本故事書，恐怕不夠吧，應該把他傳承的東西能夠再出一本書。當時我就喊了劉德方，還有袁維華。我把這個想法一說，他們兩個人蠻支持，也蠻贊同，我們三個人就組織起來。劉德方負責唱啊，袁維華就採錄，我就編輯整理。他們三個月錄啊唱，我就三個月編輯。我整理他的山民歌，當然要保持原汁原味。但是，你像那些長篇敘事詩的它有很多迷信色彩的東西，還有很多神話色彩的東西，我就去粗存精，我跟他編得比較順口了，比較押韻了。但是，東西還是他的東西，看不出來的，實際上改了的，大致內容相同。把它一選，我們就側重三峽情歌「郎啊姐」，「無郎無姐不成歌」我們就定了這個名字。[8]

歌師劉德方以唱山民歌、打薅草鑼鼓、打喪鼓和演唱皮影戲為拿手絕活。他的情歌言情動人，他的喪鼓歌如泣如訴，他的敘事歌感人肺腑。二〇〇四年，彭明吉、袁維華和劉德方三人通力合作，周密分工，劉德方演唱，袁維華採錄，彭明吉編輯，經過為期三個月的緊張工作，初稿記錄的各類民歌多達三百餘首。後經精編細選，選錄了一百九十首以愛情為主題的民間歌謠結集由中國三峽出版社出版，取名《郎啊姐》，意為「無郎無姐不成歌」。《郎啊姐》作為湖北省民間文化遺產搶救工程重點專案的成果之一，對傳承和弘揚地方文化傳統具有重大價值。

同年，由楊建章撰寫的農民故事家劉德方的傳記《奇遇人生》由大眾文藝出版社出版。談起創作《奇遇人生》的緣由，楊建章說：「第一個原因就是劉德方個人的坎坷經歷和不幸遭遇非常典型。第二個原因就是當時想把他推介成省和國家級的民間故事家，我覺得有責任、有義務搞一個比較權威的、統一的、規範的版本。第三個原因我是文聯主席，有

[8] 訪談對象：彭明吉；訪談人：王丹、林繼富；訪談時間：二〇〇七年八月二十一日上午；訪談地點：湖北省宜昌市夷陵區長江市場管委會大樓劉德方民間藝術研究會辦公室。

條件、有能力弄出來。」[9]這本傳記小說以「天地玄黃，滿目滄桑話斯人；禍福變幻，一路奇遇成故事」為主題，全程回顧和記錄了劉德方人生的曲折和一路的奇遇。該書共十四章，設有〈序論〉和〈尾聲〉，按照時間順序，以關鍵性事件為線索，將劉德方的大苦大樂、大悲大喜、大起大落既真實，又藝術地呈現給了世人，尤其注重對其民間藝術才華的刻錄和描寫，對塑造文化名人的形象，擴大地方品牌的效益有著重要意義。

《奇遇人生》的意義不僅僅在於為一位民間故事家著書立傳，更重要的是通過劉德方的個人經歷和生活文化映射出二十世紀後期中國農民的生活軌跡，展現出中國農村社會政治文化的變革。劉德方的人生歷程就是一本厚厚的故事大書，他所歷經的風雲變幻和時世變遷遠遠超越了他所傳承的民間文藝。楊建章說：「他走過的一個六十花甲子，是中華民族六十年苦樂年華的縮影，是那段極端政治壓力下哀哀眾生命運的寫照，尤其是偏遠山區底層農民掙扎呼號的紀實。他傳講的數百個故事，更是鄂西山區、三峽宜昌以至中華民眾千百年來關於政治理想、社會生活、婚姻愛情追求的實錄，充滿著智慧、幽默和情趣。他的人生歷程及其刻錄的那些史蹟，具有很高的認識價值、教育價值和審美價值。對於大中華六十年的變遷，它是一部鮮活的參考資料；對於如何待人、處世和立業，它是一部具有全方位意義的教科書；對於觀察民間文藝以及民間藝人的成長史和生存狀態，它是一個不可多得的窗口。」[10]

《劉德方笑話館》故事光碟的問世則是劉德方走向市場的關鍵一步，也是地方文化產業開發的重要一環。為了進一步擴展劉德方的知名度，建樹地方文化品牌，夷陵區決定將劉德方的民間文藝納入市場化運作的軌道。在區委、區政府、區文化宣傳部門的大力支持和配合下，區文聯和區廣播電視局聯合協商，抽調專人，挑選整理了劉德方傳講的五十三個故事，錄製了《劉德方笑話館》。此事也引起了中國民間文藝家協會的高度重視，並將其列為湖北省民間文化

[9] 訪談對象：楊建章；訪談人：王丹、林繼富；訪談時間：二〇〇七年八月二十一日下午；訪談地點：湖北省宜昌市夷陵區長江市場管委會大樓劉德方民間藝術研究會辦公室。

[10] 楊建章，《奇遇人生》（北京：大眾文藝出版社，二〇〇四年），頁二一三。

搶救工程的重點專案給予引導和扶持，以增進《劉德方笑話館》DVD光碟的科學性、權威性和普及性。光碟的錄製始於二〇〇四年，二〇〇六年由揚子江出版社正式出版發行。

關於製作《劉德方笑話館》DVD光碟的初衷，彭明吉說：「做這個事有兩個想法，第一個想法是基於總結劉德培的經驗，他沒得影像的東西，他就是一本書。劉德方在世，我們要把他現在講故事的影像的東西留下來、存下來；第二個想法還是想讓劉德方的故事走向市場。當時黃世堂他看的一篇報紙，說山東的一個什麼縣，縣長賣故事。這個縣窮得什麼都沒得，他出了些故事家，他就錄些故事，做些光碟，說一天賣了好幾千萬。黃世堂說，劉德方講的故事比他講得好多了，他賣錢，我們也賣錢。這是第二個想法。」[11]

《劉德方笑話館》定位明確，即通過DVD光碟的形式將劉德方的故事推向市場，推向世界。關於這一點，《劉德方笑話館・簡介》中說得很清楚：「《劉德方笑話館》精選錄製劉德方傳講的故事五十三個。共分九部，每一部都是豐美精湛且別具特色的精神速食，每個故事都雅俗同賞，老少咸宜，能令人開懷大笑。幽默、風趣、聰敏、智慧、豁達、爽朗，盡在一笑之中。俗話說：千金難買一笑。花點小錢，購買DVD光碟兩個，故事集一本，你就可成為民間故事家。不僅自己笑口常開，還能把歡笑播撒到四面八方。」

應當說，夷陵區開發和挖掘劉德方民間故事價值的思路是正確的。現在，區政府將《野山笑林》、《郎啊姐》、《奇遇人生》三本書和光碟《劉德方笑話館》作為文化禮品派送出去，既宣傳了劉德方，也宣傳了夷陵區，更有利於地方文化的推廣和傳承。

為劉德方奇人、奇遇、奇藝著書立說，有了「三書一碟」傳世，這使劉德方和他講唱的故事、民歌、曲藝得到了相應的保存、留續和保護。但是，劉德方承傳的民間文藝遠非這些所能涵蓋的。為了進一步宣傳和打造民間故事家劉德

---

11 訪談對象：彭明吉；訪談人：王丹、林繼富；訪談時間：二〇〇七年八月二十一日上午；訪談地點：湖北省宜昌市夷陵區長江市場管委會大樓劉德方民間藝術研究會辦公室。

方，為了搶救保護優秀民間文化遺產，為了活躍城鄉人民的文化生活，夷陵區六名中國民間文藝家協會會員共同發起成立了劉德方民間藝術研究會。研究會設一個辦公室、一個學術研究部、一個民間藝術團，網羅了一批熱愛並從事民間文學藝術工作的人士。

彭明吉說：「我們成立研究會是為了繼續開發、研究、推動劉德方。儘管劉德方的『三書一碟』已經完成，但是我們研究會的工作還剛剛開始，近期主要工作包括：出他的故事續集，續集他現在還在寫，寫了一百多個故事；準備把京漢專家寫的關於劉德方的文章和序言出一個專門的集子；修繕劉德方故居，建設劉德方民間藝術團，著手組建劉德方陳列館。我們現在著手搜集文字資料、圖片資料和實物資料。以推動、發掘劉德方為主，大力發現夷陵區的民間文化。去年我們發現《地母傳》，據說它早於《黑暗傳》，我們正在整理。」[12]

劉德方民間藝術研究會的成立，引起了各級政府和相關機構的重視，中國民間文藝家協會、中共宜昌市委宣傳部、湖北省民間文藝家協會、宜昌市文學藝術界聯合會、宜昌市民間文藝家協會、宜昌炎黃文化研究會等單位紛紛發來賀電。湖北省委宣傳部副部長文成國同志在賀電中飽含深情地期許到：「夷陵區是我的第二故鄉，我對夷陵充滿著感激之情。在宜昌工作期間，夷陵區就推出了中國民間故事家劉德方，我曾十分關注對劉德方的宣傳推介工作。希望貴會繼續研究和弘揚以劉德方為代表的夷陵民間文化。願夷陵區的文化工作與全區經濟和社會發展一樣步入快車道，走在全區乃至全省的前列。祝研究會取得圓滿成功！」夷陵區委書記王國斌在研究會成立之日為其授牌，區委副書記宋秀鈿代表區委、人大、政府、政協做了熱情洋溢的講話。夷陵區各鄉鎮、街辦、區直單位等負責人到會祝賀。這些關注和祝福足以見證地方政府對民間文化的重視、民眾百姓與民間文化的關聯，它給予從事基層文化工作的人士以極大的鼓舞和支持。

12 訪談對象：彭明吉；訪談人：王丹、林繼富；訪談時間：二〇〇七年八月二十一日上午；訪談地點：湖北省宜昌市夷陵區長江市場管委會大樓劉德方民間藝術研究會辦公室。

二〇一一年四月十九日，劉德方民間藝術研究會召開第二屆會員代表大會，全面總結了研究會近五年的工作，也規劃安排了後一個五年的工作。

劉德方民間藝術研究會屬社會民間組織，是一個不以盈利為主要目的的民辦非企業單位，但各項運作均規範細緻，它以夷陵區民間故事家劉德方以及宜昌三峽民間文學藝術的調查和研究為主要任務，在搶救保護民間文化的同時，挖掘、整理、開發、利用民間文藝。也就是說，研究會不但關注劉德方的文藝傳承，而且由此帶動整個地方民間藝術和群眾文化的發掘。可見，劉德方是夷陵區的一個品牌、一個符號、一個象徵。

以劉德方及其故事研究為核心啟動夷陵區民間文化的搶救、保護和創新已成為政府和文化工作者的共識。夷陵區不僅大力推動劉德方走向市場，更將劉德方作為旅遊文化品牌進行塑造和運作，也呈現出越來越明顯的成績和效應。比如，一些企業專門找劉德方為其產品代言。隨著夷陵區旅遊事業的深入展開，隨著地方文化資源的合理利用，以劉德方為代表的民間文化傳承人和民間文化資源走向文化產業的前臺，緊貼時代脈搏，大大提升了民族民間文化的品質，促進了全區社會文化事業的全面發展。夷陵區曉峰貴苑山莊設有劉德方茶館，在此，劉德方不定期地為來自四面八方的遊客講故事，說笑話，這既為劉德方提供了展示才藝的平臺，又為人們送去了藝術的享受，還產生了一定的經濟效益，何樂而不為！二〇〇七年三月十一日，中央電視臺全程錄製了劉德方在舞臺上表演的情形，引起了強烈反響。

二〇〇七年十二月二十二日，劉德方作為湖北省的兩個代表之一，參加了在上海舉辦的中國首屆民間故事節，並以〈皮匠駙馬〉和〈清和橋〉兩個一長一短的故事奪得故事大賽銀獎。

二〇〇八年一月十日，夷陵區劉德方藝術研究會、夷陵區文學藝術界聯合會在中國民間故事家劉德方的出生地——夷陵區下堡坪鄉譚家坪村舉行隆重儀式，為修繕一新的劉德方故居掛牌。

二〇〇八年十二月十一日，受宜昌市文聯副主席王作棟和三峽大學文學院的邀請，劉德方站上了大學的講堂，用故事和民歌感染和陶冶著象牙塔里的教師和學子。

二〇〇九年由劉德方進城後全力創作、彭明吉主編、楊建章採錄整理的《野山笑林續集》正式編印問世。續集中共收錄了二百零五個故事，分「縣太爺的故事」、「秀才的故事」、「先生與學生的故事」、「財主與窮人的故事」、「酒醉佬的故事」、「公公與媳婦的故事」、「夫妻間的故事」、「岳父岳母與女婿的故事」、「憨頭包的故事」、「滑稽人的故事」、「戳白佬的故事」、「和尚道士尼姑的故事」、「皇帝娘娘的故事」和「動物鬼神的故事」等十四類，還附有三則民間戲曲故事。故事仍以短小風趣幽默、生活氣息濃郁著稱。

二〇一〇年六月十二日，全國第五個「文化遺產日」，「中國民間故事家劉德方學術研討會」在宜昌市舉行。來自北京、上海、武漢、宜昌等地的專家學者就劉德方的生平經歷與故事的藝術特色、文化價值及其保護和傳承等問題進行了充分而愉快地探討，會議成果結集出版了《諸家評說劉德方》[13]一書。

夷陵區政府和文化部門抓住劉德方這個典型，有步驟、有計畫地將劉德方及其民間文藝納入地方文化建設之中，納入社會主義新農村建設之中。以劉德方為代表的民間文化逐漸得到人們的普遍關注和認可。民間故事、民間歌謠、打鑼鼓、皮影戲等等，它們原本就是一方百姓的真實生活，現在人們更加自覺而理性地認識和理解這些生活文化，更加有意識地傳承、保護和發展這些民間藝術。多才多藝的劉德方能說會道，能演會唱，簡直是十八般「武藝」樣樣精通，他所掌握的技藝幾乎涵蓋了夷陵地區民間知識表達的主要形式和民間藝術的主要類型，因此，他作為地方文化的代表再合適不過了。夷陵區採取各種現代化手段打造劉德方，創立品牌，從而實現了劉德方從個人身份向地方文化身份的巨大轉變。

劉德方人生的七十年，是中國民間鄉土文化走過的七十年，劉德方對民間文化的癡迷、熱愛和專注體現了中國百姓與民間文化的魚水聯繫。在劉德方受批判的年代，他不能毫無忌諱地與鄉親們一起粉經日白、說唱講演，折射了當時鄉

---

13 彭明吉主編《諸家評說劉德方》（北京：大眾文藝出版社，二〇一一年）。

村文化的繁盛景象且具地方性、內在性、隱祕性的獨特屬性；劉德方因講故事、唱皮影、打鑼鼓受到保護，享受優厚的待遇，表現出當代民間文化的表述轉換與生長復甦，說明國家對社會主義農村文化的高度重視和建設的決心。總之，劉德方是一部中國鄉村文化七十年發展史的一個縮影，更是夷陵區民間文化七十年曲折歷程的鮮活紀錄，將劉德方作為夷陵地方文化身份的標誌意味深長，意義重大。

第二節　劉德方的身份層次

劉德方的文化身份是多元的，這種多元建立在劉德方身份的穩定性元素之上。我以為，劉德方對於自身以及他人文化身份的認知與生俱來，並受到劉德方所屬以及周邊文化群體普遍價值觀念的影響。

劉德方一生經歷了許多苦難，這些苦難背後包含著身份的考驗和角色的轉變。一路走來，他承受著生活的種種磨礪，卻也通過自己熱愛和擅長的民間文藝贏得了周圍人的喜愛和歡迎，奠定了他身份中的親和力和適應性。劉德方人生中的前三次婚姻讓他感受到愛的甜蜜，而更多的是情感上的折磨，同時激勵他不斷調整自己，以適應有利於生活的各種變化和多種轉換。生活的磨難和婚姻的挫折成為劉德方身份多樣性的誘因和動力源。

年幼時，劉德方家境殷實。爺爺用心經營，家裏的日子過得很不錯，有房子，有田地，有牛、羊、豬、馬等牲口，生活滋潤而平靜。

> 我們啦，我們老祖宗是江西的。我們是從我們老太爺時來的，遷到這個地方。老太爺他們過去是做生意的，放鴨子。那個時候，江西填湖北，湖北填四川，遷來的時間有兩百多年。我是遷到這裏的第六代。

我出生就在栗子坪。在我爺爺時代，我們家還是發財。[14]

一九四九年以後，劉德方家的房屋被分配，土地被占有，家產被抄收，他的個人命運也因此出現重大轉折。

解放了，就把我們趕出來了。這個屋就分有上十戶貧下中農。你分一間，他分兩間。他們去了，就吃呀，挖呀，扒一頓啦，院牆掀了，門苑子哈拆了，吊鉤子也哈拆了，拆得個亂七八糟。[15]

劉德方一家被打成地主後，只得搬出原來的房子，上山住到了炭窯裏。情況好轉一些，才有了茅草屋遮風避雨。

我後來搞成地主了，就把我一趕趕到，開始就趕到山上燒炭的這個窯裏，就是我們烤火的這個木炭，它是在山上砍樹下來，在坡裏打的窯，就把柴架起來燒成這樣的木炭。燒炭的個空窯呢，原來就是說是叫化子住的。就把我們趕到窯裏，我們就在那個窯裏住。土改的時候，貧下中農就搬到我們的屋裏去了，就把這個茅草屋就跟我們換了有這麼兩間間。兩間茅草屋，我們就離我們這個老屋就近些。在那個屋裏，我的媽就下了堂，就嫁了人。我的個繼父老子是四川當兵下來的，當兵下來就落在我們這個地方，幫人家做長工。那解放了，他就是貧農。後來，他們介紹呢，我媽就下堂，就嫁給他。他們二老老了，那還靠我來養活啦。我就搬到下堂去，那就跟著他們。跟著他們在這個屋裏住著呢，他們底下又挖礦，我們這個屋就要塌了。塌了呢，就叫我們自己又起。我就在這個屋坎下呢又起了有這麼大兩間間屋。我又想到我一個人，

14 訪談對象：劉德方；訪談人：王丹、林繼富；訪談時間：二〇〇七年五月二十六日下午；訪談地點：湖北省宜昌市夷陵區文化館招待所。

15 訪談對象：劉德方；訪談人：王丹、林繼富；訪談時間：二〇〇七年五月二十六日下午；訪談地點：湖北省宜昌市夷陵區文化館招待所。

起那麼多做什麼子呢？起了這麼兩間間屋啊，只要住得下。我在那裏住，以後就從那個屋裏到小溪塔來的。當中還搬了幾次家，還搬到倉庫住了的，還搬到下馬河住了的，那都沒住蠻長時間，都是臨時的。[16]

就這樣，劉德方四處搬家，到處流浪，生活異常艱辛和苦悶。「文化大革命」期間，劉德方又被視作「四舊」和「牛鬼蛇神」，戴上了「反革命」的「帽子」。提起那段艱難的時光，劉德方有訴不完的苦，道不完的情，說不完的事。

最苦的是陷害我寫反革命標語。大概是六幾年，把我弄起去整三個多月呀。白天在渠裏搞勞動，晚上他們就換班來整我。他們白天就在屋裏睡，我日夜不得安神。那夜裏要受整呀，白天搞勞動啊。縣的公安局去的一個股長，這個股長就是個殺人牢星。那他整人呢，這個股長姓付，他個狗日的，最下得去手的是他。有一天，這個人呢整得實在抵不住了，心裏就想呢，是死是活，反正呢，個咋的，也難得逃脫。我就推著給區委書記打個電話，把我的情況跟他簡單一講。王學金就打一個電話轉來問我們大隊書記，大隊書記說這個情況是屬實的。屬實呢，他又打個電話，就叫縣公安局這個老付啊他去開會。這個老付去了就沒來了的，公安局又去了個姓王的。姓王的就比這個姓付的呢仁慈一點，就好些。好一些，那等於我這個受整就鬆一些啦。最後，就查去查來，搞去搞來，個咋子，就不是我寫的。這個毛邊紙我就寫了這麼大幾捆。開始呢，沒弄起去整去，就在屋裏寫。寫了，他們來看。這個什麼水筆、鉛筆、算術筆，所有的筆都寫光了。最後，架（用）這個姑娘們別頭髮的這個管針，搞複寫紙蒙著在寫。那橫直，個咋子，得不到筆

16　訪談對象：劉德方；訪談人：王丹、林繼富；訪談時間：二〇〇七年五月二十六日下午；訪談地點：湖北省宜昌市夷陵區文化館招待所。

畫。落了，公安局局長親自又去，那狗日的，橫直沒搞到。查去查來，是我們這個組裏評選組長寫的害我的，查他腦殼上。他又怎麼寫了的？他把他的個伢子又拜起公安局姓王的。這個事就這麼了了。

這寫反革命標語的事，劉德方根本毫不知情，他被整時還一頭霧水。

當時，我在腰子河學工，突然鄉政府帶通知來，通知我回去。回去，我沒到屋，就到樟正河鄉，鄉裏會一開，就把我們解到大隊。解到大隊呢，就一個月多沒回去。那就是說呢，我參加反革命的，天天也整，那咋子，日裏也整，夜裏也整。我也橫直想到，這個咋，我也沒錯嘛。狗日的，你跟我整呀，這個咋麼，就卯起來（使勁）整啦。也的確把我們整得有些子冤枉啊。後來，大隊書記就跟我們生產隊長說：「張隊長啊，你回去架一隻眼睛瞄到下這個伢子，怕他尋短椿（尋短見）。」就是怕把我整得抵不住了，就怕我死了。張隊長黑了吃飯，就跟我說了。我說：「張隊長，你放心。你想我就這麼死了，我不得死。你們把我整死了，我就算死了。你們把我槍斃了，我就算死了。你們把我打死了，我就算死了。」我說：「你們想我吊頸，我怕頸亢（脖子）疼；你們想我跳岩，我怕蹉（摔）不死；你們想我跳水，我怕割人（冷）。」我的意志還是蠻堅強。我說：「你想我自己死，我不得死。我們就想慢慢活。」[17]

如同劉德方所言，他意志堅定，生命頑強。劉德方是一個追求情感生活的人，但與他的政治命運緊密相關，他的婚姻生活也是極其不順。二〇〇七年我們採訪劉德方時，說起先前的三次婚姻，他無不唏噓感歎。

17 訪談對象：劉德方；訪談人：王丹、林繼富，訪談時間：二〇〇七年五月二十六日下午；訪談地點：湖北省宜昌市夷陵區文化館招待所。

唉，我的婚姻第一次把一個大隊書記戳散了，想把我的媳婦子搞的他小舅子，我的媳婦子想到跟不到我啊，也不跟別人，就回興山老家了。第二次也是個大隊書記說我們沒有拿手續，鄉武裝部長和村民兵連長就趕我的媳婦子走，說不走就捆到，就把我們拆起。第三個婆婆呢，我唱戲就唱到霧渡河，當時有人問我有沒有婆婆，我說沒有，他們就把當地的一個人介紹給我。她是當地的婦女主任，她也蠻歡喜，不久我就把手續拿回來啦。我有老的啊，她有小的，兩邊跑。有一次我外出唱戲，當時有販賣人口的就把她買到宜城。

我每次婚姻相隔十年。第一次是二十歲，第二次是三十歲，第三次是四十歲，這個拐賣了以後，我說我再也不說媳婦。後來還有好多人自己來，也有的當媒人來說，我說我搞得這麼窮。[18]

屢遭情感煎熬的劉德方學會了泰然地直面生活，勇敢地克服困難。儘管婚姻一次次受挫，但是，他卻一次次用特殊的方式化解，一次次從失敗中走了出來。

劉德方經歷的磨難太多，每一次磨難就是一次新的人生體驗，每一次磨難意味著劉德方身份的變化，意味著在劉德方的身上多了些許生活閱歷和文化元素，這些既是每個階段社會環境和生活條件所迫，也是劉德方為了生存而必須面對的，再苦再難，生活還得繼續，日子還要過下去。劉德方不僅在與他人的交際過程中隨環境的變化而改變自己的文化身份，而且這些文化身份之間也會因衝突而發生改變，儘管這種改變不明顯。多重身份見證著劉德方擁有的社會閱歷和文化經歷在不斷豐富，他具有的多重文化身份也顯示了劉德方文化結構的多層次性和文化表達的多樣性。

18 訪談對象：劉德方；訪談人：王丹、林繼富；訪談時間：二〇〇七年八月二十二日晚上；訪談地點：湖北省宜昌市夷陵區下堡坪鄉永順旅社。

劉德方文化身份的多重性與他進行的跨文化傳播之間有密切關係。在劉德方實施的跨文化傳播過程中，有兩種力量發揮作用：同一性確保了劉德方文化的身份認同屬性；差異性是激發劉德方文藝活動交流的原動力。

當然，上述種種變化沒有離開下堡坪，沒有離開生他養他的鄉村，因此，這些變化沒有動搖劉德方的身份屬性，只不過具體的對象和角色有所差異罷了。這些變化也沒有引起他過多的焦慮，他感歎的是自己命該如此。真正引起劉德方身份尷尬和思想焦灼的是在進入城市生活圈以後。

劉德方晚年迎來了文化盛世，迎來了生命中的春天。他講故事，操演各類民間藝術的能力被人認識和重視，他從譚家坪村來到了宜昌縣城，從而改變了他的人生軌跡，可以說這是他的身份發生最為劇烈的轉變，以致他的身份變得模糊不清，進而帶來了文化傳承中的種種問題。

劉德方從傳統村落走向廣闊的社會舞臺和不同的文化群體，他的文化身份不斷被塑造著、被建構著、被檢視著。在談及《劉德方笑話館》的錄製情況時，劉德方與我們有這樣一段對話。

【劉：指劉德方；王：指王丹；林：指林繼富。】

劉：他們說達到那種效果才行，不然就不行。

王：那你煩不煩？反覆的。

劉：那我們要儘量地配合啊。人家在推我們，我們怎麼有煩的時候呢。只要人家不煩就是好的。

林：你的態度很好，積極地配合他們的宣傳。你覺得哪一次的報導、拍攝做得最好？

劉：我回回是盡力而為。但是那個農村人開始還是怕鏡頭，現在膽子大了，有些專家說你現在搞熟了，你往那一坐就姿勢出來了。你說我開始啊，陪領導吃飯啊，人家喝酒，我也不喝酒，就在那裏坐著。你夾菜吃啊，也不是蠻禮貌啊。說個話不怕你們笑話，還餓了蠻多肚子。他們把酒一喝，菜一吃，就不吃飯了，我還等著他們吃飯才開始吃，結果他們不吃飯，你說我怎麼不餓肚子。

林：現在習慣了嘛？

劉：習慣了。現在領導說你不喝酒就吃飯，但是人家喝酒啊，我們搞杯茶啊，搞杯水啊，也對人啊，也是個尊敬啊。你不陪陪啊，就沒得那個氣氛啊。領導看你啊像個鄉巴佬一樣坐著啊，就有各方面的想法。我們呢就是表示一下我們的心意，尊敬領導，尊敬專家，尊敬學者。

林：也就是說你原來在家裏的一些習慣出來以後就變了。

劉：我這個東西變了也是分場合。我出來了再回到農村，我仍然還是個農民，跟他們一起的。你就是說我們就是做事啊，說話啊，還是個農民。我們毛主席說，謙虛謹慎啊，戒驕戒躁啊，這兩句話我們記牢了。[19]

劉德方到了縣城生活，的確發生了不小的變化，不僅在為人處事上盡力配合市區的文化建設，迎合專家領導的考察，而且對於故事的講述有了更深層次的理解和概括。在他看來，講故事不是簡單地轉述某件事情，也不僅僅是好笑、好玩的，而是一種學問。

> 講，還是有一種學問，老師講課講得好，講故事跟教授講課一樣的。根據實際情況，語氣輕呀緩呀慢。我們就是說自己還要悶在心裏研究，哪麼把這個故事講得好，哪麼把這個故事講得受人家歡迎，哪麼提高自己的檔次，提高自己的水平。沒有人教，自己摸索。我有時候還是看下電視，有些子在講書的啊，有些子講故事的啊，有些子唱山歌的啊。你說，我們原來唱山歌跟著我們那裏的唱，現在唱山歌它就又不

[19] 訪談對象：劉德方；訪談人：王丹、林繼富；訪談時間：二〇〇七年五月二十四日下午；訪談地點：湖北省宜昌市夷陵區神仙灣劉德方家。

一樣啊。它這個韻味拖得長些，我們原來唱山歌彎轉得急些，它就沒得那麼長了。[20]

劉德方認為，講故事應該尊重講述者，在講演的過程中，聽者儘量不要隨便插話，要做一個虛心的聽眾，否則會影響到整個故事的講述。故事講完之後，大家可以盡情討論，可以再重新講這個故事，也可以講其他的故事來競賽。

你像講故事，本身是人家講的故事，我記得，那你就不要插，還是盡（讓）人家講完。有的最喜歡呢，個咋子，在中間插，我最不喜歡這樣的人。他這樣的人就是不禮貌。那麼，你講完了，可以說，我們兩個共同來把這個故事湊完整一下。或者再說你這哪兒是掉了，那還是掉了幾句什麼話，哪兒掉了就再添。那麼，人家落了款了，你再把寶貴意見提出來。人家能接受，你就提出來；人家不能接受，你還是不能做作聲。那你講你的，我講我的。你說是不是的？他有的，你還在講啊，他就在當中插。我們要注意這一點。你好哇壞，你講完了，我再講一遍，你講你的，我講我的。那麼我們兩個人合得來，想把這個東西更進一步深化，那麼就可以畫龍點睛，你哪兒還添一點，哪兒還應掉一點。有的人不願意添，不願意補，那就乾脆不發言。[21]

原本就聰明機警的劉德方更會根據聽眾的需求調整自己的故事演述了。如今，劉德方講故事很注意結合環境條件，選擇故事，提煉故事，創造故事，以增強講述的實效性和趣味性。

---

20 訪談對象：劉德方；訪談人：王丹、林繼富；訪談時間：二〇〇七年五月二十五日晚上；訪談地點：湖北省宜昌市夷陵區下堡坪鄉永順旅社。

21 訪談對象：劉德方；訪談人：王丹、林繼富；訪談時間：二〇〇七年五月二十六日下午；訪談地點：湖北省宜昌市夷陵區文化館招待所。

有一次夷陵區開婦聯會，大會組委會請劉德方去講故事。他想參加會議的都是女同志，所以他就選了〈姑娘選夫婿〉，果然講述效果極佳，氣氛融洽。

> 一家呢一個老闆生得有一個姑娘。這個姑娘長大成人，長得非常漂亮。向她來求婚的人就南來北往啊，不計其數。張三一去呢，這個姑娘一看呢，她不歡喜；李四一去呢，她一看，她也不歡喜。她的媽就搞著急了，就跟她說：「那伢兒，你都成了人了，張三，你不歡喜；李四，你也不歡喜。你究竟明兒將來怎麼搞呢？」她說：「這我們裝煙（遞煙）、篩茶（倒茶），要招待人家吵，這也搞傷了」。
>
> 有一天呢，一路呢就去了三個小夥子，就去跟她求親。在屋裏坐起了，茶篩了，煙裝了，她的媽就跟她偷偷說：「那伢兒，你今天看的三個人啦都是來向你求婚的。過下怎麼交代？」她說：「媽，這不要緊。那這個事不要你操心。」
>
> 後來把茶喝了，煙吃了，她就鑾開朗，她說：「看這個樣子，你們三個人啦都是來跟我求親的啊。你們一路來了三個，我也不好規定你們來的。那麼，我出個題目，你們一個人說個四句子。」好，那三個公子就說：「那小姐，就請你出題啦。」三個人去了必定不是一樣狠的，總是還有狠的。她說：「我們要不離一張弓，又要不離一點紅，又要不離倒挑起，又要不離遮芙蓉，把這個東西跟我說個四句子。」
>
> 把這個題一下出了，個狗日的，這個題還是有點難啦。三個人就在默（想）了一會。默了一會呢，有一個呢文化高一點，他就想了一個，先說：「月亮彎彎一張弓，太陽出來一點紅，只見星宿倒挑起，只見烏雲遮芙蓉。」這不說得鑾好哇。第二個就說呢：「你說了天上了，我就只有說地下。」他就說什麼子呢？這個桃子樹不哈是些彎彎啦，他說：「桃木彎彎一張弓，桃子開花一點紅，只見桃子倒挑起，只見桃葉遮芙蓉。」他這不也說得鑾好。那第三個呢，就笨些。狗日的，沒得題材了，說不到了。他把這個小姐一試，他

就比這個小姐說了一個，他說：「小姐，你眉毛彎彎一張弓，嘴平皮紅一點紅，只見你的媽媽（乳房）倒挑起，只見你的羅裙遮芙蓉。」

三個人都說了，她的媽說：「那伢兒，你跟誰個呢？」她說：「那媽，我就跟他。」她媽說：「他說的還撇（差）些嘛，你怎麼要跟他呢？他們說得好些。」她說：「媽，那你找不到，一個說的在天上，一個說的在樹上，他說的在我身上。那我不跟他，跟誰個呢？」

故事講完以後，把些個姑娘們搞得大笑。也就是說，講故事要對症下藥，它才能提高人家的積極性，人家才喜歡聽。再比如碰到搞企業的老闆，我也跟他們編一些故事，那就是葷故事，那就是講完全是好笑的。[22]

講故事可以互相啟發，互相交流。故事講述現場人人都是聽眾，人人都是講述者。聽眾越多，越專注，講述者就越有幹勁，越有情緒。一個人在講，其他人不僅在聽故事，而且還在想故事。想這個人講的故事，自己會不會講；想這個人講完以後，自己講個什麼故事。如此輪番上陣，共同營造了民間故事的演述時空。

講故事就跟唱戲一樣，講故事人越多，故事越講得好，越精神。唱戲，你看戲的人多，你戲才唱得好。但是呢，你講的水平呢，你就是唱戲，講故事，你故事講得好，十人、八人、二十人、五十人，下面鴉雀無聲，人家在聽，你這個故事講得好；你聽到人家在喳（吵鬧）呢，那你就講不成。[23]

22 訪談對象：劉德方；訪談人：王丹、林繼富；訪談時間：二〇〇七年五月二十五日晚上；訪談地點：湖北省宜昌市夷陵區下堡坪鄉永順旅社。
23 訪談對象：劉德方；訪談人：王丹、林繼富；訪談時間：二〇〇七年五月二十六日上午；訪談地點：湖北省宜昌市夷陵區下堡坪鄉永順旅社。

在什麼場合講什麼故事，是劉德方進城以後最顯著的變化。過去在農村，劉德方說不大注意這些，「碰到葷的就是葷的，個咋，碰到素的就是素的。跟這個吃飯一樣，撚菜，筷子一持，撚到什麼玩兒，就是什麼玩兒」[24]。

劉德方記得第一次面對鏡頭是三峽電視臺的採訪。他說，當時講的時候特別緊張，害怕講錯，放不開，所以講得就不是很好。現在出入過各種場合，見識過不少世面的劉德方已能駕輕就熟了。

面對遊客，劉德方的講述會根據客人的時間和喜好來安排和選擇。因為遊客在旅遊景點的時間有限，所以劉德方一般講短小精悍的故事，以笑話居多，博得遊客一笑，留個好印象，也拉近彼此的距離，放鬆心情，增長見識。對於遊客的要求，劉德方儘量滿足。劉德方說，只要客人願意，我就講。

與劉德方已經很熟絡了，於是我們直接問他：「你自己感覺你進城以前和進城以後講故事有什麼不同？」劉德方坦言道：「講故事變化也還是有，不過變化不大。我們所想的是什麼呢？到城市裏來了，我們一是跟起形勢，二是與社會發展，我要創些新故事，與時俱進。這各是各的看法。有些人說，你是個農民，講故事就要講過去的，不講現在的。但是，有的人認為故事也是發展的，也要與時俱進，也還要更新。現在你看有好多新故事，有好多變好。所以說呢，我想在這個方面發展，我也還是創作一些新故事。」「到城裏來了，這個講故事我們一是認人，二是認場子。是什麼樣人就講什麼樣的故事，在什麼樣場子要說什麼樣的話。」[25]如是的概括不僅反映出劉德方故事講述方面的變化，而且也映現了他近十幾年來思想意識和為人處事等方面的思量和權衡。

---

24 訪談對象：劉德方；訪談人：王丹、林繼富；訪談時間：二〇〇七年五月二十五日晚上；訪談地點：湖北省宜昌市夷陵區下堡坪鄉永順旅社。

25 訪談對象：劉德方；訪談人：王丹、林繼富；訪談時間：二〇一一年七月十三日上午；訪談地點：湖北省宜昌市夷陵區夷陵樓劉德方民間藝術研究會辦公室。

在二〇一一年「中國民間敘事與民間故事講述人學術研討會」上，劉德方講了〈皮匠駙馬〉和〈吃你們的容容易易〉兩個故事。聽完他的講述，與會代表對他為什麼選擇帶有詩文的故事，以及葷故事什麼時候講等問題提出看法並詢問，劉德方欣然回應說：

> 既然各位專家問到這裏來噠啊，這個故事它也有雅俗共賞，也有葷的，它葷的裏頭還有葷的，也有素的，所以說有多少葷故事它也是帶四言八句的，也是帶詩詞對聯的，它不是就這麼說，這是葷故事。也有帶詩詞對聯的雅故事，這也還不少。所以說這個講故事的人，哪怕我是個文盲，不認得字，我呢今年也已經七十四歲噠，我搞建設也走了不少的場子，這也還是要有場合，認人來講故事。碰到專家噠，碰到教授噠，那麼葷故事都要放下來，都不講噠。或者我回到那個農村裏，我們一起一夥的，或是在吃飯的時候、休息的時候，大家說：「德方子，你給我們講個葷的。」那個時候我就講個葷的。像有的時候都是在官場，有些老領導玩噠，我們陪他們講下咯。有些在任的領導開個什麼會啊，什麼節日啊，陪他們講。那麼在大眾場合就要雅俗共賞，那葷很啦的，那還是不講。還是要帶一點兒葷的，有點兒色彩，大家才有興趣，就包括您們教授也好，學者也好，專家也好，這個愛情都是少不了的，您們說是不是的？一到二十幾歲，是個女的，我想找個美貌男子和他成親；是個男的，我也想找個美貌女的和她倆成親，這些都是發源愛情。那很多歌、很多故事都屬於愛情的，它把它串連起來，我們農村有句話「單絲不成線，獨木不成林」，一個單身漢總不能算一個家吧，一個女同志沒找到一個男的，她總還是個閨姑娘嘛，總要兩個人合一，也說「男女搭配，幹活不累」，呵呵。[26]

26 二〇一一年十月十五日上午劉德方在「中國民間故事與民間故事講述人學術研討會」上的發言。

這是劉德方作為故事家對故事的理解和講故事的區分，更是他長年鄉村生活積蓄敘事資源、豐富講唱技藝，以及進入城區後被保護起來，在出席各種場合、應對各種情境時觀察、體驗、感悟出來的關於故事講述與場境、身份關係的最為真實、形象、具體的表述。

然而，劉德方離開下堡坪鄉進入夷陵區是否就真正變成了城市人呢？在我看來，劉德方仍然沒有脫離他的農民本色，在他的身上有著中國農民的生活傳統和鄉土情結。二〇〇七年五月二十六日下午訪談時，劉德方告訴我們：

> 我從十一歲開始背腳，我一個人埋了五個老的，說了三道婦人。那我總的來說這個人還是搞些子啦。就是說，我哪怕是地主出身啦，死了，個個都還是弄了枋子（棺材）的；能打喪鼓，我還是跟他打了喪鼓的。我現在還在這兒想一個事，就是跟我幾個老人打個碑。就是說，在我的，沒得後人了。這個孤墳，立個碑了，還曉得埋的張三、李四。我想明年把這點事完成，那麼，我再死了，就萬無牽掛了。再一個就是要回報社會呢，我就盡我的力量，有人幫忙搜集整理，將我所記得的東西，我絕不保密，哈把它說出來。只要是有人牽頭，我記得的東西，全盤和肚子倒出來。我帶個頭，起個什麼作用呢？留於後世。那人家看到了這個書啦，哎呀，這還是某某人的，劉德方子的東西。[27]

劉德方的這段傾訴是中國農民最好的注腳，他要為死去的親人立碑，以免成為孤墳；知恩圖報、受過苦難的劉德方，晚年得到政府的關愛，他要用心回報社會，用心回報有恩於自己的人。在夷陵區，他交往頻繁的還是來自下堡坪的

27 訪談對象：劉德方；訪談人：王丹、林繼富；訪談時間：二〇〇七年五月二十六日下午；訪談地點：湖北省宜昌市夷陵區文化館招待所。

鄉親們，與城市人聊天最多的還是農民關心的話題。劉德方受城市文化的浸潤，其生活方式、價值觀念及身份特徵等發生了或多或少的改變又是必然的。這種變化使他從原有的農村聚落中脫穎而出。但就身份而言，劉德方依舊是農民。鄉村文化在他的身上烙下的印跡，以及方方面面的限制使得劉德方很難成為名副其實的城市人。

「儘管自我會遇到變化的過程，但他仍將擁有許多知識和經驗，這些因素在一個較早階段決定著他身份特徵（identity）。身份的概念總是與一個特定的時刻和環境緊密關聯的，自我也許可以在另一時刻或另一情境展現出不同的面目。然而，這些轉變絕不意味著個體的身份會被完全抹殺或得到重新建構，因為連接這些不同身份之面目是得到記憶保證的。」[28]身份的雙重邊緣化致使劉德方在城鄉的夾縫間處於虛空與矛盾狀態。下堡坪的鄉民們豔羨、欽佩，甚至嫉妒他這個變成了城裏人的鄉下人，而他這個彷彿成了城裏人的鄉下人又難以徹底融入城市。現在的劉德方搖擺於城市人與鄉下人這兩種身份之間，有雙重身份，又身份尷尬。劉德方有其優越感，也有他的苦惱，所以只得努力在不同的人群中謀求認同，尋找平衡。

其他農村的人請我去主要唱皮影戲，比如前幾天，湖北十堰保康縣一個老闆請我唱皮影戲，保康離宜昌四百多里，我就和搭檔三人去，他們來車接，演唱一晚一百元。我不亂收錢，客人給我多少就是多少，原先政府幫我定的出場價為五百元，我覺得高了，所以現在就沒有按照這個價格，我覺得收少點，別人願意，我也樂意，薄利多銷嘛……所以說這個人啊要廣結人緣。你不結人緣，那是不能的。你走到這裏，人家瞧不起啊；你走到那裏，人家瞧不起啊。首先不能瞧不起人家，要把自己放低些，尊重人家，人家自然瞧得起你。[29]

---

28 〔荷蘭〕杜威・佛克馬，王寧譯，〈走向世界主義〉，見王寧、薛懷源編《全球化與後殖民批評》（北京：中央編譯出版社，一九八八年），頁二五四。

29 訪談對象：劉德方；訪談人：王丹、林繼富；訪談時間：二〇〇七年五月二十四日下午；訪談地點：湖北省宜昌市夷陵區神仙灣劉德方家。

儘管已被命名為民間故事家和非物質文化遺產項目代表性傳承人，劉德方有了他新時代文化運動的身份定位和責任義務，但是，他依然在踐行著民間生活的法則，依然用自己的方式與鄉親父老保持著聯繫。因為他懂得沒有老百姓，就沒有今天的自己，這也才確實是劉德方的立身之本。

第三節　劉德方的身份屬性

界定劉德方的文化身份屬性，要看劉德方在特定文化中的信念、價值觀、行為標準和社會準則，要看劉德方在一定人群中具有的文化特徵，以此構成了以他為核心的圈內人與圈外人以及不同圈內人之間文化身份的差異性和層級性。

語言是一個人最直觀的身份表達，它在身份認同中具有特殊作用。美國加州伯克利大學教授Kramsch在《語言與文化》中談到：一個民族的標準語言，就是一個民族的文化圖騰。在古希臘時代，不會說希臘語的人，不具備希臘人的身份而被稱為「野蠻人」[30]。一個民族或地方的語言有一套完整的語彙、語音、語法、句法系統，在反覆的運用中，語言沉澱為民族或地域情感，沉澱為民族或地域的價值觀念。我國唐代詩人賀知章有詩曰：「少小離家老大回，鄉音無改鬢毛衰。」激起了無數遊子的共鳴，這就是語言在文化身份塑造中起到的獨特功用。

劉德方使用的語言是宜昌市夷陵區方言，這種方言是他在鄉村與人交際中使用的語言，進入城市生活以後，他仍使用自小習得的地方語言。生活在城區的人操持的語言與劉德方的基本一致，即便有語音、語詞上的城鄉差別，但完全不

[30] Claire Kramsch, Language and Culture , Oxford: Oxford University Press, 1998:65.

妨礙他們之間的溝通與交流，因此，劉德方在生活和交往上不存在任何障礙。劉德方通過不同口音、詞彙、語法和言語模式的細微轉換，為自己或被他人確認和夷陵城區人身份的同一性。劉德方操用的方言是包括他在內的文化群體聯繫過去和現在的重要紐帶，所有操持這種方言的人們可以從中獲得精神力量和情感依託，以及一種社會歸屬感和歷史延續感，並且依靠這種方言，與此相關的人們被凝聚在一個文化身份的大板塊裏。

方言是劉德方社會文化身份的語言表現。劉德方從進城之後就一直恪守著方言講述，即使面對外來的「他者」，他依然如故地用方言故事吸引聽眾，這是他生活和故事的主體部分，也成為他守護文化身份的堅固壁壘。

當然，不可否認，劉德方在講故事的時候，因為空間和聽眾的差異性，會遮罩掉一些鄉言土語，運用城市話語，乃至普通話中的詞語和表達，這一方面出於有利於聽眾接受和理解的考慮，另一方面也顯示他個人特殊的身份，避免被人瞧不起。因此，劉德方極為靈活地使用不同的語言，尤其表現在語彙上，他懂得不同群體中語言的使用對於交際有著奇妙的調節作用，懂得語言的使用具有恰當地實現身份轉換的特殊功能。

二〇〇七年五月二十六日下午，剛剛從下堡坪鄉趕回夷陵區文化館招待所，一進房間，坐下來，稍作休息，我們和劉德方又不自覺地回到了故事的主題上。

【王：指王丹；劉：指劉德方；林：指林繼富。】

王：我發現您講故事，就是您跟我們講故事，這兩天，是不是因為我們是外地人，您怕我們聽不懂您說的方言，所以您一邊講，一邊還要做一些解釋。但是，如果跟你們本地人講故事，或者在臺上做表演的時候，您講故事也要適時做一些解釋，還是就這樣一順溜講下來？

劉：就是在我們當地，聽得懂我們這個方言的，那我們就一順講起去了。有外地的客人，在這個很經典的地方，可以補充兩句，解釋一下，人家就容易聽懂。我們的心態就是這麼個心態。我們本身都是湖北人，但是還是隔這麼遠，說話的語氣和方言還是大不一樣。現在就是流行普通話，我們就說不到普通話。像你們讀書也好，上課也好，一般都是普通話。

林：故事要用方言講。

劉：欸，故事就是要用方言講。你用普通話講，它就沒有這個味了。

劉德方為了獲得城市「主流」身份，有意無意地進行著「被選擇的傳統」活動，有意無意地在建構新的身份角色。「沒有選擇，沒有採納或拒絕的可能性，沒有把可用成分納入利益和價值的系統，沒有社會的控制和解釋，任何傳統也不能進入文化。」[31]也就是說，劉德方進入夷陵城區所經歷的是一種異質性生活，而且處於邊緣化和結構性異化的可能境地，此時的劉德方置身於不同於以往的生活經歷和文化環境之中，在彼此的視線中，以互為異質性為前提，他去尋找適合自我的表達方法。

劉德方精準地說，講故事要看場合，要「對症下藥」，才能提高聽眾的積極性，才能自己舒服也高興。見到領導，遇到專家，碰到老闆，劉德方都有自己的一套話語，都有專門的故事儲備，與時俱進的、富有意義的、完全好笑的，分別是預備給不同的聽眾和場合的。「我就是唯一一個觀察，摸索。耳朵裏聽啦，眼睛裏看，什麼場合是些什麼人。」[32]

> 現在有這些子人，它還不到黑呀，兩個人一下抱起呀，個狗日的，在那兒說呀。媽的，我也跟他們搞些子，編一個故事。

31 [芬蘭]勞里・航柯，戶曉輝譯，〈民俗過程中的文化身份和研究倫理〉，載《民間文化論壇》二〇〇五年第四期。

32 訪談對象：劉德方；訪談人：王丹、林繼富；訪談時間：二〇〇七年五月二十六日下午；訪談地點：湖北省宜昌市夷陵區文化館招待所。

有一天啦，這個公園裏有一對戀人在那兒玩，年輕人在那兒玩。玩到呢，兩個人談講呢，那也談得蠻投機呀，個咋的，想發生一下性關係。再又沒得地點呢，又怎麼去搞呢？好，就在那個花樹下，要黑了，他們兩個就在那兒蹭呀蹭。有一個夥計呢，打那兒過呢，就一下看到啦。你說這個夥計清白（清醒），他又不清白；不清白，他又有點清白。試到他們兩個過不得意（不好意思）了，就說：「他媽的，你這個時候還不回去看去，你這個咋，這有個什麼看場啊。」就把他炮灑（罵）一頓，他就回去了。

還這個夥計回去睡了一頓，他就想，他這個咋，這搞得蠻好看，盡我明天早上又跑到那兒看去。早上一起來就跑到那裏去看去呢，四五十歲的個老頭在那兒搞俯臥撐，在那兒鍛鍊身體，在那兒炯呀炯（手腳撐地，身體上下運動）。他又在那兒轉呀轉地看。看了，就把這個老頭搞煩了，他說：「他媽的個屄，我在這兒鍛鍊身體嘛，你在這兒看，看他媽的個什麼屄，你是個恍昏啦，你！」「嗨，我是個恍昏，我怕你才是個恍昏囉。你底下的一個什麼時候就走了，你還在那兒蹭呀蹭。你還說我是個恍昏。」

他昨天看到的是兩個，今天看到的是一個，他說，底下的一個走了，你還在那兒蹭。[33]

劉德方尤其善於即興從生活中汲取新的素材，看到一些社會現象，不論是好的，還是不良的，他都會用故事的思維來思考、來創作、來表現。這裏面既透露出他鄉土的本色，又反映了他對新事物的接受和看法，包括用語用詞上。劉德方進一步提升，說道：「走文化戰線這條路的人啊，他平時走路就在想。我深有這麼一個體會。我到城裏去，就是走路，就是陪客人也好，就是陪領導的也好，但是心裏一定還是在琢磨。我怎麼陪客人，怎麼陪領導，用些什麼方式。那你關注多了呀，就接受一些東西，我就可以獲得，創作一些故事。」[34]由此可見，劉德方不僅原本就對故事愛得「走火

33 訪談對象：劉德方；訪談人：王丹、林繼富；訪談時間：二〇〇七年五月二十六日上午；訪談地點：湖北省宜昌市夷陵區下堡坪鄉永順旅社。
34 訪談對象：劉德方；訪談人：王丹、林繼富；訪談時間：二〇〇七年五月二十六日上午；訪談地點：湖北省宜昌市夷陵區下堡坪鄉永順旅社。

入魔」，而且如今的他一定意義上已經具備了某種「職業意識」和「工作方法」。

劉德方通過故事講述表達情感，由此與觀眾協商，建立生活共同體，以此形成一種認同，從而實現聯合，構成與「我們」關聯性的文化空間。在形成「我們」共同體中，劉德方和他的故事能夠給被選擇的一系列象徵帶來傳統上的統一性，「無論它們是實在的還是抽象的，是觀念、事物、言詞還是行動。這種統一多半奠定在語義的妥協甚至誤解的基礎之上」[35]。與劉德方關聯的「我們」強調的是在被選擇傳統中彼此認同構成的整體。在這裏，劉德方「被選擇的傳統」建構的共同體是現實生活和民眾實際奉行的行為規範和準則以及「草根性的」意識形態。

劉德方坦然承認，「到城裏來了，就跟起形勢，個咋的，我們就是在後頭細細變了」，而且變化不小。但他又說：「我就是在小溪塔結交這些朋友，在藝術團的，都認為我這個人確實夠朋友。我們也不擺任何資格。你不管高的、矮的、大的、小的、男的、女的，都是朋友。」[36]

二〇〇七年五月二十六日上午，在下堡坪鄉，我們就劉德方故事的採錄和他進城前後的變化等問題訪談了余貴福之後返回旅社房間，這時劉德方正和陳維剛促膝而坐，聊著天。見他們聊得正火熱，我們也加入了進來。

劉德方講四個媳婦與公爹鬥狠的故事，裏面有許多四句子，既生活化，又有文采，蠻有意思。類似講文詞、有笑意的故事是下堡坪老百姓，尤其是男性故事講述人珍愛的談資話題，一聚到一起，他們就必講這一類的故事。「〈四個媳婦說四句子掰爹〉的故事結尾說到四個媳婦以貓來取笑聽壁根子的公爹，我便順勢一問有沒有貓捉老鼠的故事，意圖把劉德方從生活故事引向神奇故事。因為目前已採錄出版的劉德方故事中這一類別的基本沒有，我比較關心，也想看看劉德方是否能講神奇幻想的故事。劉德方大概還沒回過神來，就徑直回答沒有，但提到當地有臘月二十四伐杉樹枝、炸蛇蚤、炸老鼠的習俗。下堡坪地處山區，人們一般從事山地農耕生產，在未封山造林之前，還輔以狩獵為生。在同大自然

35 【芬蘭】勞里・航柯，戶曉輝譯，〈民俗過程中的文化身份和研究倫理〉，載《民間文化論壇》二〇〇五年第四期。
36 訪談對象：劉德方；訪談人：王丹、林繼富；訪談時間：二〇〇七年五月二十六日下午；訪談地點：湖北省宜昌市夷陵區文化館招待所。

的親密交往和聯繫中，老百姓與數量眾多的動植物相依為伴，相伴而生。他們根據這些動植物的樣貌和性情分別產生了不同的認識和感情，並且逐漸在日常生活中構建了一系列踐行的法則以趨利避害，這其中當然少不了可惡又可愛、可憎又可怕的老鼠。在他們的世界裏，老鼠還有家鼠、地鼠、山鼠等不同的區分。說老鼠，話老鼠，倒是啟發了陳維剛，他趕緊說自己有個貓和鼠的故事，叫做〈九斤貓和九斤鼠〉，隨即便講了起來。

這個老鼠有狠啦，對人類的傷害呢特別嚴重。這一下就佈法呢，把這個老鼠征服下去。這個縣裏呢也發現這個危害蠻大呢，就差人下來訪查這個事。這個老鼠被人看到呢，大約有九斤。這麼大的老鼠，神通該是廣大，傷害性就蠻大。這個老鼠要征服牠，一物降一物啊，那必須要是貓子。到哪裏去找這麼大個老鼠去呢？結果，還是縣官派人下來找去。滿到處找呢，結果還是找到一個大貓子。來一稱呢，也只有九斤。老鼠也有九斤，那個貓子有九斤，那豈不是要降這個老鼠，這個貓子也欠力啊，那力量相當嘛。但是，這個任務又蠻緊。如果不是在規定的時候，把這個老鼠征服下去呢，這個下面的差人是要受罰的。結果，時間已經到了，沒得辦法了。有個差哥就說，他說：「這個老鼠是被貓子降服的東西，我們還是呢把這個貓子放出來呢，跟牠打一架去。」你不這樣，期限要到了。結果，他們就把貓子放出來。放出來以後呢，兩個呢相持不下，兩個都不退步。這個貓子呢恍然間呢，一跳，旁邊一個水坑，跳到水坑裏一打滾，再一跳地起來，旁邊一堆石灰，這個石灰裏頭又一打滾，一下跳到老鼠面前一蹬地，這個石灰掉到老鼠眼睛裏去。牠一下子忘記了老鼠這個對象，在頸巴子裏抱住牠。這個貓子非常聰明，牠還是把老鼠用一種技術征服了。大致意思是這樣的。呵呵！[37]

[37] 〈九斤貓和九斤鼠〉，陳維剛講述，王丹、林繼富採錄；採錄時間：二〇〇七年五月二十六日上午；採錄地點：湖北省宜昌市夷陵區下堡坪鄉永順旅社。

陳維剛講的時候，我觀察，劉德方在仔細地聽，用心地想，似乎記起了什麼。陳維剛剛一講完，劉德方就接了下去。

「牠這個老鼠啊，你說，老鼠是哪麼來源，是吧？牠就是外國進貢，進到我們大陸來的。就進了一個九斤重的老鼠，看我們中國有沒有這樣的貓子能夠降服這個老鼠。當時進貢的人，他進了來了，大國就沒得辦法了。它原來有個臣子，非常聰明，他不然犯了點什麼法，把他打到牢裏坐，他在坐牢。坐牢呢，外國的個差使啊，『你大國能夠降服我這個老鼠啦，你國為大，我國為小，年年進貢，歲歲來朝。你降不開我這個老鼠，那我們兩個就還是簽什麼個條約。我就回去興兵呢，就奪你的江山。』這個萬歲呢非常著急，就在佈（命令）全國一找，找到一個九斤重的貓子。」講到這裏，劉德方從故事裏跳了出來，陳維剛見狀，說：「那跟你講的大致相同，我們合起來就把這個故事搞圓款。」劉德方聽罷，顯示出他的不同之處，又進入故事，說：「這個咋樣的，一個是半斤，一個是八兩，對到對呀，肯定是就是還是有一掙（爭鬥），那麼力量還是不夠。就沒得辦法了呢，就說原來坐牢的大臣啦，他手下還有一班人吵。為抓這個東西，偷偷到牢裏去，請教他。把這個情況一說，他說：『你這件事很簡單，砍半斤肉，這個貓子一吃。』貓子把這個半斤肉一吃，個咋子，就多半斤了嘛，比這個老鼠子。吃了半斤肉，就多半斤，就把他們這個二虎放出來。」到這裏，劉德方停下來，解釋說：「那麼，後頭就跟他這是一樣的。」他接著講到：「本身就多了半斤，實際上又一大身一摻這個白灰，就最後就跟這個老鼠兩個對打。對打呢，還是第二。貓子，但是呢，比牠要強一腳呢，還是想把牠降服不行。個咋麼，他們就想一個辦法，就弄了一條大板凳啦，往這個當中一擱，老鼠在這邊，貓子在那邊。還這個貓子，個狗日的，可以從這個板凳一翻地就過來，老鼠子在板凳底下翻不過來。這個狗日的，老鼠子一掉了下去，貓子一下就把牠撐起，貓子就把牠降服了。」[38]

劉德方講與陳維剛講的同一類型的故事時，並沒有一順溜地講下來，而是在他認為適當的地方停頓一下，用他從各種渠道獲取來的知識資訊與陳維剛進行故事交流，給作為聽眾的我們以解說，構築現場共同的認知平臺，這一方面是與鄉民分享他們的共識，另一方面也與「外來者」相互溝通。但僅從講述上來看，劉德方顯然已很久沒有講這個故事了，不過相關的地方性知識依然深藏在他的文化血脈裏，因此，一經陳維剛講述，劉德方就能在自己的故事儲存庫裏搜索出來，並闡解得頭頭是道。以大貓制巨鼠的〈鬥鼠記〉[39]故事在鄂西一帶傳講甚多，令人不由得憶起《詩經》中〈碩鼠〉的歌謠和西域奇幻駭人的鼠國的記載。這類故事的演述與傳承既是當地民眾懼鼠的表露，又是力圖制鼠的張揚。

講到貓，劉德方立刻聯想到了「大貓」——老虎，這就講起了〈畫虎〉的故事，但它實則說的還是貓。

一個縣官他又想講點狠。他一個想呢，想畫這個老巴子（老虎）。他合著一畫，畫得嘛像個貓子。他就吩咐他手下一個臣子呀一看，他就說：「你看，我這畫的像個什麼玩兒？」那個夥計也找不到，他就說個實話。他說：「老爺，你這畫的像個貓子。」個咋，他一聽煩了：「我明明畫的是個老虎，你說我畫的是個貓子。把你拖出去打二十板。」後來，這個傢伙又把另外一個人喊了來，他說：「你說我這畫的是個什麼？」他那個人呢就把這個畫呢，他就這麼細細看啦，就細細看，他也長短不說。這個老爺說：「你怎麼不說呢？」他說：「老爺，我怕。」他說：「你怕什麼子呢？」他說：「我怕您。」「你怕我，你說

38 訪談對象：劉德方、陳維剛；訪談人：王丹、林繼富；訪談時間：二〇〇七年五月二十六日上午；訪談地點：湖北省宜昌市夷陵區下堡坪鄉永順旅社。

39 《中國民間故事集成・湖北卷》（北京：中國ISBN中心，一九九九年），頁三四三至三四四。

我怕誰個呢？」「你呢怕州官。」「州官呢？」「州官怕皇上。」「皇上怕什麼子呢？」「皇上只有怕天。」「天怕什麼子呢？」「天怕雲，雲遮著，那看不到。」「雲怕什麼子呢？」「雲怕風，風一吹，這個雲就哈散了。」「風怕什麼子呢？」「風怕牆，牆哈擋著了。」「牆怕什麼子呢？」「牆怕老鼠子，一拱，牠就泡（鬆散）了吵。」「老鼠子怕什麼子呢？」老鼠子怕貓子。他把這個老鼠子刨了出來，怕貓子，他就沒有說明。他說：「老鼠子呀，就怕您畫的。」結果，還是個貓子。他婉轉，沒離開那個傢伙的。[40]

劉德方講的〈畫虎〉故事特別精妙地把湖北西部廣為流傳的「老鼠嫁女」和「鼠與貓關係」的故事編排了進來，並在此的基礎上讓整個故事的程式循環更加豐富，更加有趣，也合乎情理邏輯，既十分明晰地表現了故事中各類人物的形象、個性和關係，也非常有創意地展演了自己把握故事、創作故事的才能，彰顯了民間智慧的活與巧。

這是一個既友好，又有些火藥味的講故事的競爭場合，劉德方大顯身手，陳維剛也不甘示弱，所以，他們兩個人都很興奮，也很自信，但融洽的氛圍一直縈繞著我們。陳維剛品味一番，稱讚道：「這個故事轡有藝術。它轉彎抹角，最後還是說怕貓子。」

這下，劉德方回憶起了他自己兒時撞見老虎，沒被吃掉的經歷，描述細膩得讓人有身臨其境的感覺，也引出了陳維剛的〈土地不開口，老虎不吃人〉的故事。

有一家呢，一個兒子去做活路，去割草去了。割草呢，在這個土地廟後面割草。割草的時候呢，他也就不知不覺就看到一個老虎呀在土地廟門上作揖。他說，這真古怪呀，老虎怎麼在土地廟這個門口作揖呀。他

40 〈畫虎〉，劉德方講述，王丹、林繼富採錄；採錄時間：二〇〇七年五月二十六日上午；採錄地點：湖北省宜昌市夷陵區下堡坪鄉永順旅社。

也就沒作聲呀，就悶著看。牠做了揖了，這個土地就說，他說：「這個一里路以外呀有個姓張的，他餵的個母豬，你今天晚上可以把牠搞來吃了。」好，牠跟他作了做個揖呢，老巴子就走了。

結果，這個割草的他就姓張。他說：「一里路以外的姓張的就是我一戶啊，我也沒餵母豬哇。」他就回去。他回去呢，就把這個話呀跟他妻子一講：「我今天碰到個巧事。」他說：「我在那兒割草哇，看到一個老虎在土地廟面前作揖，土地廟的土地老爺他怎麼說怎麼說的。」這個媳婦子說：「那這呀，有問題。」她說：「聽說呢，土地不開口哇，老虎不吃人。這可能我們這個母親，媽呢有問題。你不能把這個媽呢放到外頭去了，硬是不盡（讓）她出去。」就把這個媽就架（放）在屋裏。

就一直呢到黃昏的時候，到黑了呢，老虎還沒來。就把門哈抵著，過去這個門啦是木門。抵到以後呢，過了下呢，這個老巴子來了，就刨這個門，吭呀刨。吭呀刨呢，但是那就非常清楚，不能盡他的母親出去了，一出去，就盡老虎咬去了。這個媽呢就一定要屙屎，要解手。解手也不行，還是要在屋裏屙。結果他的媽硬是要屙，還是不盡她出去。在屋裏呢就屙了。屙了以後，這個時候，屙了，這個老虎也走了。結果，他的媽屙的屎呢哈是豬屎。[41]

陳維剛話音剛落，劉德方就反應過來了，脫口道出了他們地方上的慣常思維和共同觀念：「她（張媽媽）人變成豬了。」陳維剛連忙補充說：「牠這個老虎要吃人，人必須要變成一個動物的形，老虎不吃人。」我問：「那人怎麼能變成動物哇？」見陳維剛沒回答，劉德方急忙說道：「他到那個時候自動變了。這個人怎麼會變成動物，它是一種傳說。其他的也可以化，比如說裝一個牲口。」緊接著，他講了〈四兩肉錢〉的故事。

41 〈土地不開口，老虎不吃人〉，陳維剛講述，王丹、林繼富採錄；採錄時間：二〇〇七年五月二十六日上午；採錄地點：湖北省宜昌市夷陵區下堡坪鄉永順旅社。

還講一個人，他就是該人家四兩肉錢。就是說，為人不要該人家的來生賬。這個老闆死了過去呢，個咋，他就變個老虎。這個人變了個老虎，還有那個該了他四兩肉錢呢還沒還。老虎牠就到這個土地廟，去求這個土地老爺。牠說：「某某人還該我四兩肉錢，我要去收去。」恰恰這個土地廟裏頭就有一個落難的告化子，先頭擱這個裏頭睡。但是這個老虎沒進廟門，就在廟門求他。土地老爺一說，就被這個告化子一下聽到了。他說：「某某人該我四兩肉錢，他屋裏興盛的。」他說：「你黑了去收去。你不能吃他，你只要恰恰還你四兩肉錢。」

好，這個告化子聽得清清楚楚的，他討米討到那個老闆那兒去了，又在那裏借歇。借歇就看這個情況，這四兩肉怎麼辦。在那兒借歇呢，這個老闆，好了呢，你個告化子嘛，你就在我這個簷下偎（蜷縮著躺）下，你就在這裏睡。後來，黑了呢，他一個吊溝子廁所。在高頭解手啊，這個茅坑在底下。底下有個門呢，就是個吊樓子。跟這個門一樣，在高頭解手，正在茅坑這個下頭。夜裏呢，這個告化子就跟這個老闆說，千萬不能盡他出去。他這個吊樓子解手啊，他也不得出去。但是，他正把這個褲子脫了，往那高頭一蹚（蹲），來一屙。那個老巴子在這個廁所裏，爪子一持，一下就把他屁股搞一坨去了。那個四兩肉就薅去了。把他屁股跟他搞一坨去了，還他四兩肉錢。[42]

故事涉及到下堡坪鄉民關於人與動物關係的信仰，也關涉到人的處世之道的問題，我便問：「人死了是不是可以變成其他東西？」劉德方說：「可以，各種各樣的，可以變。你不找，人死了又變人啊，那不是的。他可以變植物，可以

42 〈四兩肉錢〉，劉德方講述，王丹、林繼富採錄；採錄時間：二〇〇七年五月二十六日上午；採錄地點：湖北省宜昌市夷陵區下堡坪鄉永順旅社。

變群獸，但是你要變人，你要修行得好，你死了還是可以變人，要做善事。」所以故事與人們的世界觀、人生觀、價值觀緊密相連，這便講到了〈洛陽橋〉的故事。

蔡狀元他為什麼要修洛陽橋？洛陽的橋是蔡狀元修的，他的爹長得落胯（難看）。他說，這生你做惡呀，它這就是折磨他，橫直那看不好，死不得死，活不得活。神仙就跟他報夢：「你要做好事，來解脫你爹的罪。」他當了一輩子的狀元，一個洛陽橋沒修起。狀元要修洛陽橋，修到最後修不起了，他的錢哈修光了。觀音娘娘才下凡，誰個知得是女仙？她就弄它一隻船，坐在河裏，打扮得非常漂亮，就說：「你們這些王孫公子都是有錢的人。你們都架（用）銀子砸，哪個砸到我了，我就跟你們哪個做妻子。」有錢的人看到，觀音娘娘變得那麼美貌，哪個會不想呢？個雜種，有的趕工做兩個錢啦也去砸去，有的大戶老闆也去砸去，王孫公子也去砸去。去砸，一個都沒砸到。一個都沒砸到哇，她船上的銀子錢搞有了。她把這一船錢送給蔡狀元，才把這個洛陽橋修起。

但是，洛陽橋修起，魯班又下凡。魯班下凡，他又變個告化子。變個告化子啊，他說：「師傅們，你們這麼辛苦哇，我也來幫你們搞幾天了，來混口飯吃。」他們一看呢，個咋子，又是疤子，又是麻子，臉又是蘿蔔花，腿子又是連瘡疤，手又像個八月抓，完全不像個人。個狗日的，他們哈又瞧不起他，沒得人惹，不要。

他就在這個洛陽橋旁邊，這個婆婆姓張，就落在張婆婆家裏，這個婆婆對他蠻好。他也就在那兒沒得事啊，就弄了一塊石頭，今兒在這兒打兩鑽子，明兒在這兒敲兩錘子。它這個橋修得要起了，後頭要接垣了，他就要走了，跟這個婆婆說，他說：「我在您這兒，多謝您呀，這麼個相，沒得錢給到您呀，這塊石頭，我就把給您呀。有人到時候來買呢，你有好多錢，你就賣；不是好多錢，你就不搞。」

好了，說了這麼個話呢，搞了塊石頭，就走了。洛陽橋接垣呢，雜種，這麼大的石滾抬起，不是大了，就是小了。橫直，個雜種，不得還原了。他們也說：「個狗日的，某處一個告化子打了一塊石頭哇。個咋的，我們去買下看。」一去，這個婆婆說：「我這個石頭要好多錢。」「那你這貴了，不要。」轉去又搞，搞不攏。好，搞不攏，個雜種，又還是出這個錢，把這個石頭買了。抬去，往那裏一架，一不大，二不小，一個釘子挽到（固定）。

後來，這個魯班，這個婆婆就得了一筆錢了，洛陽橋修起了。洛陽橋修起了，媽的，張果老八鬥神仙，騎個屄毛驢子在那兒過。誒，他說：「師傅，這個橋完工了，我可不可以打高頭過呀？」他說：「這怎麼不打，這個橋嘛，你一個人，這那麼個驢娃子嘛，你哪麼不能過，你卯過（儘管走）。」他也沒認到，個雜種。後來，騎起驢子一上洛陽橋，這個洛陽橋一下歪了。個雜種，魯班看到，拐了（壞了），這不是等閒之輩。趕忙跳下水，架五尺把這個橋撐著。洛陽橋，你看到都是個歪的。他這個木匠的五尺，你再杵得好，它是個彎的。木匠掉線，你再怎麼樣，他要閉隻眼睛。木匠最後自己把眼睛戳瞎一隻，他說：「神仙不認得神仙。」你看，木匠掉線為何要閉隻眼睛啦。他的五尺你過細看，再杵著，它是個彎傢伙。

【王：指王丹；劉：指劉德方；陳：指陳維剛；余：指余貴福。】

王：魯班下凡，他變成什麼樣子呀？

劉：腿子又是連瘡疤，腿子就是長瘡，灌得膿巴巴的。手哇像個八月抓，他個指頭子粗一節，細一節，哈是怪的，這就叫做八月抓。八月抓是山上一種植物，八月抓最好吃。香蕉，你看過的，大致那個樣子。它八月間吃的。

陳：八月抓，是八月份一過白露，藤子上結的一種野果子，非常好吃，跟香蕉一樣的，要短一些。

余：八月份你去抓去。有的說是八月查，八月份它就查開了，那裏頭的一坨肉。還有貓兒屎，貓兒屎小點，薄皮。[43]

遇到故事裏不懂的地方、不知道的東西，我們就等故事講完後來問個究竟。此時，劉德方、陳維剛、余貴福他們就會合力做出描繪和解釋。劉德方頗有點自豪地說：「像你們大學老師，我們還有些方言，有些東西，你們完全找不到哇。」我笑著答道：「對，我們是來學習的。」陳維剛則說：「不懂的無非來自兩個方面，一個是方言，方言他說的，你不懂；二個地方上的特產，它有的不懂。除此之外，還有什麼不懂的。」劉德方接著說道：「那你們要經常到我們這裏來，經常跟我們打交道，就是把我們這些子土香土色的東西，可以學到蠻多東西。」我連連點頭應承。他又說：「我們向你們學下你們的知識，學下你們的學歷，學下你們的教材。聽到你們講下課，我們還是可以學到一點。」可見，聰明的劉德方明白，通過接觸，通過學習，通過交流，人與人之間是能夠相互接近和接受的。一席話不僅使劉德方、陳維剛等在場的下堡坪人結成了同盟，而且既區分了「他們」與「我們」，也架起了可以與我們這些「外來者」溝通的橋樑。

如同「洛陽橋」這個發源於福建泉州的故事流傳到宜昌一樣，就像劉德方積累和交流故事與知識一樣，不同場境下，身份相同或相異的人們隨時隨地都可以根據需要在多個既有差異又有關聯的層面上分別尋求他們可以共同分享或者彼此借鑑的東西，藉此明辨各自的位置和價值，也擴大視野，開闊心胸。

這個故事（〈洛陽橋〉）那都是南來北往的人，人也還蠻多，去噠無事呢，白天勞動，黑噠，晚上休息，那也沒得其他什麼文化生活，那就是在一起講一講故事，唱一唱山歌，日一日白。所以說呢有一個老

43 訪談對象：劉德方、陳維剛、余貴福等；訪談人：王丹、林繼富；訪談時間：二〇〇七年五月二十日上午；訪談地點：湖北省宜昌市夷陵區下堡坪鄉永順旅社。

頭呢是秭歸的，多大的年紀，他也蠻歡喜講下故事，聊一下天。那我們農村裏講故事就是日白。黑噠呢，我們就坐啊那個棚子裏休息呢，在那兒開始是唱山歌。高頭有個「十繡洛陽橋」，把這個山歌唱噠呢，這個老頭就說：「你山歌唱得那麼好，這個『洛陽橋』的來歷你曉不曉得？」我說：「這個『洛陽橋』呢，我曉得一個梗概，但是呢不大那麼全面，那這個老年人那您曉不曉得呢？」他說：「那我也記得一些。」我說：「那我肯定就要向您求教，您知道一些，您講噠，我聽啊下看。」他就從頭到尾把〈洛陽橋〉這個故事就講噠一遍。但是，我這個人呢沒得文化，我唯讀噠兩年半書，唯讀啊一個一年級就下啊學噠，我就是全靠這個腦殼記的。他就講了一遍，我就把這個東西記到噠。回來，我就是搞勞動也好，就是背腳也好，一個人無事就放到嘴裏唸一念唸。這個東西就是走那裏來的，我就把它記入我的腦海噠，我就把它記到噠，這是這個故事的來歷。這個山歌的來歷，我是走起來、聽起來、記起來、學起來，我也沒得一個真的師傅，我都全是瞄學的。因為我搞建設走的場子蠻多，像修公路、修鐵路、趕溪、炸河、放排、背腳、築堤，行行建設沒離過我。我那兒都是會南來北來的人，一攏堆，我們在河容築堤那是十三萬人，那黑壓壓的包起都是人。我去了一個月零三天，我一沒挑一鋤，二沒挖一鋤，您們猜我在搞什子呢？我就專門給他們打硪（打地基），就選我為師傅，打硪就要叫號子啦，我就專門給他們叫號子。我去了一個月零三天，打啊三十天的硪，還有三天搞三個通夜，最後完工。所以說我呢就喜歡這個東西，我也蠻歡喜鑽那個東西，我也蠻歡喜學那個東西。我這兒也是南來北往，也沒得一個什麼真正的師傅。像我走到這兒，您會唱，你唱噠好，你唱我就聚精會神地聽到，您唱完噠，我就把您的東西搞到我的口袋裏，現在就成啊我的東西噠，我這個東西就是這麼來的。[44]

44　二〇一一年十月十五日上午劉德方在「中國民間故事與民間故事講述人學術研討會」上的發言。

劉德方學習故事的經歷和經驗表明他善於在各種情境中正確地定位自己，在同質與異質中把握人際關係和知識交流。

劉德方和陳維剛兩個人繼續你一個、我一個地講故事，比如混吃混喝人的故事〈吟詩作對〉、〈哭死的三黃〉，夫妻間的故事〈兩口子吵架吹亮〉、〈打鬼主意〉，先生與學生的故事〈過河〉、〈先生推磨〉等等，他們互相啟發、鼓勵、競賽、享受。這些故事一方面表現了他們在共同生活基礎上具有的對各類事象的認識和道德觀念，另一方面展現了他們由於各異的生命過程而出現的理解上的差別。排除「我們」，「他們」之間彼此看到的異質性更多；比照「我們」，「他們」則更趨於彰顯其同質性，為「我們」傳遞「他們」的生活、知識和學問。

特別的是，我留意到，每一次和下堡坪的鄉親們一起講故事，劉德方不但要在「我們」面前展示他與鄉民之間的共性，而且還要講幾個他在城裏新創作的故事來表現自己的獨特與不同，同時也拉進與「我們」這些在他眼中是城市人之間的距離，表明他有與「我們」能夠共用的事物。比方〈坐雙層公交車〉一類的故事就是他在這個時候每每要講到的。所以說，在演述中恰當做出選擇和調整成為劉德方維護其特定身份的重要策略。

劉德方在適應新的環境過程中進行傳統選擇和身份建構，在這裏，身份建構強調了文化身份的歷時性變化及共時的多層面性。劉德方的文化身份建構充滿了碰撞與交融：在歷史記憶中，劉德方生活的村落文化在長期的傳統延傳中形成的系列特徵，是其文化身份的恆定層面，成為文化認同的基礎，制約著文化認同；在社會生活層面，劉德方又不得不去適應現實的政治、經濟、文化等活動，以此調適著自己在實踐和記憶中的身份文化所應有的特點和色彩。

現今的劉德方面臨各種文化的和心理的衝突，他通過體現自我的主體性選擇，通過形成與「互動者」的共同文化板塊，來克服矛盾，突破隔膜，超越衝突。隨著他在夷陵城區生活方式的變化，劉德方在積極發揮自己的主動性和能動性基礎上改變自身存在的狀態和意義，努力試圖在新的情況下獲得新的認同。

因此，劉德方在建構文化身份的過程中，不斷對他所承載文化的思想、內容和形式進行調整和適應。這種調整和適應主要包括順應性行為、節制性涵化、整合性多元文化，這些在他的講述生涯中體現為把聽眾的心理訴求及審美需求作為重要原則，減少文化交流的障礙，而去尋求思想和情感上的共通性。劉德方在十多年的城市生活中，主要是「適應而不同化」特有的生活方式、支持該生活方式的社會環境、移居在社會特定「場所」形成的紐帶以及進入城市以後與「互動者」所構成的社會結構及其特殊空間所表現出來的各種實踐方式、與城市人之間的「多元共存」，所有這些充分展示了劉德方身上擁有的傳統文化和個人氣質在認同過程中的堅固性、守恆性和融通性。

與此同時，劉德方在維繫自我文化身份的前提下，儘量增加演述與聽眾接受範圍和期待視野一致性的內容，並順應他們的欣賞習慣，避免因距離過大而使聽眾對他和他講述的故事失去興趣。所以，劉德方在演述故事的時候考慮聽眾的文化身份是在為自己的聲音爭取空間，為自己的生活爭取空間，以獲得一種安全感。不過，我們也發現，劉德方進城後在盡力維護各方面關係，但他與鄉土、鄉鄰、鄉親之間的交流不可避免地在不同程度上被減少、削弱、阻隔，他不再擁有恆定不變的文化身份。儘管城市生活和現代觀念能夠把劉德方及其攜帶的鄉村生活包容進來，然而，劉德方卻不能成為真正的城市人，也不能像先前那樣做地地道道的農民，在他身上出現了文化轉型的明顯傾向，這樣，劉德方身份屬性的模糊就不言而喻了。

第七章　劉德方及其故事的保護

二〇〇二年以來，我國非物質文化遺產保護工作取得了巨大成就。二〇一一年二月，《中華人民共和國非物質文化遺產法》頒佈，從法律上規定了文化傳承人的權利、義務以及對他們的保護。目前，文化部已經命名了三批近一千五百名國家級非物質文化遺產項目代表性傳承人。這些傳承人大部分是生活在廣大農村、牧區的農牧民，他們因為具有獨特的技藝和才能在新的時代獲得了榮譽，贏得了尊重。這些傳承人有的已離開原生活地，進入城鎮，有的仍然生活在鄉村民眾中間，但無論哪一種情況，他們均享受到了來自政府和社會各方面提供的物質生活待遇、精神情感待遇，乃至政治地位待遇，他們的身份和生活發生著這樣或那樣的變化。那麼，這些「保護」對於傳承人及其承傳的民間文藝到底起到了什麼樣的作用和影響，則值得深入去追蹤、研究和思考。

第一節　人的保護

發端於搜集整理民間文學的二十世紀中國民間故事傳承人研究，是在發掘人民的文學和人民的思想中逐漸認識到傳承人的重要性，隨之相關的保護和研究工作步步在推進。進入二十一世紀，在多學科方法的參與下，人們從保護文化傳統的自覺中提出了重視民間故事傳承人的思想，形成了挖掘、記錄、保護民間故事傳承人及其故事的良好風氣，民間故事傳承人這座巨大的民間文化寶庫也越來越受到有識之士和各級政府的關注，他們運用多種方式彰顯其作為地方文化代言人和鄉土傳統代表者的做法也越來越顯著。劉德方就是在這樣一種大背景下被發現、推介，直至被當作當地文化身份的一種標識而被保護起來。

民間故事傳承人是民間文化的集大成者，是民間知識傳承的中堅力量，因此，保護文化傳統的關鍵就是保護傳承人，即「以人為本」，對此，從學者到政府官員，以及社會各界都已達成了共識。但是，如何最大程度地保護好民間故事傳承人，個人的情況不同，各地做法也不盡相同，方法和模式還在探索當中，其中凸顯其價值，提高其地位，改善其生活成為當前各方力量的重要策略和工作方向，這一點在劉德方身上體現得相當鮮明。

考慮到劉德方的生活，「因為在那裏，他餓一頓飽一頓，他一個人，又沒成家。他一搞給人打工，耕下田了，給一包煙啦，供兩頓飯，生活相當沒得規律。要沒得事呢，就在屋裏自己搞著吃。搞著吃，什麼都沒得。屋裏，一看呢，非常貧窮簡陋。好，我們就把他接出來」[1]。隨即劉德方被妥善安置到了宜昌縣文化館，以他為中心，館裏成立了「劉德方民間藝術團」。劉德方依託縣文化館，舉辦故事會，表演皮影戲，既宣傳了民間文化，又產生了經濟效益。夷陵區政府將劉德方的生活費用納入財政預算，每年撥款一萬元，文化館還為他購買了保險，徹底解決了他的生活之憂。「劉德方很坎坷，你看到，他說了三道婦人，最後是個單身，一個孤寡老人。老了以後，就是政府照顧再好，誰來照顧他呢？他還要一個伴。」[2]劉德方在晚年終於有了美滿的家庭，生活穩定，心情舒暢。在彭明吉等人的積極推動下，在民營企

[1] 訪談對象：彭明吉；訪談人：王丹、林繼富；訪談時間：二〇〇七年八月二十一日上午；訪談地點：湖北省宜昌市夷陵區長江市場管委會大樓劉德方民間藝術研究會辦公室。

[2] 訪談對象：彭明吉；訪談人：王丹、林繼富；訪談時間：二〇〇七年八月二十一日上午；訪談地點：湖北省宜昌市夷陵區長江市場管委會大樓劉德方民間藝術研究會辦公室。

業家的無私捐助下，劉德方的住房問題也得到根本解決。

發掘也好，推出也好，傳承也好，離不開區委政府的重視啊。我們還有個宣傳部長叫曹軒寧啊，把他接出了山。他呢就住在那兩間乾草房啊，靠給別人賣苦力生活啊。如果一個故事家這樣的生活，那麼給他的保護起不到作用。當時，一九九九年，我們區委就決定把他接到縣文化館，在文化館給了他一間房住。在區委辦公會議上啊，決定每年發給他一萬塊錢，保證他基本生活。後來呢，還組織了家庭。還在幹部大會上，說服了一個浙江的老闆黃林森給他了捐贈了一個四室兩廳的房子給他住。這個企業家為什麼要捐房子給他住呢，他說聽說了他的經歷，他的出生也不好。聽到他的經歷很像自己父親的經歷，很同情他，就把房子捐給他住。[3]

自劉德方被發現以後，地方政府和文化部門都對他十分關心，也特別關照。以彭明吉為首的一批熱衷民間文化的領導和工作者多次深入基層，親自考察劉德方，並通過多種努力，採錄、搜集和記載了他的故事及其他民間文藝樣式，一步步將劉德方推向了歷史的前臺。同時，不失時機地舉辦數次劉德方民間故事研討會，並與專業院校和學術機構加強合作，展開對劉德方及其承傳的文化的研究。

劉德方民間藝術研究會的成立標誌著以劉德方為代表的夷陵地方文化的調查和研究進入了一個嶄新的階段。現在，劉德方在研究會負責處理日常事務和以故事為中心的民間文藝的傳承等工作。為了保證傳承人的故事不走樣，地方文化部門採取讓劉德方不定期地回到他的鄉鄰中間講故事的方式加以保護，還在各鄉鎮組織定期的皮影戲演出，劉德方被指

3 訪談對象：彭明吉；訪談人：王丹、林繼富；訪談時間：二〇〇七年五月二十四日上午；訪談地點：湖北省宜昌市夷陵區長江市場管委會大樓劉德方民間藝術研究會辦公室。

定為皮影師傅，這充分發揮了他的智慧和能量，也調動了他生活和創作的能動性。當地政府及相關主管單位系統挖掘和整體包裝了劉德方的民間藝術才華。他講述的故事、演唱的民歌和說唱的皮影戲以圖片、文字、錄音、錄影等方式記錄和保存，進入了區文化館建立的民間文化資源電子資料庫。二〇〇六年，以劉德方為代表性傳承人的下堡坪民間故事入選國家首批非物質文化遺產名錄。這些措施和成果表明夷陵區對民間故事傳承人保護的雙重策略：既改善傳承人的生活，又存續傳承人的文化；既主張適度開發傳承人擁有的民間文化資源，又保持傳承人文藝樣式的本土特色。

回首劉德方的成名之路，至少有這樣幾方力量共同發揮了作用：第一，夷陵區和下堡坪鄉政府及文化部門的介入和運作。從余貴福發現劉德方講故事的才能到區文化局委派專人調查考量，從區政府決定將劉德方接到小溪塔到為其一路安排好生活，從製作劉德方的「三書一碟」作為文化禮品到推舉劉德方為「百名優秀傳承人」和「全國優秀傳承人」，這一步步的舉措表明了地方政府和文化宣傳部門打造「劉德方品牌」的決心。第二，以地方文化人為代表的民間力量的支持和配合。劉德方進城後，大部分的民間文藝活動都是依託劉德方民間藝術團和劉德方民間藝術研究會開展的，而這兩個組織都是當地文化人或者是熱愛民間文藝的人員自發組成的民間文化團體。當然，這兩個組織特別是劉德方民間藝術研究會與政府部門關聯密切，其核心成員大都正在或曾在政府機關任職，其活動經費一部分來自財政撥款。第三，新聞媒體的大力宣傳和推介。劉德方從沒沒無聞的日白佬到盡人皆知的民間故事傳承人，新聞媒體在其中起到的作用不可小覷，報紙、電視、網路等現代媒體聯合打造了一個傳奇的劉德方。第四，學術界的權威認定和價值肯定。技藝精湛的劉德方多次接受來自不同領域、不同學界專家、學者的考察、認證，他們從學術研究、文藝發展和地方建設等方面實事求是地發現和闡述了劉德方的價值和作用，進而強有力地促成了對劉德方的發掘和保護。

劉德方民間藝術研究會是發掘和保護劉德方及其民間文藝的主要機構，其核心成員幾乎都在推出劉德方的整個過程中有著重要作為和貢獻，是劉德方保護方案的策畫者和積極實施者。現任會長彭明吉在談到劉德方民間藝術研究會的運作初衷時說：

「三書一碟」應當說都在我們手裏弄出來的。他（劉德方）不只是故事家，他是一個多才多藝的文藝家。就是他會講故事，會唱山歌，會打喪鼓，會唱皮影戲，還有農村的諺語，他很全面的一個，應該是個文藝天才。我覺得光出一本故事書，恐怕不夠吧，應該把他傳承的東西能夠再出一本書。基於這個，這是第一個。第二個呢，我退下來以後啊，你自己搞點自己願意搞的事，我就選擇了這個項目。當時我就喊了劉德方，還有現在我們這個會計袁維華，他是文化館的副館長。我把這個想法一說，他們兩個人鑾支持，也鑾贊同，我們三個人就組織起來。我們成立研究會也正是為了繼續開發、研究、推動劉德方。我從一九九四年在栗子坪發現他，到二〇〇四年我退居二線十年，到〇五、〇六、〇七年，今年十三年，應該說，十三年沒放棄。十三年對研究他的東西，到推出他的東西，到編著他的東西，這是一個方面。第二個，對他個人生活方面。你說他國家級民間故事家，他現在很出名了，成了名人，領導重視，誰來重視呢？誰來在中間做鏈條來連接它呢？研究會。把他接出來，跟他弄工資，解決房子，組合家庭，應該說我做了很多背後的臺後的工作。我們當時成立一個劉德方研究會就是推劉德方，第一個首要任務，來繼續發掘、挖掘他的一些東西，來進一步推動劉德方，這是一個。但是以推動、發掘劉德方為主力，來發現夷陵區的民間文化。當時我們還組織劉德方民間藝術團。去年我們新近發現《地母傳》。[4]

楊建章說起自己所做的事情，這樣評價：

[4] 訪談對象：彭明吉；訪談人：王丹、林繼富；訪談時間：二〇〇七年八月二十一日上午；訪談地點：湖北省宜昌市夷陵區長江市場管委會大樓劉德方民間藝術研究會辦公室。

我覺得我對劉德方的貢獻，對推出劉德方，我做了三個方面的工作，現在也可以說是三個方面的貢獻。第一就是說弄了那本書（《奇遇人生》），比較權威、比較全面地介紹劉德方的資料；第二是我在當文化局長期間，把他從偏僻的山區接到我們縣城來。這個觀點不一致，有的人認為是好事，有的人認為不是好事。但是我始終認為這是好事。當時的背景他是一個人，那個時候就是六十多歲。他那個時候一個人，住那麼兩間土坯房，生活不便，特別是老了以後沒人照看。還有個很重要的問題呢，他那個時候知名度已經很高，通過宣傳，專家去考察，記者去採訪，領導去看望，都不方便。最後，從幾個方面考慮，第一是照顧他的生活，第二是便於專家考察、記者採訪、領導看望，我推出建議，把他弄到文化館來。文化館是搞群眾文化，而且當時他身上還有很多東西還沒有挖出來，《野山笑林》還沒出來。我跟我們宣傳部長曹部長那個時候，跟他一講，他就支持，就弄出來，我覺得這是第二件事。第三件事是給他爭取一萬塊錢。我提議給他爭取一萬塊錢。這個想法很超前啦，從來沒有先例，跟一個農民故事家，一個日白佬，一個吹牛的夥計，跟他解決一萬塊錢，政府拿錢把他養起來。當時包括我們分管的副縣長，是我的老領導，是個女同志，郭定菊當副縣長，當宣傳部長，她就很反對。她當時意見就一直要把他弄到福利院去。他到福利院去還是要文化館拿錢，他自己也不太願意去。後來彭主任也反對他到福利院去。到福利院去就那麼幾個老頭、幾個婆婆在那兒，就沒有什麼活動的空間。他現在身體還好，思想也很活躍，那樣就把他浪費了，那就沒讓他去。我們就提出解決一萬塊錢，那樣就比較順利地通過了。那叫縣委常委宣傳思想文化工作辦公會就通過了。我就想，在劉老身上我就做了這麼三件主要的事。[5]

5 訪談對象：楊建章；訪談人：王丹、林繼富；訪談時間：二〇〇七年八月二十一日上午；訪談地點：湖北省宜昌市夷陵區長江市場管委會大樓劉德方民間藝術研究會辦公室。

我們感動於地方文化人士對於本土文化的熱愛和無私奉獻的精神。他們堅持信念，踏實工作，多方爭取，他們常常代表政府機關或者聯合政府力量，為劉德方生存環境的改變和民間技藝的傳承以及夷陵地區民間文化的保護與發展做出了貢獻。應該說，劉德方從一名多才多藝的普通農民成長為聞名全國的文化名人，成為地方文化一張閃亮的名片，除了他與生俱來的氣質和對民間文藝的執著之外，最為關鍵的是他適逢了一個好時代、一個好政府以及諸多慧眼識珠、勤勉進取的文化工作者。

在實施劉德方的保護之時，我們需要弄清楚兩個概念：一是非物質文化遺產的傳承主體，另一個是非物質文化遺產的保護主體。前者即我們所說的民間文化傳承人，而後者主要是指具體制定、操作和展開傳承人保護原則和方法的機構和社會群體，如各級政府、學術界、新聞媒體、民間團體以及商界人士等。在劉德方的發掘和保護中，我們看到，政府部門及其工作人員使劉德方這顆文藝之星身在大山有人知，進而有了物質生活質的飛躍，其價值也得到了充分肯定，從一個一窮二白、無依無靠的平凡鄉民變成有家庭、有固定收入、受人尊敬的文化名人；專家學者的介入讓劉德方作為民間故事傳承人的身份獲得認可，意義得以凸顯，這是他命運轉變的前提條件；新聞媒體的宣傳造勢加快了劉德方故事家身份認定和地位確立的進程和影響力；民間團體為劉德方及其才藝的推介和展示提供了一個活動平臺和研究仲介；以黃林森為代表的有責任感的商界人士憑藉自己的實力切實解決了劉德方的生活困難，使其老有所居。可見，對於劉德方的保護，各方各面保護主體的介入及行動是較為全面和主動的。從結果來看，劉德方無論在物質生活上，還是在精神面貌上都是積極、樂觀、進取的。因此，總體而言，針對劉德方的保護是操作性強和卓有成效的。這也表明非物質文化遺產的各類保護主體能夠以其具有的強大的行政資源、經濟實力、話語權和相當專業的學術素養，為非物質文化遺產傳承主體的保護和發展貢獻力量和智慧。

但是，有一點也必須明確：即使政府的權力再大，商界的資金再多，學術界的水平再高，媒體的影響再大，也不可能成為非物質文化遺產的傳承主體。政府、學術界、商界以及新聞媒體的責任不是替代傳承，而是利用自己的行政優勢、學術優勢、資金優勢以及輿論優勢，在政策、學術、資金和宣傳等各層面、各領域，為非物質文化遺產傳承主體及其承傳的文化給予積極扶持、熱情鼓勵和真心推動。如果政府、學術界、商界、新聞媒體反客為主，越俎代庖，甚至以強制命令或主觀行為取代了傳承人的活動，其結果必然會造成對非物質文化遺產的破壞和對傳承人的傷害。

劉德方移居城市，一方面考慮到了他的個人情況，另一方面也尊重了他的意願，對其生活狀況的改善是無可爭議的。不過，生活境況和生存狀態的改變必然作用於劉德方的故事和故事講述，況且他本來就是一個善於觀察、勤於思索、能力非凡的民間故事傳承人。

首先，進城以後，劉德方講故事的環境和條件發生了變化。他不再耕地勞作，不再與熟悉的鄉親鄰里朝夕相處，而是在城市裏過著上班族的生活，應對領導、專家的考察，出席各種文化工作會議，出入旅遊、商貿等活動場所。對劉德方來說，講故事不再是一種自由、自發的行為，而更像是一份自覺承擔的「工作」。

> 我們原來在農村，紅白喜事啊，農村叫日白。我原來講故事是你講一個，我講一個。那個時候，人啊就是表現自己。一個是愛好，一個是表現自己會講故事，也不管講得好不好，都愛講。那個時候也不像現在有專家來評啊，那種場合就是聽了幾個哈哈一打就過去了。我們那個時候怎麼知道講故事吃香，只是調節氣氛，整天勞動啊，活躍下氣氛。[6]

其次，到了城市，劉德方成了唯一的故事講述者，他的聽眾就是慕名而來的領導、學者、記者以及觀光的遊客。雖然劉德方也有下鄉，但是，這時他在老百姓的眼裏已經不再僅僅是當年的「德方子」了。作為宣揚和保護的

---

[6] 訪談對象：劉德方；訪談人：王丹、林繼富；訪談時間：二〇〇七年五月二十四日下午；訪談地點：湖北省宜昌市夷陵區神仙灣劉德方家。

品牌，劉德方講故事就漸漸演變為一項義務、一種職責。這樣的意識和狀態深刻地影響著劉德方的故事傳承和故事講述。

對於領導講故事，我心情是好的，但是有一種拘束。……沒想到現在國家對民間的東西這麼重視啊，還要搶救保護。我們要有一種態度啊對待領導，保護搶救。人家對得起你，你就要對得起人家。我能記得十個，恨不得寫十一個出來，那我才對得起人家。我也不是爭多大個名譽，但是領導推薦啊，專家認可啊，這個名譽是必要的，但是我們事先啊沒有這個想法。我們就回報社會，把這個東西講好。如果有人願意學的，我們也願意把這個東西傳承給他，那麼我們後繼有人。老一輩傳給我們，我們再傳給下一代，不忘記我們意識的根本。在旅遊景點講故事主要是迎合。他們呢說你給我講個葷的，我就講個葷的；你給我講個素的，我就講個素的；你給我講個長的，就講個長的；講個短的，就講個短的；再講一個就再講一個，根據客人的要求。講故事最長就半個小時，一般十幾分鐘，人家叫你講，對你還是個鍛鍊，也是個宣傳。[7]

第三，歷經世事的劉德方完全能夠審時度勢，選擇故事，提煉故事，創作故事，以增強講述的實效性和趣味性。「看場合講故事」、「看人講故事」是劉德方進城後故事講述行為方面的最大變化。因此，在一定情境下，為了達到故事講述的目的，劉德方難免要進行預先的設計，並且有意識地總結一些講故事的規矩和程式，以便在自己的「責任田」裏遊刃有餘地面對各類聽眾，處理各種關係，恰到好處地展演故事的魅力。

[7] 訪談對象：劉德方；訪談人：王丹、林繼富；訪談時間：二〇〇七年五月二十四日下午；訪談地點：湖北省宜昌市夷陵區神仙灣劉德方家。

> 現在檔次高些。那我們過去在農村講故事，做活路啊，往那個田頭一坐，坎子上一坐，那我們就日個白，亂說一通。到城裏來了，檔次提高了，在哪些方面呢？一個是語氣，再一個是那個節奏，再一個那個場面。那個人啊要有計劃，你走到哪個場子，那就是個什麼形象。你說是不是？再說一個，那主要是分場合，主要是看場合。這個講故事呢，你看啊，有幾回那個外頭的專家考察，事先就點。聽葷的，我就講葷的；聽素的，我就講素的。……你這個人走路啊就要識了前頭識後頭，有時候還要識左，有時候還要識右，你這個人往那一放，你就要曉得我是搞什麼的，人家有時我是演節目，有時我是講故事，我說我是來陪客、陪領導，那麼你心裏就要有個底，謹開言，慢開口，呵呵。[8]

第四，從農村到城市，劉德方的生活發生了巨大變化，這必然反映到他的故事講述內容上，這就更為以生活故事見長的劉德方提供了新的創作素材。誠然，以往那些帶有濃厚鄉土氣息的民間故事依然是劉德方故事儲存庫中的寶貴資源，但如今，劉德方在繼承傳統故事的同時，不斷適應時代的要求和生活的變遷，改造著過去的故事，並創作著新的故事。

> 現在多數講現代的生活的故事。橫直故事與生活分不開，與城市人和農村人分不開，與年輕人的愛情分不開，主要是把這些方面融合起來。所以說，你這個故事，老故事也好，新故事也好，你沒得一點色彩，它就沒得一點笑料。它這個聽故事，你聽得感到無味的故事，那就沒得意思。它這不比領導做報告，那就一本正直，跟老師講課一本正直，那是不同。所以民間的東西，大家在一起。我光這麼瞎說些子，沒得一點意義，那就沒得意思。你後頭包袱一丟了，人家幾個哈哈一打，煥發下精神，提神。這是我們想的。[9]

---

8 訪談對象：劉德方；訪談人：王丹、林繼富；訪談時間：二〇〇七年五月二十四日下午；訪談地點：湖北省宜昌市夷陵區神仙灣劉德方家。

9 訪談對象：劉德方；訪談人：王丹、林繼富；訪談時間：二〇一一年七月十三日上午；訪談地點：湖北省宜昌市夷陵區夷陵樓劉德方民間藝術研第五，從講述風格來看，劉德方不是「墨守陳規」的敘事者，而是「創造型」的故事家。劉德方儲存故事不單憑對故事情節的機械背誦，更是諳熟了故事的結構、章法、程式與套路。他注意觀察和積累，隨時在講述中靈活調用與配置，胸有成竹地把握題材多樣的故事情節，得心應手地表現個性突出的人物形象，恰如其分地處理曲折多變的矛盾衝突，並伴有適當、得體而簡練的身體動作，或是模擬故事人物，或是表抒自我見解。劉德方獨特的講演風格在今天得到了更進一步地施展與發揮。

> 我的積極性不說比以前高，但自己思想有個準備？準備什麼東西呢？第一條故事要講得撐展，把這個東西講得完美；第二條要對得起客人，第三要對得起自己。所以說，你要把這幾條搞到。講得撐展，我就是說這個故事要講得好，要中聽。要對得起客人，客人要喜歡聽，他覺得還有點意思。第三要對得起我自己的良心，要跟政府把這個客人應付好。我沒得事了，我就自己琢磨，我這個故事哪裏還有點問題，應該怎麼改變一下。我就可以跟裁衣裳一樣，多了我就剪了，少了我就補一點。[10]

總之，進城前後，劉德方故事講述的變化主要表現在：講述環境從自在狀態轉變為人為情境，講述意識由自發表露轉變為自覺義務，講述行為從興趣式的自由發揮轉變為看場合式的有意擔當，講述內容從鄉土故事到結合傳統創作反映新生活的新故事，講述風格從多種民間文藝樣式的融合到混合了都市氣息的凝練表達。儘管劉德方說：「我就是人家隨便哪裏喊，隨喊隨到，我不是說這是任務，或者是工作，人家他利用你，瞧得起你，他才喊你，我去，你一分錢不把，

究會辦公室。

10 訪談對象：劉德方；訪談人：王丹、林繼富；訪談時間：二〇一一年七月十三日下午；訪談地點：湖北省宜昌市夷陵區夷陵樓劉德方民間藝術研究會辦公室。

他飯要供。我每次去我吃了飯的，車子去，車子來。你雲遊了嘛，不說要錢嘛，你光彩了嘛。今兒哪個區、哪個單位請民間故事家陪我們講了幾個故事，確實好聽，這是榮譽，這也是對我的一種宣傳。」[11]不過，正如劉德方自己所意識到的那樣，一切正悄然發生著變化。

被保護起來的劉德方出於各方面的需要，出入各種不同的場合，面對各類不同的聽眾，他身兼不同的角色和使命，所以，必須根據具體情狀靈活處理，這必然也導致他的故事和講述的類型化、定型化。在哪些場合講什麼樣的故事，劉德方已經能夠熟練地掌控，一些故事由於重複講述，因此他創作得更加豐滿，一些故事不常講或基本不講，他就生疏了，講起來也比較吃力，有些甚至遺忘了。生活方式的改變影響了劉德方和他的故事，一方面他創新故事的應變能力、駕馭故事的操控能力和講述故事的藝術技巧提升了，另一方面他傳承故事的涵蓋面則有縮小的趨勢。

【王：指王丹；劉：指劉德方。】

王：現在有些故事，你反覆地講，反覆地講，是不是再講的時候，這個故事不需要去想它，就很自然地講出來了？

劉：那是的。你這個東西要記得熟練。隨便什麼東西，你不記得熟，你是講不好的。你說了這句，忘了那句，突然你把那句想起來了，它拖了後。[12]

---

11 訪談對象：劉德方；訪談人：王丹、林繼富；訪談時間：二〇一一年七月十三日下午；訪談地點：湖北省宜昌市夷陵區夷陵樓劉德方民間藝術研究會辦公室。

12 訪談對象：劉德方；訪談人：王丹、林繼富；訪談時間：二〇一一年七月十三日下午；訪談地點：湖北省宜昌市夷陵區夷陵樓劉德方民間藝術研究會辦公室。

對於劉德方的改變與故事演述的變化，推出和保護他的各方有著不同的意見。以彭明吉為代表的為劉德方從鄉村走入城市起到關鍵作用的一批文化領導和人士認為，這種做法是正確的。楊建章說：

他現在有三個提高啊，一個是生活質量的提高。以前是住在深山裏面，饑一餐飽一餐，有一餐無一餐。現在是三餐有保證，而且安排得很好，跟城市的人生活質量一樣。第二個就是故事講述質量提高。以前就在田頭講給農民聽，大家都很寬容，講得好還是不好啊，都哈哈一笑。現在和文化人接觸，講故事大家就給他提出哪裏講得好，講得不好，怎麼提高。第三個這個故事質量提高，通過有人跟你整理，這個整理本身有個加工的過程。從他口裏來，通過別人的加工再回到他口裏去，從他的口裏講出來還是他的故事，但這個故事的內容藝術特色都提高了。」[13]

基層文化工作者余貴福則認為，走出去的劉德方變了，講的故事也變了味，將劉德方「養起來」的方法影響了他故事的創作和傳承。

劉德方先生出去以後，對他的故事發展有很大的影響……那就純粹不像一個純農民講的故事。有沒有這麼一點？昨天那個老頭講的故事，那就是地地道道的農民。劉德方先生的故事沒得他這個味兒了。他自己還認為越講越好。但是，在哪個方面好一點呢？那只能說囉嗦話少了。在文化館裏經常演出，演出一

13 訪談對象：楊建章；訪談人：王丹、林繼富；訪談時間：二〇〇七年五月二十四日上午；訪談地點：湖北省宜昌市夷陵區長江市場管委會大樓劉德方民間藝術研究會辦公室。

場，觀眾都要聽呀，那些夥計在一起，文化館的夥計毫不客氣地要跟他提出來修改意見。因為長期生活在城市，空氣呀，什麼東西呀，它都沒得鄉村好，再加上離土了。[14]

對此，他強烈建議，劉德方要經常回到下堡坪，回到老百姓中來，回到生他養他的地方。

> 民間文化就是流傳下來的珍寶啊，有些忘記了。那你（劉德方）現在講的故事中啊，還有大批的珍寶，你沒有發揚起來。你如果老是在城市、鬧市裏面，根本不可能把那些珍寶發現出來。[15]

劉德方故事講述的變化不單純是他個人的思想和行為，而是一種以政府行政力量為主導的社會行為，他的背後有諸多力量，包括各級政府、地方文化人、學者、媒體以及聽故事的各個社會階層等。進城後，不僅劉德方在農村養成的生活習慣有一個被迫城市化的過程，而且他的故事講述也受到了城市生活和價值觀念的作用。這種作用明顯地反映在他的故事題材、內容、形象以及講述意識、行為和風格上。但是可以肯定的是，劉德方在創新故事的時候，並沒有拋棄故事傳統，他依然要遵循民間故事的基本規則，既迎合環境，又發展傳統。

客觀地說，夷陵區在劉德方的保護方面工作是積極的，成效是顯著的。在挖掘、保護和開發的過程中，當地政府和文化部門各方人士均做了許多有益於傳承人的事情。然而，我們也必須正視，對於劉德方這樣一位身心健康、精力充沛的傳承人來說，來到夷陵城區過安定的生活不應該僅僅是一種養老的方式，而是要發揮民間文化傳承人傳揚民間文藝的

14 訪談對象：余貴福；訪談人：王丹、林繼富；訪談時間：二〇〇七年五月二十六日上午；訪談地點：湖北省宜昌市夷陵區下堡坪鄉文化體育服務中心辦公室。

15 訪談對象：余貴福；訪談人：王丹、林繼富；訪談時間：二〇〇七年五月二十五日上午；訪談地點：湖北省宜昌市夷陵區下堡坪鄉永順旅社。

作用，帶動人們珍視自己創造的文化，豐富鄉民的精神生活。另一方面，劉德方承繼的民間文藝應該在相關機構和學者的指導下，儘快全面地採錄上來，用現代技術保留下去，並且進行多角度、多層次的研究和保護。劉德方除了出席必要的文化工作會議以外，還要在相應的活動場合和生活情境中盡情展現民間文藝的魅力，以他的才藝、他的智慧和他的力量弘揚民族民間藝術。

劉德方的光輝事蹟在下堡坪產生了既微妙又明顯的效應。劉德方的成名成家對於世代生活在山鄉的老百姓來說講故事有了盼頭。劉德方因講故事改變了自己的命運，激勵著他們更加積極主動地學習和從事民間文藝。下堡坪的民間文化資源豐富，故事講述傳統悠久，而今舉辦的每屆故事大賽都盛況空前，村民主動寫故事交由余貴福審閱整理，全鄉上下正信心百倍、齊心協力地打造他們的民間故事之鄉。

> 通過對劉德方的整理，他們都看到了，確實劉德方搞出來了。他們還有一種心理狀況，大概都想走劉德方的一條路，大家都是農民。很多故事家主動地把故事寫好給我送來。我給它整理檔案，現在就不是我去下村的時候了，反過來了，前段時間是我下村，現在是別人來找我了。[16]

譚家坪村的村長鄒志柏說：

> 劉老成為國家民間故事家以後，我們村裏平時呢，就是採取一個季度把會講的人召集起來，利用開會的形式互相交流，這我們就成了一種習慣。[17]

16 訪談對象：余貴福；訪談人：王丹、林繼富；訪談時間：二〇〇七年五月二十五日上午；訪談地點：湖北省宜昌市夷陵區下堡坪鄉永順旅社。

17 訪談對象：鄒志柏；訪談人：王丹、林繼富；訪談時間：二〇〇七年八月二十三日上午；訪談地點：湖北省宜昌市夷陵區下堡坪鄉趙勉河村陽光酒樓。

下堡坪鄉文化體育服務中心的工作人員張發玉說：

> 在劉老推出之前，老百姓對民間故事的認識還沒上來，我們這登不了大雅之堂，後來通過推他和組織各項活動，老百姓他自發地對民間故事就有新的認識，他由反對到擁護，到支持，最後到自己參與，有這個過程。劉老作為譚家坪村的人推出去以後，是譚家坪村的驕傲，跟譚家坪村的知名和經濟都要推動，包括政府的支持各個方面，很多好處。[18]

不難看見，無論是鄉村幹部，還是普通百姓，無論是集體，還是個人，都從劉德方身上認識到了故事的價值，感受到了文化的力量。數次深入下堡坪，我們也分明地體驗到故事之鄉的魅力，村民們圍坐在一起，爭相獻藝的講故事場面依然歷歷在目。這裏不止一個劉德方，是無數個「劉德方」們。那麼，關於「劉德方」們，關於故事之鄉的保護問題便迫在眉睫。

一個劉德方能被接出來，能被安置好，無數個「劉德方」們都能出來，都能被安置嗎？顯然不能。談到對於劉德方的保護以及今後對下堡坪的政策時，夷陵區文化局副局長徐軍的觀點是：

> 現在政府給他（劉德方）一套房子，每年給他鼓勵資金，讓他有基本的生活費，還有固定的演出，還有補貼，讓他在城區的生活還是比較富裕。劉德方過來後，組織上還讓他成家，從鄉村帶了個婆婆過來，

18 訪談對象：張發玉；訪談人：王丹、林繼富；訪談時間：二〇〇七年八月二十三日上午；訪談地點：湖北省宜昌市夷陵區下堡坪鄉趙勉河村陽光酒樓。

包括她子女的生活都給他解決了。雖然這麼說呢，但是我覺得這個方法也不是我們夷陵區最好的方法。因為繼劉德方以後，我們下堡坪那個地方已經有很多人能夠講民間故事。所以，這次我們申報了下堡坪民間故事保護鄉，申報了國家項目，省裏對這個項目也比較認可。所以我們的想法再就是培養那些故事家，我們一定要把他們放在下堡坪，不會把他弄到城區裏來。劉德方這個例子已經過了，我們不好再把他送回去，他已經習慣了城裏人的生活。他離開了那個地方。咱們現在出現了一個什麼情況呢，成立了那個劉德方民間藝術研究會啊，就是彭主任牽頭的那個。把他那個舊居維修好了以後，每年定期把他送回去，放那一段時間以後，再把他接回來，就是讓他再受那個農村氣息的薰陶，讓他在那裏再去傳承，是吧，才有他的生命力。咱們夷陵區現在已經不是以劉德方為主在講故事啦，咱們的傳承人主要是下堡坪的我們自己命名的一撥故事家。他們非常的優秀，所以我們在下堡坪民間故事保護項目裏面做了很多的方案。下堡坪就是一個氛圍，很多人他都可以講故事，但是他們嚮往的是什麼呢？現在國家重視非物質文化遺產，他們覺得咱們講故事還是有奔頭啊，就那種情況，有希望了，所以他們就非常有那種積極性。現在咱們要研究的是怎麼發展下堡坪那個地方的經濟，讓那個地方富起來。[19]

夷陵區文化館張副館長也認為：

留住人很不容易。它那裏（下堡坪鄉）新調查的時候是二百多個人，再去的時候發現那裏能講故事的人好像都走了，就是因為那邊生活條件太差了，留不住人。那麼現在我們保護計劃裏面就是怎樣從那個生

19 訪談對象：徐軍；訪談人：王丹、林繼富；訪談時間：二〇〇七年五月二十三日晚上；訪談地點：湖北省宜昌市夷陵區文化館招待所。

態啊，生活條件啊改善。比如說給下堡坪鄉一定的資助，把能講故事的人才留住，不然光是申報以後就沒有發展。[20]

在「劉德方」們和下堡坪的保護上，給予恰當政策和資金的支援，發展地方經濟，留住故事人才，讓他們根植於講故事的土壤，發揚講故事的傳統，使文化資源也能產生經濟效益。即便有民間故事傳承人離開了鄉村，還要創造機會和條件讓他們經常回來，「離鄉不離土」，以保持他們故事的本土特色。這是當前夷陵區政府和文化部門保護下堡坪故事鄉的主要思路和做法。

誠然，這是在總結了劉德方保護的利弊之後，針對故事之鄉和故事群體的一種切實可行的保護舉措。但是，時代在變，生活在變，故事也必然在變。外界的種種變化作用於鄉民的生活，反映到故事的講述中來。所以，保持本土特色，並不意味著故事始終維持過往的狀態，不創作新內容，不融入新元素，因為傳統本身就是繼承和發展的複合體。

不同的人、不同的身份、不同的立場，對於保護擁有的視野和態度自然不同。區領導站在發展整個區域經濟和文化的立場上，希望通過發展本土經濟或者以特色文化帶來經濟效益，使故事之鄉留住故事家，實現經濟效益和社會效益的雙豐收。區文化人基於充分挖掘和展示劉德方的目的，力圖以多種形式和努力讓劉德方身上具備的才藝都能夠得到保留、承習以及進一步發揚。鄉幹部則立足本鄉本土，希冀民間故事能保持其鄉土特點，不但推出故事傳承人，而且加強故事之鄉的建設，使之走向全國。昔日與劉德方相處相知的鄉民們一方面對才藝卓越的劉德方懷有真誠的敬意，並以同鄉之情為他自豪；另一方面既高看又不服輸的他們無形當中與劉德方之間產生了一種不可言喻的隔膜感和距離感。而劉德方本人也同時遭遇著雙重困境，在下堡坪，他既是鄉民中的一員，又自恃和被認為「高人一等」；在夷陵區，他既千

[20] 訪談對象：張副館長；訪談人：王丹、林繼富；訪談時間：二〇〇七年五月二十三日晚上；訪談地點：湖北省宜昌市夷陵區文化館招待所。

方百計地要成為城市人，又自我保護地強調自己原本就是農村人。他的心中驕傲而寂寞，他的身份模糊了，他的歸屬難辨了，他不得不小心翼翼地協調自己和諸多他人及政府、學術界和媒體等的相互關係，以緩和困境，贏得生存。明智的劉德方做出了明智的選擇——回報社會。

保護民間故事傳承人，推出、發掘工作固然重要，但文藝的傳授、承習更加重要。在對劉德方的採訪中，他明確表達了將自己的技藝傳給後人，留於後世的願望。一個劉德方走出了下堡坪，然而更多的「劉德方」留在了這裏，這就為故事的傳習提供了絕佳的環境。在民間故事的傳講空間中，傳承人與聽眾的關係至關重要。聽眾在故事演述現場影響傳承人的情緒和講述質量，影響傳承人對傳統的把握。「民間故事如沒有聽眾不能成立，同時也就失去了他應有的魅力。講述人利巴厘傑老人說過這樣的一句至言：『不是民間故事的講述人不存在了，而是民間故事的聽眾沒有了。』」[21]可見，民間故事講演是一個雙向互動的過程。

傳承人是社區文化的繼承者、弘揚者、保護者，社區的自然人文環境構成了傳承人故事演繹和講述的背景，社區的民眾生活和文化活動是傳承人故事素材的重要來源，社區共有的倫理觀念和道德準則成為傳承人故事世界的審美原則，因此，加強故事傳講文化空間的建設是民間故事傳承人及其故事保護的重要內容，以此可以啟動他們的創造力和對文化的表達能力。各級別非物質文化遺產項目代表性傳承人的確定和命名，使得民眾傳承民間文化的意識和行動更加自覺和自主，也帶動了其他鄉民的加入和參與。今天，講故事不僅是老百姓交流感情、消遣娛樂、道德訓誡的重要方式，更是他們彰顯自我文化素養和身份屬性的有效依憑。

21 〔日〕飯豊道男，〈採錄調查的方法〉，載張冬雪、張莉莉譯，《日本故事學新論》（遼寧大學出版社，一九九二年），頁一四四至一四五。

第二節　故事採錄

民間故事傳承人的保護，從「人」的角度出發是重要的，也是必須的。夷陵區政府為劉德方提供優厚的生活待遇、貼心的情感支援，肯定他的才藝和價值，以及他對傳續地方文化，促進社會發展的積極作用，但這對於傳承人的保護來說還遠遠不夠。我以為，應該將劉德方視為「文化遺產」來保護。說他是「文化遺產」，著重於兩個方面：第一，劉德方的生活、劉德方的觀念、劉德方的精神等代表了當下夷陵人的生活、觀念和精神；第二，劉德方傳承的故事是地方文化傳統的重要組成部分，是當地人彌足珍貴的文化遺產，這種遺產還活著，還在人們的口頭上傳講，因此，保護劉德方的另外一個關鍵內容就是他傳承的故事。

目前記錄的劉德方故事有五種文字版本，分別是余貴福搜集整理的《劉德方故事》列印稿、黃世堂整理的《野山笑林》和在此基礎上重新抽選整理而成的《劉德方笑話館》，以及楊建章採錄整理的《野山笑林續集》。為了更好地理解劉德方講述的民間故事，我多次與他訪談和交流，記錄和整理了他的部分故事，從而有了劉德方故事的第五種文字版本。

二十世紀九十年代初，劉德方的民間文藝才華得到展現和確證後，搜集他的故事就提到了鄉文化站的工作日程上來。

從一九九四年開始，我抽業餘時間採集、整理劉德方的故事。因為當時我們文化館的職能主要是搞鄉裏的文化體育活動，再就是輔助這些團隊搞民間藝術。民間藝術比較寬廣，民間故事只是其中一個小項，所以我們就把它當作業餘工作來抓。星期天有時間，就去訪談下，沒得時間，就又放下了。他又沒有電話聯繫。

鄉政府到他家有十幾多里路，我每次都步行去。事先叫人帶信，叫他在家裏等著，一採半天，那就採一二十個故事。

最開始都是用手記。記不過來，就叫他重說。我們記到哪兒，這裏怎麼搞起的，他就重複呀。他的故事鑾好記錄，已形成規範化。開始不習慣，後來我把它搞習慣了，那你再說一遍，他就再說一遍，不影響它的搜集。

我記了二十個故事，後頭就走捷徑了。當時我給他十本公文紙，叫他在屋裏抄，寫了給我送來。他就一傢伙寫了一兩百多個，一把寫了給我送來了呢，哎呀，就認不到，就過猜。所以，我整理的三本書裏頭不是鑾成熟，因為大部分是猜的。猜了以後，確實猜不出來了，那個字是寫的什麼字猜不出來了，我就把它做個記號，就跟老師教學生一樣集中解答，那不可能天天把他叫來，他也忙，我也忙，又不是挨著集鎮住著，是村裏比較遠的。這樣的話呢，我就業餘時間提前通知，叫劉德方下來，你就專門是解惑。你這是什麼字，你這寫的是不是這個字，因為他寫字不行。我就是用這種方式一傢伙就搞了幾百個故事，二百多個故事，最後加上我原來手上的一起是三百八十，就是搞了他三百八十個故事。[22]

余貴福首先利用筆和紙對劉德方口述的故事進行了記錄，但是這種記錄常常以打斷講述者正常講演為代價來保證記載的完整性。這樣的「完整」毫無疑問是不完整、不科學的，它破壞了民間故事講述的自然狀態，僅注重故事內容的保留。然而，接下來，由於山大路遠，交通不便，余貴福搜集整理的故事絕大部分是以劉德方書寫下來的文字為藍本，在保持故事基本面貌和藝術特點的基礎上，梳理情節，疏通表達，「哪麼講，我就哪麼整理。但是，只是他們重複的跟他

[22] 訪談對象：余貴福；訪談人：王丹、林繼富；訪談時間：二〇〇七年五月二十六日上午；訪談地點：湖北省宜昌市夷陵區下堡坪鄉文化體育服務中心辦公室。

刪了」。可見，余貴福還是理解和尊重了劉德方的手寫稿，保存了故事的大致形態和藝術特點。不過，「寫的時候必須把線索交代清楚，而講的時候有時候不肖交代得，一筆就帶過」，他仍堅持以文學創作思路對待民間故事整理的取向。更值得注意的是，余貴福以寫代講的採錄方式刪節了故事講述的過程，忽視了劉德方故事講述時的細節、語言、語境等問題。對於這種故事採錄方法，余貴福也坦言：「他（劉德方）寫的故事跟他講的故事只能說基本一樣，講的比寫的生動多了。」[23]即使明白講的故事比寫的故事更加生動，但是，為了方便起見，余貴福還是讓劉德方寫故事。

> 讓他自己寫，他就有一個拓展的空間了，他可以更多地掌握故事。這就跟考試閉卷、開卷是一回事。我開卷考試，允許你查資料，無形中又促使他搞到不少新東西，他可以查資料了。那閉卷的話，他確實只記到兩個故事，我一開卷，他就可以記到二十個故事。我採取這種措施，主要讓他們拓展空間，更多地吸收故事。[24]

也就是說，余貴福版本的劉德方故事在採錄上有兩種方法，余貴福記錄劉德方的故事和劉德方自己寫故事。貫穿這兩種方法的則是余貴福根據搜集上來的故事實施整理了。

隨後，在劉德方被確定為宜昌縣文化品牌打造的戰略人選後，黃世堂下鄉考察劉德方，也並未長時間在鄉下親自採錄劉德方的故事。「我當時有兩個任務，一個呢就看他（劉德方）到底能講多少個故事，第二件事呢是看他講一些故事

23 訪談對象：余貴福；訪談人：王丹、林繼富；訪談時間：二〇〇七年五月二十六日上午；訪談地點：湖北省宜昌市夷陵區下堡坪鄉文化體育服務中心辦公室。

24 訪談對象：余貴福；訪談人：王丹、林繼富；訪談時間：二〇〇七年五月二十六日上午；訪談地點：湖北省宜昌市夷陵區下堡坪鄉文化體育服務中心辦公室。

有沒有一定的價值。」「我去了以後呢，第二天就找到他。找到他呢，見到他就蠻晚了，晚上八九點鐘，就講了大半夜。講故事的時候，一會講，一會唱山歌，邊講邊唱就搞到夜裏四五點鐘了……巧的是，好就好在，在這個之前鄉文化站的余貴福就幫他整了三百多個故事，上下兩本。」[25]黃世堂就是在余貴福採錄的三百多個故事的基礎上，改編乃至創作出版了《野山笑林》。

在談到該書的故事整理方法時，黃世堂並未迴避：「故事肯定改了的，完全原汁原味肯定是搞不成的。民間文學的東西啊本身就是所有智慧的結果，講一遍就增加一種新的智慧，我整理了一遍，還不增加我的智慧嗎？」「保守刪節，適當增加，保留故事本來的內容、本來的風格。為了它的藝術效果，適當地要刪減，適當地要調節。」「整理中要把握故事風格，即要用故事改造人。」「他的故事經過這樣以後，顯然地，藝術水平就提高了，那故事還是不是劉德方的？如果把這個故事還給劉德方，他能夠一成不變地講出來，那麼我們認為改得成功了，我們就整理成功了。」黃世堂認為整理故事不是將劉德方口頭講演的各類民間故事原封不動地實錄下來，而是根據故事文本的思想和內容用書面語言的邏輯給予改造。「民間故事是各種風格，所以我們要根據故事的需要、風格進行整理。」「根據故事來整理故事，不是根據人來整理。」[26]

在這樣的指導思想和整理原則下，劉德方的故事變成了《野山笑林》中文學味濃、語言雅致、形象圓潤的書面文本了，更糟糕的是，黃世堂按照自己的邏輯和想法對故事的開頭、結尾和關鍵銜接處進行刪減和添加，將方言土語改成了書面詞彙。對此，余貴福說：「他（黃世堂）的意思是，怕別人看不懂。別人就是玩你這個隱含的味兒。你會意，就好

---

[25] 訪談對象：黃世堂；訪談人：王丹、林繼富；訪談時間：二〇〇七年五月二十四日上午；訪談地點：湖北省湖北省宜昌市夷陵區長江市場管委會大樓劉德方民間藝術研究會辦公室。

[26] 訪談對象：黃世堂；訪談人：王丹、林繼富；訪談時間：二〇〇七年五月二十四日上午；訪談地點：湖北省湖北省宜昌市夷陵區長江市場管委會大樓劉德方民間藝術研究會辦公室。

笑。他把這個搞得別人思考的就沒得意義了。」[27]劉德方則堅持認為：「我們就按照我們沒得水平的人來說，還是用我們的方言，土腔、土調、土色，一字不掉地把它講出來，為最好。」[28]

由上可知，《野山笑林》保留了劉德方故事的影子，保留了劉德方故事的框架，卻無法體現劉德方的講述風格。劉德方民間故事集《野山笑林》的出版是多方力量共同作用的結果，也是民間文化傳承人從鄉土走出來的必經之路。儘管遭到了不少非議和質疑，但是，從整理的角度來說是成功的[29]。

《劉德方笑話館》中的故事也是在黃世堂的挑選、歸類和改編下，由劉德方面對鏡頭講述的。對於這些出自自己之口的故事，劉德方卻不會講了，只好「在屋裏讀，在屋裏記。他平時講的，記得那麼多故事，但是人家新編的他讀，他不好搞，記不住」。應該說，這個時候，劉德方已經不是在自在地講述故事了，而是死記硬背似曾相識的自己講過的故事，劉德方很痛苦。「那次他第一次進錄音棚，正規正格地那麼搞。他那個詞編得生硬得很。」[30]「他們把故事一改，改了，個狗日的，改得邊兒倒三的，你怎麼講。到錄音棚裏去了，又不能亂搞。講一發，不行，又下來。那又講二發，二發不行，又講三發。狗日的，那麼熱，又不能搧電扇，四面緊閉地關著。狗日的，我比坐牢還吃虧。」事後，劉德方深有感慨地說：「民間的東西事先就是搞好了的。你再一改，個咋，它就是牛頭不對馬面，人家看了沒得意思，你講也講不成，它就講不出來那個味道了。」[31]來自民間的故事一旦像作家創作那樣被

27 訪談對象：余貴福；訪談人：王丹、林繼富；訪談時間：二〇〇七年五月二十六日上午；訪談地點：湖北省湖北省宜昌市夷陵區下堡坪鄉文化體育服務中心辦公室。

28 訪談對象：劉德方；訪談人：王丹、林繼富；訪談時間：二〇〇七年五月二十六日上午；訪談地點：湖北省湖北省宜昌市夷陵區下堡坪鄉永順旅社。

29 王丹，《宜昌民間故事家　劉德方》（寧夏人民出版社，二〇〇九年），頁四五至四八。

30 訪談對象：彭明吉；訪談人：王丹、林繼富；訪談時間：二〇〇七年八月二十一日上午；訪談地點：湖北省湖北省宜昌市夷陵區長江市場管委會大樓劉德方民間藝術研究會辦公室。

31 訪談對象：劉德方；訪談人：王丹、林繼富；訪談時間：二〇〇七年五月二十六日上午；訪談地點：湖北省湖北省宜昌市夷陵區下堡坪鄉永順旅社。

改造，便立刻失去了它鮮活的生命力。

《劉德方笑話館》記錄的故事攝取一點民間故事的影子，依照作家文學的路子加工和改寫，再讓故事講述者背誦式地講述，這是與自在的民間故事講演背道而馳的。當然，這種借助影像方式傳播民間故事的方法值得提倡和推廣，但是，如何採錄傳承人的故事講述則是應該好好探討的問題。

> 《野山笑林續集》都是我後來坐這裏寫出來的，他們（楊建章等人）幫助整理。[32]

二〇〇九年，在劉德方手寫稿的基礎上，彭明吉主編、楊建章整理、劉德方民間藝術研究會編印了《野山笑林續集》。這本續集對於劉德方創作的新故事沒有涉及，主要還是收錄反映傳統生活內容的故事。

為瞭解讀劉德方的故事及其採錄過程，在二〇〇七年以後的三四年時間，在與劉德方建立起彼此熟悉、相互信任的關係之後，我多次對劉德方的故事講述展開調查，尋找和創造各種故事講演機會和場合，引導劉德方積極主動地講故事。有時是鄉鄰間的競爭，有時有領導的參與，有時為個別訪談。為了達到真實而自然的採錄效果，我主要採用錄音和筆記兩種記錄方法。這些方法使用的前提是最大限度地讓劉德方在自然、自在狀態下講述，儘量在講述者不知不覺中錄下完整的故事，而且用筆記的方式將講演過程中的講述情境、聽眾和講述者的互動以及講述者的表情等逐一描述下來，借助相機等影像手段留存精彩的瞬間。現場採錄完成後，將聲音文本作為數位資源永久留存，且依照「準確忠實，一字不移」的原則將聲音文本轉錄為文字文本，最後參照筆記，在需要注釋的地方給予解釋，以場記的形式進行補充說明。這樣做的目的建立在民間故事科學採錄文本的基礎之上，建立在最大限度還原民間故事原真面貌的基礎之上。

---

32 訪談對象：劉德方；訪談人：王丹、林繼富；訪談時間：二〇一一年七月十三日上午；訪談地點：湖北省湖北省宜昌市夷陵區長江市場管委會大樓劉德方民間藝術研究會辦公室。

在我採訪劉德方的時候，他也正在全力創作《野山笑林續集》。

我把故事集寫起了，我再也懶搞了。這光靠我，弄不出來。我們寫個東西那真是難。你寫字，事先要想，你要寫這個字，你寫不到，想了半天，這個字究竟是寫到寫不到，是正確的還是錯的，你橫直是錯的，我拿去看，你又寫的個白字，那人家認都認不到。我自己寫的和自己講的多少有點兒區別。你像有的這個字它要轉彎彎，你這兒就要多一個字，或者差一個字。它這個寫與這個講還是有區別，區別只不過不大。[33]

採錄整理者楊建章在《野山笑林續集・後記》中說道：「先請劉老把他講得到的《野山笑林》以外的故事寫出來，接著又請他講述。我記錄整理了一批，從中挑選了二百零五個，形成了《野山笑林續集》。」[34]不難想見，這種講述只是考驗劉德方能否講他事先寫出來的故事而已。

劉德方故事記錄的五種版本，代表了中國民間故事講述者，尤其是傑出民間故事傳承人故事採錄文本的基本類型。在這裏，我以為每種類型均有其追求和存在的價值。誠如鍾敬文先生所言：「民間文藝學是一種科學，它的研究需要嚴格的科學資料本，甚至『一字不動』的版本。但是作為文學讀物，我們不主張一字不動，需要嚴格選擇和適當整理。由於它是一種文學，不少還是比較原始的文學，它也可以再創作。就是高度的文學作品，也可以從一種文學形式改編成另一種文學或藝術形式。」[35]劉德方故事五種文本的存在恰好反映了社會對各種形態民間故事文本的要求與需求。

33　訪談對象：劉德方；訪談人：王丹、林繼富；訪談時間：二〇〇七年五月二十五日晚上；訪談地點：湖北省宜昌市夷陵區下堡坪鄉永順旅社。

34　楊建章，《野山笑林續集・後記》，見劉德方講述、彭明吉主編，楊建章採錄整理，《野山笑林續集》（湖北省宜昌市夷陵區劉德方民間藝術研究會編印，二〇〇九年）。

35　鍾敬文，〈民間文學集成的科學性等問題〉，見《鍾敬文文集・民間文藝學卷》（合肥：安徽教育出版社，二〇〇二年），頁一五四。

劉德方故事文本的多樣性源於製作者的不同目的，不同文本在製作者的操作下體現出價值的差異性。為了清晰而細緻地展示劉德方故事在文本製作者干預下的價值體現，我僅以〈吃你們的容容易易〉為例進行比較。

〈吃你們的容容易易〉是夷陵地區民眾熟悉的「說四句子」類故事，也是劉德方擅長講述的故事之一。劉德方講的這個故事最早見於一九九三年余貴福的整理文本，內容如下：

一個好吃佬，他天天吃人家的，人家卻吃不到他的，搞得大夥沒得辦法。一天，大夥在一起商量，想了一個主意，決定把飯弄好了，請一隻船到江中去吃，看他怎麼搞。於是大夥把飯弄好了，用船將大夥載到江心。此事被好吃佬發覺了，好吃佬弄了一大口箱子，他睡在裏面，叫人幫他掀到江裏。且說大夥正準備吃飯，忽然發現江中有一口箱子，以為是水打來的寶貝，便將船靠近箱子，將箱子搬到船上打開一看，大夥都驚呆了，原來竟是好吃佬。

大夥為了難住好吃佬，提議每人要說一個四句子，誰說對了就吃飯，四句子裏面要有明明白白，漆的麻黑，還要有容易容易，難得難得。

一個說：「天上下的雪是明明白白，下地成水漆的麻黑，要雪變水容易容易，要水變雪難得難得。」

另一個說：「水在硯窩裏是明明白白，挨成了墨是漆的麻黑，要水變墨容易容易，要墨變水難得難得。」

好吃佬說：「我在箱子裏明明白白，放我出來是漆的麻黑，吃你們的容易容易，你們吃我的難得難得。」[36]

[36] 〈好吃佬的故事〉，劉德方講述，余貴福搜集整理，《劉德方故事》列印稿（上），頁一二〇。

此故事最初被命名為〈好吃佬的故事〉。余貴福將大部分由劉德方手寫，自己整理的故事列印成冊，呈送給各級領導，希望引起重視。縣裏領導看完後，決定進一步發掘、搜集和宣傳劉德方故事。於是，出版了黃世堂整理的《野山笑林》。該書收錄了〈吃你們的容易容易〉。

講一個好吃佬，他天天吃人家的，人家都吃不到他的。一天，大家想了一個主意，把飯菜弄好了，坐一隻船到江中去吃。這事還是被好吃佬曉得了，他弄了一大口箱子，睡在裏面，叫人幫他掀到江裏。再說大夥正準備吃飯，忽然發現江中有一口箱子，以為是水打來的寶貝，就將箱子搬到船上。打開一看都驚了，原來竟是好吃佬。

大夥為了難住好吃佬，提議每人要說一個四句子，誰說對了就吃。四句子裏面要有明明白白，漆的麻黑，還要有容容易易，難得難得。

一個說：「天上下雪是明明白白，落地成水是漆的麻黑，要雪變水容容易易，要水變雪難得難得。」

另一個說：「水在硯窩裏是明明白白，挨成了墨是漆的麻黑，要水變墨容容易易，要墨變水難得難得。」

好吃佬說：「我在箱子外是明明白白，裝進箱子裏是漆的麻黑，我吃你們的容容易易，你們吃我的難得難得。」[37]

---

37 〈吃你們的容容易易〉，劉德方講述，余貴福採錄，黃世堂整理，《野山笑林》（北京：大眾文藝出版社，一九九九年），頁二一九。

《野山笑林》出版後不久，召開了劉德方故事學術研討會。專家的肯定、媒體的宣傳，更加堅定了夷陵區打造劉德方文化品牌的決心。隨著文化經濟的不斷升溫，劉德方走向市場的規劃在地方政府和文化人的支持下實現了。其成果表現為《劉德方笑話館》，此中也收錄了〈吃你們的容易容易〉。

一個好吃佬，他天天吃人家的，人家吃不到他的。

有一天，有兩個人正準備弄好吃的，這個好吃佬又得了信。那兩個人一想，不把給他吃吧，面子上過不去；把給他吃，他又不還情。他們把菜準備好了，就弄了一隻船，推到江河當中去弄了吃。他們想，這回好吃佬就找不到了的。誰知這個好吃佬一下又發覺了。江河當中他又不得去，他就把屋裏裝衣服的大箱子騰了一口，搬到江邊上，鑽到箱子裏睡著，在水面上飄啊飄。那兩個人在船上，看到漂來了一口箱子，很高興。一個人說：「夥計，這上面漲水，打來了一口箱子，肯定是寶貝。」他們趕快把船推過去，把箱子搬到船上。一搬有多重，心裏很歡喜，以為得了一筆財錢。打開箱子一看，又是這個好吃佬。

那兩個人就搞快（蔫）了。為了要難住這個好吃佬，不吃他們的飯，他們就提議：「我們一個人說一個四句子，你說得到就把你吃，說不到今天就不把你吃。」這個好吃佬說：「那好啊！那就請你們出題。」那兩個人就說：「我們要不離明明白白，要不離漆裏麻黑，要不離容易容易，要不離難得難得。」

好吃佬說：「那行！你們出的題，你們就先說。」

第一個就說：「天上下雪是明明白白，下下來化成水是漆裏麻黑，要雪變水容易容易，要水變雪難得難得。」

第二個就說：「水在硯窩裏是明明白白，挨成墨𡑞是漆裏麻黑，要墨變字容易容易，要字變墨難得難得。」

該好吃佬說了。好吃佬就說：「我在箱子外頭是明明白白，裝在箱子裏頭是漆裏麻黑，我吃你們的容易容易，你們想吃我的難得難得。」[38]

二〇〇七年五月二十四日下午四時許，我們隨劉德方來到他在夷陵區小溪塔神仙灣的家。當時他的老伴和孫女在家，我們聊他的生活、聊他的故事、聊他的皮影。聊著聊著，劉德方愉快地講起了〈吃你們的容容易易〉。

就是說當地啊，有三個老闆啊，就一塊玩得很好，長大了就一塊結拜了三弟兄。結果那三弟兄呢，老大搞得蠻好，老二搞得蠻好，就是小的呢搞可憐了。

每天到吃飯的時候呢，不是吃老大的，就是吃老二的，但是時間長了，他又還不起那個情。老大和老二就想啊，那個老幺啊，我們不給他吃吧，我們是結拜的弟兄；給他吃吧，他又不接我們去吃，只吃我們的。老大說：「我們第二天打個主意。」老二說：「什麼主意呢？」他說：「我們把雞鴨魚肉、柴米油鹽啊，我們把它搞在一起，弄它一大隻船。一推推到江中，我們搞到吃去，他就找不到了，攆不來了。」他說：「這也對啊。」老大和老二就搞了一隻船，把這個東西一弄，推到河當中去了。

後來，那個老幺在吃中飯的時候，在這裏找，也沒得老大；在那裏找，也沒得老二，就不知道他們搞哪裏去了。「這找不到，我這一頓飯怎麼吃呢？」最後一打聽，他們到江河當中去了。後來他又想去吃，又沒得船。那個老婆還是蠻聰明。她就回去把那個裝衣服的大木箱子裝一口，到那個河邊上，就叫老幺進去。

38 〈吃你們的容容易易〉，劉德方講述，揚子江音像出版社、湖北省宜昌市夷陵區文聯、湖北省宜昌市夷陵區廣播電視局聯合攝製，《劉德方笑話館》（揚子江音像出版社，二〇〇四年），所附故事集頁三三。

那個箱子在河裏晃啊晃啊，蕩啊蕩啊，又不得沉。那個老大和老二在那個船上一望啊，「夥計，那個水上漂來了一個箱子，肯定是一箱子寶貝。我們把飯先不忙吃啊，先把箱子撈上來。」那兩個就把箱子一抬，箱子裏面有個人啊，百把斤。他說：「這裏面肯定是一箱子寶貝。」一個說：「我們喝了酒再看。」一個說：「我們看了再喝酒。」就說：「我們看了再喝酒，是寶貝啊，我們就再添點酒。」好了，那個老二說：「看吧，看吧。」把箱子打開一看啊，又是老幺。老大和老二說：「這個還是甩不脫，他又攆來了。」

老大和老二就想啊，「老幺，你今天來了，我們也不得給你吃。你要說得到一個四句子，我們就給你吃；說不到一個四句子，我也不得給你吃。」他說：「那兩個哥哥就出題吧。」他們一想呢，出了一個什麼題呢？老大就說：「我們要不離漆裏麻黑，要不離明明白白，要不離容容易易，要不離難得難得。這個四句子要把這幾句話帶在裏面。」他說：「那好，那你們出的題，那你們就先說吧。」那個老大就說，他說：「天上要下雪是漆裏麻黑，」一變天他就看不清了啊，他說，「一下到地上，就明明白白。」曉得是雨是雪。他說：「要雪變水啊，是容容易易；要水變雪啊，是難得難得。」個咋子，這個老大是過了關。老二就說：「我磨的那個硯是漆裏麻黑，」用那個墨寫字啊，他說，「我寫到紙上，是明明白白。」他說：「要墨變字啊，是容容易易；要字變墨啊，是難得難得。」那搞不成吵。老二也過了關。那個老幺把腦袋一轉，他說：「我在這個箱子裏面是漆裏麻黑，」他關在裏頭，他說，「你們把我弄出來，我就明明白白。我吃你們的是容容易易，你們想吃我的是難得難得。」[39]

[39] 〈吃你們的容容易易〉，劉德方講述，王丹、林繼富採錄；採錄時間：二〇〇七年五月二十四日下午；採錄地點：湖北省宜昌市夷陵區神仙灣劉德方家。

講完這個故事，劉德方大概明白了我們的用意，他說：「這個故事原汁原味就是這麼講的呢。」言外之意他不太滿意先前的幾個整理文本，他認為把民間故事的「味」整沒了。

二〇一一年十月十五日在「中國民間故事與民間故事講述人學術研討會」上，劉德方再次選擇了〈吃你們的容容易易〉。在講這個故事之前，他已經講了〈皮匠駙馬〉和唱了一首山歌，所以看得出來，他已熟悉了當場的環境和氣氛，〈吃你們的容容易易〉發揮得比較好。

> 三兄弟呢，同母所生。老大和老二呢，蠻忠厚，老幺呢，他就有點兒滑，奸狡巨滑。他的滑是怎麼滑呢？他呢吃飯，不吃老大的，就吃老二的，不吃老二的，就吃老大的，吃兩個哥哥的，他也不接兩個哥哥到他屋裏去吃一頓。那兩個哥哥說：「個咋，我們同母所生的弟兄，你說不把給他吃嘛，我們這是弟兄夥的，把他吃，他也不還個情。他只吃我們的，我們就吃不到他的。」天長日久，吃得他兩個哥哥也頂不住了。兩個哥哥就打個主意，他說：「明天我們兩弟兄把柴米油鹽、雞鴨魚肉，我們弄它一大隻船，一推推到江河當中，我們去弄噠吃去，他就吃不到啊的。」這個老大和老二商量噠呢，說這個辦法還是蠻好呢。
>
> 兩弟兄把柴米油鹽、雞鴨魚肉哈搞好噠，弄了一隻船，推到那個江河當中。去噠以後呢，那個老幺到吃飯的時候了，在這兒找也沒得老大，在那兒找也沒得老二，他說：「個咋，今天兩個哥哥究竟搞啊哪裏去吃去噠？」他一想起來，找不到場子噠。最後一打聽呢，他們到江河當中弄飯吃去了。他又想去吃這個飯呢，他又沒得船。這個人腦殼啊，他還是蠻聰明。他回去就把農村過去裝衣服用的那個大木箱子騰了一口，一撈撈到那個江河邊上，他蹶裏面一下睡到，叫他的夫人把箱子就往水裏頭一推。
>
> 箱子裏頭裝個人，一下水呢就慢慢漂。老大和老二看到噠，就說：「今兒高頭漲水，你看打下來那麼

大一口箱子，肯定是寶貝，我們兩個今兒把這個寶貝搶來噠，那我們今天要發一大筆財。」一個說：「我們喝啊酒噠，去搶。」一個說：「我們搶來看看，究竟發啊好大一個財。」兩弟兄把船靠近箱子，把箱子撈起來，箱子裏面裝個人嘛，就蠻重咯，這兩弟兄歡喜得很，心想今兒我們發了個大財，箱子那麼扎實，裏頭肯定是裝的寶貝。一個說：「我們喝了酒噠看。」一個說：「我們看噠喝酒。」還說：「今天我們發啊財噠，我們還去搞點菜，搞點酒，今天我們好好搞一頓。」把箱子打開一看呢，又是那個好吃佬老么。個咋，那個老大和老二就搞快噠呢，指望發財啊，卻撿個好吃佬。

老大就說：「老么啊，你今天來噠，想吃我們的飯啦那也搞不成，你萬一要吃我們的飯呢，我們有個條件。」他說：「那二位哥哥有什麼條件呢？」他說：「我們今兒一個人要說個四句子，你說得好，我們就把給你吃，說得不好，你今兒來噠，我們也不得把給你吃。」他說：「那還是請兩個哥哥出題呢。」老大就說：「我們要不離漆裏麻黑，不離明明白白，要不離容容易易，最後一句要不離難得難得。要以這幾句話，我們一個人說個四句子。」老大把這個題出噠呢，他說：「那哥哥出的題，那你就先說啦。」就要這個老大先說。老大那就說：「天上要下雪那是漆裏麻黑，因為一變天，就看不清噠，一下得下來，那就是明明白白，曉得是下的雪，要雪變水那是容容易易，要水變雪那是難得難得，一年也就那麼幾天。」老大說噠，這個老二一接地過來呢，他說：「墨在硯窩裏是漆裏麻黑，一下寫到紙上呢，那就是明明白白，要墨變字是容容易易，要字變墨，那是難得難得。」您們猜這個好吃佬老么他是怎麼說的呢？他這個腦殼一轉一想，他說：「我在這個箱子裏是漆裏麻黑，你們把我一放的出來，我就是明明白白，我吃你們的是容容易易，你們想吃我的那是難得難得。」

那麼，我採錄的兩個版本的〈吃你們的容易容易〉與其他版本的記錄究竟有什麼區別呢？

首先，從篇幅上看，五個版本的字數有較大差異（見下表）。

版本	字數（以電腦統計為準）	年份
整理式記錄（余貴福版本）	394	1993
改編式記錄（《野山笑林》版本）	343	1999
媒體式記錄（《劉德方笑話館》版本）	601	2004
原真式記錄一（個人場合的講述）	1098	2007
原真式記錄二（公眾場合的講述）	1274	2011

一九九三年與一九九九年版本字數相差不大，這是因為兩位整理者對該故事進行了大篇幅的刪減。原因在於兩方面：一是余貴福和黃世堂沒有按照故事的原貌記錄，而是整理故事的基本內容；二是兩位整理者受過正規學校教育，從事文學創作，在他們眼裏，劉德方的故事不夠文雅、不夠凝練，所以就將細節描寫、情節轉折等省略了。特別是《野山笑林》版本，黃世堂把自己認為是多餘的語言和情節刪節了。面對更廣闊範圍的觀眾，《劉德方笑話館》版本修改力度進一步加大，修飾成分、細節交代，乃至方言土語的變化相當明顯。二〇〇七年、二〇一一年我採錄的版本則完全按照劉德方講述的原樣記錄，包括一些囉嗦或者重複的語言照錄不誤。可以說，這兩個版本是目前記錄〈吃你們的容易容易〉最完整、最真實的呈現。儘管對於「他者」而言閱讀這個故事不及先前版本那麼順暢、那麼明瞭，但是，它所保留的民間精神和故事意義則是最科學的、最深刻的。

其次，在文本篇幅差異的背後又體現了故事整理的哪些問題呢？下面不妨深入到故事情節單元的內部（見下表）。

情節單元	余貴福版本	《野山笑林》版本	《劉德方笑話館》版本	個人場合的講述	公眾場合的講述
單元一	好吃佬專門蹭吃。	好吃佬品性不好，專門蹭吃。	好吃佬品性不好，專門蹭吃。	三兄弟結拜，老幺窘迫，蹭食不還。	三個親兄弟，老幺奸猾，蹭食不還。
單元二	大夥把飯菜弄到江中船上吃。	大家想主意，把飯菜弄到江中船上吃。	大家想主意，把飯菜弄到江中船上吃。	兩哥哥商量船上吃飯，阻止老幺蹭食。	兩哥哥商量船上吃飯，阻止老幺蹭食。
單元三	好吃佬得知情況，進箱追趕。	好吃佬得知情況，進箱追趕。	好吃佬得知情況，進箱追趕。	老幺得知實情，他老婆想出辦法，老幺進箱追趕。	老幺得知情況，進箱，老婆助推，追趕。
單元四	大夥發現箱子，打撈，開箱，還是好吃佬。	大家發現箱子，打撈，開箱，還是好吃佬。	大家發現箱子，打撈，開箱，還是好吃佬。	兩哥哥發現箱子，開箱，還是老幺。	兩哥哥發現箱子，打撈，開箱，還是老幺。
單元五	大夥出題說四句子，能說的吃飯。	大家出題說四句子，能說的吃飯。	大家出題說四句子，能說的吃飯。	兩哥哥出題說四句子，老幺同意。	兩哥哥出題說四句子，老幺同意。
單元六	好吃佬巧妙應答。	好吃佬巧妙應答。	好吃佬巧妙應答。	老幺機靈應對。	老幺機靈應對。

可以看出，五個版本的故事情節沒有大的變動，尤其是前三個版本幾乎是如出一轍的演繹。我整理的文本尊重講述者的講述，體現了該故事的原真面貌。既然基本構架沒有變化，那麼，不同文本製作者在哪些地方進行了改動和改編呢？

第一，人物形象。以《野山笑林》為主的前三個版本中，主人公的品質凸顯在「好吃」上，好吃佬是鄉村熟人社會群體中普通而又特殊的一員，他與整個群體的其他成員均形成對峙。在我整理的文本中，好吃佬主要和親生的或結拜的兄弟發生關係，產生矛盾，他們的糾葛合乎邏輯，更加具象。同時，故事裏還出現了另一個人物，即好吃佬的老婆，於是有了家庭關係。雖然她出場不多，但為好吃佬性格的刻畫增添了份量和色彩，這又與後面「好吃佬機靈應對四句子」相互呼應或構成對比，使得主人公的形象更加鮮活，更具鄉土味。

第二，細節描述。余貴福整理和《野山笑林》版本只是交代故事的主幹情節，沒有細節描寫，語言的文學化較強，情節較為乾癟。《劉德方笑話館》版本裏有較詳盡的起承轉合，有較流暢的情節聯結和較多的細節描寫。我整理的版本中，故事情節、人物關係、事件糾葛在細緻生動的描述中漸次展開，比如三兄弟生活境況的交代；兩哥哥既顧及情誼，又考慮利益，欲制止老幺蹭食的矛盾心理描寫；老幺到吃飯時找不到哥哥們的焦灼刻畫；老幺在老婆的幫助下進箱在江中漂蕩的情景描畫；兩哥哥發現箱子時的心思、打撈箱子後的爭議、打開箱子時的無奈均有符合生活邏輯的貼切描摹；兩哥哥決心鬥爭到底，老幺泰然應對，講述者關於三弟兄說四句子的情形予以清晰描述，並一一解釋，結構成一場精彩的智慧較量，風趣幽默。

第三，情節單元。以《野山笑林》為主的前三個版本與我採錄版本的顯著差異就表現在第三個情節單元上。前面三個版本「進箱追趕」是好吃佬自己的主意，足見他為了吃，精明、奸狡，用盡心思的本性，故事中只提到有人助推他下到江裏，卻沒有明確說明這人與好吃佬的關係，有些突兀。二〇〇七年的講述中，劉德方添置了老婆為好吃佬出謀畫策的情節，印證了「不是一家人，不進一家門」的俗話，也為好吃佬的緊追不捨提供了合理的關係網絡和演進邏輯。在我看來，老幺老婆這一角色的出現給故事的發展注入了一股推動的力量，同時通過這個情節描寫表現了民間的智慧與詼諧。劉德方二〇一一年會場上的講述雖然沒有獨立的單元講到老幺夫妻倆的謀劃，但老婆的幫助使得整個故事的人物關係和情節邏輯更趨合情合理。

第四，表述語言。以《野山笑林》為主的前三個版本雖然源自劉德方，但是它們沒有遵循劉德方的口述，而是整理者依據個人的理解將民間故事語言改換成較為書面化的表述風格，摒棄了富有表現力的方言土語。口頭講演生動、貼切、自然，但有時難免囉嗦，習慣語、過渡性的話比較多，這正是民間故事的味道和魅力，也是講述者的個性體現。我在採錄整理的時候，嚴格遵照劉德方的講述和口語表達面貌，儘量傳達出劉德方故事的神韻和語言的特色。民間故事是生活的方式和方言的藝術。不過，在不同的情境下，同一個故事講述者講同一個故事，其語言的表達也存在著差別。相比較而言，劉德方個人場合的演述是針對我這樣的同一方言區的聽眾，因此，他的表述更具地方性。而面對眾多來自全國各地的人講故事，劉德方無論用詞上，還是語氣上都在向通用的普通話的表述靠攏，以此贏得理解和讚賞。

因此，可以說，以《野山笑林》為主的前三個版本保留了〈吃你們的容易容易〉的基本框架，它們依照故事內容進行重新編造，從原真性意義上講，連「整理」都稱不上，只能視作重構性質的文本。這些文本僅突出故事的笑料，卻丟棄了民間語言的表述風格和生活邏輯的展演面貌，遺失了民間故事講演的趣味和民間幽默的情境。我採錄的故事版本按照劉德方的講述，一字不改地實錄下來，保留了故事的完整內涵、地方語言習慣和故事演述的意韻。所以，五個版本在人物形象、細節描述、情節單元和表述語言等方面的差異，是民間故事整理，乃至改編的關鍵點，這些直接導致了不同文本整理者製作出來的故事價值的不同。

中國民間故事被文字記錄有著久遠的歷史，但是，真正從原真意義上記錄民間故事則是從二十世紀初期現代民間文藝學學科建立之初開始的，而大量進行民間故事文本的製作發生在二十世紀八十年代中國民間文學三套集成時期。如何記錄民間故事，如何真實地展現民間故事的風貌，一直是中國民間文藝工作者探討的問題。關於民間故事，無論是講述者的演述，還是採錄者、搜集者、整理者的記錄、整理、重構等，無一例外都帶有不同時代和個人的目的，留有不同社會環境的印跡。如果說講述者的故事保留著時代因素和個人特點是故事發展必然要求的話，那麼，時代的、政治的、官方的以及學術的諸因素共同作用的採錄方式也不同程度地影響著民間故事文本的製作，民間故事面貌和價值的體現亦各有不同。比如，在夷陵文化人採錄劉德方故事的過程中，寫故事始終是故事講述者劉德方的「工作」。

我一九九四年開始寫故事，原稿都是我自己寫的。他們安排我寫最後的續集，我寫了一百五十幾個故事，我還寫五十幾個，湊二百個。我從今年三月份開始寫。按照我這個水平來講呢，我就情願講，不情願寫。我講，別人記最好。[40]

表面上看，劉德方不想也不願自己寫故事的原因是他認為自己文化水平有限，不能勝任，但事實上他本人已經意識到了寫故事與講故事的本質區別。講故事是在一個有情有景、有人有物的生動場境中，故事講述者根據現場的要求選擇故事，演述故事，發揮故事。而寫故事完全喪失了這種有韻味的情致，沒有了聽眾，沒有了情境，故事講述者僅僅將故事的情節平面地、靜態地展示出來。也許可能這種書面化的故事文本其大致內容和意思沒有改變，但是它畢竟已經脫離了互動的動態過程，而這個過程裏面妙趣橫生、千姿百態。這個時候，故事講述者不是講故事，而是寫故事了，故事聽眾也不是聽故事，而只能看故事了。

寫的和講的啊，那個講啊就耿直些，寫的就彎轉多些，那是個什麼原因呢？你假如我寫這句話，差一個字那個彎彎就轉不過來，講的我可以直接就彎了。你說是不是？就對一個東西來講，寫出來的東西和講出來的東西，多少還是有些區別。好了，假如我說寫這個故事啊，那麼你這個開頭，從前有個員外，他家是個什麼情況，那你要說個從前，加兩個字。講故事就是說有個員外，家是個什麼情況。就不肖說這個從前，你說是不是有道理。我就是說，我寫的故事和我講的故事區別不大。那就是多幾個字少幾個字，百分之八十到九十是相同的，區別呢有百分之十五到十這個區別。[41]

40 訪談對象：劉德方；訪談人：王丹、林繼富；訪談時間：二〇〇七年八月二十一日上午；訪談地點：湖北省宜昌市夷陵區長江市場管委會大樓劉德方民間藝術研究會辦公室。

41 訪談對象：劉德方；訪談人：王丹、林繼富；訪談時間：二〇〇七年五月二十四日下午；訪談地點：湖北省宜昌市夷陵區神仙灣劉德方家。

或許從文字文本的整理結果來看，寫故事與講故事並不存在多大差別，但是從故事講述者的狀態、能力和技巧而言，二者是兩種完全不同的故事行為和呈現過程。寫故事是一個人的構思、寫作和潤色，可以真實呈現，也可能閉門造車。故事講述則不是一個人的事情，而是一個講述現場、一次故事表演、一種群體活動，需要講述者與聽眾相互作用，需要人與人之間的交流，即便一個眼神、一個表情、一個動作對於講述來說都很重要。

書面的故事不是蠻好，還是口述的故事大家愛聽，它有這個趣味出來了。它那個趣味有哪些方面呢？一是你講故事的時候，它是大眾，多少有些觀眾，那麼你這個觀眾往那一坐，它那是個氣氛啊，是個熱鬧啊。那個講故事的人，他呢信心足些。因為你這個演戲，沒有人看，戲就演不好。看戲的人越多，那個戲就越演得好。那是我們摸索出來的經驗。我在人家那裏唱影子戲，有時候達幾千人。有時候幾百人，有時候百把人，有時候幾十人。你那個東西，那個唱戲的，一開場，底下的觀眾鴉雀無聲，你這個戲才唱得好。如果下面講他的，搞他的，你不想唱了，那你這個戲就不得出來。你說像寫文章那樣，你說誰誰誰。像我們那人家老了人的白事，把我們請過去，你只要一開場，唱了一段，下面的客人就聚精會神，鴉雀無聲。如果你唱得不好，下面就吵，他講他的，日白哦，比你聲音還大。那麼你是個藝人，你要震得住臺，那你出門才算是個藝人。那就是各人說話的水平，講故事也是這樣的。就是我們這一樣的故事一句不差，在你嘴裏講出來沒有人聽，在我嘴裏講出來可能就有人聽。他一個是語氣，一個是快啊慢啊，一個是高啊低，再一個就是節奏感。還有講故事的神態，那就像表演一樣，當招下手就要招下手，當慢一點就慢一點。當你這個人要放氣勢的時候，聲音就大一點。它就是悲喜交加，你要把這些東西加進來。[42]

42 訪談對象：劉德方；訪談人：王丹、林繼富；訪談時間：二〇〇七年五月二十四日下午；訪談地點：湖北省宜昌市夷陵區神仙灣劉德方家。

從最初挖掘劉德方的故事儲量到今天進一步推動區域民間文藝的發展，寫故事的出現和存在有深刻的原因，也迎合了特定的需求。然而，按照嚴格科學的方法，一個民間故事的書面寫定文本要經過嚴密的調查、繁瑣的程序和艱辛的勞動。直接讓講述者將故事寫出來，「這樣方便了許多，也很快能夠出成果」[43]，但是，從很大程度上說，它已不是民間故事的採錄了。首先，故事講述者的活動是講，而不是寫；其次，講述行為與文字寫作是兩碼事；再次，善於講述的人不一定會寫作，但文字功夫好的人可能講不好故事，個人寫作可以借鑑、拼湊、挪移其他故事元素，如此等等，這些都會有礙民間故事真實面貌的有效表達，也極大傷害了故事原有意義和價值的呈現。

從故事記錄到故事整理是還原民間故事價值的關鍵。故事整理理應尊重講述者，尊重民間故事的傳承規則。「根據故事整理故事」是不足取的，儘管故事是群體智慧的結晶，但是在某個場合由某個講述者演述，這時它又是個人的，採錄故事應該最大限度地呈現這個過程的原真狀貌，而不應肆意加工改造。如果依據講述的故事意思和內容進行改寫，那就屬於「改編」的範疇了。

劉德方寫故事從時代發展的角度來講並非全是壞事。他在沒有干擾的情況下，坐在辦公室裏靜靜地構思、創作，將自己對於人生、社會和世界的認識和思考融入故事，可以豐富故事，但是，這種故事就不屬於故事講述的範圍。劉德方寫故事沒有聽眾，沒有講述現場的互動和情境，也就沒有故事流動的場域，自然就缺少民間故事氣韻生動的特點。因此，從傳統的角度來說，類似劉德方寫故事的做法不值得提倡。但是，從創新的角度來看，劉德方寫故事具有一定的價值和意義。隨著老百姓文化水平的日益提高，寫故事成為一種民間故事的傳承方式或搶救方式，或許會流行起來，且以它的形態發揮它的作用。

43 訪談對象：余貴福；訪談人：王丹、林繼富；訪談時間：二〇〇七年五月二十六日上午；訪談地點：湖北省宜昌市夷陵區下堡坪鄉文化體育服務中心辦公室。

整理故事也好，寫故事也好，都不是民間故事遺產保護的主要途徑。我以為民間故事紀錄，包括文字記載、聲音留存和影像記錄等方式，最理想的狀態是將生活中傳講故事的真實情境拍攝下來，按照錄製的聲音一字不落地轉換成文字文本，需要梳整的地方適當規整，方言土語給予書面注釋。另外，記錄下不同類型故事講述的時空要求以及講演的動態情狀，以保存故事的價值。因此，民間故事的採錄實質就是對民間故事價值的保護，只有將民間故事的價值還原到真實狀態，民間故事的意義才能得以實現。

下堡坪民間故事成功入選國家非物質文化遺產名錄，既調動了地方各級政府和文化工作者發掘和保護區域文化資源的主動性，切實做了大量工作；又激發了廣大鄉村民眾參與民間故事活動的積極性，講故事和寫故事的熱情高漲，這也是一種保護，一種故事傳統發展中的保護。從下堡坪的故事採錄來看，長期以來，這項工作僅由文化站或文化體育服務中心的個別人承擔，人員有限，精力有限，相對於故事之鄉的資料搜集和活動開展來說顯得很不充分。這可能是故事採錄出現以鄉民寫故事為主的情形的重要原因。

> 搜集民間故事，我這個人是個急性子，想儘快把它搞齊，但是又搞不齊。你把這個搞了，那裏又一個新故事。目前我們就把這個列印成稿。在鄉下，我們分配了任務，還沒有送上來。我們現在培養的這一部分，來了就講，而且講得非常生動。[44]

翻看列印成冊的《下堡坪民間故事集萃》，裏面的確保存有民間故事的精粹，但也明顯有追求數量的堆砌之嫌，故事文本無論內容，還是語言都有從多種渠道借鑑、挪移、拼湊的痕跡，文本的質量自然難以保證。鄉文化機構還「分任

44 訪談對象：余貴福；訪談人：王丹、林繼富；訪談時間：二〇〇七年五月二十五日上午；訪談地點：湖北省宜昌市夷陵區下堡坪鄉永順旅社。

務」「寫故事」，這種由「寫」代「講」、由自發興趣變為硬性義務的「培養」和「搜集」是否真正有益於民間敘事活動的開展和傳承，值得我們深思。

> 我就說，像你，你說你不會講故事，你絕對會講故事，你腦殼裏絕對有故事。所以說，我這種觀點，基本上人人都會講故事，只要是正常的人。他啞巴，他講不出來，他可以寫故事。我研究這個項目，我都還做了保守的，一般的，我說百分之八十會講故事，但是實際上不得止。……不光是下堡坪，其他任何一個地方，可以說，百分之八十會講故事。就說你大學校園內，個個學生都有故事，只分多和少，只分他講不講。[45]

以「只要會說話，就能講故事」的指導思想和考量標準來確定和保護民間故事傳承人，不論其故事的儲備和故事的講述，這應該是當前製作和保存下堡坪民間故事文本資料方法存在的更深層次的原因。

誠然，基層文化工作者為民間故事的存續做出了奉獻，但是，由於他們受教育程度和學養、經歷等的不同，對民間故事的理解不同，所以對故事的採錄也各有各的做法，這就使得最終整理出來的材料水平參差不齊。因此，首先要增加故事採錄的人力、物力、財力，配備應有的設備，加強普查力度；其次要組織專家、學者對故事採錄人員進行培訓，強化他們的理論水平、學識素養和操作能力，以確保故事採錄的質量；第三，故事採錄要使用文字、聲音、影像等多種手段，如實記錄故事現場和故事文本，及時對故事資料進行搜集、整理和歸類，建立多種形式、多種載體的資料庫。

---

[45] 訪談對象：余貴福；訪談人：王丹、林繼富；訪談時間：二〇〇七年五月二十五日上午；訪談地點：湖北省宜昌市夷陵區下堡坪鄉永順旅社。

第三節 市場拓展

劉德方的故事是傳統遺產，也是生活文化，直到今天依然在民眾口頭傳講，具有深厚的群眾基礎和廣泛的市場。因此，對於劉德方及其故事的保護，利用各種渠道，運用多種方式，拓展其受眾面不僅是可能的，而且能夠在具體實踐中讓民間故事在時代文化的擠壓中得到延續和傳承。

湖北省長陽土家族自治縣長期從事民間故事搜集和整理，並利用民族民間文化資源進行文學創作的文化人蕭國松曾經說道：

現代化浪潮襲來，民間故事遭到了前所未有的衝擊，在這樣危急的時刻，我認為要有一個果斷的選擇，那就是站在它的對立面，來一個向後轉一百八十度，融入其中，讓現代化的浪潮為民間故事所利用。就像民間故事裏所寫的投胎，一個年老的人死了，他的魂到了另一個戶投胎了，變成一個新的嬰兒出世了。那麼，舊的形式消失了，新的形式產生了。用句時髦的話說，叫做「與時俱進」。會講故事的往往他也會唱歌。他積累得多，會講故事，會唱歌，他記得的諺語、歇後語同樣不少。

對於故事，搜集和研究兩大板塊兩手抓。原來的集成我沒搞好，只是皮毛地搞了一下。現在要進一步地加大搜集。除了孫家香，還有劉華階、李國興、劉澤剛、劉清遠等都是後來新發現的。關於故事整理，我認為，不以政治傾向決定取捨，原汁原味地整理，它是研究和利用的基礎。這些年，講故事的人死了，年輕的人沒接上，我們搜集整理出來的集子可以說是無價之寶，是中華民族的國寶。

利用民間故事再創作。我自己在民間故事的影響下，搞寓言創作；在民間故事的基礎上搞長篇敘事詩的創作。《老巴子》長詩一萬四千行，很快就會出來了。這是第一步，我計畫把它搞成一個系列的，這是一個願望。把民間故事編入鄉土教學中，效果很好。在電視節目中可以插入民間故事。點歌，也可以點民間故事。在旅遊點的演出中或者其他各類節目中加入民間故事，甚至有一個專門的故事冊。

印成民間故事小冊子，選擇兩三個故事，一塊錢一本，在旅遊點上散發。在旅遊船上唱山歌的同時，也插入民間故事的講演，也有民間故事的碟子。辦民間故事學習班，讓導遊都能講新老民間故事。我們講老故事，其實，又不斷產生了許多新的民間故事。民間故事是時代的產物，也很有價值。

在餐桌的餐巾紙上印上民間故事，可以帶動那一桌人講故事。因為我發現，人們吃飯很喜歡講民間故事，這個場合可以利用，這也是一個傳承和傳播的過程。

在旅遊點上能不能再現當年剁包子（玉米）、扭高粱講故事、唱山歌的那種場景。我們用商業化的運作，讓民間故事變為文化產業，納入經濟發展中。

在長陽，歷屆縣委、縣政府把長陽的文化全方位地提升到了一個全新的高度，還制定了民間藝人保護條例，為民間故事的生存與發展創造了有利的條件。我想，民間故事的前景應當是樂觀的。[46]

這一套針對當前民間故事保護提出的良方妙計給予我們很好的參考和實踐模式，儘管需要專門的市場運作，儘管操作起來有一定難度，但是，我以為，以劉德方為代表的傳承人承傳的民間故事除了搜集、保存、研究以外，將其做成社會效益和經濟效益共贏的文化產業，這條道路是行得通的。

46 蕭國松在二〇〇六年七月二十四日下午非物質文化遺產保護國際學術研討會上向會議代表彙報長陽民間故事基本情況的發言；地點：湖北省長陽縣清江花園酒店會議室。

一、出版市場

劉德方是融通多種民間文藝，創作力驚人的民間故事傳承人。在過去民眾娛樂生活不太發達的年代，劉德方的故事起到了為人鼓勁、調解糾紛、教導感化、消遣解悶的功用。他的好吃佬的故事、懶漢的故事、忤逆不孝的故事等都是寓教於樂的鄉土教科書。他新近創作的打麻將的故事、鬥地主的故事、晨練的故事等，結合現實，描繪生活，寄寓思想，給人以思考。誠如林繼富教授所說：「劉德方的故事裏面更多是詼諧和幽默的世界，就是輕鬆的世界。皮影戲回到古人那個世界去了，古人古事，回到歷史的隧道裏面去了。打喪鼓回到一個民間的倫理道德世界裏面去了。唱郎啊姐，就是打薅草鑼鼓，就回到情感的世界裏面去了，愛情的世界裏面去了。這幾個世界編織在一起就構成了他整個人生的精神空間。他通過這個空間感染了鄉鄰，娛樂了鄉鄰，給鄉鄰以教育、以快樂、以希望。所以，無論劉德方經歷怎樣的磨難，他總是笑對人生。」[47]

劉德方的故事淳樸、真實，而又發人深省，可以有目的、有計畫、有眼光地選擇一部分劉德方的故事進入出版市場。比如，「先生與學生的故事」、「酒醉佬的故事」、「滑稽人的故事」、「戳白佬的故事」、「岳父岳母與女婿的故事」、「憨頭包的故事」等滑稽、幽默的生活故事備受成年人喜歡，將之改編成通俗讀本，編輯發行，供人閱讀，既可以緩解疲勞，增長見識，又可以受到教育，和諧生活，讓人們在工作之餘、旅途之中、茶餘飯後欣賞娛樂。劉德方的故事具有教育意義，包含了豐富的地方知識和人生經驗，選取一些意味深長的、知識性強的故事編印成冊，如神奇故

[47] 訪談對象：林繼富；訪談人：王丹；訪談時間：二〇〇七年八月二十一日下午；訪談地點：湖北省宜昌市夷陵區劉德方民間藝術研究會辦公室。

事、動物故事、風物故事等，如果條件允許，還可以配以圖畫和照片等，以滿足青少年的審美需要和閱讀興趣，使他們在讀故事中學習知識，感悟哲理，繼承傳統。

> 這個故事作用也還是蠻大。它一是拉攏人，不管你是什麼人，你只要是喜歡這一門，喜歡這個文化的。再一個可以教育人。有些對大人不好的，你可以講這樣的故事，你說聽得聽不得，他也還是有所改變啦。或者有些弟兄相處不好的，講這些故事，人家可以調和啊。或者有的大人對伢子們不好，你講這樣的故事，它可以把一家搞得和和氣氣。有些子年輕的，你就講一些好的故事，可以教育後一代，哪麼能夠成人，哪麼要虛心學習，哪麼要前進啦。[48]

《劉德方笑話館》的製作已經邁出了第一步，儘管因為種種原因，劉德方及其故事的市場化遭遇了困境，但成果還是顯著的，起碼某種狀態中劉德方講故事的情狀以ＤＶＤ光碟的形式保存了下來。從這種初步的嘗試中，我們也能汲取經驗教訓，真正從民間故事的本真性出發，調查研究不同市場的需求和願望，因時因地因人而異地去做好民間故事的搜集、挑選、改編、整理工作，出版市場是能夠打開的。

劉德方的故事在內容、形式、種類、講述等方面都堪稱下堡坪故事，乃至整個三峽地區故事的代表和精華，系統、科學地忠實記錄劉德方的故事，將之刊印成書，以供學術研究之用，亦是重要的方面。

---

[48] 訪談對象：劉德方；訪談人：王丹、林繼富；訪談時間：二〇一一年七月十三日上午；訪談地點：湖北省宜昌市夷陵區夷陵樓劉德方民間藝術研究會辦公室。

二、旅遊市場

劉德方進入夷陵城區生活後，時常被從事旅遊開發的個人或公司請到各個景點為遊客們講故事。他的很多故事生活性強，短小精悍，妙趣橫生，適合作為遊覽觀光的節目，能夠迎合遊客們的趣味。同時，劉德方會應遊客的要求來調取故事，演繹故事，不但調和了旅遊開發者、遊客和故事講述者之間的關係和利益，而且還真正播撒了民間文化和地方知識，引導和幫助遊客們實現精神之旅。

那我在車溪搞了四五個月，在曉峰古兵寨搞了四五個月，在馬連岩搞了半年。平時零打細敲的，那也不記得回數。有時他們那裏有演出，一個電話打得來，我就去。[49]

劉德方在區文化館的文藝表演中講故事，唱皮影，隨後帶領劉德方民間藝術團走村串戶傳播民間文藝，無論是在城鎮，還是在鄉村，都受到了人們的歡迎和喜愛，既取得了經濟效益，社會反響也很強烈。

我們成立劉德方民間藝術團，還是想走向市場。我們當時成立劉德方民間藝術團是想搞土的，搞群眾文化，搞民族特色的。唱山歌，講故事，搞地花鼓。我就想，旅遊點聯合起來打劉德方的牌子。[50]

49 訪談對象：劉德方；訪談人：王丹、林繼富；訪談時間：二〇〇七年八月二十二日晚上；訪談地點：湖北省宜昌市夷陵區下堡坪鄉永順旅社。

50 訪談對象：彭明吉；訪談人：王丹、林繼富；訪談時間：二〇〇七年八月二十一日上午；訪談地點：湖北省宜昌市夷陵區長江市場管委會大樓劉德方民間藝術研究會辦公室。

夷陵區是三峽旅遊的核心景區，這裏每年接待大量的國內外遊客，夷陵區本身也有像三遊洞這樣有影響的景點。我們應該認真細緻地分析三峽遊客的心理和興趣，他們來三峽主要是看三峽大壩，觀賞三峽的自然美景，感受三峽人民的生活，因此，這其中三峽文化應該成為重要的創建內容。劉德方作為三峽文化鍛造出來的民間故事傳承人，在展現三峽文化方面具有代表性和說服力，所以，可以說，以劉德方為核心的下堡坪的「劉德方」們能夠在三峽旅遊產業的發展中占有一席之地。

> 我們下堡坪的故事多，我準備搞個三部，第一部就是民間的生活故事吧。再一個是傳奇故事，傳奇故事又包括地名傳奇、歷史傳奇、民間傳說，也整理個上下卷。第三個就是紅色經典的故事，這一方面也不少，還有賀龍他們的很多故事，整理了一大本。我目前已經形成了下堡坪鄉的故事文化見廣錄，和旅遊結合在一起了。[51]

下堡坪民間故事是三峽文化的一個代表、一種形式、一樣體現。在下堡坪，幾乎人人都能講故事，而且個個出彩。

> 所以現在咱們要研究的是怎麼發展下堡坪的經濟，讓那個地方富起來，咱們的故事家才能留那裏，是吧？這是一個想法。然後呢，就是說那裏的故事家肯定不會外流，要帶動那方的開發、那方的資源，讓旅

51 訪談對象：余貴福；訪談人：王丹、林繼富；訪談時間：二〇〇七年五月二十六日上午；訪談地點：湖北省宜昌市夷陵區下堡坪鄉文化體育服務中心辦公室。

遊的客人到那個地方去聽他們的故事。[52]

故事之鄉憑藉自身的資源優勢，創造條件，開發旅遊，搞活經濟，這就不再是一個劉德方走向市場的問題，而是以劉德方為代表的民間故事傳承人和民間故事講述傳統在旅遊市場上煥發出新的生命力的一種嘗試、一個挑戰和一項事業了。比如，遊客們到故事之鄉來，「劉德方」們要為他們講演豐富多彩的故事，以故事展現他們的生活；將「劉德方」們講述的故事進行篩選，適當加工和改造，印成小冊子，作為商品出售。由此可見，民間故事講述進入三峽旅遊不僅僅是一個觀光項目，而是增強三峽旅遊的文化含量和地方傳統的重要表現，能夠更好地宣傳和推出三峽，也能帶動了一方資源的開發和經濟的發展。

三、影視市場

劉德方的人生經歷就如同他所講述的曲折故事充滿著傳奇，他傳承的故事也是在這傳奇的寫就中形成和積澱。以劉德方為中心，集合其他民間故事傳承人，依託三峽地區的自然人文生態，展現一個故事家在特定時代的生存、成長和變化，以「一家」帶動「一鄉」，編寫劇本，拍攝影視作品，推向市場。目前，關於劉德方本人的電視劇劇本《說說笑笑》已寫作完成，並且通過國家廣播電視總局的立項公示，正在籌資拍攝，這是一件好事情，也是劉德方價值的另一種體現。

52 訪談對象：徐軍；訪談人：王丹、林繼富；訪談時間：二〇〇七年五月二十三日晚上；訪談地點：湖北省宜昌市夷陵區文化館招待所。

電視劇是以劉德方為原型，把劉德方典型的坎坷的經歷都寫在裏面，好像從電視劇裏面看到劉德方的影子。裏面宣傳了一個活脫脫的民間故事家，一個人過去怎麼樣壓在社會的最底層，最後怎麼樣成為全國民間故事家，成為國家的保護對象，是這麼個主線，當然主要反映他的奇遇人生。這個電視劇後面創作了一些，主要在發揮故事的作用方面創作了一些。比方說，歌舞團怎麼樣吸收他，這邊成立一個民間故事家為首的民間說唱團，這邊一個國家財政拿錢包養的政府性，也就是說端鐵飯碗的團，兩個團爭奪市場，爭奪地盤，那麼最後國家歌舞團肯定敗了，因為它自己有優越感，缺乏主動出擊，主動競爭。那個民間團它反而受歡迎。特別是現在發展旅遊，發展企業，一些企業請民間團出去當形象代言人，跟它演出。最後沒辦法，文化局搞體制改革，把兩個團合併成一個團。那就充分打故事家的牌，利用這個故事家的聲望，利用他的影響，到外面去重新打開市場，這樣就是說社會和經濟效益雙贏。這是中間加了這麼些細節。現在就是資金的問題。我自己對這個電視劇，對這個劇本還是比較有信心。[53]

當今，以社會上的典型人物為原型，抓住其特徵，描述其事蹟，刻畫其形象，貼近民眾，深入生活，反映時代的主旋律和文化發展潮流，這樣的題材能夠打動人、感染人、激勵人，因而這一類的影視作品人們是願意看到的，也是喜歡看的，是有市場的。在操作上，要儘量利用最新、最好的技術和載體，比如「數位」形式，既最大程度地節約成本，又便於影視作品的推廣。

劉德方和「劉德方」們講述的是故事，影視作品也是在講故事，二者在本質上是相似的，所以，他們講的故事也能成為影視創作的素材。根據故事不同的主題和內容，有的可以發揮成生活氣息濃郁的電視劇，有的可以拍攝成極具奇幻

[53] 訪談對象：楊建章；訪談人：王丹、林繼富；訪談時間：二〇〇七年八月二十一日下午；訪談地點：湖北省宜昌市夷陵區長江市場管委會大樓劉德方民間藝術研究會辦公室。

色彩的電影，有的可以改編成童趣詼諧的動畫片，有的類似的故事可以串聯起來，有的有反差的故事可以比照起來，等等。運用影像方式，故事文本就生動起來了，故事的人物活了，場景動了，有了色彩，有了對話，有了動作，故事與其承載的文化也隨之傳播到更遠的地方，突破了即時，超越了現場。所以，這是一個故事和影視共用互惠的過程，故事有了新的載體、新的傳播途徑，影視有了更多的內容和深層的底蘊，它們也能應不同性別、不同年齡、不同文化層次的人的需要發揮各自的特點和功用，順應「讀圖時代」的到來。

結語

劉德方講述的故事不僅題材廣，類型多，而且質量高，表達好。他不但以現實性故事見長，其幻想性故事也別具風格。回首這位國家級民間故事家的成長之路，我們不難發現，劉德方的成名成家不是偶然，而是得益於諸多主觀因素和客觀條件的促成。

劉德方出生在山嶺、溪河交錯的鄂西村寨，十一歲起就輟學務農，扛起養家糊口的重擔，經歷了民國末年的動亂，新中國建立後的土地改革、大躍進、人民公社、「四清」運動、「文化大革命」、農村經濟體制改革、社會主義新農村建設等大情小事，個人生活和家庭生活也隨之波瀾起伏。但有一點劉德方始終如一，從未改變，這就是對民間文藝的狂熱與執著。不管走到哪裏，不管從事何種生計，劉德方都很留心身邊的文化活動，自己學，自己演，用他自己的一句話說便是「我都是瞄學的」。「世上無難事，只怕有心人。」在動盪、漂泊的生活中，天資聰慧的劉德方勤奮努力，他耕耘的這一片沃土也回饋他金子般的人生財富。劉德方成為當地民間文藝活動的積極分子和文化傳承的多面手。因此，劉德方講故事的才能既與他的苦難生活直接關聯，又與他熱衷的民間歌謠、皮影戲、打鑼鼓等密切相關，表現出綜合性的特徵。

如果說他（劉德方）的成功，首先要歸功於他本人，夷陵的山山水水養育了他，他也特別熱愛講故事、山民歌、皮影戲這些子。第二是他的人生履歷，磨難啊教誨了他，也給予了他財富，不然他不會成就大氣。[1]

劉德方講故事、唱皮影戲的本事開始只是在下堡坪一帶小有名氣。改革開放、撥亂反正之後，民族民間文化逐漸得到重視，劉德方的文藝才華才真正施展開來，有了「用武之地」。在鄉間村舍，每逢紅白喜事、節慶假日、重大活動，慕名來請劉師傅的人數不勝數，劉德方的足跡踏遍了周邊的縣鄉各地。劉德方善於觀顏察色，他將皮影戲、講故事、唱山歌等文藝形式結合起來，交叉表演，彼此借鑑，既豐富了演出內容，又吻合了情境需要，觀眾們大飽了眼耳之福，甚為歡迎。

過去農村唱戲，一唱就是一夜，老闆等於借一大個鋪蓋，或者幾十個客人，百把個客人，過去農村的堂屋都大，那就都在這裏坐著，免得老闆去別處借鋪蓋來開鋪，麻煩。人他都要有一陣瞌睡，一唱到下半夜了，他人總是要恍昏。他在恍昏的時候，準備栽瞌睡的時候，我把這個正本擱在旁邊，我或者來講幾個故事，或者來日幾個白，或者來喊幾段山歌，人家一聽，幾個哈哈一打，個咋，這個瞌睡就又走了，他清醒了，我就又撿起來唱正本。所以說，我的技巧就在這個方面，它留得住客人，得人喜歡。[2]

1 訪談對象：彭明吉；訪談人：王丹、林繼富；訪談時間：二〇〇七年五月二十四日上午；訪談地點：湖北省宜昌市夷陵區長江市場管委會大樓劉德方民間藝術研究會辦公室。

2 訪談對象：劉德方；訪談人：王丹、林繼富；訪談時間：二〇一一年七月十三日上午；訪談地點：湖北省宜昌市夷陵區夷陵樓劉德方民間藝術研究會辦公室。

正是在這樣的交流融匯中，劉德方的藝術才華大放異彩，故事技藝亦突飛猛進。適逢始於二十世紀八十年代的民族民間文藝十套集成搜集整理時期，特別是關心和重視民間文化的社會氛圍和時代導向，才使得在皮影戲大賽中一舉奪魁的劉德方撥開迷霧，散發出奪目的光芒，成為地方文化人、政府官員和新聞媒體所關注、舉薦和宣傳的對象。進入二十一世紀，中國自上而下掀起了一股保護非物質文化遺產的熱潮，國家、政府及社會各界對劉德方等民間文化傳承人的現實幫助和價值肯定達到了前所未有的高度，從而成就了今天的劉德方。

劉德方的故事功夫如同他所說的「陰一半，陽一半」的道理一樣，一靠記憶故事的梗概，二靠發揮細節和語言。劉德方講故事時神思清晰，緊扣故事發展脈絡，主幹和枝葉處理適當，善於通過人物的言語和神態表現其個性，情節複雜的一波三折，言簡意賅的利索精煉。這裏面既有劉德方自己的人生體悟，也有源自其他民間文藝樣式的啟發和借用。故事中的官員、財主、先生、秀才、夫妻、姨佬、戳白佬、酒醉佬、好吃佬、憨頭包，各色人等，無不鮮活亮麗，儀態可掬。他們有的作為高尚，言語美妙；有的行為卑鄙，說話醜陋，劉德方便藉此褒貶善惡，針砭時弊，催人警醒，勵志向上。

劉德方的敘事作品無論是故事的題材、主題、內容，還是講述的架構、語態、神情，均顯示出深厚的民間文化根底和鄉土藝術特色。講的過程中，劉德方看似不溫不火，聽似不緊不慢，然而就是在他營造的穩穩當當、妥妥帖帖之中，聽眾被他那滔滔不絕、既講亦吟的口語藝術所深深折服。劉德方對故事的駕馭能力和分寸感都很強。該講的講得有模有樣，該唱的唱得有板有眼，整個故事形式活潑、內容真切、意韻深長。所以，任何複雜的情態、任何糾結的關係、任何深奧的道理，到了劉德方那裏，全都能借助各式各樣深入淺出的故事理順、講明，聽眾也聽得清、記得住、樂得歡。

劉德方傳講的故事裏，生活笑話所占比例最大。這些故事均雅俗共賞，娓娓動聽，敘可笑之事，笑可笑之人，寓莊於諧，寓教於樂，喜劇色彩濃郁，極盡幽默、諷刺以至鞭撻之能事，不乏思想深度。劉德方的演繹自然賞心悅目，諧而不謔，趣而有度。劉德方以其超人的睿智和才華、不衰的熱情和毅力，出色地承傳著夷陵山鄉的民間故事。他所講故事數量之多、藝術之高、影響之大可謂出類拔萃，少有人能與之匹敵。

如果說沒有被發現以前，劉德方傳承故事是出於生命之愛、生活之需，屬於一種自在自發的行為的話，那麼，被發現之後，劉德方講故事就逐步走向了自覺，他有一種主動的意願和意識去這麼做。尤其是進入城鎮以後，故事在某種意義上成為了他謀生的「職業」，隨後一系列的榮譽接連而至，劉德方被認定為「下堡坪民間故事」保護專案的代表性傳承人，這一切既是對他的褒獎，也是時代文化存續的一種方式，但同時亦加重了他肩上的擔子。劉德方創作故事、講述故事的動機和目的或明顯、或隱蔽地發生著變化。憑藉幾十年來對故事內容和語言的積累和磨練，劉德方能夠順應不時改變著的客觀環境，把故事常講常新，融進新生活的因數和訴求。無論是看場合講故事，還是看人講故事，或者是讓講哪樣的就講哪樣的，都表明如今劉德方講故事的環境、態度、行為和意識均與以往和鄉親們一起日白有很多的差異和不同。

誠然，劉德方在政府、學術界、商界、新聞媒體以及民間團體的認可和協助下，生活水平有了很大提高，精神面貌有了很大改觀，社會地位有了很大上升，然而，當傳承人享受各方給予的幫助和優待，從農村來到城市，離開生活已久的故土，離開承習文化的特殊空間，離開熟悉的聽眾和朋友，傳承人面對的既有城市的新鮮與精彩，又有內心的惶惑與不安，不知不覺間與先前的文化傳統漸行漸遠。劉德方在盡享生活的優越與多姿之時，也肩負著多重的責任與義務，這些附加的社會、政治、經濟等因素，干擾了鄉民對他的再認識與再接受，劉德方被鄉親們「另眼相看」，這也迫使劉德方重新審視自己，「我是誰？」的問題困擾著他，認同的模糊隨之而來。

理論上說，在保護傳承人及其才藝的過程中，我們「不能將具體文化事象從它的生存環境和背景中割裂出來『保護』，否則只能是切斷具體傳統文化事象自我更新、自我創造的能力，最終使我們的優秀民族文化的根基受損。換句話說，對具體文化事象的保護，要尊重其內在的豐富性和生命特點。不但要保護非物質文化遺產的自身及其有形外現，更要注意它們所依賴、所因應的結構性環境。不僅要重視這份遺產靜態的成就，尤其要關注各種事象的存在方式和存在過程」[3]。但實際的操作確實需要具體問題具體分析，具體情況具體處理，全面權衡利弊得失，最大限度地保護好以傳承人為中心的民族民間文化。

就傳承人和民間故事的本質而言，我們保護他們，不僅要保護民間故事的生命情態，保護傳承人講演故事的過程，還要保護傳承人所在社區的文化傳統及講故事的文化空間。只有這樣，傳承人才能更好地講故事，故事才能被更多的人講，民間故事傳統才能永遠活躍和留存在我們的生活中。

所以，劉德方其人、其事、其藝，為我們探討包括民間故事在內的民間文藝的學理性問題提供了重要資料。從學術的意義上也好，從實踐的層面上也好，關於劉德方的保護與研究已不再是就他本人而言，也不再僅局限於夷陵區一個地方，而更應是我們認知民間文化本質的切入點，是我們探求民間文化傳承人及其才藝保護和繼承的真實案例，由此總結經驗，吸取教訓，從而更加科學有效地保護傳承人，保存民間文化。

3 劉魁立，〈非物質文化遺產及其保護的整體性原則〉，載《廣西師範學院學報》二〇〇四年第四期，頁五。

附錄

一、劉德方故事考察日誌選

（一）二〇〇七年五月二十三日

在恩施市參加完「土家族確認五十周年暨土家族研究學術研討會」後，我和林繼富先生、蕭國松老師又前往建始縣進行了民間文化的調查，特別是喜花鼓，給我留下了深刻印象。

昨晚就已經收拾好行裝，睡了不到六個鐘頭，一早起床，吃完早餐，我們便從建始向宜昌進發。為了節約時間，為了減緩疲乏，我們花五百元包了一輛出租轎車上了路。

上午八點四十分準時出發，這時天空下起了小雨，淅淅瀝瀝，像在唱歌，山鄉的空氣很清新，感覺很舒服。沿途的風光很美，青的山，綠的水，曲曲彎彎的路伸向遠方，看不到盡頭，有時甚至根本不知道前方的路，因為在山中穿行。車時而下行進入狹長的山谷，時而攀爬上坡，走在盤山公路上，這樣頻繁上上下下令我有些吃消不了，暈車了。我只得開窗吹風，欣賞窗外的風景，絲毫不敢注目車內，也不能閉目養神。我使勁地忍住和調節，緩解暈車的症狀，感覺從胸口到腹部極其不舒服。

車在前行，路在後退，一個多小時後，我們進入到巴東縣境內。巴東的山更大，更險，更峻。陡峭的山路如蛇形，車子就在上面艱難地爬行，拐來拐去。據說到了冬天，雨雪凍凝，就要封山了，能走的車也要帶上履帶才能行進，所以，路邊零星的人家房屋牆上都寫有租賃履帶的廣告。迎面而來的有各種型號的客貨車載滿了乘客和貨物，行駛在山間公路上。到了一個拐彎的峽口，我們看到一輛大客車側翻在路旁，懸在半空，險些跌入山澗，令人驚心動魄。大概事故已經發生了一段時間，因為車上沒有了人，只有交警在維持路況。

車終於駛入了一段相對平緩的峽谷通道。司機師傅也累了，需要休息休息，便靠邊停下車，我們也趁機下車休整一下，這真是坐車也累人呀。儘管很困頓，但我們還是禁不住美景的誘惑，強打精神，與這青山綠水來了個合影，留住倩影，也留下紀念。

上車繼續向前走，大約十二點半，我們到達長陽縣榔坪鎮的街道上。司機師傅把我們帶到一家路邊餐館吃午飯。下車一看，這裏還有不少人，衛生條件也不錯，我們點了菜，洗了把臉，不一會兒就上菜了。味道還行，吃得比較滿意。到了中午，天氣很熱，車裏就更熱了，讓人很不舒服。這一番吃喝透氣，精神好多了。而且進入長陽，路也好走了些，沒那麼上上下下地顛簸，曲曲折折地搖晃，我也就不那麼暈了。

大約下午四點多，司機師傅按照我們的要求把我們送到了夷陵區文化館附近。從車上下來，我們已經很疲憊，但還得揹著行李，找了一圈，才在文化館的招待所安頓下來。雖然條件不太好，可我們已沒有精力折騰了，這也是為了方便調查。

隨即我們到文化館找到了張副館長，向他表明我們的來意和目的，張副館長很熱情地接待了我們。他還找來已經退休的袁維華副館長，因為他參與了劉德方的推介和資料搜集等工作，對劉德方瞭解得更多、更全面。我們在一起簡單地聊了一些劉德方的情況以及我們本次工作的內容和想法。

晚飯由文化館做東，為我們接風。雖然是平民化的餐館，但大家很開心，兩杯酒下肚，我們的距離拉近了許多，談話也輕鬆了許多。這時，區文化局的徐軍副局長也來了，陪同我們。我們向她說明了我們的行程及任務，她對我們的計畫做了很好的配合。在交談中，我們瞭解到，現在文化局的工作很多，目前緊鑼密鼓籌備的是第八屆中國藝術節，這也是他們加強民間文化宣傳保護工作的重要組成部分。談到劉德方的保護，談到下堡坪民間故事，他們都抒發了自己的見解和意見。近兩年，對劉德方的安排主要是不讓他外出活動太多，而是要加速將自己的故事推出來。劉德方能講四百多個故事，《野山笑林》只收錄了二百多個，所以區文化部門和劉德方民間藝術研究會決定讓他把他的故事都寫出來，再出一本書。區裏還通過民政的渠道為劉德方故居的修繕籌集了資金，這個工作正在進行中。可以說，對於劉德方，區政府和文化部門是非常看重的，為了這張文化名片，他們做了很多切實有效的工作。

十點多鐘吃完飯，我們在小溪塔的大街小巷逛了逛，感受了一下這個縣城的面貌與氣息，這就是劉德方現在生活的地方。大概半個多小時後才回招待所休息。

（二）二〇〇七年五月二十四日

昨晚，下了一場大雨，悶熱的天氣一掃而過，但還是有點潮。我們入住的招待所條件不怎麼的，基本設施都不齊備。我所在的房間陰暗，光線不好，不通風，晚上蚊子很多。沒辦法，只好點蚊香了。奔波了一天，著實有些累，稍稍洗了一下，躺在床上，很快就睡著了。一覺醒來，已是早晨六點半了。

洗漱完畢，坐在電腦前，梳理今天即將展開的調查工作。首先，劉德方因其多才多藝成為夷陵區重點建設的文化品牌，那麼地方政府、文化部門及相關人士是怎樣打造劉德方的，包括劉德方如何一步一步被發現、被推出，如何逐漸引起外界的注意和重視，在這個過程裏，做了哪些具體的事情？夷陵區為什麼要推出劉德方？目的是什麼？劉德方被接到城裏，被保護起來的整個過程和措施怎樣？表現在哪些方面？那麼，劉德方給夷陵帶來了什麼？給下堡坪帶來了什麼？

第二，劉德方生活史的調查主要圍繞他與故事的關係展開。劉德方的一生如何與故事接觸？在哪些階段、哪些時候學故事、講故事？怎麼學？怎麼講？劉德方能講多少個故事？這些故事的內容、風格和特色？劉德方講故事的特點表現在哪些方面？劉德方能講能寫，寫故事與講故事有什麼區別？進城後的講故事與沒有被發現以前和鄉親們講故事有什麼樣的差別？

第三，下堡坪民間故事的基本情況。目前，有多少人能講故事？故事講述的主要內容和風格是什麼？講故事的氛圍怎樣？對入選國家非物質文化遺產名錄有什麼看法？入選前後，鄉裏講故事的情況有何變化？劉德方成為代表性傳承人，鄉民有什麼觀點？他們與劉德方的關係如何？劉德方進城前後，這種關係有沒有變化？如果有，表現在哪些方面？對於劉德方的調查應該既是全面的，又是有重點的。劉德方是一個典型，他身上已經具備傳統與現代兩重特質，所以，對於研究民間故事傳承人從鄉村走向城市，如何調適傳統與現代的關係很有意義。

整理了調查思路和問題，我們到街上吃早餐。在一家粉麵館，我要了一碗麵條。鄂西一帶，人們口味上喜酸辣，連麵條裏也加了不少辣椒，令我有些不適應。可是，看到周邊的人都吃得熱火朝天的，我也顧不了那麼多，開動起來，還真有點滋味呢。

上午八點，在袁維華的帶領下，我們來到了位於夷陵開發新區的長江市場管理委員會大樓，劉德方民間藝術研究會就設在三層，有兩間辦公室。據說，研究會的辦公地點和設施都是長江市場建設有限公司捐贈的，用水用電也都由他們負責。袁維華作為研究會的核心成員，每天都來這裏上班。我們到的時候，研究會的會長彭明吉和劉德方已經等候在辦公室。我們與他們說明了來意，交換了意見，等了一會兒，區文聯主席楊建章和《野山笑林》的整理者黃世堂陸續來了。我們的訪談正式開始了。

黃世堂最先談了《野山笑林》這本故事集的出籠以及他整理的經過。他認為，民間故事整理不是簡單地記錄，應該加入整理者的意見，加入整理者的改造。在他看來，整理者本身就是傳承人，民間文學是口傳的，沒有原生態，也沒有原汁原味的民間文學。既然民間故事通過口頭傳承，自然就有傳承人的加工和改造，那麼作為整理者也屬於傳承人，就應該改造和加工，只是把握好一個整理的度，這個度就是故事的基本內容和思想。黃世堂說，經過他的整理和改造，劉德方的故事質量得到很大程度的提升，閱讀面更廣泛了，所以是成功的。

楊建章談到自己在劉德方推介過程中做的一些事情，特別是長篇傳記文學《奇遇人生》的寫作和出版。他說到自己與劉德方結識，看準了他的才藝和作為夷陵區文化代言人的潛力，在堅守本職工作的同時，專門請劉德方到他的辦公室講述他的人生經歷。據此，他用文學的手法，全面回顧、記錄和評析了劉德方的人生滄桑以及在曲折歷程中鑄就的包括講故事在內的文藝奇才。現在，他又以劉德方為原型，創作了一部二十二集反映民間藝術家人生命運的電視劇劇本，正在尋找合作夥伴，準備投入拍攝。

彭明吉作為原宜昌縣的重要領導，就劉德方的發現和推出過程做了整體介紹，說到自己在縣裏所做的工作以及對劉德方進城的安排。他認為，劉德方的成名，除了他自身的文藝才華以外，最重要的一點就是地方政府的重視和推動，給予了政策和資金的支援。彭明吉退休以後，覺得關於劉德方還有很多工作沒做，雖然有文聯、民協，但力量和力度都還不夠，這就發起成立了劉德方民間藝術研究會。研究會以研究劉德方為主，來發掘夷陵區的民間文化。彭明吉非常詳細地為我們介紹了研究會已經做的工作和未來幾年要完成的任務。

「領導」們在講的時候，我發現，坐在一旁的劉德方不聲不響，這與我從其他途徑瞭解到的劉德方大相逕庭。只有當我們要求他講個故事時，他才開口說話，而且絕不多說，講了故事就行。

中午大家一起吃飯，也是邊吃邊談。飯後已是下午二點多。飯後，我們便跟隨劉德方來到他位於小溪塔神仙灣的家。這是一棟臨街的居民住宅，劉德方一家住在四樓一套四室兩廳的房子裏。這套房子是浙江在夷陵做生意的商人黃林森捐助給劉德方居住的。一進門，就有一股生活的氣息。劉德方的老伴杜遠菊在家，帶著小孫女，這是老伴兒子的孩子。劉德方說，他們一家過得很和氣，兒子、媳婦讓小孫女跟他姓。家人也很支持他講故事，做地方文化的工作。說起這些，劉德方一臉的高興。在家裏，在沒有領導在場的時候，劉德方變得很健談，與上午的他簡直判若兩人，大概也是因為與我們漸漸熟絡的緣故吧。

劉德方感歎人生有三條：時、命、運，說他六十歲時走了運，得到了國家、政府和很多人的關注和幫助，生活有了巨大的轉變。他很興奮地跟我們描述著而今的幸福。說起他的故事，劉德方似乎對黃世堂的整理很不滿。他說，黃世堂文學才華是有，但與民間故事不對路，經他整理的故事，完全沒辦法講了，特別是《劉德方笑話館》的錄製，讓他受了大罪。劉德方評論到，民間故事就是口頭上講的，是用宜昌的方言土語和講話的習慣，這樣才有滋有味、原汁原味。劉德方說著，講起了〈皮匠駙馬〉、〈野人嘎嘎〉、〈吃你們的容容易易〉等故事。問起他的故事是從哪裏來的，劉德方回憶起他的童年、少年和青壯年時期，怎麼聽故事、學故事、講故事，結合著自己的人生故事，講得百轉千回，無限感慨。劉德方現在還唱皮影戲，在家他從床底拖出自己整整一木箱的家什，給我們展示，還在牆壁上簡單地舞了一齣。小孫女見了，特別歡喜，搖搖擺擺地走過來湊熱鬧。接著，劉德方又談起了他現在一家子生活的維持以及自己寫故事和演出的種種情況。言語之中，他還是很滿意、很滿足。他搜羅出自己各式各樣的榮譽證書和照片給我們看，一一給我們講解說明。

愉快的訪談讓時間過得真快，都快晚上七點鐘了。我們邀請劉德方和老伴、孫女一起吃晚飯，他老伴推辭說家中有事，就只有劉德方與我們一起了。我們就近在旁邊的一家餐館，一邊吃一邊又聊上了。劉德方說，講故事是有規矩的，尤其是葷故事，上輩人在一起不亂講，下輩人在不亂講，有未結婚的女子在場不亂講，只有同輩人在一起的時候才可以隨便講。

話題轉到他到夷陵區後的工作和生活上。劉德方說，有領導在場的時候，他很注意，有些拘謹。比如吃飯，他要保持形象，也不能亂說，再加上自己不勝酒力，所以一般他都不喝酒。可客人喝酒時，他又不好意思一個人先吃飯，這樣常常搞得餓肚子。後來，慢慢掌握了城裏人吃飯的規律，在他們喝酒的時候，自己不喝就吃飯，有時端杯水陪一下。領導、專家考察一開始也緊張，場面見多了，也就習慣了。記得第一次面對鏡頭，是三峽電視臺的，講故事放不開，又怕講錯，心裏直打鼓，最後效果果然不是很好。在旅遊景點，劉德方主要根據客人的時間和喜好來講故事，一般都是短小的、好笑的故事。如果客人主動要求講什麼故事，他也會儘量滿足。

劉德方說，其他地方的人經常請他去唱皮影戲。就在前幾天，湖北省襄樊市保康縣一個老闆來請。保康離宜昌四百多里地，他就和搭檔三人一起去了，是請的人來車接的，演出一晚一百元。他強調說，自己不亂收錢，客人給多少就是多少。原先文化館給定了五百元的出場價，他覺得高了，就沒有按照這個價格來。「我覺得收少點，別人願意，薄利多銷嘛。」

吃完飯已是晚上九點多，我們把劉德方送到他家樓下，轉身下去，沿著江邊散步回到招待所。江風徐徐，雨過之後的夜晚格外宜人。

（三）二〇〇七年五月二十五日

按照昨晚的約定，在文化館附近吃過早飯後，我們一行步行到劉德方民間藝術研究會。剛走到門口，就看見劉德方正在辦公室清潔衛生，整理報紙。見我們進來，他趕緊放下手中的工作，招呼我們坐下，談起他目前著手進行的故事寫作。劉德方說，研究會安排他今年主要的任務是把自己講的在《野山笑林》中沒有出的故事寫出來，也根據現在的生活來創作一些新故事。在我們的要求下，劉德方把他近期寫的幾十個故事拿出來給我們看。對於寫故事，劉德方既覺得它有價值，又感覺力不從心，說寫的時候他很吃力、很吃虧，以他的水平，他就寧願講。這便談起了寫故事和講故事的不同，還結合不同的場景講得很生動。劉德方說，如今講故事一定要看場合，對不同的人要講不同的故事，即使同一個故事，對象不一樣，在講的時候都要做適當調整，這就要看講故事人的本事。

大約十點鐘，徐軍副局長來電話問我們到了下堡坪沒有。聽說我們還沒有去，她說，最好今天去，因為明天就是星期六，鄉政府部門的工作人員都放假回家了。我們決定立即趕往下堡坪鄉。在劉德方的聯繫下，我們坐上了去下堡坪鄉的客貨兩用車。這一次，只有劉德方陪同我們，正好是我們想要的狀態。沒有區裏領導和機關工作人員，我們的交流更自由，劉德方講故事也更盡興。一路上，劉德方像一位稱職的導遊，走到哪裏，就講哪裏的風土人情，就講哪裏的傳說故事。雖然車子在山路上彎彎拐拐，但有故事的一路陪伴，路也不覺得遠了。大約下午一點多，我們到達了下堡坪鄉。

鄉政府大樓在街道的正中位置。最早發現和採錄劉德方故事的鄉文化體育服務中心主任余貴福，連同鄉宣傳委員一起等著我們。坐了兩三個小時的車，多少有些疲憊，余貴福把我們帶到大樓一側的永順旅社住下，然後就在旅社的餐館吃飯，樓上樓下很方便。在飯桌上，鄉宣傳委員就劉德方的故事講述提出了自己的看法，他建議劉德方要創作新故事，要創作出符合時代、適應時代的故事。劉德方點頭稱是。余貴福則建議劉德方應該離鄉不離土，應該經常回到家鄉。但現在，他回家的時間和次數漸漸少了，多是有領導、專家、學者、記者這些人來考察採訪，他才回來。

中午在旅社房間休息了一會兒，三四點的時候，我們沿集鎮水泥大道走去鄉文化體育服務中心。余貴福正在辦公室整理材料。見到我們到訪，他急忙熱情地倒水、請坐，給我們敘述《野山笑林》出版前後的經過，並且展示了他採錄的母本——厚厚的三大本列印稿。他介紹了自己已做的事情和今後工作的計畫，將下堡坪民間故事傳承人和他們講述的情況一一向我們道來。這裏的故事已經編印了小冊子，走進了學校課堂。說到下堡坪的文化氛圍和故事土壤，余貴福把他從鄉民那裏搜集來的字畫書籍都拿給我們看，以做力證。

正當我們聊得起勁，村民陳維剛走進來了。余貴福說他很能講故事，生活故事跟劉德方有得一拚。陳維剛主動地談起了他對於故事的理解和看法，講了〈欠債人〉、〈三個同窗〉、〈蘇小妹〉等幾個講究文采的故事。

過了六點鐘，余貴福帶著我們走出辦公室，來到菌種廠內。這裏場地平闊，已坐滿了男男女女、老老少少一二十個人。我們也坐下來，說我們來就是為了聽他們講故事。大家一聽，很高興，不由分說地講了起來。劉德方作為下堡坪走出來的故事家，帶頭講了一個。接著，大家就一個接一個地競相講述。其中有三個人很有特點：一個五六十歲的婦女講巧媳婦的故事，一個民間藝術團團長講孩子聽的童話，一個八十高齡的老人講佬姨的故事。大家互相啟發著，越講越帶勁。在返回住處的路上，我們還討論著他們熱烈的講述。

吃完晚飯，已是九點了。我們故事還沒聽夠，又一起在房間裏和劉德方講故事。劉德方已經跟我們很熟悉了，見我們平易樸實，再加上有蕭國松這位與他年齡相仿的長陽文化人在，他很放得開，我們的話題也不局限，講述的氣氛相當自由。從人情世故到處事為人，從昨天的苦難到今天的輝煌，從故事的講述到故事的整理，從故事的創新到故事的繼承等等，邊談看法，邊講故事。除了大家熟悉的生活故事和笑話以外，劉德方還給我們講了不少神鬼精怪的故事，幻想性很強，比如〈毛狗子精〉、〈蟒蛇精〉、〈水獺精〉等，故事結構精妙，內容豐富，語言優美。我們的房間不時傳出陣陣爽朗的笑聲，在寂靜的山鄉，唯有一盞燈明亮。劉德方還即興給我們唱起了山歌，表演皮影戲的片段，這都是配合故事的講述。可見，劉德方是把他擅長的各種民間文藝融匯到了一起，而且功力非凡。劉德方告訴我們，他今天講的許多故事都是以前沒有講過的，尤其是歷史故事和神話故事。今晚，劉德方講故事發揮得特別好，自由自在，文采飛揚。他在駕馭故事方面很精到，很嫺熟，很合理，不愧為一個民間文藝的全才。總體來說，一個地方的民間文化資源是有限的，是可以共用的，劉德方做得非常出色。

講著講著，不覺已是凌晨一點了，大概這就是講故事混夜吧。劉德方說，他已經好久沒有這樣講故事了，沒有這樣開心自在了。這個晚上，對於我們大家來說都很難得，很珍貴，很亢奮。不過，考慮到身體，考慮到工作，我們還是強制停下來，各自洗漱休息。

（四）二〇〇七年八月二十一日

昨天悶熱的下午，坐上一點二十分出發的大巴車，從武昌到夷陵區的小溪塔去。出了市區，車子很快就上了高速公路，駛入江漢平原。窗外是一片稻浪翻滾，甚是惹人喜愛。眯了一覺，見到丘陵山包，我就知道宜昌快到了，約七點到達目的地。

這次我們計畫直接與調查對象接觸，儘量不煩擾地方政府和文化部門。於是，我們在便於調查的地方找了一家旅館住下，簡單地吃過晚飯，就電話聯繫了主要的訪談對象劉德方、彭明吉、楊建章等人。做了調查的準備後，才休息。

按照昨晚的預約，我們上午八點半準時去到劉德方民間藝術研究會辦公地點。已是上班時間了，劉德方如同老朋友一樣與我們握手，招呼我們坐下，沏茶倒水，熱情地與我們相互問候。彭明吉走出他的會長辦公室，坐在我們的對面椅子上，很快我們便進入正題。彭明吉重點圍繞《郎啊姐》和《劉德方笑話館》的策畫、製作和出版談了對劉德方的保護及其傳承的民間文藝的挖掘和保存。結合自己所做的工作，彭明吉說到夷陵區關於劉德方文化品牌打造的考慮以及具體實施的計畫和過程，同時就劉德方民間藝術研究會的成立和運行做了介紹和說明。從彭明吉的談話中，我們感受到一個地方文化人對民間文藝的滿腔熱愛和無限執著。他在領導崗位上的時候，大力推介劉德方，退休之後仍然調動各方力量來推動劉德方和地方文化的保護和研究。每次到夷陵來，彭明吉都盡最大可能地為我們提供資料和幫助，令我們十分感動。

彭明吉給我們查找資料的時候，劉德方與我們談起了他演皮影戲、唱山歌、打鑼鼓的經歷和體會，這裏面有許多知識和規矩，劉德方都非常熟悉和瞭解，這些文藝都和故事一起成為他生命中的一部分。講起他現在的崗位和工作，劉德方說以寫故事為主，現在已經寫了一百五十多個，並提到了在下堡坪寫故事的情況。對此，劉德方既有一種成就感，又有難以言說的苦惱。

中午，我們就在長江市場管理委員會大樓旁邊的湘香閣吃了飯，這時楊建章也從區文聯下了班過來了。飯後，我們又回到劉德方民間藝術研究會，就《奇遇人生》的創作原因、過程和內容等問題採訪了楊建章，他很詳細為我們講述了成書的初衷、調查的經過和寫作的過程。楊建章說：「第一是他自身的經歷吸引了我，第二是我覺得是一種責任感，第三個我覺得自己有條件、有能力把它弄出來。」正是基於這樣的考慮，楊建章利用工作之餘的時間把劉德方請到辦公室，與他交心交談，獲得劉德方人生境遇的第一手材料，為自己傳記文學的創作積累素材。讀過《奇遇人生》這本書，看到其中劉德方艱難生存、死而復生等情節時，原以為有誇張和虛構的成分，今天得到楊建章和劉德方的證實，才真正感歎生命的堅強和生活的不易，以及夷陵地方所做工作對於劉德方的意義。楊建章還談到他為劉德方的推出做的種種事情，他對劉德方故事的研究和寫故事的看法等。

與楊建章和劉德方交談完，趁著還沒下班，我們趕到夷陵區委史志辦公室查閱夷陵地區和下堡坪鄉的資料，范家新主任很周到地接待了我們，我們不虛此行，獲得了不少資訊和材料，還購買了一本《宜昌縣誌》。馬不停蹄地，我們又來到夷陵區民政局，希望能夠找到夷陵區的行政區劃地圖，只可惜這裏沒有，令人有些失望。

我們再次折回劉德方民間藝術研究會，時間已經到了晚飯的點兒，就請劉德方在中午用餐的餐館一起吃飯，邊吃邊聊。說到自己的成名對下堡坪老百姓講故事的帶動和示範，劉德方自然流露出些許的自豪。對於故事和歌謠的搜集、整理和錄製，劉德方有個人的感受和意見，由此說到講故事和唱山歌的生活情境、講究和規矩。我們從劉德方已寫的故事中挑選了二十個故事複印以作研究之用，並將原稿歸還給了他。

一天的調查結束了，我們回到旅館休息，明天還要繼續呢。

（五）二〇〇七年八月二十二日

晚上下了一夜的雨，我們心裏還擔心能不能去下堡坪。幸好，到了凌晨四五點，聽到窗外沒有了雨聲。六點半起床，天空沒有完全清透，有些陰沉。

我們朝著長江市場汽車站的方向走，路上順便吃了早飯，大約七點半到的。隨即買了三張去下堡坪的車票，就上車找位子坐下。過了一會兒，見劉德方也走進車站來，正東張西望地找我們，我便下車把他請了上來。我把車門旁靠窗的座位讓給了他，因為他說自己個子高，腿長，小中巴車座位之間的空隙太小，他坐著不舒服，感覺很吃虧，這個位子前面沒有座椅，相對寬敞一些。車原本八點出發，可八點二十分還沒有走。好不容易開動了，一路上又帶人，又加油，走走停停。車走的還是上次我們去下堡坪的路線，雖然天空又下起了淅淅瀝瀝的雨，但盛夏時節擁擠的車內還是悶得很。加上有人抽煙，更讓人難受了。由於周邊環境比較嘈雜，所以我們沒有和上次一樣跟劉德方聊天，而是各自在座位上安靜地坐著，心裏期盼早點到下堡坪。車子在盤山公路上走得很慢，大約快到十二點我們才到鎮上。

余貴福依然是我們主要的聯繫人。下車後，我們就徑直前往鄉政府辦公樓，在會議室，我們見到了下堡坪鄉宣傳委員秦愛民，余貴福也在，一直陪著我們。我們向他們說明了來意，並把《宜昌民間故事家：劉德方》的初稿拿給他們看，請他們提出意見。簡短地交換意見後，我們還是在上次入住的永順旅社住下，中午一起吃了飯，一切都那麼熟悉、那麼親切。

休息了一下，下午三點鐘，我們準時到秦愛民的辦公室，他為我們介紹了鄉裏推舉劉德方所做的工作和目前下堡坪民間文藝的發掘和建設，以及他對於劉德方進城前後變化的看法等等。他既希望劉德方發展、創新故事，讓故事與時俱進，有更多的聽眾，又想要劉德方保持本土特色，始終是下堡坪文化的代表。這看似有些矛盾，實則可以統一，就看如何去認識，如何去理解，如何去把握，當然這裏面也有很多現實問題需要權衡和解決。

訪談結束，我們回到住處，劉德方和余貴福正在房間裏看書稿，很認真，我也就書中需要確證和校正的地方向他們進行了求證和詢問，收穫不小。

雨還下著，鄉間的空氣很新鮮，微風吹拂在臉上特別舒服。趁余貴福有時間，我們一起到鄉文化體育服務中心辦公室查找故事鄉的材料。距離上次來只有三個月時間，在余貴福的辦公桌上又多了好幾本編排、列印好的下堡坪民間故事集，令我們頗為驚歎。從其數量和速度來說，不得不讓人佩服。余貴福說，這都是鄉民們自己寫下來送給他編輯整理的，看到劉德方，他們的熱情很高，對他很信任。我翻看了一下，故事集是按講述人分類的，有陳維剛、陳孝慈、馮世平等等，他們的故事在傳承內容上又有所側重，比如不同性別講述人的不同偏好，有文采的、生活化的、神奇的等等。

看了他們不同人的寫作，我既高興，又不安，因為民間故事畢竟不是寫出來的。我們拿到了下堡坪鄉申報國家級民間故事之鄉的報告，以及鄉裏有關民間故事調查和保護的文件。民間故事已然成為下堡坪鄉一個品牌、一個標誌，被納入到鄉村建設的整體規劃中，受到政府和鄉民的高度重視。

晚飯後，劉德方原本想和余貴福和文化體育服務中心的張發玉一起玩「上大人」，這是一種當地的紙牌遊戲。余貴福說，我們是來考察的，時間寶貴，他們也有事要做，便和張發玉一起離開了。

他們走後，我們又和劉德方聊起來了，屬於漫談性質的，沒有特定的問題和範圍，就是圍繞他的人生和傳承的技藝展開，這樣的閒談更能讓劉德方放鬆，更能讓他暢所欲言。劉德方講他的故事、他的皮影、他的鑼鼓、他的歌謠，結合著自己的人生故事。在我們的要求下，他講了〈皮匠駙馬〉的故事。這個故事情節複雜，內容豐富，邏輯嚴謹。故事從開端到發展，再到高潮，直至結束，各色人物形象的刻畫、命運的展現、話語的表達都十分貼切、恰當，故事演述得完整而漂亮。劉德方從頭到尾沒有絲毫的偏差和錯誤，中間也沒有一點停頓的地方。劉德方說：「講故事就像木匠做東西一樣，一個隼子要鬥上（對上），要一點縫隙沒有，前面講了什麼，後面就要出現，前面要有鋪墊。」〈皮匠駙馬〉正好體現了他掌控長故事，處理多重關係、多樣問題的能力。

劉德方講的〈皮匠駙馬〉已經有了兩個文字紀錄文本。他說，〈皮匠駙馬〉的版本有很多種，他是把家鄉的三佬姨故事揉合進去了，所以篇幅比較長，但他覺得這樣內容會更好。因為要把這個皮匠的來龍去脈說清楚，故事才講得圓滿。「這個故事我原來講就是這樣，後來他們整理的時候把它刪掉了。」劉德方直白地比較了自己的講述和已經整理出版的文本，也道出了他對刪減與改造故事的看法。「我把這個故事從頭到尾講給王主席，王主席說這才是好東西，你整理成那個樣子。這是當時栗子坪鄉還沒有拆鄉的時候，我們在鄉的賓館裏說的。這個故事有個頭，有個尾，有個來歷，他從悲到喜。」今晚，劉德方真實地為我們呈現了他所講述的〈皮匠駙馬〉的本來面貌和特殊魅力。

將近十一點，我們各自休整，因為我們計畫明天去譚家坪村。

（六）二〇〇七年八月二十三日

雨滴滴答答地下了一整夜，可能由於過度疲勞導致亢奮，我睡得不是特別沉，很早就醒了。打開窗戶，山鄉一片蒼翠，雨洗過後顯得更加鮮亮。街上很安靜，還沒有什麼人，只有幾家商鋪在忙著開張。

由於從下堡坪到譚家坪沒有固定的營運客車，平時村民們都是自己騎摩托車或者搭私營的麵包車，所以我們只得求助於鄉政府，讓他們幫忙租一輛車，我們付錢。八點鐘，秦愛民委員過來了，與我們一起吃早飯。他告訴我們，鄉政府已經調出一輛車全程配合我們，鄉裏非常重視與高校和研究機構的合作，這讓我們很感動，也特別感謝。

早飯吃完，張發玉就陪同我們一起向趙勉河進發。譚家坪距離鄉政府所在地還有三十多公里，而且車子一直是在山裏轉，上上下下、左左右右地拐來拐去，有時路況不好，心都提到嗓子眼上來了，肚子裏也翻江倒海，有些難受。蔥鬱的山林都籠罩在煙雨濛濛之中，飄渺迷人。

九點多，我們到了趙勉河，這是原栗子坪鄉政府所在地。寬整的街道看上去頗有氣勢，銀行、通訊、商鋪一應俱全，居住的人口比較多。譚家坪村村長鄒志柏已在街上的陽光酒樓等著我們。相互介紹後，我們就譚家坪村的基本情況和民間文藝、故事講述等與村長進行了交流。鄒志柏、劉德方、張發玉一起為我們講解著當地的歷史文化、風土人情和當前的建設。劉德方也說起在城裏和在鄉下各有各的好，「在家裏種田自由一些，辛苦一些」。

譚家坪離趙勉河還有十公里。村長帶著我們往山上去，譚家坪村是高山平原上的丘陵村落，村委會海拔一千零一米，村所轄地至高點海拔一千二百五十米。村民住得比較分散，這樣耕地充足些，有利於土地資源的利用，也催生了形式各異的民間文藝。濛濛細雨越下越大，路邊的地裏還有村民戴著斗笠，披著塑膠布在勞動。我們順道拐進一戶人家，這是周厚定和鄭芬老兩口的家，孩子們都外出了，只有他倆正忙著收拾剛從地裏收回的土豆。因為這裏海拔較高，溫度較低，所以農作物的成熟較慢，據說這裏的稻米一年一季，香醇可口，賣價也要高些。周厚定夫婦見我們進來，像是老熟人一樣，特別親切地接待我們，燒水，倒茶，拿花生給我們吃。我們都簇擁在火龍屋裏聊天，大概是聽到屋裏的熱鬧，李國海和幾個村民也走了進來。山裏就是這樣，沒事就湊在一起談天說地。在哪家沒關係，大家都親密無間。周厚定、李國海與劉德方是同齡人，年輕時一起種過田，守過林場，關係不錯。劉德方說：「他倆一個大我一歲，一個小我一歲，都是教書的，就是我這個中間人遭孽些，我是個農民。」聽後，李國海和周厚定笑談劉德方才最風光。他們與我們講起了劉德方的生活、劉德方的為人、劉德方的故事。故事村要用故事陪客，鄭芬連續給我們講了好幾個故事，其他人也不落後。劉德方安靜地坐在一旁，叫他講故事，他謙虛地說自己的故事他們都知道。在我們的提議下，他講了〈圓夢〉和〈坐雙層公交車〉的新故事。

在周厚定家門口照了一張合影，我們便趕往劉德方曾經的家。車繼續往山上走，約半小時左右，劉德方指著左手邊山腰上的一座小房子說到了。車就停在鄉村公路上，我們爬坡上去。劉德方的家孤零零的，周圍沒有人家。屋後是高山，房前是山谷，遠眺山山相連，此起彼伏。劉德方家的房屋已經由區裏籌資維修了，不大，就橫排兩三間，磚石結構的瓦房。因為長期沒有人住，沒有人打理，所以有些荒涼了。門前的野草都沒過人的腰身了，牆壁上也有上潮的印記。大門上了鎖，透過木門的縫，看到裏面沒什麼東西，空蕩蕩的，顯得有點冷淒。據彭明吉和鄉裏的幹部說，劉德方故居的牌子已經做好了，就等著找個合適的時機掛牌了。

臨近一點，我們回到陽光酒樓，午飯已經準備好了，大家還是故事的話題。山裏的人很真誠，飯菜也很香美，沒怎麼客套，聊得很愜意，吃得很舒服。

返回下堡坪永順旅社，喝了口水，又跑到街後的山上找能俯瞰鎮街景的好位置，拍攝鄉鎮全景的照片。

下午三點多，我們坐上回小溪塔的車。此次因為還有工作上的事情，所以不能久留，希望下次來待的時間長一些。回去的路程似乎近了很多，可能來的時候心情急迫一些吧。我們在區文聯辦公樓下下了車，說好到楊建章那裏尋找有關劉德方的照片。楊建章自己拍攝，也積累了不少不同階段或某些重大事件時劉德方的圖像資料。我們剛上樓，一陣大雨瓢潑而下。工作人員說楊主席到黨校去了，我們只好在辦公室等。劉德方說起自己的出生，聯繫夷陵的喪俗，講了〈朱元璋調棺地〉、〈福人等福地，福地等福人〉兩個故事，文聯的一個工作人員也加入了我們的談話。這時，劉德方的小孫女打來電話，說想爺爺了，催著他回去。這幾天離不開他的小孫女常打電話來，劉德方一接電話，聲音就變得格外溫柔起來。劉德方歸心似箭，見楊建章回來了，便自己回家，我們在辦公室查找圖片，收穫頗豐。

（七）二〇一一年七月十三日

昨天傍晚六點鐘啟程從長陽縣城坐汽車趕往宜昌市，下車又搭上計程車，將近八點才到達夷陵區神仙灣。原本已經和劉德方民間藝術研究會取得聯繫，準備敘敘，可是天色已晚，只好作罷。我們就在劉德方家旁的一家新開的旅社「小城故事」住下，吃了飯，準備了一下明天的採訪，就洗洗睡了，因為實在太累了。

一覺醒來，迷迷糊糊，一看手機，已經七點了，趕忙起床，麻利地收拾好後，下樓吃早飯。不想天空下起雨來，滴答滴答的，還真有點「小城故事」的味道。撐起雨傘，我們按照記憶中的路線前往長江市場管理委員會大樓裏的劉德方民間藝術研究會辦公室。路兩旁的小區住宅一棟棟高聳，街道店面林立，一早就熱鬧了起來，不禁感歎這城裏的變化真不小哇。我們一路疾步前行，大約一刻鐘時間，上到大樓三層，只見研究會的辦公室門窗緊鎖。不會呀，劉德方應該已經在裏面等我們了呀。感覺不對勁，往裏頭一看，空蕩蕩的。一打聽，才知道研究會已經搬到新建的夷陵樓辦公了。順著熱心人所指的方向，我們拐個彎就看到雄偉的夷陵樓了。因為它地勢特別高，而且很醒目，所以很容易找到。夷陵樓不止是一座樓宇，而是一個建築群，仿古式的。上夷陵樓要爬層層向上的階梯，實質就是在爬山。到了上頭，我們看見夷陵樓裝飾一新，白牆紅瓦，莊重雅致，但還沒有徹底完工，因此有工人在忙著裝修。在門口，我們正好遇見兩位女同志，好像是在這裏上班的。跟她們說明我們的來意，她們便告訴我們靠左手邊的一棟兩層的玻璃房子就是如今劉德方民間藝術研究會的辦公室，很快我們就找到了。

劉德方和袁維華已經在辦公室裏等著我們了。提到這一路的尋覓，袁維華介紹說他們也是六月底才搬過來的。這裏和原來辦公的地方一樣，是由長江市場管理委員會提供的，一切免費，辦公所需也均由他們備辦，研究會就只須搬自己的材料、物品即可。夷陵樓的環境優雅，辦公條件齊全，包括劉德方在內的研究會成員都很滿意，說這是他們的一件大喜事。劉德方民間藝術研究會遷至夷陵樓，也表明劉德方是夷陵區的一塊招牌。

今天，劉德方穿了一件紅色的唐裝式襯衣，依舊是魁梧的身材。與他親切地互道了問候以後，我們便開始了訪談。從他最近的生活開始，我們講到他的津貼、他的住房、他的家庭，劉德方表示特別的好，說自己生活過得是芝麻開花——節節高。劉德方說：「人沒得錢不能生存，光看錢你是撐不住的。」以此表達自己的人生態度。劉德方談到到小溪塔以後，自己很注意故事的創新，講故事也有一些變化，一連串地給我們講了〈坐雙層公交車〉、〈公交車打卡〉等城市裏的故事。身份的不同、生活的不同、社交的不同，都反映到劉德方的故事講述和故事創作中來。說起這些，劉德方又十分感慨地回顧了自己坎坷的前半生，講到皮影戲、打喪鼓、唱山歌與講故事的關係，真實而真切。所有這些才成就了劉德方獨具風貌的故事講述。劉德方喜歡講三佬姨故事，他說這三佬姨聰明，想掰他就是搞不到，特別有意思，所以講起了〈我是故意地說〉，隨後發表了他自己的看法。在我們的提議下，劉德方頗為得意地演繹了一番他對〈皮匠駙馬〉故事的改造。正講到皇宮裏三個佬姨比試滿腹的經綸的時候，袁維華過來請我們吃午飯，說是楊建章主席在樓下等著我們了。我們說稍等一下，還是講完再吃。後面劉德方有點加快速度的感覺，不過仍然很精緻地把這個故事完完整整地講完了。

為了節約時間，也是方便，我們一行人和楊建章會合，就在離夷陵樓不遠的小飯館裏吃飯。席間，我們向楊建章瞭解了去年有關劉德方學術研討會和今年剛剛舉行的研究會換屆選舉的情況。楊建章說：「劉德方民間藝術研究會雖然是社會民間組織，但是運作還是很正規。」我們也深切地體會到地方文化人士及機構為劉德方的保護長期以來兢兢業業的工作和鍥而不捨的精神。每次來，我們都有新收穫。我們還就夷陵區的風土人情展開了愉快的交談。

飯後，我們再次來到位於夷陵樓的辦公室，與劉德方促膝而談。緊承上午的話題，我們詢問劉德方對〈皮匠駙馬〉的看法。他也問我們聽了他的〈皮匠駙馬〉覺得他改造得好不好，看來現今劉德方已經非常注意聽眾對他講故事的評價了。一聽我們列出的幾點精彩之處，劉德方越發高興了。因為劉德方的〈皮匠駙馬〉故事裏頭嵌入了三佬姨故事，所以他又講起了〈吃你們的容容易易〉，並且談到為什麼這類故事要這樣來結構，以及與民間生活的關係。主題一轉，說到神鬼精怪故事，劉德方其實也挺擅長，但由於多種原因，他很少講這些故事，在他的故事集裏面也基本見不到。不過，劉德方的精怪故事講得真出彩，特別是〈毛狗子精兄弟〉的故事，既神奇，又生活化，他足足講了十五六分鐘，環環相扣，娓娓道來。講到精怪，劉德方又給我們細數了很多地方性知識，以及他自己的生活經歷。劉德方說他現在的老伴喜歡聽故事，她也跟小孫女講故事，家裏是其樂融融。談到夫妻間的互敬互愛，劉德方對我們說他看到一些現象，就給公司老總、單位領導、企業員工等不同的人編了一些故事，把這些故事講給這些人聽，他們都非常開心。劉德方當然也不忘給我們展示幾個。劉德方自己已深深地意識到現在講故事與他以往各個時期講故事有很大的不同，內容、場景、氣氛等等都不一樣，但他始終鍾情有文采的故事，因此他講了〈先生吃菜〉、〈媽子用來餵先生〉、〈三媳婦祝壽〉此類的故事。這兩年來，劉德方已經很少到旅遊景點、鄉鎮農村等地方講故事、唱皮影戲了。考慮到他年紀大了，身體、精力等方面的情況，劉德方民間藝術研究會基本只安排他在市區的機構和單位參加活動，平日裏每天都來研究會上班。問到他進城以後是否將講故事當作一種工作，劉德方說不是的，但他卻坦誠地表示自己有要把故事講好，要創作新故事，做好宣傳的動力和壓力。

這一天，雨都時下時停，微風拂面，清新宜人。在我們即將結束今天的訪談前不久，會長彭明吉辦事返回，我們交流了一會兒，一起來到樓下「劉德方民間藝術研究會」匾額處合影留念。

二、劉德方故事講述的採錄

1. 〈爺爺的雀兒俏得很〉講述時間：二〇〇七年五月二十四日上午；講述地點：湖北省宜昌市夷陵區長江市場管委會大樓劉德方民間藝術研究會辦公室。
2. 〈皮匠駙馬一〉講述時間：二〇〇七年五月二十四日下午；講述地點：湖北省宜昌市夷陵區小溪塔神仙灣劉德方家。
3. 〈野人嘎嘎〉講述時間：二〇〇七年五月二十四日下午；講述地點：湖北省宜昌市夷陵區小溪塔神仙灣劉德方家。
4. 〈吃你們的容容易易一〉講述時間：二〇〇七年五月二十四日下午；講述地點：湖北省宜昌市夷陵區小溪塔神仙灣劉德方家。
5. 〈老總理髮〉講述時間：二〇〇七年五月二十四日下午；講述地點：湖北省宜昌市夷陵區小溪塔神仙灣劉德方家。
6. 〈有才的兩夫妻〉講述時間：二〇〇七年五月二十四日下午；講述地點：湖北省宜昌市夷陵區小溪塔神仙灣劉德方家。
7. 〈一家子說四句子〉講述時間：二〇〇七年五月二十四日下午；講述地點：湖北省宜昌市夷陵區小溪塔神仙灣劉德方家。
8. 〈傻子要田〉講述時間：二〇〇七年五月二十四日下午；講述地點：湖北省宜昌市夷陵區小溪塔神仙灣劉德方家。
9. 〈飯碗〉講述時間：二〇〇七年五月二十四日下午；講述地點：湖北省宜昌市夷陵區小溪塔神仙灣劉德方家。
10. 〈女婿講古〉講述時間：二〇〇七年五月二十四日下午；講述地點：湖北省宜昌市夷陵區小溪塔神仙灣劉德方家。
11. 〈日出先生娘子水直流〉講述時間：二〇〇七年五月二十四日下午；講述地點：湖北省宜昌市夷陵區小溪塔神仙灣劉德方家。

12. 〈縣官與裁縫〉講述時間：二〇〇七年五月二十五日上午；講述地點：湖北省宜昌市夷陵區長江市場管委會大樓劉德方民間藝術研究會辦公室。
13. 〈兩姐妹與先生〉講述時間：二〇〇七年五月二十五日上午；講述地點：湖北省宜昌市夷陵區長江市場管委會大樓劉德方民間藝術研究會辦公室。
14. 〈試真心〉講述時間：二〇〇七年五月二十五日上午；講述地點：湖北省宜昌市夷陵區劉德方長江市場管委會大樓民間藝術研究會辦公室。
15. 〈包文拯斷石頭案〉講述時間：二〇〇七年五月二十五日上午；講述地點：湖北省宜昌市夷陵區長江市場管委會大樓劉德方民間藝術研究會辦公室。
16. 〈死的同吃，活的同耕〉講述時間：二〇〇七年五月二十五日上午；講述地點：湖北省宜昌市夷陵區長江市場管委會大樓劉德方民間藝術研究會辦公室。
17. 〈孝子〉講述時間：二〇〇七年五月二十五日上午；講述地點：湖北省宜昌市夷陵區長江市場管委會大樓劉德方民間藝術研究會辦公室。
18. 〈不落肉〉講述時間：二〇〇七年五月二十五日下午；講述地點：湖北省宜昌市夷陵區下堡坪鄉永順旅社。
19. 〈毛狗子精媳婦一〉講述時間：二〇〇七年五月二十五日下午；講述地點：湖北省宜昌市夷陵區下堡坪鄉文化體育服務中心前往菌種廠的路上。
20. 〈莫學醫看病〉講述時間：二〇〇七年五月二十五日下午；講述地點：湖北省宜昌市夷陵區下堡坪鄉菌種廠。
21. 〈認錯字〉講述時間：二〇〇七年五月二十五日下午；講述地點：湖北省宜昌市夷陵區下堡坪鄉菌種廠。
22. 〈坐雙層公交車一〉講述時間：二〇〇七年五月二十五日下午；講述地點：湖北省宜昌市夷陵區下堡坪鄉菌種廠。
23. 〈公交車打卡一〉講述時間：二〇〇七年五月二十五日下午；講述地點：湖北省宜昌市夷陵區下堡坪鄉菌種廠。

24.〈司機〉講述時間：二〇〇七年五月二十五日晚上；講述地點：湖北省宜昌市夷陵區下堡坪鄉永順旅社。
25.〈該賬的〉講述時間：二〇〇七年五月二十五日晚上；講述地點：湖北省宜昌市夷陵區下堡坪鄉永順旅社。
26.〈賣酒的與賒酒的〉講述時間：二〇〇七年五月二十五日晚上；講述地點：湖北省宜昌市夷陵區下堡坪鄉永順旅社。
27.〈毛狗子精兄弟一〉講述時間：二〇〇七年五月二十五日晚上；講述地點：湖北省宜昌市夷陵區下堡坪鄉永順旅社。
28.〈致公和尚〉講述時間：二〇〇七年五月二十五日晚上；講述地點：湖北省宜昌市夷陵區下堡坪鄉永順旅社。
29.〈灰天汗〉講述時間：二〇〇七年五月二十五日晚上；講述地點：湖北省宜昌市夷陵區下堡坪鄉永順旅社。
30.〈蛇精化生子〉講述時間：二〇〇七年五月二十五日晚上；講述地點：湖北省宜昌市夷陵區下堡坪鄉永順旅社。
31.〈張端公〉講述時間：二〇〇七年五月二十五日晚上；講述地點：湖北省宜昌市夷陵區下堡坪鄉永順旅社。
32.〈蟒蛇精〉講述時間：二〇〇七年五月二十五日晚上；講述地點：湖北省宜昌市夷陵區下堡坪鄉永順旅社。
33.〈張之洞和四川佬〉講述時間：二〇〇七年五月二十五日晚上；講述地點：湖北省宜昌市夷陵區下堡坪鄉永順旅社。
34.〈水獺精〉講述時間：二〇〇七年五月二十五日晚上；講述地點：湖北省宜昌市夷陵區下堡坪鄉永順旅社。
35.〈毛狗子精媳婦二〉講述時間：二〇〇七年五月二十五日晚上；講述地點：湖北省宜昌市夷陵區下堡坪鄉永順旅社。
36.〈烏龜精〉講述時間：二〇〇七年五月二十五日晚上；講述地點：湖北省宜昌市夷陵區下堡坪鄉永順旅社。
37.〈楊二開黑店〉講述時間：二〇〇七年五月二十五日晚上；講述地點：湖北省宜昌市夷陵區下堡坪鄉永順旅社。
38.〈好吃佬婆婆〉講述時間：二〇〇七年五月二十五日晚上；講述地點：湖北省宜昌市夷陵區下堡坪鄉永順旅社。
39.〈奸猾的老闆〉講述時間：二〇〇七年五月二十五日晚上；講述地點：湖北省宜昌市夷陵區下堡坪鄉永順旅社。
40.〈生口〉講述時間：二〇〇七年五月二十五日晚上；講述地點：湖北省宜昌市夷陵區下堡坪鄉永順旅社。
41.〈有肉了，連臉就不要了〉講述時間：二〇〇七年五月二十五日晚上；講述地點：湖北省宜昌市夷陵區下堡坪鄉永順旅社。

42.〈我是故意地說一〉講述時間：二〇〇七年五月二十六日上午；講述地點：湖北省宜昌市夷陵區下堡坪鄉永順旅社。
43.〈姑娘選夫婿〉講述時間：二〇〇七年五月二十六日上午；講述地點：湖北省宜昌市夷陵區下堡坪鄉永順旅社。
44.〈鬥地主〉講述時間：二〇〇七年五月二十六日上午；講述地點：湖北省宜昌市夷陵區下堡坪鄉永順旅社。
45.〈蹭呀蹭〉講述時間：二〇〇七年五月二十六日上午；講述地點：湖北省宜昌市夷陵區下堡坪鄉永順旅社。
46.〈四個媳婦說四句子掰爹〉講述時間：二〇〇七年五月二十六日上午；講述地點：湖北省宜昌市夷陵區下堡坪鄉永順旅社。
47.〈九斤貓和九斤鼠〉講述時間：二〇〇七年五月二十六日上午；講述地點：湖北省宜昌市夷陵區下堡坪鄉永順旅社。
48.〈畫虎〉講述時間：二〇〇七年五月二十六日上午；講述地點：湖北省宜昌市夷陵區下堡坪鄉永順旅社。
49.〈四兩肉錢〉講述時間：二〇〇七年五月二十六日上午；講述地點：湖北省宜昌市夷陵區下堡坪鄉永順旅社。
50.〈洛陽橋〉講述時間：二〇〇七年五月二十六日上午；講述地點：湖北省宜昌市夷陵區下堡坪鄉永順旅社。
51.〈哭死的三黃〉講述時間：二〇〇七年五月二十六日上午；講述地點：湖北省宜昌市夷陵區下堡坪鄉永順旅社。
52.〈兩口子吵架吹亮〉講述時間：二〇〇七年五月二十六日上午；講述地點：湖北省宜昌市夷陵區下堡坪鄉永順旅社。
53.〈打鬼主意〉講述時間：二〇〇七年五月二十六日上午；講述地點：湖北省宜昌市夷陵區下堡坪鄉永順旅社。
54.〈先生推磨〉講述時間：二〇〇七年五月二十六日上午；講述地點：湖北省宜昌市夷陵區下堡坪鄉永順旅社。
55.〈先生和告化子吟詩〉講述時間：二〇〇七年五月二十六日上午；講述地點：湖北省宜昌市夷陵區下堡坪鄉永順旅社。
56.〈甲戌的和戊寅的〉講述時間：二〇〇七年五月二十六日上午；講述地點：湖北省宜昌市夷陵區下堡坪鄉永順旅社。
57.〈說四句子賀生〉講述時間：二〇〇七年五月二十六日下午；講述地點：湖北省宜昌市夷陵區文化館招待所。
58.〈一個老頭和兩個婆婆〉講述時間：二〇〇七年五月二十六日下午；講述地點：湖北省宜昌市夷陵區文化館招待所。
59.〈長陽有好長〉講述時間：二〇〇七年五月二十六日下午；講述地點：湖北省宜昌市夷陵區文化館招待所。

60.〈共同抗曹〉講述時間：二〇〇七年五月二十六日下午；講述地點：湖北省宜昌市夷陵區文化館招待所。
61.〈三夥計爭吃的〉講述時間：二〇〇七年五月二十六日下午；講述地點：湖北省宜昌市夷陵區文化館招待所。
62.〈圓夢一〉講述時間：二〇〇七年八月二十二日下午；講述地點：湖北省宜昌市夷陵區下堡坪鄉永順旅社。
63.〈皮匠駙馬二〉講述時間：二〇〇七年八月二十二日晚上；講述地點：湖北省宜昌市夷陵區下堡坪鄉永順旅社。
64.〈圓夢二〉講述時間：二〇〇七年八月二十三日上午；講述地點：湖北省宜昌市夷陵區下堡坪鄉譚家坪村周厚定家。
65.〈坐雙層公交車二〉講述時間：二〇〇七年八月二十三日上午；講述地點：湖北省宜昌市夷陵區下堡坪鄉譚家坪村周厚定家。
66.〈朱元璋調棺地〉講述時間：二〇〇七年八月二十三日下午；講述地點：湖北省宜昌市夷陵區文聯辦公室。
67.〈福人等福地，福地等福人〉講述時間：二〇〇七年八月二十三日下午；講述地點：湖北省宜昌市夷陵區文聯辦公室。
68.〈過年唱著喪鼓調〉講述時間：二〇一一年七月十三日上午；講述地點：湖北省宜昌市夷陵區夷陵樓劉德方民間藝術研究會辦公室。
69.〈坐雙層公交車三〉講述時間：二〇一一年七月十三日上午；講述地點：湖北省宜昌市夷陵區夷陵樓劉德方民間藝術研究會辦公室。
70.〈公交車打卡二〉講述時間：二〇一一年七月十三日上午；講述地點：湖北省宜昌市夷陵區夷陵樓劉德方民間藝術研究會辦公室。
71.〈你擦了都不說，還要吹一下〉講述時間：二〇一一年七月十三日上午；講述地點：湖北省宜昌市夷陵區夷陵樓劉德方民間藝術研究會辦公室。
72.〈秀才和生意人過獨木橋〉講述時間：二〇一一年七月十三日上午；講述地點：湖北省宜昌市夷陵區夷陵樓劉德方民間藝術研究會辦公室。

73.〈我是故事地說二〉講述時間：二〇一一年七月十三日上午；講述地點：湖北省宜昌市夷陵區夷陵樓劉德方民間藝術研究會辦公室。

74.〈皮匠駙馬三〉講述時間：二〇一一年七月十三日上午；講述地點：湖北省宜昌市夷陵區夷陵樓劉德方民間藝術研究會辦公室。

75.〈吃你們的容容易易二〉講述時間：二〇一一年七月十三日下午；講述地點：湖北省宜昌市夷陵區夷陵樓劉德方民間藝術研究會辦公室。

76.〈毛狗子精兄弟二〉講述時間：二〇一一年七月十三日下午；講述地點：湖北省宜昌市夷陵區夷陵樓劉德方民間藝術研究會辦公室。

77.〈毛狗子精媳婦三〉講述時間：二〇一一年七月十三日下午；講述地點：湖北省宜昌市夷陵區夷陵樓劉德方民間藝術研究會辦公室。

78.〈老總與女祕書打撲克〉講述時間：二〇一一年七月十三日下午；講述地點：湖北省宜昌市夷陵區夷陵樓劉德方民間藝術研究會辦公室。

79.〈退休領導說四句子〉講述時間：二〇一一年七月十三日下午；講述地點：湖北省宜昌市夷陵區夷陵樓劉德方民間藝術研究會辦公室。

80.〈兩口子〉講述時間：二〇一一年七月十三日下午；講述地點：湖北省宜昌市夷陵區夷陵樓劉德方民間藝術研究會辦公室。

81.〈先生吃菜〉講述時間：二〇一一年七月十三日下午；講述地點：湖北省宜昌市夷陵區夷陵樓劉德方民間藝術研究會辦公室。

82.〈媽子用來餵先生〉講述時間：二〇一一年七月十三日下午；講述地點：湖北省宜昌市夷陵區夷陵樓劉德方民間藝術

研究會辦公室。

83.〈三媳婦祝壽〉講述時間：二〇一一年七月十三日下午；講述地點：湖北省宜昌市夷陵區夷陵樓劉德方民間藝術研究會辦公室。

84.〈皮匠駙馬四〉講述時間：二〇一一年十月十五日上午；講述地點：北京市中央民族大學「中國民間故事與民間故事講述人學術研討會」會場。

85.〈吃你們的容容易易三〉講述時間：二〇一一年十月十五日上午；講述地點：北京市中央民族大學「中國民間故事與民間故事講述人學術研討會」會場。

三、劉德方故事輯錄和研究索引

劉德方講述、余貴福採錄、黃世堂整理，《野山笑林》（北京：大眾文藝出版社，一九九九年）。

劉德方講述，揚子江音像出版社、湖北省宜昌市夷陵區文聯、湖北省宜昌市夷陵區廣播電視局聯合攝製，《劉德方笑話館》（武漢：揚子江音像出版社，二〇〇四年）。

劉德方講述，彭明吉主編，楊建章採錄整理，《野山笑林續集》（湖北省宜昌市夷陵區劉德方民間藝術研究會編印，二〇〇九年）。

楊建章，《奇遇人生》（北京：大眾文藝出版社，二〇〇四年）。

王丹，《宜昌民間故事家：劉德方》（銀川：寧夏人民出版社，二〇〇九年）。

吳正彪，《鄉村口承敘事與地方鄉民的文化生活空間：下堡坪民間故事傳說的田野考察劄記》（北京：中國書籍出版社，二〇〇九年）。

彭明吉，《諸家評說劉德方》（北京：大眾文藝出版社，二〇一一年）。

黃永林、程秀莉，〈從「日白佬」到「民間故事家」——訪農民故事家劉德方〉，載《民俗研究》二〇〇一年第四期。

王作棟，〈三峽人情感生活的透鏡〉，載《三峽大學學報》二〇〇五年第二期。

王丹，〈從鄉村到城市的文化轉型——劉德方進城前後故事講述變化研究〉，載《民族文學研究》二〇〇九年第二期。

王丹，〈劉德方故事講述個性研究〉，載《中南民族大學學報》二〇〇九年第五期。

林繼富，〈「非遺」項目代表性傳承人的文化身份——基於劉德方的分析〉，載《中央民族大學學報》二〇一一年第四期。

王丹，〈民間故事價值回歸的採錄方法研究——以劉德方故事採錄為例〉，載《中央民族大學學報》二〇一二年第三期。

參考書目

一、中文學術著作

董曉萍，《田野民俗志》（北京：北京師範大學出版社，二〇〇三年）。
高丙中，《民俗文化與民俗生活》（北京：中國社會科學出版社，一九九四年）。
江帆，《民間口頭敘事論》（哈爾濱：黑龍江人民出版社，二〇〇三年）。
李揚，《中國民間故事形態研究》（汕頭：汕頭大學出版社，一九九六年）。
林繼富，《民間敘事傳統與故事傳承》（北京：中國社會科學出版社，二〇〇七年）。
林繼富、王丹，《解釋民俗學》（武漢：華中師範大學出版社，二〇〇六年）。
林繼富，《村落空間與民間敘事邏輯》（昆明：雲南人民出版社，二〇〇八年）。
劉魁立，《劉魁立民俗學論集》（上海：上海文藝出版社，一九九八年）。
劉守華、林繼富、江帆、顧希佳，《中國民間故事類型研究》（武漢：華中師範大學出版社，二〇〇二年）。
羅剛，《敘事學導論》（昆明：雲南人民出版社，一九九四年）。
王丹，《宜昌民間故事家　劉德方》（銀川：寧夏人民出版社，二〇〇九年）。
汪寧生，《文化人類學調查——正確認識社會的方法》（北京：文物出版社，一九九六年）。
許鈺，《口承故事論》（北京：北京師範大學出版社，一九九九年）。

姚居順、孟慧英，《新時期民間文學搜集出版史略》（瀋陽：遼寧大學出版社，一九八九年）。
姚文放，《當代性與文學傳統的重建》（北京：人民文學出版社，二〇〇四年）。
張演德，《敘述學研究》（北京：中國社會科學出版社，一九八九年）。
張紫晨，《民間文藝學原理》（石家莊：花山文藝出版社，一九九一年）。
鍾敬文，《鍾敬文民間文學論集》（上）（上海：上海文藝出版社，一九八二年）。
鍾敬文，《鍾敬文民間文學論集》（下）（上海：上海文藝出版社，一九八五年）。
鍾敬文，《鍾敬文文集》（民間文藝學卷、民俗學卷）（合肥：安徽教育出版社，二〇〇二年）。

二、外文翻譯著作

[德]艾伯華著，王燕生等譯，《中國民間故事類型》（北京：商務印書館，一九九九年）。
[美]伯格著，姚媛譯，《通俗文化、媒介和日常生活中的敘事》（南京：南京大學出版社，二〇〇二年）。
[美]阿蘭・鄧迪斯編，陳建憲等譯，《世界民俗學》（上海：上海文藝出版社，一九九〇年）。
[美]丁乃通著，鄭建成等譯，《中國民間故事類型索引》（北京：中國民間文藝出版社，一九八六年）。
[美]C・恩伯、M・恩伯著，《文化的變異——現代文化人類學通論》（瀋陽：遼寧人民出版社，一九八八年）。
[美]約翰・邁爾斯・弗里，朝戈金譯，《口頭詩學：帕里—洛德理論》（北京：社會科學文獻出版社，二〇〇〇年）。
[美]柯利弗德・格爾茨著，納日碧力戈譯，《文化的解釋》（上海：上海人民出版社，一九九九年）。

[法]莫里斯・哈布瓦赫著，畢然、郭金華譯，《論集體記憶》（上海：上海人民出版社，二〇〇二年）。
[美]柯利弗德・吉爾茲著，王海龍、張家瑄譯，《地方性知識》（北京：中央編譯出版社，二〇〇〇年）。
[美]保羅・康納頓著，納日碧力戈譯，《社會如何記憶》（上海：上海人民出版社，二〇〇〇年）。
[法]尤瑟夫・庫爾泰著，懷宇譯，《敘述與話語符號學》（天津：天津社會科學出版社，二〇〇一年）。
[英]霍布斯鮑姆・蘭格著，顧杭、龐冠群譯，《傳統的發明》（南京：譯林出版社，二〇〇四年）。
[美]阿爾伯斯・貝茨・洛德著，尹虎彬譯，《故事的歌手》（上海：中華書局，二〇〇四年）。
[美]華萊士・馬丁著，伍曉明譯，《當代敘事學》（北京：北京大學出版社，一九九〇年）。
[美]喬治・麥克林著，干春松等譯，《傳統與超越》（北京：華夏出版社，二〇〇〇年）。
[瑞士]費爾迪南・德・索緒爾著，高名凱譯，《普通語言學教程》（北京：商務印書館，二〇〇二年）。
[美]斯蒂・湯普森著，鄭海等譯，《世界民間故事分類學》（上海：上海文藝出版社，一九九一年）。
[美]E・希爾斯著，傅鏗、呂樂譯，《論傳統》（上海：上海人民出版社，一九九一年）。

三、外文著作

Richard Bauman, Verbal Art as Performance, Waveland; Waveland Press, Inc, 1977.
Linda Degh, Narratives in Society; A Performer-Centered Study of Narration, Bloomington; Indiana University Press, 1995.
Alan Dundes, Folklore Matters, Nashville; The University of Tennessee Press, 1989.
Claire Kramsch, Language and Culture, Oxford; Oxford University Press, 1998.

後記

王丹

再次品讀劉德方的故事人生和人生故事，味道還是那麼釅醇，心中依然澎湃與感動。劉老講故事的樣子會時時浮現在我的眼前，閃耀在我的腦海裏，清晰而深刻。

記得第一次見劉老的時候，他給我的第一印象是彬彬有禮、沉默寡言，這與我最初對這位農民故事家的想像形成了極大的反差。那是二〇〇七年五月二十四日上午在劉德方民間藝術研究會辦公室，劉老同彭明吉會長、袁維華先生一起熱情地接待了我們一行仰慕他才藝的來訪者。對於我們這些外來的陌生人，劉老禮貌地和我們問好，為我們倒水，但話不多。不一會兒，參與劉德方保護和故事採錄工作的楊建章先生和黃世堂先生相繼走了進來。在寒暄和客套了一番後，我們如約開始了關於劉德方故事的訪談。無意之間，我們一起來的人一併坐在了一條長沙發上，劉老依著其他諸位先生則坐在了與我們相對的一邊，他們各自坐的椅子雖然不是整齊劃一地排列，但明顯看得出來我們之間的主客界線，不過也是為了便於交談。這中間，彭先生、楊先生、黃先生依次講起了他們與劉老的結緣、為他所做的事情等等，劉老就坐在旁邊的一角默默地聽著，一聲不響。只有我們問他時，他才惜字如金地給我們以回答，我們問一句，他就答一句，從不多說。當我們提議讓劉老講講故事，他才話多起來。記憶裏劉老當時講故事是娓娓道來，不動聲色，他選了一個反映時代生活的新故事，說起了他根據所見所聞編創的〈我的家鄉新夷陵〉。或許是我們初次見面的緣故，也或許是這樣特殊的場合，所以劉老顯得有些拘謹，講故事也很慎重。不過，令我們驚訝的是，走出辦公室，單獨和我們一起聊天時，劉老就神采奕奕地滔滔不絕起來。到了他的家裏，劉老很高興地帶著老伴和小孫女跟我們講他的過去和現在、他的皮影和故事、他的生活和愛好。這個時候的劉老是那麼的健談，那麼的活躍，那麼的可愛。後來，劉老兩次帶我們到下堡坪，到譚家坪，看他的老屋，看他的夥計，那時劉老流露出幾分自豪，幾分眷戀，幾分感歎。我們也從鄉政府工作人員和鄉親鄰里那裏感覺到他們對劉老的尊重和敬佩，然而，他們亦爭先恐後，既謙虛地說自己講得不好，又樂於表現自我的才華，因為在他們看來劉老只是他們的代表。在鄉下的日子，雖烈日炎炎，但老天總是會不時送來清涼的雨水，空氣也十分新鮮，劉老的故事更是我們甘美的精神食糧。數次的促膝長談、深夜粉經，劉老都顯示出他故事大家的風範。他反應敏捷、思路清晰、記憶驚人、講述從容、妙語連珠，讓我們統統沉醉其中，忘了時間。就如劉老所說，粉經粉起了勁，肚子也不餓了，瞌睡也沒有了，這不能不說是一種境界，也不能不驚奇於故事的魅力。在長時間的相處中，我們和劉老成了好朋友，他也越來越能吐露他的心聲，我們對他的經歷、他的故事、他的情感有了越加深入的認識和瞭解。他會給我們講各式各樣的故事，我們有什麼要求、有什麼願望，只要他能辦到，只要他能講的，劉老都特別慷慨。說實話，從與劉老的接觸和交往中，我不僅對他個人有了更多的認知，而且對「劉德方」們身上傳承的民間文藝有了更親身的體認和更深厚的感情。這樣想來，我真的要感謝四年前因參與中國民間文化遺產搶救工程承擔《宜昌民間故事家：劉德方》寫作任務而與劉老相識，並有了不斷交流的機會。

時間過得真快。二〇一一年七月十三日，我們來到剛遷入夷陵樓的劉德方民間藝術研究會辦公室。一進門，身著紅色唐裝襯衫的劉老就迎了上來，他一點兒都沒變，反而顯得更年輕、更福氣了。早已熟稔的我們相見格外親切，劉老早已不是初次蒙面時的少言寡語，一見面就與我們攀談起來。一整天，劉老都陪著我們，說他生活的新變化，講他創作的新故事，口若懸河，神采飛揚，精力充沛。我們不禁佩服這位來自山裏的漢子，儘管歲月磨礪，儘管已屆七十，但依舊身板硬朗，精神矍鑠，樂觀積極。

二〇〇九年出版的《宜昌民間故事家：劉德方》一書旨在以民間文學的學科視角介紹和宣傳劉德方，讓更多的人知道劉德方這位民間故事家及其多才多藝，也展現地方政府、文化人士、民間團體等為劉德方的舉薦和推出所做的工作，還提出了一些學理上的問題。這本《劉德方故事講述研究》希望能更進一步，從故事講述的角度更全面、更生動地展示劉德方其人其藝，也力爭在民間故事採錄方法、故事傳承人的保護、文化資源的開發利用等方面就劉德方的情況給出一些分析，做出一些總結，以期為中國民間故事的研究和保護貢獻一點力量。

關於這本書的寫作，我經過了一段較長時間的思考和沉澱，不過限於個人的學識、能力和閱歷，裏面有些問題闡釋得不夠透徹，在提煉的深度和廣度上也還有待增加和拓展，這是我今後繼續努力的方向和學習的動力。劉德方這本故事大書值得我長久地去閱讀和品味。交出這本故事講述研究的書稿，我的心裏既興奮，又忐忑。興奮的是它畢竟凝結著我的思想和勞動，忐忑的是擔心它的疏漏或不精。但無論如何，我都要深深地感謝劉德方老人對我調研的支持和配合，他講給我為人處世的道理，他講給我豐富多彩的故事，他講給我千姿百態的人生，每每不辭辛勞，全程與我們在一起。在此，我祝願劉老身體健康、生活幸福、越講越樂呵！

每一次到宜昌市夷陵區調查，當地政府和文化部門都積極協助，為我們提供最大的便利。特別是彭明吉先生、楊建章先生、袁維華先生、黃世堂先生和徐軍女士等均給予了無私的幫助，下堡坪鄉黨委宣傳委員秦愛民先生及文化體育服務中心余貴福主任，譚家坪村村長鄒志柏先生及所有的父老鄉親為我們的調查提供了大量資料和諸多方便，我們都記在心裏，在這裏也一併表示謝意！

二〇一一年十二月十二日於武漢南湖畔

民俗與民間文學叢書04　AG0173

劉德方故事講述研究

作　　者 / 王　丹
主　　編 / 林繼富、劉秀美
責任編輯 / 廖妘甄、盧羿珊
圖文排版 / 陳彥廷
封面設計 / 王嵩賀

發 行 人 / 宋政坤
法律顧問 / 毛國樑　律師
出版發行 / 秀威資訊科技股份有限公司
114台北市內湖區瑞光路76巷65號1樓
電話：+886-2-2796-3638　傳真：+886-2-2796-1377
http://www.showwe.com.tw
劃撥帳號 / 19563868　戶名：秀威資訊科技股份有限公司
讀者服務信箱：service@showwe.com.tw
展售門市 / 國家書店（松江門市）
104台北市中山區松江路209號1樓
電話：+886-2-2518-0207　傳真：+886-2-2518-0778
網路訂購 / 秀威網路書店：http://www.bodbooks.com.tw
國家網路書店：http://www.govbooks.com.tw

2016年8月　BOD一版
定價：400元

國家圖書館出版品預行編目

劉德方故事講述研究 / 王丹著. -- 一版. -- 臺北市 : 秀威資訊科技, 2016.08

面； 公分. -- (民俗與民間文學叢書 ; AG0173)

BOD版

ISBN 978-986-326-310-4 (平裝)

1. 民間文學 2. 文學評論 3. 中國

858　　103026980

讀者回函卡

感謝您購買本書，為提升服務品質，請填妥以下資料，將讀者回函卡直接寄回或傳真本公司，收到您的寶貴意見後，我們會收藏記錄及檢討，謝謝！如您需要了解本公司最新出版書目、購書優惠或企劃活動，歡迎您上網查詢或下載相關資料：http:// www.showwe.com.tw

您購買的書名：________________________________

出生日期：________年________月________日

學歷：□高中（含）以下　□大專　□研究所（含）以上

職業：□製造業　□金融業　□資訊業　□軍警　□傳播業　□自由業

□服務業　□公務員　□教職　□學生　□家管　□其它____

購書地點：□網路書店　□實體書店　□書展　□郵購　□贈閱　□其他

您從何得知本書的消息？

□網路書店　□實體書店　□網路搜尋　□電子報　□書訊　□雜誌

□傳播媒體　□親友推薦　□網站推薦　□部落格　□其他________

您對本書的評價：（請填代號　1.非常滿意　2.滿意　3.尚可　4.再改進）

封面設計____　版面編排____　內容____　文／譯筆____　價格____

讀完書後您覺得：

□很有收穫　□有收穫　□收穫不多　□沒收穫

對我們的建議：________________________________

____

____

____

請貼
郵票

11466
台北市内湖區瑞光路 76 巷 65 號 1 樓
秀威資訊科技股份有限公司 收
BOD 數位出版事業部

（請沿線對折寄回，謝謝！）

姓　　名：＿＿＿＿＿＿＿＿　年齡：＿＿＿＿　性別：□女　□男

郵遞區號：□□□□□

地　　址：＿＿＿＿＿＿＿＿＿＿＿＿＿＿＿＿

聯絡電話：(日)＿＿＿＿＿＿＿＿　(夜)＿＿＿＿＿＿＿＿

E-mail：＿＿＿＿＿＿＿＿＿＿＿＿＿＿＿＿